KB240154

高山 大三國志

8 오장원 큰별 갈바람 지다

고산고정일

고산 대삼국지 8 오장원 큰별 갈바람 지다

오장원

위나라 태화 3년(229)은 촉나라 건흥 7년이다.

이 무렵 위수(渭水)의 남쪽, 진령산맥의 북쪽 기슭 언저리는 한창 여름이었다. 더위는 해가 지고 난 뒤에도 가시지 않아 잠 못 이루는 밤이 계속되었다.

그런데 그 날 이른 아침, 천둥소리도 무섭더니 한바탕 소나기가 쏟아져 더위를 씻어 주었다. 소나기라 점심 전에는 거짓말처럼 개었지만 역시 더위가 한풀 꺾인 것만은 틀림없었다.

제갈공명은 오른쪽으로 태백산(太白山)을 바라보며 동쪽을 향해 걷고 있었다. 그는 짚신을 신고 있었다. 아침나절 내린 뇌우의 습기가 발바닥을 통해 느껴졌다.

얇은 여름용 두건을 썼을 뿐이라 한 나라의 재상으로 보기 어려운 경장(輕裝)이었다. 종자도 데리고 있지 않았다.

이해 봄 공명은 부장 진식(陳式)을 시켜 무도(武都)와 음평(陰平)의 두 군을 공략케 했다.

그 고장의 티베트계 주민을 한편으로 끌어들이기 위해서였다.

촉의 이 움직임에 위나라 옹주자사(雍州刺史) 곽회는 군을 이끌고서 맞아 싸우려 했다.

그러자 공명은 몸소 건위(建威)까지 군을 진출시켜 곽회의 후방으로 우회했다.

곽회는 퇴로가 끊길 것을 염려하여 장안으로 철수했다.

이리하여 촉나라는 어렵지 않게 두 고을을 점령할 수 있었다. 승리라고는 하지만 규모가 작은 국지전이어서 아직은 가정 패전을 설욕했다고 하기에는 모자랐다.

그렇지만 후주 유선은 공명에게 다음과 같은 조서를 내렸다.

가정에서의 패배는 모두 마속의 책임이었다. 그렇건만 상부께선 책임이 모두 자신에게 있다 하며 스스로 승상의 관작을 내놓았다. 마음이 내키지 않는 일이었으나 상부의 굳은 결의와 의견을 존중하여 강등을 허락했었다. 하지만 지난 해에는 위장 왕쌍의 목을 잘라 아군의 위광(威光)을 빛나게 했으며 다시금 금년에는 위나라 토벌군을 일으켜 적장 곽회를 도주케 했다. 그리하여 저족(氐族)·강족(羌族)을 평정하여 두 군을 되빼앗았으며 도적들을 평정시켰으니 그 공적이 참으로 드높다 하지 않을 수 없다.

지금, 천하는 크게 어지럽고 원흉은 아직도 날뛰고 있다. 이런 비상시에 상부는 대임을 맡고 있으면서 오랫동안 스스로를 낮은 지위에 두고 있으니 이래서는 빛나는 공적을 명백히 할 수가 없도다. 따라서 이제 경을 승상의 자리에 복귀시키니 꿈에라도 사양해선 안 되노라.

공명은 이번의 작은 승리로 다시 승상이 된 것이다.

공명의 발걸음은 가벼웠다.

그렇다고 국지전 승리에 취해 있는 것은 결코 아니다.

땅을 얻은 것보다도 주민의 마음을 얻은 것이 기뻤다. 얼마 전 공명은 음평의 티베트족 족장들을 초청하여 잔치를 열고 가슴을 털어 놓고서 이야기를 나누었던 것이다.

헤어질 때 그들은 공명의 손을 잡고 눈물을 흘렸다.

"언제 돌아오시겠습니까? 곧 돌아와 주십시오!"

백발인 족장 하나는 눈물을 글썽이면서 작별을 못내 아쉬워했다. 잡은 손을 좀처럼 놓아주려 하지 않았다.

공명은 그 정경이 떠오르자 마음이 뛰었고 발걸음도 가벼웠다.

"돌아오고 말구요! 꼭 돌아오겠소."

공명도 노족장의 손을 힘있게 잡아주면서 약속했다. 결코 입에 발린 빈 말이 아니었다.

그는 정말로 곧 돌아올 작정이었다.

닥쳐올 위나라와의 싸움에서 이번에 점령한 무도나 음평은 중요한 후방 기지가 된다.

이리하여 공명은 이제부터 전진 기지를 어디에 둘 것인가 그것을 물색하기 위해 동쪽으로 향했던 것이다.

물론 몇 년 앞의 일이 되리라.

하지만 공명은 신중히 현지를 답사하려고 한다.

먼저 지도상으로 몇 군데 후보지를 골랐다. 그리고 자기의 눈으로 확인하려는 것이다.

오장원(五丈原)은 유력한 후보지이다.

공명은 지금 오장원을 걷고 있다.

가벼운 옷차림을 한 것도 조사를 위해서였다. 이 근처는 위나라 세력권에 속한다. 신분을 감추어야만 한다.

종자도 거느리지 않은 것은 시선을 끌어 노출되는 것을 피하기 위해서였다.

공명은 다만 막연하게 걸어다니며 지형을 살피고 있는 것이 아니었다. 믿는 것이 있었다. 품 안에 교묘한 표현으로 쓰인 소개장을 갖고 있었다.

위나라의 세력권이라지만, 변경이고, 위의 통제력도 그다지 강하지 못하다.

그래도 불심검문을 받을 염려는 있다. 소개장은 그런 일을 고려해서 씌었다.

"아아, 저기로군."

공명은 발걸음을 멈추고 중얼거렸다. 소개장을 건네줄 상대편의 집을 찾아낸 것이다.

그곳은 얼핏 보아 아무런 특색도 없는 마을이었다.

공명은 가장 큰 집을 향해 걸었다.

이상한 냄새가 코를 찔렀다.

온천 근처에서나 맡을 수 있는 유황 냄새와 비슷했다.

'이것이 유리를 만드는 냄새로군……'

공명은 그 냄새를 깊이 들이마셨다.

유리는 속이 환히 들여다보일 뿐 아니라 요사스럽게 번쩍이는 이상스러운 물건이었다. 쇠붙이도 아니거니와 도자기도 아니다. 그것은 중국에서 생산되는 것이 아니었다.

유리는 아득한 서역에서 운반되어 온다.

'아냐, 서역의 또 서쪽에서 생산된다.'

공명은 이런 말을 들은 적이 있었다.

하지만 오두미도의 사자로서 성도에 왔던 진잠(陳潛)이란 인물이 귀엣말로 가르쳐 주었다.

"강국(康國 : 사마르칸트) 사람들이 서방에서 재료 일부를 가져다가 장안과 가까운 오장원에서 몰래 만들어 서방에서 가져온 것이라 속여 팔고 있답니다."

유리는 값이 비싸긴 했지만 물건의 부피가 클 뿐 아니라 깨어지기

쉽다. 따라서 먼 길을 운송해 오기에는 노력이나 비용이 너무나도 많이 든다.

그래서 장안 가까이 비밀 공방(工房)을 차리고 거기에서 제조된 물건을 낙타나 말에 실어 장안으로 가져간다.

"자아, 서역의 또 서방에서 가져온 유리입니다. 가져오는 데 얼마나 시간이 걸리고 어려운지 아시겠죠? 자아, 사십시오. 이렇게 귀한 물건은 없습니다."

그래서 공명은 물었다.

"아무도 의심하지 않소? 장안의 장사꾼이 그것을 곧이듣소?"

진잠은 웃으면서 대답했다.

"강국인은 거의 모두 파란 눈에 푸른 수염이지요. 낙타를 끌고 온 그들의 용모를 보면 누구라도 서역의 서쪽에서 왔다고 믿을 수밖에 없습니다."

"재미있군요. 인간 심리의 맹점을 찌르고 있는 그 점이! 그렇다면 오장원의 강국인들은 평소 모습을 잘 드러내지 않겠군요?"

"그렇습니다. 오장원엔 다른 사람이 별로 살고 있지 않습니다."

"어째서요? 땅이 메마른가요?"

"아아뇨, 귀신이 산다는 소문이 있어 본디 있던 사람들도 도망쳐 버렸지요."

"그 소문은 강국인이 일부러 퍼뜨렸을 테지. 틀림없이 어떤 속임수를 썼을 거고."

"아마 그런 것 같습니다."

"강국인도 비밀 공방에 주민이 접근하면 곤란할 테지. 과연…… 그래, 그들은 자급자족을 하고 있나? 곡식 생산은?"

"스스로 경작합니다. 땅은 얼마든지 있으니까 그 일부만을 갈아도 100명 남짓의 식량은 확보할 수 있지요."

"으음."

공명이 오장원에 주의를 기울이기 시작한 것은 이때부터였다.

공명은 몇 년 뒤의 북정에는 10만 대군을 동원하되, 지금까지와는 달리 장기전을 펼 계획을 구상하고 있다.

그때 문제라면 10만 대군의 식량을 공급하는 방법이 될 것이다. 지난번 가정 전투에서 수송력이 약함을 온 천하에 드러냈다. 가정의 중요성은 촉군과 본국을 잇는 보급로 가운데에서도 목구멍과도 같은 요충이라는 데에 있다. 가정의 실함(失陷)으로 제1차 출사(出師)의 장거는 무너지고 말았다.

그리하여 '후출사표'를 후주 유선에게 올려 공명은 제2차 출사를 했다. 그러나 제2차 북정은 진창을 지키는 학소의 완강한 저항으로 실패했다.

공명은 실패할 때마다 좌절하지 않고 다음 계획을 곧 세웠다. 제1차 북정이 수송력의 약세 때문에 쓰라린 패배로 귀결되자 곧 수송력을 강화했다. 그러나 아직도 모자랐다.

공명의 구상대로 다음 북정에서 장기전을 펴면 '농사를 지어가면서 싸우는' 둔전제(屯田制)가 꼭 필요하다. 하지만 10만 장병이 밭을 갈게 되면 그 고장 농민과 마찰이 생긴다. 경작자가 없는 토지가 그리 많지는 않으리라.

그런데 그런 땅이 있다는 것이다. 오장원에!

유리를 제조하는 강국인 소집단이 자기들의 비밀을 지키기 위해 농민들을 귀신이나 원귀 따위로 겁주어 오장원에 접근하지 못하도록 하고 있다.

그와 같은 곳이라면 10만 대군이 둔전해도 큰 문제는 생기지 않으리라. 물론 100명 남짓한 강국 거류민과의 마찰은 피할 수 없을지 모른다. 그러나 비밀을 지킬 것을 조건으로 한다면 타협하기 어렵지 않을 것이다.

공명은 지금 의논할 상대가 있는 곳을 향해 한여름의 오장원을 걷고 있다. 품 안에는 진잠이 써 준 소개장이 들어 있다. 공명은 옷 위로 그 소개장을 가만히 눌러 보았다.

　공명이 생각하고 있는 둔전제는 조조가 먼저 시작했다.
　둔전하면 흔히 국경지대에서 병사가 한편으로 싸우고 한편으로 밭을 갈아 식량을 자급하는 것으로, '군둔(軍屯)'이라고도 불렀다. 한나라 때 이미 시작된 제도였다.
　따라서 군둔은 촉한이나 오나라에서도 실시되고 있어 특별히 새로운 것은 아니었다.
　조조는 군둔을 채용하는 한편, 민둔(民屯)이라 불리는 새로운 제도를 시작했다. 그는 전쟁의 황폐 속에서 임자없는 땅이 많은 데 착안하여 먼저 자기의 근거지 허도에 민둔을 만들고 군량 보급과 경제 부흥에 힘썼다. 주인 없는 땅을 국가 소유로 하고 백성을 모집하여 경작시켰다. 경작의 조건은 자세히 알려지지 않았지만 관의 소를 빌린 자는 수확의 6할을 관에 바쳤고 자기 소를 가진 자는 관과 반타작을 했다. 이 분배 비율은 아마도 호족이 그 영지를 경작하는 농민에게서 수확물을 징수하는 것과 거의 같았다고 생각된다.
　이 민둔에 들어간 백성은 군현(郡縣)의 지배에서 벗어나 새로이 설치된 전농관(典農官 : 우두머리는 전농중랑장)이 관리하였다.
　허도에서 시작된 민둔은 이윽고 각지로 확대되었다.
　그런데 차츰 민둔이 전농관의 사유물로 둔갑하는 부작용이 나타났다.
　사마중달이 세력을 늘린 것은 이 민둔과 관계가 있었다. 사마중달의 아들 사마소(司馬昭)가 전농중랑장에 임명되어 많은 민둔을 사유화했던 것이다. 나중 이야기이지만 사마소와 하안(何晏)이 낙양의 민둔 쟁탈전을 벌인 일은 사서(史書)에도 기록되어 있다.
　위나라의 둔전제도는 사마씨의 진나라 점전(占田)·과전제(課田

制)로 계승되고, 다시 북위(北魏)에서 당(唐)나라에 걸쳐 균전법(均田法)으로 이어진다. 따라서 옛날의 정전제(井田制)는 별도로 하고 위나라의 민둔이 중국에서 토지를 국민에게 할당시켜 경작케 하는 시초가 되었다.

삼국시대는 병제(兵制)에서도 큰 변화가 있었다. 병민(兵民)의 분리가 그것으로서 병가(兵家)·사가(士家)라 불리는 집이 특별히 정해지게 된 것이다.

조조는 처음에 수천의 병을 모집하여 일어났지만, 계속되는 전쟁 때문에 그 군대를 유지하고 강화시키기 위해 이 제도를 시작했다.

즉 병사에게 집을 짓게 하여 일정한 곳에 살게 한다. 아내가 없는 자는 여자를 구하여 결혼시키고 그 호적을 일반 서민과는 별도로 관리했다. 그리하여 대대로 병역 의무를 과한 것이다. 아버지가 죽으면 아들이, 형이 죽으면 동생이 병역에 복무하며 병사가 죄를 범하면 가족도 연좌되었다.

또 병가의 여자는 병사와 결혼하지 않으면 안 되었다.

문(文)을 존중하고 무(武)를 낮춰 보는 중국에서는 병가의 사회적 신분이 낮지 않을 수 없었다. 그래서 병가가 큰 공을 세우면 병가 신분에서 해방되는 특전이 있었다.

이 제도는 송(宋)나라 때까지 답습되었다.

오나라에서는 그 초기에 봉읍제(奉邑制)를 실시했다. 즉 장수들에게 병사를 나눠 주고, 아울러 그들을 먹여 살리도록 하나 또는 몇 개의 현을 봉읍으로 주었다. 이것은 병사와 장수 사이에 특별한 은의(恩義) 관계를 낳게 하였다.

그런데 건안(建安) 말년 손권은 이 봉읍제를 폐지시켰다. 그러나 부형(父兄)이 죽으면 자제(子弟)가 그 병(兵)들을 상속받는 일이 많았다. 이 병사는 병민(兵民) 분리에 의해 만들어진 것이라고 추측된다. 촉나라 병제는 자료가 적어 불확실하지만 역시 병민 분리의 제도를 택하고 있었던 것 같다.

안내를 청하자 키 큰 사나이가 나타났다. 제갈공명도 6척이 넘었으나 안내하는 사나이는 한 뼘은 더 컸다.

그러나 파란 눈은 아니었다. 검은 눈이었고 머리도 새까맣다.

"소개장을 가져왔소. 주인께 전해 주시오."

공명은 소개장을 꺼냈다.

이때 안내를 맡은 사나이가 손을 뒤로 돌려 닫은 문을 열었다. 그러자 또 하나의 키 큰 사나이가 나왔다.

"어머님의 사자요?"

그 사나이가 물었다.

나이는 스물예닐곱 살로 역시 까만 머리에 야성적인 눈빛이었다. 그 근처 농민의 눈과는 달랐다.

'사냥꾼의 눈처럼 생겼구나.'

공명은 이런 인상을 받았다.

안내자가 대답했다.

"그렇지 않은 것 같습니다. 이분은 남쪽에서 오셨습니다."

공명은 소개장을 건네주었을 뿐 아직 자신의 이름은 밝히지 않았다. 소개장의 겉봉에는 소개자의 이름 '진잠'이란 두 글자가 씌어 있을 뿐이었다.

그런데 안내자는 선뜻 공명을 남쪽에서 온 사람이라고 말했다.

'진잠은 소개장을 써 주었을 뿐 아니라 미리 다른 인편으로 내가 올 것이라고 알렸구나.'

공명은 이렇게 추리했다. 그가 무도나 음평을 점령하고 티베트계 주민을 설득하고 있는 동안 진잠은 오장원에 알릴 시간이 충분했던 것이다.

"호오, 촉나라 분이오?"

눈의 광채가 예사롭지 않은 젊은이는 그렇게 말하며 공명을 흘끗 바라봤다.

"그렇소."

"촉나라 승상 제갈공명?"

"그렇소"

공명은 같은 대답을 되풀이했다. 청년은 공명에게서 눈길을 떼려하지 않았다.

"나는 성명을 밝혔소. 그런데 당신은?"

이번에는 공명이 물었다.

"성은 유(劉), 이름은 백(柏)이라 합니다. 남흉노의 왕자입니다."

"돌아가신 남흉노 왕 오프라의 손자겠군요. 유표(劉豹)님의……."

"그렇습니다."

청년은 가슴을 펴고 상대가 한 말을 이번에는 자기 입으로 뇌까렸다.

공명은 물었다.

"어머님이라고 방금 말하였는데 채문희(蔡文姬)님을 말하오?"

흉노 왕인 유표에게는 처첩이 많았다. 조부 오프라의 뜻을 좇아 황하 가에서 한나라 후궁들을 집단으로 납치했을 때 가장 재능이 뛰어난 채문희는 좌현왕 표의 아내가 되었다. 그때 문희는 20대의 과부였고 표는 겨우 13세의 소년이었다.

채문희는 일대의 석학인 채옹(蔡邕)의 딸이었고 여자로서는 놀라운 학식을 가지고 있었다. 문희(文姬)는 자(字)이고 본래 이름은 채염(蔡琰)이었다. 말재주가 뛰어나고 특히 음악에 절묘한 재주가 있었다.

흉노 땅에 머물러 있기를 12년, 채문희는 표의 자식을 둘이나 낳았다. 그 뒤 문희의 아버지와 친교가 있던 조조가 가엾이 여겨 흉노와 교섭하여 찾아온 것이 22년 전인 건안 12년(207)의 일이었다.

문희는 그 뒤 진류(陳留) 출신의 둔전도위(屯田都尉) 동사(董祀)

라는 인물과 재혼했다. 조조의 주선에 의한 것임은 말할 것도 없다. 문희는 인물을 중히 여기는 조조의 호의에 보답하기 위해 기억을 되살려 아버지 채옹이 남긴 글을 정리해 바쳤다. 훗날 지은 두 편의 시 '비분시(悲憤詩)', '호가십팔박(胡茄十八拍)'은 당시 시대의 애환이 담긴 명시로 꼽힌다.

"그렇소."

남흉노의 왕자인 유백은 가슴을 다시 펴듯이 하며 대답했다.

공명이 물었다.

"문희님이 이곳에 오십니까?"

"나는 어머님과 만나기 위해 이곳에 와서 기다리고 있습니다."

"오랫동안 만나지 못하셨나 보군요."

"어릴 때 헤어졌습니다."

22년 전이니까 유백이 어머니 문희와 헤어진 것은 한창 어리광을 부릴 무렵이었을 것이다. 유백은 어머니를 거의 모르고 자랐던 것이다.

"짐작할 수 있습니다."

공명은 말하며 얼굴을 숙였다.

"무엇을 짐작하십니까?"

약간 성난 목소리로 유백은 말했다.

"사람의 성품을 미루어 짐작할 수가 있습니다."

공명은 조용히 말했다. 잠깐 침묵이 흐른 뒤 유백은 마음을 돌린 것처럼 어깨를 추스르고서 말했다.

"아무튼 좋습니다. 자, 안으로 들어가시지요."

안내자는 쓴웃음을 짓고 고개를 조금 저었다. 안으로 들게 하는 것은 그의 소임이다.

"그럼 실례하겠소."

제갈공명은 옷깃을 손으로 여미며 허리를 굽혀 나지막한 문 안으로 들어갔다.

대의명분

이제부터 누구와 만나게 되는지 공명도 모른다. 아마 강국 거류민의 대표자와 만나게 되리라 생각했다.

움푹 들어간 눈은 파랗고 머리는 갈색인 강국의 장로, 그렇게 상상하고 있었는데 안내된 방에 앉아 있는 사람은 뜻밖의 용모를 가진 인물이었다.

작은 몸집의 사나이다. 5척도 되지 않으리라.

갸름한 얼굴로 눈 가장자리가 좀 부어 있는 듯한 느낌의 인물이다.

그 눈은 움푹하지도 파랗지도 않다. 조그마한 것이 졸린 듯한 눈매였다.

제갈공명이 방에 들어가 읍하자 그 인물은 입을 오므리면서 호호호 웃더니 말했다.

"손권이 말야…… 황제라고 했다는군. 천자라고 말이오. 호호호…… 마침내 황제가 되었어."

"예, 손권이?"

"그렇다오. 저 강동의 말썽꾼, 벽안아가 말이오! 이번 4월의 일
이었지. 재미있게 되었어."
작은 몸집의 사나이는 그렇게 말하더니 또 눈을 가늘게 뜨고서 웃
었다.
'황제라고!'
공명은 얼굴을 돌려버렸다. 이 작은 사나이가 거짓말을 하고 있다
고는 생각되지 않는다. 아마 사실일 것이다. 공명으로선 혀를 차고
싶은 심정이었다.
"즉위의 대전(大典)도 화려하게 거행했다더군. 훗훗훗."
"식을 올렸습니까?"
"올렸지요. 아주 성대하게!"
공명은 또다시 얼굴을 돌려 버렸다.

촉과 위의 싸움은 일승 일패로 일단락되었다.
그 사이에 오나라는 어찌 되었는가?
촉과 위가 서로 싸워 함께 상처를 입는 것은 오나라에게는 바람직
한 일이었다.
공명이 다시 출병하여 위나라 대도독 조진을 참패시켰을 뿐만 아
니라 병까지 얻게 했다는 보고는 첩자에 의해 알려졌다.
"전하, 위나라를 칠 때는 바로 지금인 줄 아옵니다."
무관들은 오왕 손권에게 권했다.
"육 도독에게 명하여 곧 대군을 위나라로 진격케 하옵소서."
명장 육손이 있는 한 절대로 위나라에 패할 일은 없다고 무관들은
믿고 있었다.
그러나 정작 국경에 있는 육손은 그런 청을 하지 않았다.
따라서 손권은 위나라를 치라고 명령할 생각이 별로 없었다.
손권은 얼마간 더 촉과 위와의 대결을 가만히 지켜보기로 했다.

어느 날 장소가 아뢰었다.

"요즘 들으니 무창 동쪽 산에 봉황이 내려와 집을 지었다고 합니다. 주상의 덕은 요순과 같고 밝으심은 문왕(文王) 무왕(武王)과 같사오니 어서 황제의 위에 오르시는 것이 좋을 줄 아옵니다."

위나라에서는 조예가 조비의 뒤를 이어 황제 행세를 하고, 촉나라에서는 후주 유선이 유현덕의 뒤를 이어 한나라 황제라 일컫고 있다. 오나라라고 황제가 못될 것은 없었다.

문무백관들은 하나같이 손권에게 황제의 위에 오를 것을 권했다.

손권도 마침내 결심했다.

이 해(229년) 4월 좋은 날을 가려, 무창 남쪽 교외에 단을 높이 쌓고 손권은 단에 올라 황제임을 선언했다.

그리하여 황무(黃武) 8년을 황룡(黃龍) 원년으로 고쳤다. 죽은 아버지 손견에게는 무열황제(武烈皇帝)라는 시호를 올리고, 형 손책에게는 장사환왕(長沙桓王)이라는 칭호를 올렸다. 또 큰아들 손등(孫登)을 황태자로 봉했다.

그리고 태자 손등의 태부로는 제갈각(諸葛恪)과 장소의 아들 장휴(張休)가 임명되었다.

제갈각은 제갈근의 아들로 가문의 핏줄을 받아 역시 재주가 뛰어났다. 제갈각은 여섯 살 때 아버지를 따라 오왕 손권이 베푼 술자리에 간 적이 있었다.

손권은 제갈근의 얼굴이 긴 것이 생각나자 장난기가 발동해 나귀 한 마리를 끌어오게 한 다음, 붓으로 나귀 얼굴에다 '제갈자유(諸葛子瑜)'라고 썼다. 자유는 제갈근의 자였다. 좌중이 온통 웃음바다로 변했다.

그러자 그때 여섯 살 먹은 각이 얼른 일어나 붓을 집어들더니, 손권이 쓴 네 글자 아래 두 글자를 더 써넣었다.

'제갈자유지려(――之驢)', 즉 제갈근의 나귀라는 뜻이다.

사람들은 그 어린아이의 슬기에 혀를 내두르며 박수를 보냈다.

그 뒤로 손권은 각을 사랑하여 세자 손등의 놀이 상대를 삼았던 것이다.

각이 열 살 되던 해였다.

나라에 경사가 있어 성대한 잔치가 열렸다.

손권은 각에게, 중신들에게 술잔을 돌리라고 시켰다.

"잔을 드십시오."

각이 장소 앞으로 가서 권하자, 전부터 손권이 각을 너무 사랑하는 것이 못마땅했던 장소는 고개를 저으며 거절했다.

"그렇게 술을 억지로 권하는 것은 노인을 공경하는 예의에 벗어나는 일이다."

각은 머리를 숙이고 나서 다음 중신 앞으로 잔을 옮기려 했다. 그러자 손권이 명령했다.

"각아! 무슨 일이 있어도 마시게 하라."

그래서 각은 엎드려 세 번 절하고 권했으나 장소는 그래도 완강히 잔을 들려 하지 않았다.

이윽고 각은 머리를 들고 가슴을 펴자, 오나라 중신 가운데 가장 나이 많은 어느 노인을 향해 말했다.

"옛날 강태공은 나이 아흔에도 여전히 기를 세우고 손수 도끼를 들고 싸움터로 나갔다 합니다. 좌우로부터 노인 대우를 받으면 대단히 못마땅해했다고도 합니다. 오늘부터 저는 출전에 있어서는 장공을 뒤에 남기고, 술을 마시고 놀 때는 맨 먼저 장공을 상좌로 모시어 잔을 올리겠습니다. 그것이 노인을 공경하는 도리가 아니겠습니까."

이 통렬한 야유를 받자 장소는 잔을 들지 않을 수가 없었다.

제갈각이 이렇게 남보다 뛰어난 재주를 가지고 있었기 때문에 손권은 그를 태자 태부로 명했던 것이다. 그리고 장소의 감정도 상하지 않게 하려고 장소의 아들 장휴에게도 같은 벼슬을 주었다.

승상에는 고옹이 임명되고 육손은 상장군의 지위에 올랐다.

도읍지 건업으로 돌아오자 손권은 드디어 위나라를 치고자 군신들을 모아 대책을 논의했다.

그러나 장소가 반대했다. 즉위한 지 얼마 되지 않은 지금은, 함부로 군사를 움직이지 않는 것이 좋다, 무력보다 문치에 힘을 기울여 학당을 많이 만들고 민심을 편안케 해야 하며, 한편으로 사신을 촉나라에 보내어 오나라·촉나라의 동맹을 더욱 다져야 한다고 했다.

손권은 장소의 의견을 받아들여 곧 사신을 서천으로 보냈다.

성도에서 오나라 사신을 맞은 유선은 손권이 손수 쓴 편지를 펴보았다.

위나라를 치기 위해서는 오나라와 동맹을 맺는 것이 절대적 조건이었다.

"그러나 이것은 어쩌면 오나라 육손의 교묘한 술책인지도 알 수 없다. 어찌됐거나 승상의 의향을 듣기로 하자."

유선은 한중에 있는 공명에게로 파발마를 달리게 했다.

공명은 여전히 입맛이 썼다.

'아이들 장난같다. 하필이면 고르고 골라 이런 때 여보란 듯이 즉위의 대전 따위를 올리다니!'

오왕 손권은 스스로를 왕에서 황제로 격상시켰다. 이것은 전하에서 폐하로 계단을 하나 오른 것을 의미하는 것이 아니다. 인신(人臣)에서 천자의 지위로 오른 것이다. 까마득하게 높은 곳으로 날아오른 것이다.

지금 촉나라는 오나라 손권과 동맹을 맺고 있다. 촉이 북벌군을 일으켜 초강대국 위와 싸우는 데는 오나라와의 동맹이 유지되어야 한다는 것이 절대적 전제조건이다.

지금 위·오·촉 세 나라가 천하를 삼분하고 있다고는 하나 그 가운데 촉의 힘이 가장 약하다. 그러기에 공명은 출사표에서

'익주는 피폐했다.'

고 지적하여 자기 나라의 약함을 전군에게 새삼 인식시켰던 것이다. 그리고 비록 가장 약한 세력이긴 하지만 그것을 보충하여 강화하는 요소가 있으니, 그 하나가 단결력이라고 강조했다.

그런데 단결력은 '우리 촉나라는 천하의 정통(正統)이다' 하는 의식에서 비롯된다. 조씨의 위나라가 아무리 강성을 자랑해도 그들은 한나라 천하를 앗은 역적이다.

낙양의 한나라와 구별하기 위해 편의상 촉 또는 촉한이라 불리고 있지만, 성도의 조정은 어디까지나 촉한이 한(漢)의 정통을 잇고 있다고 생각하고 또 주장했다. 조비가 헌제를 폐위시켰으므로 한 황실인 유비가 그 뒤를 이어 즉위한 것으로 되어 있다.

따라서 성도의 조정은 결코 유비가 시작한 것이 아니다. 400년 전 고조 유방이 항우와 싸워 천신만고 끝에 중원에 쌓아올린 한 황조의 흐름을 이은 정통 정권이다.

일시적으로 쇠미하기는 하지만 유서 깊고, 참칭자인 위왕조 따위와는 근본부터 다르다.

약한 촉이 왜 강한 위를 치는가?

정통이 역적을 토벌하는 것이다. 조씨의 위나라가 무도하게도 황제를 참칭하고 있어 그것을 벌하기 위한 북벌이다.

군졸들에게는 그렇게 가르치며 용기를 북돋아 왔고, 병사들 가족에게도 설명했다.

"그러기에 당신의 아들은 역적을 토멸하기 위해 싸우는 것이오."

그런데 조씨의 위나라뿐 아니라 손씨의 오나라도 황제를 칭했다고 한다. 무도하다는 점에서는 다를 것이 없다.

위를 토벌하면서 같은 대역(大逆)의 오나라를 눈감아 줄 수 있는

것일까? 그러나 그 오나라와는 동맹 관계를 맺고 있다. 그 동맹을 파기할 수 있을까?

'할 수 없다!'

현재 진행중인 북벌 작전 계획은 오나라와의 동맹 관계 존속을 그 전제로 삼고 있다. 아니, 그 관계를 더욱 강화시키는 일조차 북벌의 조건 속에 들어 있다.

"성도의 조정에선 이러쿵저러쿵 말하는 자가 있겠군요?"

작은 사나이는 여전히 유쾌한 듯이 떠벌렸다.

"그야 있겠지요."

"휙! 하고 느닷없이 베어 버리십시오. 그러면 일은 간단하지요."

"그렇게 간단할까요?"

"간단하지요. 오오, 깜박 잊고 있었군. 나는 당신을 진남장군(鎭南將軍)께 안내해야 할 임무가 있었지. 자아, 이리 오십시오."

작은 사나이가 앞장섰다.

위나라 진남장군은 장로(張魯)였다.

오두미도 창립자 장릉(張陵)의 손자, 즉, 장릉의 아들인 장형(張衡)과 소용 사이에서 태어난 3대째 교주이다.

건안 20년 조조에게 항복하여 진남장군의 칭호가 내려졌다. 오두미도의 본거지인 한중은 그 뒤 유비에게 점령당하여 현재는 촉나라 영지이다.

장로가 오장원까지 온 것은 오두미도 신자가 많은 이 지방에 위나라의 영향을 좀더 강하게 하려는 공작에서일까?

"진남장군은 미행(微行)한 것이니 가벼운 마음으로 만나도록 하십시오."

비공식으로 비밀리에 왔다는 것이다.

격식을 중요시한 그때여서 만일 공식 회견쯤 되면 절차가 여러 가지로 번거롭다.

촉나라 승상과 위나라 진남장군이라면 나라 안에서도 수뇌였다. 인사 방법부터 시작하여 까다로운 예법을 거쳐야 한다. 미행이므로 비공식 회동이 된다. 형식을 일체 떠나서 만나자는 것이다.

공명은 물었다.

"나를 만나기 위해 오셨소?"

"예, 그렇습니다. 어쨌든 방에 들어가면 한 손을 들고 의자에 앉도록 하십시오. 의자 둘이 탁자를 사이 두고 마주 보게 놓여 있습니다. 진남장군은 처음부터 앉아 있겠지만."

작은 사나이가 설명했다. 아마도 그가 주선한 모양이다.

'그렇지, 진잠과 장로는 형제나 다름없는 사이였어.'

공명은 어렴풋이 알 것 같았다.

장로는 교모 소용의 아들이고 진잠은 소용이 자기 자식처럼 사랑한 인물이다. 그러니까 장로와 진잠은 형제라 해도 좋다. 아니 그 유대는 형제 이상으로 질길지도 모른다.

진잠은 미리 공명의 방문을 오장원에 알렸다. 그때, 동시에 낙양의 장로에게도 알렸으리라.

촉 승상이 미행으로 오장원에 갈 것이오. 비공식으로 얘기할 것이 있다면 직접 만나보는 것이 어떻겠소?

진잠은 장로에게 권했을 것이 틀림없다.

종교인이니만큼 진잠도 각 정권의 기세가 일어났다 꺼졌다 하는 것보다도 사람들이 평화롭게 살 수 있는 세상이 빨리 오는 데 관심을 가지고 있었다.

수뇌끼리 은밀히 의견을 교환해 두면 의미없는 유혈을 얼마간 막을 수 있을지도 모른다.

공명은 물었다.

"당신은 오두미도 분이겠군요?"

작은 사나이는 흰 잇몸을 보이며 끄덕였다.

방에 들어가자 공명은 한 손을 들어보였다. 그의 뒤에서 문이 닫아졌다.

작은 사나이는 방에 들어오지 않는다.

넓은 방에 단 두 사람이 남았다.

방 한가운데 탁자가 있고 그 맞은쪽에 살결이 흰 중년 사나이가 앉아 있었다. 단정한 얼굴 생김이다.

그 사나이는 앉은 채 가볍게 목례를 했다.

"무엇을 이야기하실 작정입니까?"

공명은 느닷없이 물었다.

"천하의 일."

"나는 촉나라 승상입니다."

공명은 말끝에 힘을 주었다.

승상은 직접 나라의 정사를 담당하고 자기의 의사로 정책을 좌우할 수도 있다.

하지만 장로는 어떤가?

1만 호의 식읍(食邑)을 가지고 후(侯)에 봉해진 진남장군은 위계(位階)야 높지만 정략적으로 주어진 작위에 지나지 않지 않는가. 항복한 지방 정권의 우두머리는 이런 식으로 떠받들어지게 마련이지만, 나라 정사에 참여할 수는 없으리라.

'국정 담당자도 아닌 당신이 나하고 천하의 일이며 국사를 이야기할 수 있겠소?'

공명의 말에는 이런 질문이 깃들어 있었다.

장로는 조용히 대답했다.

"나는 표기장군의 대리로서 이곳에 왔지요."

"호오, 중달의…… 그렇다면…….”

공명은 끄덕였다. 그렇다면 납득이 된다.

표기장군 사마의 중달은 위나라에서 실질적인 최고 수뇌자이다.

제도상으로는 대장군이 국가의 주석(柱石)으로서, 정권의 중심이 되어 있다. 이때 위나라 대장군은 조진이지만 그는 이미 나이가 많고 자주 병석에 누웠다.

그 때문에 사실상은 사마의가 재상이나 마찬가지였다.

장로가 사마중달의 대리인이라면 제갈공명과 그의 회담은 문자 그대로 위·촉 정상회담이라 해도 좋았다.

장로가 말했다.

"중달의 입장은 알고 계시겠지요? 위나라에서의 그분 입장, 꽤나 쓰라린 데도 있습니다.”

"중달은 재능이 많으니까.”

제갈공명은 끄덕였다.

유능함이 반드시 미덕이라고 할 수만은 없었다.

고대 왕조에서 유능한 대신은 양날의 칼이나 마찬가지였다. 왕조를 위해 눈부신 활약을 해줄지 모르지만, 반대로 왕조를 가로챌지도 모른다.

사마중달이 유능한 까닭에 위나라 조정에서 경계받고 있다는 것은 공명도 잘 알 수 있었다. 그 점에서는 공명 자신도 같은 처지에 있다.

그와 같은 입장에 처하는 것이 싫어 유능하건만 일부러 무능함을 가장하고 있는 사람도 있었다.

그런 사람들을 세상에서는 ‘명석보신(明晳保身)’이라고 칭찬한다.

하지만 공명의 말을 빌리면 그것은 하늘이 준 재능을 펴 보지도 않고 땅속에 파묻어 버리는 것이나 같다. 안타까운 일이었다.

장로가 말했다.

"유능함도 도가 지나쳐선 안 되지요."
"그래, 중달님이 말씀하고 싶은 것은?"
공명은 단도직입으로 물었다.
"촉의 북벌군이 움직이면 위나라는 사마중달이 대도독으로서 출
진하게 됩니다."
"그렇게 되겠지요."
"촉은 아마도 10만의 대군을 동원하시겠지요? 하지만 위나라는
촉군에 대승하지 않을 것입니다. 대도독 중달에 대한 경계심이 높
아질 테니까. 전공이 높아지면 그만큼 경계심도 높아지고 결국 사
마중달의 목숨도 위태로워집니다."
"호오, 싸우기도 전에 대승한 뒤의 일을 걱정하고 계시는군요."
공명은 쓴웃음을 지었다.
"그렇습니다. 공명께서 굳게 지켜 주시어 위나라가 대승하지 않
도록 해 주시기 바랍니다."
장로는 몸을 내밀었다. 공명은 천천히 대꾸했다.
"우리 촉나라에서도 승상인 내가 대승하는 것을 얼마쯤 두려워하
고 있지요."
"서로 입장이 비슷하군요."
공명은 그 말에는 대꾸하지 않고 넌지시 묻는 것처럼 말했다.
"그럼, 어떻게 하면 좋소?"
"촉은 이 오장원에 본진을 두시겠지요?"
"아직 정하지 않았소만."
"어쨌든 이렇게 합시다."
장로는 목소리를 낮추었다.
무승부, 지구전——이것이 바람직한 싸움 자세이다.
양군이 정말 죽을 힘을 다해 싸운 결과 지구전으로 들어간다면,
그 과정에서 숱한 피해가 발생할 수밖에 없다. 그러나 똑같이 무승

부에 이어 지구전을 하더라도 양군의 수뇌가 미리 전세를 그렇게 유도해 가기로 약속해 둔다면 불필요한 유혈은 피할 수 있을 것이 아닌가!

사마의와 공명이 각각 자국에서의 신변 안전을 위하여 담합을 하자는 것이다.

장로는 사마중달의 밀명을 받고 제갈공명과의 사이에 담합을 하러 온 것이다.

'천하 만민을 위해.'

담합 제의에는 이런 대의명분이 있다.

공명도 담합 그 자체에는 찬성이었다. 그들의 이야기는 오래도록 계속되었다.

문득 공명은 허리를 펴고 의자에서 일어나더니 창가로 가서 창문을 활짝 열었다.

창문 밖은 널찍한 공터였다. 소 한 마리가 천천히 걸음을 옮기고 있었다. 암소인데 유방이 무겁게 늘어져 땅에 닿을 것만 같았다.

"으음……."

공명은 무슨 생각을 했는지 신음소리를 냈다.

아아, 박복하여 난세에 태어난 몸
부모형제 모두 죽고 나 홀로 남았네
그 몸도 잡혀서 관문 밖에 있고 보니
산도 험준하여라 이국의 하늘
아득한 골짜기에 길은 멀리 이어지고
뒤돌아보니 한숨뿐이어라
해가 저물어도 잘 곳이 없고
굶주려도 먹을 것이 없네
눈물이 흘러

속눈썹 마를 겨를이 없네

금(琴)의 명수 채문희는 금을 타면서 자작시를 노래했다. 이 시
는 문희가 자기 자신의 운명을 한탄해 노래한 것이었다.
흉노의 병사는 남자들을 베어 그 목을 안장에 주렁주렁 매달고 약
탈한 여자는 말 꽁무니에 태우고서 철수한다. 여자들은 채찍과 매질
을 받아가며 찬바람이 부는 오랑캐 땅으로 끌려갔다. 여자들은 오랑
캐 땅에서 고향과 가족을 그리워하며 눈물이 마를 날이 없었다.
12년——
젊은 흉노족 왕자의 처가 된 채문희는 그래도 행복했다고 할 수
있으리라. 문희는, 조조 덕분으로 귀향하게 되었지만, 흉노 땅에서
낳은 두 자식과 헤어져야 하는 불행을 겪어야 했다.

아이는 내 목에 매달려
꼭꼭 붙들면서 묻는다
엄마 어디 가
다른 사람이 말했지
내 엄마는 가 버려 돌아오지 않는다고
엄마, 그렇게도 다정했는데
지금은 어째서 이렇듯 쌀쌀하지
나는 아직도 어린데
그걸 조금도 생각해 주지 않다니
그 말을 듣자 가슴속이 문드러지고
미쳐 버릴 것 같네
목청껏 울부짖고
쓰다듬고 어루만져 주어도
떠나자니 발길 움직이지 않네

문희가 흉노 땅을 떠날 때의 정경을 그대로 묘사한 시이다. 22년 전 문희의 목을 끌어안고 온 얼굴을 눈물로 적시던 자식이 지금 문희 앞에 앉아 있다.

골격도 늠름한 젊은이다.

남흉노의 정예를 거느리기에 부족함이 없는 자못 날쌔고 용감해 보이는 얼굴에 야성적인 눈을 번뜩였다.

금과 노래는 끝났다.

작은 몸집의 사나이가 가장 눈물이 많아 문희가 금을 타고 있는 동안, 두 손으로 얼굴을 가리고 양어깨를 떨어가며 울었다. 그리고 그는 유백에게 물었다.

"백님은 울지 않는군요."

"울지 않아. 어릴 때 너무도 많이 울어 이제 눈물도 말라 버렸어."

유백은 그렇게 대답했지만 그의 두 눈 역시 붉게 충혈돼 있었다.

"위나라 장군께서도, 촉나라 장군께서도 저의 시를 읽어 주셨으면 합니다. 당신들의 아내나 누님·누이나 딸들에게 전쟁이 어떠한 것이었는지……. 아아뇨, 지나간 이야기가 아니지요. 이제부터의 일이기도 합니다, 이제부터의."

채문희는 말끝을 맺지 못했다.

'천하만민을 위해…….'

공명은 그 말을 가슴 속에서 몇 번이고 뇌까렸다.

담합 제의는 사마중달의 보신 책략일 것이다. 하지만 그 결과 불필요한 유혈을 피하게 됨으로써 난세 사람들의 불행을 조금이라도 줄일 수 있다면 그것도 뜻있는 일일 것이다.

난세의 불행을 몸으로써 체험한 것은 비단 채문희뿐이 아니다. 공명 자신만 하더라도 그가 출려(出廬)하는 날 아내 황씨가 자결하지 않았던가.

또 고아나 다름없던 그로서는 누구와도 바꿀 수 없는 숙부 제갈현(諸葛玄)을 난전 속에서 잃었다.

오장원의 이 마을은 강국인의 비밀 거주지라 하지만, 공명은 도착한 지 이틀째가 되는데도 아직 강국인을 보지 못했다.

채문회와 아들인 흉노 왕자 유백, 안내하던 젊은이, 왜소한 사나이, 시중을 들어주는 몇 명의 남녀까지 모두 한족이라고 여겨지는 사람들뿐이었다.

이틀째 밤, 식사 뒤 채문희의 금과 시에 눈물을 흘리고 나서 조금 있다가 겨우 강국인 장로(長老)가 나타났다.

"공명님, 이 오장원이 마음에 드셨습니까?"

장로는 수염을 쓰다듬으면서 능숙한 한어로 공명에게 말을 걸었다. 공명은 대답했다.

"마음에 들었습니다."

"얼마쯤 걸릴까요? 이 오장원에서 촉나라 병사들이 밭을 가는 정경을 볼 수 있으려면……."

"4년……5년쯤 걸릴까요?"

"그때까지 이 목숨이 이어질까? 오래 살아야겠군요."

붉은 수염의 장로는 목을 움츠려 보이며 말했다.

장로의 뒤를 따라 몇 명의 사나이가 방으로 들어왔다. 그 가운데 스님 모습을 한 인물이 둘 있었다. 스님은 요즘 촉나라에서도 이따금 볼 수 있었다.

공명은 물었다.

"강국 주민들은 불교를 믿고 있습니까?"

"그렇습니다. 저희 나라는 500년 전에 알렉산더라는 서방의 적군에게 땅을 뒤엎다시피 대파괴를 당했습니다. 그런 일로 사람들 마음 속에 인생무상(人生無常)의 진리가 깊이 새겨졌지요. 전쟁이 있을 때마다 불교의 가르침이 널리 퍼졌어요."

“그렇게 싸움이 많았습니까?”

“많았습니다. 저희들 나라에서는 좋은 말이 생산되므로 여러 곳의 장군들이 그 말을 노리고 침략해 왔습니다.”

“촉나라에도 스님이 늘고 있습니다.”

“그렇겠지요. 위나라도 마찬가지입니다. 낙양에는 월지 사람들이 일찍부터 백마사를 건립하고 있으니까요……촉이나 위뿐이 아닙니다. 오나라에서도 불사(佛事), 불승(佛僧)이 늘었습니다.”

촉의 유선은 오나라 손권이 황제를 칭했어도 위나라와 싸우기 위해서 오나라와 동맹 관계를 그대로 유지하는 것이 필요하다고 생각했다. 이 문제에 대해 한중에 있는 공명에게 우선 물어 보기로 했다.

파발마가 한중으로 달렸다.
공명의 대답은 명쾌했다.

오왕이 황제의 위에 오른 이상, 그 위엄을 천하에 떨치고 싶을 것은 뻔합니다. 손권은 반드시 육손을 시켜 위나라 토벌군을 일으키게 할 것입니다. 그러면 위나라는 육손과 싸우기 위해 사마의를 보낼 것이 틀림없습니다. 우리 촉군이 중원으로 나아가는 것은 바로 이때입니다. 사마의가 남쪽으로 내려가는 것과 때를 같이하여 신은 다시 기산으로 나아가 장안을 치게 될 것입니다.

제갈공명은 그런 대답만 가지고는 미덥지가 않았다. 그는 곧 성도로 사륜거를 몰았다.

이리하여 촉나라 중신회의가 열렸다. 그 자리의 중신들은 입을 모아 주장했다.

“우리 촉한으로서는 이대로 오나라와 동맹 관계를 유지해도 아무런 이익이 없을 뿐 아니라 대의명분조차 잃을 염려가 있습니다. 이 기회에 우리 촉한의 정통을 명백히 밝히기 위해서라도 오나라와 단교해야 합니다."

제갈공명은 이런 의견이 있을 것이라고 예상했기 때문에 성도까지 달려온 것이다.

공명은 한 마디로 이런 주장들을 잘랐다.

"오나라 손권과의 동맹을 깨뜨려 우리 촉한을 멸망시키기를 원하는 사람이라면, 그런 주장을 계속하시오!"

묘당 안이 물을 끼얹은 듯이 조용해졌다. 굳이 망국을 바라는 자는 참형에 처해져도 할 말이 없다. 물론 누구 하나 입을 열려는 사람이 없었다.

오장원에서 예의 난쟁이로부터 오나라 손권이 황제를 참칭했다는 이야기를 들었을 때 공명은 반사적으로 생각했다.

'대의명분을 부르짖는 바보들이 있겠지?'

동시에 촉나라의 정통론 과격파들이——

'대역무도한 오나라를 치자!'

주먹을 들어 외치는 광경도 상상되었다.

어디 광신적인 정통론자들뿐이겠는가. 오나라와의 동맹을 유지, 강화하지 않는다면 촉나라의 앞길은 어둠뿐이라는 것을 너무나 잘 알고 있는 사람들 가운데에도——

'제갈공명을 괴롭혀 주자.'

이런 심사로 자기 자신이 마음 속으로는 안될 일이라고 생각하고 있는 토오론(討吳論)을 주장하는 자가 나올지도 모른다.

거의 절대적이라고 할 정도의 권한을 가진 승상 제갈공명에게도 반대 세력이 없었던 것은 아니다. 사마중달도 겁내고 있는 것처럼 황조는 유능한 중신을 의심하고 경계하는 습성을 갖게 마련이다.

'하필 이런 때 즉위를 한단 말인가?'

공명은 오나라 손권에게 그렇게 말하며 원망하고 싶은 심정이었다. 그러나 오나라측으로 본다면, 시국을 읽고 때는 바로 지금이다 하며 단행한 결정이었다.

그것은 물론 공명도 읽을 수 있었다.

위나라와의 싸움이 국가의 지상 목적인 촉나라로서는 오·한의 동맹은 무엇과도 바꿀 수 없는 중차대한 것이었다.

오나라는 그것을 알고 있다.

동맹 관계라 하는 것은 그 관계를 더 간절히 아쉬워하는 쪽 입장이 언제나 더 약하게 마련이다.

'촉나라가 약하다.'

오나라는 촉나라에게 그것을 인식시킴과 동시에, 황제를 참칭하고 있는 위나라·촉나라와 형식상 동등한 수준으로 자신을 끌어올리려는 것이다.

'휙! 하고 느닷없이 베어 버리십시오!'

오장원의 그 난쟁이 사나이는 그렇게 말했다.

난쟁이의 충고를 기다릴 것도 없이 공명은 그것이 최선의 방책임을 알고 있다. 그러므로 목소리를 높여 공명은 외쳤던 것이다.

직책과 권한

공명은 말했다.

"손권이 제위에 오르겠다고 마음먹은 지도 이미 오래되었소. 우리 촉한이 그런 그의 움직임에 눈을 감아온 것은 기각지세(掎角之勢)를 바랐기 때문이었소."

기각지세란 사슴을 잡을 때 한 사람은 뒤에서 다리를 잡고 또 한 사람은 앞에서 뿔을 붙잡는다는 뜻이다. 병법 용어로는 전후에서 호응하여 적을 치는 것을 이른다.

여기서 공명이 말한 기각지세는, 위나라를 협격하는 동맹군이 필요했기 때문에 손권과 손을 잡았던 것이 아니냐고 반문하고 있는 것이다.

"지금 만일 동맹을 끊으면, 오나라는 우리나라에 대해 깊이 원한을 품게 될 것이오. 이렇게 되면 군을 먼저 동쪽으로 돌려야 하는 사태가 벌어질 것이오. 그러나 손권 아래에는 유능한 가신들이 많고, 중신들은 서로 호흡도 잘 맞소. 일조일석에는 평정하지 못하오. 부질없이 병력을 소모시키고도 쉽사리 결판이 나지 않는다고 한다면 그야말로 위나라가 바라는 술책에 빠지는 것이 되오. 결코 훌륭한 계책이라고는 할 수 없소. 옛날 문제(文帝 : ^{한나라 제5대})는 유화책(宥和策)으로써 흉노를 대했고, 선제 또한 부드러운 자세로 오나라와 동맹을 맺으셨소. 그것은 임기응변으로 대처하며 좋은 기회가 오기를 기다리려고 했기 때문이었소. 견디기 어려운 것을 견딘다.——범인(凡人)과의 차이는 이 점에 있소. 지금, 모든 이는 '손권에게 가장 바람직한 상태는 삼국이 정립(鼎立)하는 것이고, 우리들과 공동 전선을 펼 생각은 없다. 더욱이 그의 소원은 이미 이루어졌다. 그에게는 북정하려는 생각 따위는 털끝만치도 없다.' 라고 하오. 이 생각은 맞는 것 같지만 사실은 틀렸소. 왜냐하면 손권이 장강 이남의 땅에 틀어박혀 굳이 북으로 쳐나가지 않는 것은 지혜와 힘이 위나라에 뒤지고 있기 때문이오. 그것은 마치 위적(魏賊)이 한수를 건너 우리 촉을 공격하지 못하는 것과 똑같소. 즉 손권은 충분한 힘을 여축하고 있으면서도 전략적 배려로 북정을 보류하고 있는 것은 아니오. 따라서 만일 촉나라가 대거 위나라를 침공하면, 손권 또한 호응하여 위나라를 침범하여 영토를 넓히고 그 위무(威武)를 국내에 과시하려 할 것이오. 우리들의 움직임에 가만히 팔짱만 끼고 있지는 않을 거요. 가령 손권이 움직이지 않는다 해도 동맹 관계만 유지시켜 두면, 북정에 즈음하여 오나라의 움직임에 신경을 날카롭게 할 필요는 없고, 게다가 하남의 위군을 그대로 동부 전선에 붙들어 둘 수가 있소. 오나라와의 동맹은 이익이 이만큼이나 크오. 지금은 손권이 참칭한 죄를 물을 때가 아니오."

공명의 차분한 설명에 누구 하나 반박하지 못했다. 공명은 결론을 짓듯 잘라 말했다.

"대의는 대의. 그러나 나라가 멸망하고 만다면 대의가 무슨 소용 있겠는가!"

공명은 한 호흡 사이를 두었다가 말했다.

"오나라에 축하 사자를 보내기로 합시다. 효기(孝起)에게 부탁하고 싶소."

효기는 진진(陳震)의 자(字)였다. 축하 사절이 결정되고 나자 반대파는 더 이상 말을 잇지 못하고 모두 물러갔다.

이것으로써 한 가지 문제는 해결되었다.

공명은 승상부로 돌아오자 방으로 들어가더니 곧장 책상 앞에 앉았다. 책상에는 종이가 펼쳐져 있었다.

그는 붓을 잡아 종이에 무엇인가 그렸다. 글자가 아닌 선과 원과 반원이었다. 설계 도면을 그리고 있는 것이다.

공명에게는 매우 즐거운 시간이었다.

공명은 무엇인가를 설계하는 것이 견딜 수 없을 정도로 즐거운 일이었다.

공명은 여러 가지 기계, 기구를 발명하는 것을 좋아했다. 얼마 전만 하더라도 무쇠 화살을 한꺼번에 몇 개씩 발사하는 연노(連弩)라는 무기를 발명했다.

종이 위에 그린 설계도가 실물이 되어 눈앞에 나타나고, 그것이 마음 먹었던 대로 움직여 줄 때 공명은 진심으로 보람과 재미를 느꼈다.

지금 그는 오장원에서 본 암소를 머리에 떠올리면서 붓을 움직이고 있었다.

가정 전투에서 수송력의 열세를 뼈저리도록 느꼈었다.

'싸움은 곧 보급이다.'

공명은 이렇게 믿고 있었다.

그러므로 다음 북벌에서는 군량을 자급할 수 있는 토지를 기지로 삼아야겠다는 계획을 세우고, 그런 기지로 오장원을 선택했다.

그러나 오장원에서 식량은 자급되어도 무기나 의복, 그밖의 보급
물자는 역시 촉에서 운반하지 않으면 안 된다.

이 무렵의 치중거(輜重車)는 춘추 전국시대의 전거(戰車)를 본뜬
것으로 두 바퀴에 바닥이 높은 차대(車臺)를 달고 마소로 끌게 되
어 있었다.

가정의 패전으로 끝난 지난번 북벌에서는 수없이 많은 치중거가
깊은 골짜기로 굴러떨어졌다.

굴러떨어지지 않더라도 도로에서 전복되어 군의 행진을 얼마나
방해했는지 모른다.

그 난쟁이 사나이와 만난 오장원의 방에서 밖을 내다보았을 때 한
마리의 암소가 있었다. 자못 느긋한 움직임이 더없이 안정된 느낌이
었다.

'저 생김새이다!'

그때 공명은 치중거를 개량하기로 마음먹었다.

잘 전복되는 것은 차대가 높아 안정성이 결여돼 있기 때문이다.

전거인 경우는 상대도 전거에 타고 있기 때문에 차대가 낮으면 불
리하다.

그러나 어떤 경우에도 차대가 너무 높으면 안정성이 떨어질 수밖
에 없다.

경험에 따라 차대의 높이를 적당히 조절했지만, 그것은 창을 가진
전투원이 타는 전거로서 알맞은 높이였다.

'치중거는 치중거.'

전혀 다른 수레를 만들어야 한다. 이때까지 전거를 본뜬 치중거를
사용한 것이 잘못이다.

이리하여 공명은 '목우(木牛)'라는 치중거를 설계했다. 그것은 두
바퀴가 아니고 네 바퀴였다. 차대의 높이를 땅에서 조금 떨어질 정
도로 낮췄다.

육중해서 안정돼 있을 뿐 아니라 좀더 많은 물자를 한 대의 수레에 실을 수 있다. 끄는 마소의 수를 늘려서 수레의 수를 줄일 수 있으며, 그것은 군의 행진을 방해하는 일도 적을 것이다.

목우는 안정되어 적재량은 많지만, 속도가 느린 것이 결점이었다. 보통의 물자 수송에는 목우가 적당하지만, 무기나 그밖의 긴급을 요하는 물품을 나를 때에는 느린 것이 문제가 된다.

목우를 설계한 뒤, 공명은 그것을 기본으로 하여 적재량을 줄이는 대신 속도를 올리는 치중거의 설계에 착수했다.

이것이 '유마(流馬)'라 불리는 수레이다.

"참으로 엄청나군요! 대체 오나라는 얼마만큼의 대군이 있는지 나로서는 짐작도 못하겠습니다."

촉나라 축하 사신인 진진은 한숨까지 쉬어가며 말했다.

"촉나라 역시 주민도 많고 군대의 수도 많다고 들었소만……."

오나라 승상 고옹(顧雍)은 만족한 듯 고개를 끄덕여가며 대꾸했다.

여기는 오나라 본거지 무창(武昌)이다.

4월에 손권은 황제의 위에 오르고 개원했다.

"촉나라가 어떻게 나올까요?"

고옹이 걱정스럽게 물었을 때 손권은 크게 웃었다.

"촉나라가 무슨 일을 할 수 있겠소? 공명 녀석, 떫은 얼굴이겠지만 오나라 황제를 인정하지 않을 수 없을 거요. 오나라와의 우호관계 없이는 아무 일도 할 수 없을 테니 말이오."

촉나라에서 사자가 온다는 소식이 왔을 때 처음에는 '문죄사(問罪使)'라고 잘못 전해졌다.

오나라가 멋대로 황제를 참칭했으므로 황제의 본가인 촉나라가 성내어 그 죄를 묻기 위해 사자를 보냈다는 잘못된 소식을 듣고 오나라 사람들은 그렇게 생각했던 것이다.

하지만 손권만은 웃어 넘겼다.

"절대로 그럴 리가 없어!"

과연 문죄사가 아니고 축하사라는 것이 곧 판명되었다. 오나라는 촉나라 축하사절 진진을 맞아 무창의 사산(蛇山) 꼭대기에 있는 궁전에서 성대히 잔치를 베풀었다.

궁전 앞 광장에서 열병식을 실시하여 촉나라 사자 진진에게 보였다. 촉나라 사자 진진은 감탄했다.

하지만 그는 성도를 떠나올 때 공명이 귀띔한 말을 잊지 않았다.

"손권이 당신에게 무엇을 가장 보이고 싶어하는지 유념했다가 돌아와서 보고해 주기 바라오. 잘 관찰하도록 하시오."

공명은 또 이렇게 말하기도 했다.

"손권은 당신에게 오나라의 약점을 보이고 싶어할 것이오."

"약점을? 설마 손권이……?"

진진은 이 말이 믿어지지 않았다.

공명은 웃었다.

"물론 약점을 약점 그대로 보이지는 않을 거요. 약점을 약점이 아닌 듯이 위장하여 보여 줄 것이오. 아니, 손권이니까 그 약점을 오히려 오나라의 강점인 양 꾸며 보이겠지요. 늙은 여자가 짙게 화장하듯 말이오. 그것을 잘 꿰뚫어 보도록 하시오."

궁전 누각에는 황제 손권 이하 오왕조의 중신들이 늘어앉아 있었다.

승상 고옹, 상대장군 육손, 대장군 제갈근——이 세 사람이 오나라의 기둥이다. 육손만은 임지에 있어 얼굴이 보이지 않았다.

그리고 장소는 최장로 대신이지만 친위파인데다가 이미 너무 나이가 많아 거기 참석하지 않았다.

궁전 앞 광장에 창이나 언월도를 어깨에 둘러멘 보병과 기병 집단이 차례로 나타났다.

얼마 전부터 열병식이 계속되고 있지만 언제 끝날지도 모른다.

48 고산 대삼국지 ⑧ 오장원 큰별 같바람 지다

추측할 수 없다고 말했으나 진진은 아까부터 마음 속으로 계산하고 있었다.

병의 수효는 이미 10만을 넘을 터였다.

병장비도 좋았다. 의식용이라 가장 좋은 의복을 걸쳤을 테지만 하나같이 화려하게 차려 입고들 있었다.

한 치의 틈도 없는 분열 행진이었다. 너무나도 빈틈이 없어 조금이라도 어지러움이 생기면 곧 눈에 띈다.

군기의 술이 떨어져 있는 것이 있었다. 말타고 그 깃발을 들고 있는 장교는 턱을 앞으로 내밀고 있었는데, 긴 턱 끝에 가느다란 수염이 달려 있고 그것이 기와 더불어 날리는 것이 인상에 남았다. 몹시 우습게 보였다.

'대체 나에게 무엇을 가장 보이고 싶어하는 걸까?'

열병식을 참관하면서 진진은 곰곰이 생각했다. 표면상의 임무는 오나라 황제 즉위 축하이지만 그의 진짜 소임은 정보 수집이었다.

'엉?'

진진은 입 밖으로 튀어나오려는 소리를 간신히 삼켜 버렸다.

군기의 술 일부가 떨어져 있는 것이 또 눈에 띄었던 것이다.

그것뿐이라면 놀랄 것도 없다.

그 군기를 들고 있는 장교가 긴 턱을 내밀고 턱 끝의 수염을 너풀거리고 있지 않는가!

같은 인물이었다.

그는 적어도 두 번 등장했던 것이다. 이제까지 깨닫지 못했지만, 어쩌면 세 번이고 네 번이고 나타났을지도 모른다.

사산의 누각 노대(露臺)는 당연히 앞쪽밖에 보이지 않았다. 뒤는 보이지 않는 것이다.

궁전 앞 광장을 통과한 부대는 그대로 궁전 뒤를 돌아 다시 궁전 앞에 나타나는 모양이었다.

10만이라고 계산했지만 같은 인물이 두 번 나타났다면 진짜 병력은 5만이고 3번이면 3만 남짓에 지나지 않는다.

'숫자로구나.'

오나라 황제 손권이 가장 보이고 싶어하는 것은 병력의 수가 많다는 것이다.

그것을 알았다.

그것이 오나라의 약점이었고 다람쥐 쳇바퀴 돌 듯하는 책략을 써서 많게 보이려 했던 것이다.

진진은 오나라의 속임수를 꿰뚫어 보았다.

"구름 같은 대군이라는 말을 들은 일이 있습니다만 이제 보니 실제로도 있군요."

진진은 짐짓 크게 한숨을 쉬어 보이며 말했다. 승상 고옹은 자못 흡족한 듯이 대답했다.

"병은 많을수록 좋은 것도 사실이지요. 그러나 훈련이 중요합니다. 아직도 훈련을 계속해야 합니다."

하지만 진진은 고옹의 말을 새겨서 듣고 있었다.

'훈련도 중요하지만 정작 병이 적다면 아무것도 아니다.'

오나라 승상은 그렇게 말하고 싶었던 것이다.

그것이 진짜 오나라의 사정이었다.

과연 축하 사절로서 공명이 뽑은 사람인만큼 진진은 오나라 승상의 겉치레 말에서 진짜 속셈을 읽었다.

길고 긴 열병식이 끝났다.

진진은 망연한 듯 입을 딱 벌리고 있었다.

물론 그것은 그의 연기였다.

너무나도 많은 병력에 완전히 질려 버린 시늉을 한 것이다.

승상 고옹은 '보기좋게 넘어갔구나.' 하며 마음속으로 기뻐했다. 손권도 승상과 얼굴이 마주치자 알 듯 모를 듯 고개를 끄덕였다.

그러나 대장군 제갈근만은 고개를 갸우뚱했다.

'이와 같은 때 동생인 공명이 얼간이 같은 인물을 사자로 보낼 리가 없다. 아마 촉나라에서도 손꼽을 수 있는 눈 밝은 인사이리라. 우리의 연극에 쉽사리 걸려들 인물로는 보이지 않아.'

제갈근은 공명보다 일곱 살이 위인 친형이다. 그는 날카로운 눈을 가진 인물로, 특히 동생에 대해서는 누구보다도 잘 알았다.

촉나라 축하사가 연방 한숨을 쉬고——

"병의 수가 많군요. 참으로 많군요. 구름과 같은 대군이군요."

되풀이하여 뇌까리는 소리를 들을 적마다 의심이 점점 짙어졌다.

'이 사신은 일부러 연극에 넘어간 시늉을 하고 있는 것이다.'

병의 수가 적다는 것이 오나라의 가장 큰 고뇌였다.

병은 서민 가운데서 징집한다.

오나라는 강토는 넓었지만 주민은 적었다.

황하 유역, 이른바 중원(中原) 땅이 옛날부터 인구가 많은 고장이었다. 문명은 중원에서 자랐다. 중원 이외는 문명이 없는 만지(蠻地)에 지나지 않는다.

문명의 중심은 곧 정치·권력의 중심이기도 했다. 따라서 정치의 쇠약에 따른 동란도 항상 중원 주변에서 일어났다.

중원에서 동란이 일어날 때마다 문명권의 주민들은 난을 피하여 비문명권으로 이주했다.

이것이 중국 문명이 퍼져나가는 하나의 양상이었다.

후한 말 황건당의 난도 중원 주변에서 첫 불길이 올랐다.

기주·유주·청주 등 황건난의 무대가 된 고장 주민들은 동으로, 그리고 남으로 달아났다.

동으로 달아난 사람들은 요서(遼西)나 요동(遼東) 땅에 자리잡았다. 남으로 달아난 사람들은 회하(淮河), 그리고 장강 연안에 자리잡게 되었다.

중원의 문명은 이와 같이 퍼져나갔던 것이다.

누구나 기꺼이 이주한 것은 아니다. 이주자는 회하나 장강의 물에 비치는 달을 보아도 중원의 고향을 그리워했다.

'어느 날엔가 고향에 돌아가리.'

이것이 피난민의 심정이었다.

동란이 오래 계속되면 피난민도 2세, 3세의 시대가 되고, 그러면 망향심도 자연히 엷어지는 법이다.

그런데 후한 말의 중원은 조조라는 영걸의 출현으로 부분적이지만 일찍부터 질서가 회복되었던 것이다.

공명의 이른바 '삼분의 계'는 동란은 끝나지 않았지만 천하가 셋으로 나뉜 상태로 소강 상태를 유지한다는 것을 의미한다.

삼분의 계대로 삼국이 정립하고 나서부터는 오나라에서는 난을 피해 북방에서 이주해온 자들이 잇따라 가족과 함께 북으로 돌아갔다. 조씨의 정치도 어느 정도 인심을 얻고 있었던 것이다.

"돌아가세. 우리들 고향도 살기 좋아졌다더군. 말도 있네. 동탁 시절처럼 관리도 포악하지 않네. 이렇게 습한 고장에 살 것 없지 않은가."

사람들은 이런 식으로 권하며 속속 고향인 중원으로 돌아갔다.

인구의 부족——

오나라가 그것을 깨달았을 때에는 이미 늦었다. 황급히 주민의 이동을 금지했지만, 그것은 효과가 없었다. 이동을 막는 관리의 수부터가 적었다.

융숭한 대접을 받고 나서 진진이 촉나라로 돌아오는 것과 때를 같이하여 국경에서 육손이 잠시 무창으로 돌아왔다.

육손은 촉황제 유선의 국서를 보자 눈살을 찌푸렸다.

"폐하, 이것은 공명이 사마의를 두려워한 나머지 신과 싸우게 만들려는 생각에 의한 것이옵니다. 그러나 이미 맹약을 맺은 이상은 어쩌는 수가 없사옵니다. 아무튼 대군을 일으켜 위나라를 치는 것으로 보이겠사옵니다. 그러면 공명은 사마의가 없는 중원을 점령하기 위해 세 번째 출병을 하게 될 것입니다. 그러나 사마의는 아마 이것을 예측하고 공명을 중간에서 막을 대책을 강구할 것이옵니다. 그때를 타서 신은 중원으로 진출하게 될 것이옵니다."
그야말로 허허실실의 전략 전술이었다.
돌아온 진진에게서, 오나라가 촉황제의 국서를 받고 대군을 동원할 것을 쾌히 약속했다는 보고를 들은 공명은 말했다.
"그 자리에 육손이 있었던가?"
"육손은 없었습니다."
"오나라 임금이 너무 쉽게 우리 부탁을 받아들인 것을 육손이 알게 되면, 그는 아마 딴 생각을 하게 되겠지. 즉 나와 중달과 싸우게 만들 책략을 꾸밀지도 모른다. 육손은 남의 허를 잘 찌르는 사람이기 때문에 믿을 수가 없다."
그리고 공명은 웃었다.
"그 밖에는?"
"손권이 약속은 했지만 실제로 군은 일으키지 않겠지요."
"어째서?"
"병력의 부족을 느끼고 있습니다. 난을 피해 남하했던 이주민들의 동향에 신경을 쓰지 않았기 때문이겠지요. 그들이 속속 귀향하고 있다는 것을 깨닫는 것이 너무 늦었던 것 같습니다."
공명은 크게 고개를 끄덕였다.
"신경을 쓰지 않았다는 것은 즉 백성을 사랑하지 않았다는 것이겠군. ……우리 촉도 조심해야 하겠어."
그러면서 공명은 팔짱을 끼었다.

겁쟁이

촉나라 주민도 적지 않은 숫자가 중원에서 온 피난민이었다.

하지만 그들은 온갖 고생을 해 가며 도망쳐 왔다. 티베트족의 거주지를 지나고 촉도(蜀道)의 험준한 길을 간이 콩알만해져 가면서 넘어왔다. 그리고 가까스로 정착할 수 있었다.

그들은 중원의 질서가 회복되었다고 들어도 그리 간단히 돌아갈 수 없었다. 돌아가는 도중의 험로(險路)가 그들의 귀향을 가로막고 있는 것이다.

그러나 오나라는 양상이 다르다. 도중에 산이나 강은 있었지만 그래도 저 칼날과 같다는 촉도의 어려움 같은 것은 없다. 간단히 피난 온 것처럼 또한 간단히 돌아갈 수 있다.

"주민이나 병사의 수가 적다는 것을 오나라에서는 한사코 숨기겠지요?"

진진은 이번의 사절 여행에서 얻은 감상을 말했다.

"언제까지나 숨길 수는 없지."

"그럴 테지요."

“오나라에서는 농부나 병사를 얻기 위해 싸움을 걸어 올지도 모르오.”

“말하자면 사람 사냥이군요.”

“그렇소. 그러나 그와 같은 싸움은 아무리 그럴듯한 명분을 내세워도 사람 사냥이 목적임이 곧 드러나 그간 숨겨온 약점을 드러내는 꼴이 되고 말거요.”

“오나라로서는 온갖 궁리를 다 해야 할 판이겠군요.”

“좋은 방법이 있다면 곧 덤벼들겠지. 당장…….”

공명의 머릿속에 한 인물이 떠올랐다.

말로 한몫 보는 인물, ‘세 치 혀’로 사람의 마음을 움직이는 인물이다.

그런 인물이 오나라 손권에게——

“다른 나라가 눈치채지 못하게 병사를 늘리는 방법이 있지요.”

이렇게 설득한다면 어떻게 될까?

‘손권은 얼씨구나 덤벼들 테지.’

공명은 실행할 수 있다는 계산이 서면 반드시 실행하는 사람이다.

그는 당장 남중(南中)의 맹획에게 가 있는 이총(李叢)을 불렀다.

이총은 교주(交州)에서 남중으로 갔던 것이다. 그렇다고 해서 그가 교주 출신은 아니다.

교주에 떠돌아 들어온 것이 벌써 20년 전이었다.

“어디서 왔나?”

그렇게 묻자 그는 목을 조금 흔들고 찌푸린 표정으로 말하기 시작했다. 과연 모두들 믿어 줄지 그는 자신이 없었기 때문이다.

처음엔 열 명 가운데 한두 명밖에 믿어 주지 않았다. 그러는 사이 그는 중국말이 능숙해졌고, 그에 따라 서너 명은 그의 말을 믿어 주게 되었다.

한 사람이라도 더 자기 말을 믿어 주는 사람을 얻고 싶었다. 그것만을 위해 그는 화술을 갈고 닦았다.

지금은 이총이 무슨 말을 하면 열 명 가운데 아홉 명은 믿어줄 만큼 되었다.

"거짓말을 입에 올리지 않기 때문이지요."

세 치 혀로 사람 마음을 움직이는 비결을 물었을 때 이총은 이렇게 대답했다.

이총은 자기 고향을 '왜(倭)'라고 했다. 회계(會稽)에서 출발하여 바다를 동쪽으로 가면 그가 태어난 고장에 가 닿는다. 왜인(倭人)들은 때때로 회계에 나타나 교역을 하기도 했다.

이총도 왜에서 회계까지 항해하여 교역을 한 적이 있었다. 수익이 짭짤했다. 그는 두 번째 항해에 나섰다. 그러나 중도에 태풍을 만나 교주(베트남)에 표류하게 됐다. 그리고 그는 다시 왜로 돌아가지 않았다.

왜국에는 구리와 무쇠가 많다. 사슴뼈를 무기로 쓴다. 부족 사이에 곧잘 전쟁이 일어난다. 사람들은 용감하다. 또 그 나라는 인구가 많다.

공명은 단편적으로 그런 이야기를 이총에게서 들은 일이 있었다.

이총의 입을 통해 왜국 사정을 손권이 듣는다면 어떤 결과를 가져올까?

웅대한 모략이 떠오른다.

공명은 성도에 나타난 이총에게 임무를 주었다. 자질구레한 점까지 세밀하게 가르쳐 주었다. 그런 뒤 오두미도의 연줄을 통해 이총을 오나라에 잠입시켰다.

어쨌든 공명은 바쁘다. 자기의 건강이 좋지 않고 여명(餘命)이 얼마 남지 않았음을 스스로 깨닫고 있었기 때문이다.

촉나라와 오나라의 동맹이 더욱 굳게 다져진 것은 위나라에게 큰 위협이 아닐 수 없었다.

더욱이 촉나라에서 들어온 정보에 의하면 제갈량은 대공세 준비
에 여념이 없다고 한다.

이런 정세 속에서 대장군 조진이 대사마(大司馬)로 승격하고 군
사 최고책임자가 되었다.

사마의는 앞에서 말했듯이 이때 표기장군에서 대장군으로 승격하
여 완성(宛城)에 주둔하며 오나라에 대비하고 있었다.

위나라 태화 4년(230) 2월의 일이다.

조진이 입궐하여 명제 조예에게 건의했다.

"촉나라는 해마다 국경을 침범하고 있습니다. 기회를 타서 철저
히 때려눕힐 필요가 있습니다. 몇 길로 출진한다면 반드시 대승을
거둘 수 있습니다."

명제는 이 계획을 좇았다. 그리하여 조진이 출정하는 날 몸소 성
밖까지 배웅하며 장도를 축하했다. 조진은 이해 4월 장안을 출발하
여 자오곡(子午谷)을 지나 남하했다.

한편 사마의 중달은 완성에서 한수를 거슬러 올라와 남정에서 조
진의 군과 합치기로 되었다.

다른 군단도 야곡(斜谷)과 무위(武威)에서 일제히 남정을 목표로
떠났다.

네 길로 위군이 대습한다는 정보는 곧 공명에게 알려졌다.

공명은 위군을 막기 위해 출진하기 전에 먼저 진창의 상황을 알아
둘 필요가 있다고 생각했다. 첩자가 진창의 상황을 더듬어보고 돌아
와 올린 보고는 공명을 기쁘게 하는 것이었다.

"진창성의 학소는 무거운 병으로 앓아 누워 다시 일어나지 못할
것 같습니다."

"음! 그럼 됐다!"

즉시 위연과 강유를 불러 명했다.

"각각 5천 기를 거느리고 출진하여 사흘 뒤 진창성을 정면에서

공격하라!"

두 사람은 의아한 표정으로 저마다 한 마디씩 했다.

"학소가 보통 무장이 아니란 것을 알면서도 승상께서는 이 명령을 내리시는 겁니까?"

"학소는 위나라에서 사마의 다음가는 지장입니다."

"걱정 마오! 학소는 곧 죽게 될 몸이오."

이 말을 들은 위연과 강유는 신바람이 나서 사흘 뒤에는 진창성으로 곧장 진격해 들어갔다.

공명은 다음에 관흥과 장포를 불러 밀계를 주었다.

한편 위나라 쪽에서는 학소가 중병으로 신음하고 있다는 말을 듣고, 곽회가 급히 장합과 상의했다.

장합은 깜짝 놀라 건의했다.

"곽 장군이 학소를 대신해서 무슨 일이 있어도 진창성을 지켜 주어야겠소. 만일 공명에게 진창성이 함락되면 위나라는 멸망 위기에 놓이게 될 것이오."

총대장이 죽어가고 있는 진창성이 위연과 강유 같은 맹장과 지장의 폭풍우 같은 공격을 받게 되면 열흘을 제대로 견뎌낼 리가 없었다. 하루 밤낮을 쉴새없이 불화살로 공격을 당한 성 안은 불을 끄는 것이 고작이었다.

"나를 일으켜라!"

고열로 온몸이 불덩이처럼 달아오른 학소는 억지로 일어나 좌우의 부축을 받으며 망루로 올라왔다.

건강한 몸이라면 적의 공세를 막을 방법을 금방 생각해냈을지도 모른다.

"놈들에게 성을 빼앗길 수는 없다!"

원통해하는 그 한 마디를 마지막으로 학소는 넘어져 숨을 거두고 말았다.

위연과 강유는 1만 기를 이끌고 진창성으로 밀고 들어갔다.

순간 망루 위에서 불화살이 높은 소리를 울리며 하늘 높이 날았다. 그것을 신호로 성벽 위에는 무수한 촉나라 깃발이 한꺼번에 주욱 꽂혔다.

"아니, 이건 어떻게 된 일이냐!"

위연이 말을 몰고 나아가자 그 앞쪽에 검은 사륜거가 나타났다.

"늦었군, 두 장군은……."

윤건과 백우선(白羽扇)에 학창의를 입은 청아한 모습이 수레 안에서 엄숙한 목소리를 보냈다.

두 사람은 황급히 말에서 내렸다. 그러나 그저 어이가 없어 멍하니 있을 뿐이었다.

공명은 웃으며 설명했다.

"그대들에게 사흘 뒤에 정면에서 공격하라고 시킨 것은 학소를 속이기 위한 작전이었다. 나는 어제 관흥과 장포를 시켜 적의 곽회가 원병을 끌고 왔다고 속인 다음, 나도 그 속에 함께 끼어 입성했던 것이다. ……죽어가는 학소가 구원병이 가짜란 것을 알아보지 못할 것을 알고 쓴 전술이었다. ……학소는 관흥과 장포에 의해 성 안이 혼란 속에 빠지자 견디다 못해 망루로 올라가 죽고 만 것이다. 이것이 병법에서 말하는 '그 뜻하지 않은 곳으로 나가고 그 준비 없는 곳을 친다.'는 것이다."

적의 총대장이 아무리 중병으로 누워 있다고는 하지만, 응원군이라고 속이고 당당히 입성하여 그가 죽기를 기다린다는 것은 공명이 아니면 할 수 없는 일이었다.

공명은 명장 학소의 죽음을 가슴아파하며 그 처자와 일족들을 관과 함께 위나라로 돌아가도록 허락했다.

진창성을 앗은 공명의 다음 작전은 벌써 정해져 있었다. 위연과 강유에게 곧 바로 산관(散關)을 향하게 했다.

진창성이 함락된 것을 알면 산관을 지키는 부대는 금방 겁을 먹고 달아날 것이 뻔했다. 공명의 추측은 정확했다. 산관은 싸우지 않고 촉나라 손으로 들어왔다.

그러나 위연과 강유는 숨돌릴 겨를도 없었다. 군사들을 호령하여 관문을 굳게 지키게 했다.

과연 멀리 저쪽에서 누런 먼지가 하늘을 뒤덮으며 위군이 몰려왔다. 6만 군사를 이끈 장합이 달려오는 것이었다.

학소를 대신해 진창성을 지키려던 곽회는, 도착했을 때 성이 벌써 촉나라 군에게 점령되어 있었으므로 허둥지둥 도망쳐 돌아갔다. 그래서 장합이 대군을 이끌고 달려온 것이다.

장합은 설마 산관이 벌써 적의 수중에 떨어졌으리라고는 꿈에도 생각지 못했다.

"공명은 대체 사람인가 귀신인가!"

장합은 마침내 모든 요소가 촉병에 의해 지켜지고 있는 것을 알자 결심했다.

'공연한 싸움은 피하는 것이 좋다.'

그리고 얼른 뒤로 병을 물렸다. 퇴각하는 진형은 자연 흐트러질 수밖에 없었다.

그럴 때 위연이 신장 같은 용맹을 발휘했다.

촉군의 진격은 둑을 터뜨린 홍수처럼 맹렬했다.

장합은 군사를 5분의 3이나 잃는 참패를 맛보아야만 했다.

위연과 강유에게 산관을 점령하게 한 공명은, 곧 전방부대를 이끌고 진창·야곡 길을 통과하자 삽시간에 건위(建威)를 공략했다. 그 뒤에는 10만의 촉군이 잇따르고 있었다.

세 번째로 제갈공명은 중원을 바라보는 근거지인 기산으로 나온 것이다.

공명은 그 본영에 촉장 전원을 소집했다.

"새삼 넋두리를 늘어놓는 것은 아니지만, 나는 이 기산으로 두 번 나왔다가 두 번 다 물러가야만 했소. 지금 세 번째 여기로 왔는데 촉나라 승상된 몸으로 또 물러날 수는 도저히 없소. 또 적도 내 결심을 알고 기어코 나를 물리치려고 총력을 들어 반격해 올 것이오. ……앞서 두 차례 진출했을 때는 우리 군은 미성(郿城)과 옹성(雍城)을 점령했었소. 적은 이번에도 내가 또 이 두 성을 앗을 것으로 생각하고 방비를 단단히 하고 있을 것이오. 그러니 무도(武都)와 음평(陰平)을 취하는 것이 낫소. 누구 그곳으로 갈 장수는 없소?"

공명의 말이 떨어지자마자 두 장수가 나섰다.

"제가 무도를 맡겠습니다."

강유가 자신있는 목소리로 말했다.

"그럼 저는 음평으로 가겠습니다."

왕평이었다.

공명은 매우 흐뭇한 표정으로 늠름한 두 장수를 번갈아보며 출진을 허락했다.

"이번에는 반드시 위군을 꺾어야 하오."

공명이 이와 같이 다짐하고 있을 때 패주하던 장합은 도중에서 곽회와 손례를 만났다. 장합이 곽회에게 말했다.

"곽 장군, 이렇게 된 이상 장군이 조진 도독의 대리로 촉군을 한 번 혼내주어야 할 거요. 그렇지 못하면 패장으로서 낙양으로 돌아가는 부끄러운 꼴을 보이게 될 거요."

그러나 곽회는 고개를 저었다.

"제갈공명은 귀신 같은 용병술을 쓰오. 이렇게 된 이상 굳게 지키며 조 도독과 우군이 오는 것을 기다려야 하오."

이때 장안을 출발한 조진의 군은 때마침 내리는 비로 잔도(棧道)가 곳곳에서 끊겨 진격하지 못하고 있었다. 그래서 사마의 중달이 이끄는 위군이 먼저 도착했다.

이리하여 제갈량과 사마의, 수천 년 뒤에까지 그 이름을 남기게 된 두 지장이 직접 군을 지휘하여 있는 지혜를 다해 마주 싸울 시기가 마침내 찾아오게 되었다.

공명이 촉나라 전 군사를 이끌고 기산에 이르러 세 곳에 진을 치고 있다는 보고를 받은 사마의는 결심했다.

'드디어 그와 자웅을 결정지을 때가 온 건가!'

손자의 말에——

'잘 이기는 사람은 이기기 쉬운 것을 이긴다.'

이런 대목이 있다. 그러나 이 말은 이들 두 영웅의 경우에는 통용될 수 없는 병법이었다.

아무리 머리를 짜내도 이기기 쉬운 승리란 도저히 바랄 수 없는 일이었다.

허허실실의 큰 모험을 하지 않을 수 없었다. 크게 이기든가, 아니면 크게 패하든가였다. 두 사람은 그런 결심을 하고 있었다.

사마의는 대군을 동원하여 남정에 이르렀다.

남정에는 패해 도망쳐 온 장합·곽회·손례 등이 기다리고 있었다.

사마의는 장합으로부터 전황 보고를 받자, 그 자리에서 장합을 선봉대장으로 삼고 대릉(戴陵)을 부선봉장으로 하여, 10만 군사로써 기산의 촉군과 맞서게끔 위수 남쪽에 진을 치도록 명했다.

이어 곽회와 손례에게

"제갈량이 세 번째 기산까지 진격해 왔으면서 더 이상 움직이지 않고 있는 것은 뭔가 꾀하고 있기 때문이다. 그대들에게 농서 각지의 부대장들로부터 뭔가 보고가 들어오지 않았는가?"

"각 고을 모두 요지를 지키고 있기 때문에 적이 쳐들어올 가망은 없다 하니 안심하십시오."

"제갈량은 옹성과 미성을 앗을 생각은 버렸을 것이다. 어쩌면 미리 점령한 음평과 무도를 단단히 굳히고 있을 것이다.”
“그런데, 음평·무도 방면에서는 아무런 보고도 없습니다.”
“내 짐작이 틀림없을 것이다. 지금부터 그대들 둘은 음평·무도 방면을 맡아주기 바란다. 즉 적의 등 뒤를 찌르는 태세를 취하는 것이다.”
“알았습니다.”
곽회와 손예는 각각 5천기를 이끌고 농서로 가는 샛길을 곧장 내달았다.
도중에서 잠시 쉬었을 때, 곽회가 하늘을 우러러보며 한숨을 내쉬고 중얼거렸다.
“우리 도독과 공명, 어느 쪽 군략이 위겠소?”
“그야 물론…….”
“그야 물론?”
“둘 사이에는 상당한 차가 있소. 공명 쪽이 우리 도독보다는 훨씬 위요.”
“역시 그럴까. ……하지만 이번 계략에서는 우리 도독이 보통이 아니란 것을 보여주고 있소. 공명의 뱃속을 환히 들여다보고 그 허를 찌르기 위해 우리로 하여금 촉군의 배후를 찌르라고 하지 않았소? 우리가 도착했을 때 적이 그 두 고을에 진출해 있다면 그 야말로 하늘이 인도해 준 것이라고 말할 수 있소. 그 등 뒤로 노도처럼 쳐들어가 한 놈 남기지 않고 모조리 무찔러 줄 테요.”
곽회는 이렇게 말하고 빙긋 웃었다.
그러나 곽회와 손례는 하루가 늦었다.
첩자가 달려와서 아뢰었다.
“음평에는 벌써 적장 왕평이 들어와 있고, 무도 또한 벌써 강유가 수비하고 있습니다!”
두 장군은 기가 막혀 탐색병을 보내 상황을 자세히 알아오게 했다. 왕평과 강유는 무엇 때문인지 성 바깥에 진을 치고 있었다.

"성을 확보했으면 성벽을 지키는 것이 상식인데 어째서 성 밖에 나와 있는 것일까? 틀림없이 공명의 지시에 따라 뜻밖의 전술을 감추고 우리를 기다리고 있는 거야. 돌아갈 수밖에 없다."

손례가 말하자 곽회가 이에 찬성했다.

"철수다!"

그것을 알리는 노란 깃발이 흔들렸을 때였다.

갑자기 불화살이 허공에서 날아왔다.

"아니?"

"저건!"

곽회와 손예는 눈이 찢어지도록 놀랐다.

동쪽 산꼭대기에 천천히 큰 깃발이 올라간 것이다.

'한 승상 제갈공명'

이렇게 씌어 있었다.

촉군의 등 뒤를 찌르려던 위군이 거꾸로 그 퇴로를 차단당한 것이다. 곽회와 손례는 어찌 할 바를 모르고 그 자리에 우뚝 서 있었다.

겨우 1만 기를 가지고는 도저히 저항할 수 없었다.

그때 검은 사륜거가 천천히 숲 속에서 나타났다.

그 사륜거를 호위하며 왼쪽에 관흥, 오른쪽에 장포가 말 위에 유유히 가슴을 펴고 올라앉아 있었다.

"곽회와 손례는 듣거라! 그대들은 벌써 독 안의 쥐다. 이 공명이 중달 같은 사람의 꾀에 걸려들 줄 알았더냐? 그대들은 내 등 뒤를 찌르려 했겠지만 걸음이 너무 느렸던 것 같다. ……이제 일이 여기에 이르렀으니 항복하는 도리밖에 없으리라. 그래도 마지막 발악을 할 텐가?"

"어림도 없다! 항복이란 있을 수 없다!"

곽회와 손례는 싸워 죽을 각오를 했다.

사방에서 함성이 천지를 진동했다. 그러나 그것이 도리어 두 사람의 투지를 부채질했다.

앞쪽에는 왕평과 강유의 군대가, 뒤쪽에서는 관흥과 장포가 태풍처럼 휘몰아쳐 들어왔다. 이에 맞서 곽회와 손례는 미친 듯이 싸우며 피투성이가 된 채 혈로를 산 속에서 찾았다.

달아나는 두 사람을 맨앞에서 쫓는 것은 장비의 아들 장포였다.

절벽 모퉁이를 돌아서자 불행이 장포를 기다리고 있었다.

손례가 정신없이 쏘아보낸 화살을 장포가 얼른 피하는 순간, 말이 한쪽 발을 헛디뎠다. 골짜기는 깊었다. 사람과 말이 함께 굴러떨어지며 장포는 어깨와 가슴뼈를 상했다.

이를 본 공명은 엄명을 내렸다.

"추격을 중지해라!"

그 덕분에 곽회와 손예는 간신히 죽음에서 벗어나 본진으로 도망쳐 돌아갈 수 있었다.

두 장수는 당연히 벌을 받으리라 각오하고 있었다.

그러나 사마의는 꾸짖는 대신——

"그대들의 실수는 아니다. 이번 작전은 내 지혜가 공명만 못하기 때문에 실패한 것이다. 인정할 것은 솔직히 인정하지 않으면 안 된다. 그대들은 이 길로 급히 달려가 옹성과 미성을 지키도록 하라. 절대로 쳐나가서는 안 된다. ……내게는 이미 촉군을 깨뜨릴 계책이 서 있다."

곽회와 손예를 떠나보낸 다음 사마의는 장합과 대릉을 불렀다.

"제갈량은 음평과 무도, 두 고을의 백성들을 촉나라에 옮기기 위해 본영을 나와 두 고을을 돌고 있을 것이다. 그러니까 그대들 둘은 오늘 밤이 깊었을 때 각각 정병 1만을 이끌고 몰래 촉나라 본영 뒤쪽으로 소리없이 다가가라. 미리 탐색병을 보내 감시병을 무찌른 다음, 대신 보초를 서게 하라. 그리고 일제히 쳐들어가라.

나는 그대들과 호응하여 정면에서 맹공격을 가하겠다. 앞뒤에서 동시에 협공하면 반드시 이긴다. 기산의 요충을 탈취하면 촉군을 토벌시키기는 아주 쉽다.”

“알았습니다.”

대릉은 왼쪽 샛길로, 장합은 오른쪽 샛길로 들었다. 사냥꾼조차 별로 다닌 적이 없는 잡초에 파묻힌 두 가닥 샛길을 저마다 1만 기를 이끌고 발소리를 죽여가며 촉나라 진지를 향해 멀리 돌아갔다. 달도 별도 없는 칠흑 같은 어두운 밤이었다.

“이대로 가다가는 길을 잃을 염려가 있다. 탐색병을 사냥꾼인 것처럼 보이게 하여 횃불을 들려 앞서 보내자.”

큰길이 2,30리 가까이 되는 지점에서 마주친 장합과 대릉은, 서로 상의 끝에 탐색병에게 횃불을 들려 큰 길을 찾게 했다.

약 10리쯤 갔을까.

탐색대는 발길을 멈추었다.

큰 길이 거기 있었다.

그러나 거기에는 풀을 가득 실은 수레들이 길을 꽉 막고 있었다.

“뭐야 이건?”

“대장에게 보고하자.”

보고를 받은 장합과 대릉은 말을 달려 그곳으로 왔다.

순간——.

수백 대 수레에 실은 풀로 불화살이 날아와 꽂히며, 삽시간에 주위가 대낮처럼 환해졌다. 근처 산 속에서 함성과 피리소리 북소리가 들려 왔다. 풀과 나무가 온통 촉나라 군사로 변한 것 같았다.

장합과 대릉은 2만 명 군사와 함께 완전히 포위되었다. 장합과 대릉은 넋을 잃었다.

“장합과 대릉은 듣거라! 싸움이란 이렇게 익살스러운 것이다. 기습을 하려던 그대들이 어느 사이에 독 안의 쥐로 변해 꼼짝달싹

못하게 되어 있다. ……사마의는 이 공명이 무도, 음평 두 고을
백성들을 위무하기 위해 본영을 비운 줄로 알고, 그대들에게 그
허를 찌르게 한 것이겠지만, 어리석은 계책이었다. ……지금 이
자리에서 항복을 할 텐가, 아니면 탈출로를 터 볼 텐가.”
얼굴이 보이지 않는 공명의 목소리가 울렸다.
“무슨 큰소리냐? 제갈량 듣거라! 너야말로 거짓 한나라 황제를
조종하는 간신으로, 우리 위나라로 들어와 중원을 앗으려는 도적
이 아니냐! 너같은 놈에게 이 장합이 죽을 수 있겠느냐?”
과연 오나라 육손과 국경을 사이에 두고 빈틈없이 수비 임무를 수
행한 맹장 장합이었다. 일찍이 장합은 유현덕의 심복으로 관운장과
함께 그 용맹을 천하에 떨쳤던 장비와 맞서 겨룸으로써 그 무용을
자랑한 일도 있었다.
“적의 횃불을 두드려 꺼라!”
부하 군사들에게 명령한 다음, 자신은 탈출로를 트는 대신 성난
호랑이처럼 사륜거를 향해 돌격해 들어갔다.
촉나라 장병들은 장합이 달아날 것으로 생각했던 터라 뜻밖의 돌
격에 금방 진영이 무너졌다.
그 틈을 장합이 놓칠 리 없었다.
대낮이나 달밤이었다면 포로의 신세가 되었을지도 모른다. 그러나
어둠이 그를 도와 주었다.
“으앗!”
“어잇!”
아수라가 되어 싸우는 곳이 여긴가 하면 갑자기 저쪽에서 소리가
나고, 저쪽인가 하면 어느새 이쪽으로 옮겨왔다. 그러면서 그 수라
장은 점점 멀어져 갔다.
공명은 중얼거렸다.
“장합의 무용은 일찍부터 들어서 알고 있었지만 소문보다 뛰어나

다. 사마의 밑에 장합이 있는 한 중원을 정복하기는 어려울 것 같
다. 그러나 꼭 무찔러야만 한다.”

한편 장합과 대릉이 적의 본진 배후에서 야습을 시작하면 넘치는
바닷물처럼 정면에서 총공격을 가하려고 벼르고 있던 사마의였는데,
장합이 대릉을 부축하며 피투성이로 도망쳐 오는 것을 맞이하자——

“으음!”

가슴 찢어지는 소리를 낸 다음——

“공명은 또다시 내 작전의 허를 찔렀구나! 도저히 사람으로는 생
각되지 않는다.”

위군의 사기가 완전히 떨어져 있는 것을 본 사마의는 곧 전군을 후
퇴시켰다.

지금의 사마의로서는 도저히 제갈량을 굴복시킬 방법이 없었다. 굴
속으로 들어온 곰처럼 가만히 있을 도리밖에 방법이 없었다.

공명은 사흘이 멀다 하고 위연 이하 용장들을 보내 싸움을 청해
왔다. 그러나 사마의는 꼼짝도 하지 않았다.

“하는 수 없다. 다른 전술을 쓰는 것이 좋겠다.”

공명은 각진에 명령을 내려 일제히 30리를 후퇴시켰다. 첩자로부
터 촉군이 후퇴했다는 보고를 받은 사마의는 말했다.

“제갈량은 또 다시 뭔가 내가 짐작할 수 없는 귀신 같은 계략을
꾸미고 있는 것이 틀림없다. 경솔히 움직여서는 안 된다.”

“대도독!”

장합이 옆에서 고개를 저으며 말했다.

“촉군은 군량이 부족한 탓으로 일단 철수하는 듯이 보입니다. 지
금이야말로 추격할 때인 줄 압니다.”

“아니오.”

사마의는 장합의 말에 고개를 저었다.

“촉군이 확보한 무도와 음평, 두 고을은 지난해 풍년이었소. 그리

고 금년도 보리가 풍작이오. 아마 촉군이 징발한 양식은 충분할 것이오. 설사 성도에서 군량이 끊긴다 해도 반 년은 충분히 버틸 수 있을 것이오. 지금의 퇴각은 이 중달을 끌어내려는 속셈이오."

사마의는 움직이지 않았다.

계속해서 첩자가 보고했다.

"촉군은 다시 30리를 퇴각했습니다."

"잘한다. 하지만 이 중달이 그 수단에 걸려들지는 않는다."

사마의는 부하 장수들이 아무리 권해도 듣지 않았다. 세 번째로 촉군은 다시 30리를 후퇴하여 진을 쳤다. 그래도 사마의는 장합에게 추격을 말렸다.

네 번째로 공명은 조용히 촉군을 후퇴시켰다. 역시 30리 거리였다. 어지간한 장합도 더는 참을 수 없었다.

"대도독! 이것은 제갈량이 무사히 한중으로 철수하기 위해 우리 쪽을 속이는 퇴각 전술이 틀림없습니다! 바라건대 소장으로 하여금 뒤쫓아 무찌르게 허락하여 주십시오."

그는 마치 애원하듯 졸랐다.

공명을 추격하여 참패시키겠다는 장합의 주장에 대해 사마의는 조용히 고개를 저었다.

"제갈량이 속을 들여다볼 수 없는 지장(智將)임은 장군도 잘 알고 있지 않소? 만일 섣불리 추격했다가 그 술책에 걸려들어 패하게 되면 우리 위군의 사기는 완전히 땅에 떨어지게 될 것이오. 가만히 지키고 있는 것이 상책이오."

"도독의 말씀이 맞기는 하겠지만 소장으로서는 이대로 촉군이 무사히 후퇴하는 것을 바라보고만 있을 수는 없습니다. 만일 제갈량의 술책에 빠져 소장이 패하는 일이 있으면 어떤 처벌을 내리더라도 군령에 따르겠습니다."

장합의 결사적인 탄원에 사마의는 잠시 생각하더니 말했다.

"하는 수 없다. 장군이 정 그런 결심이라면 나도 출격하기는 하겠소. 먼저 그대가 선봉이 되어 추격해 보도록 하오. 나는 곧 그 뒤를 따르며 적의 복병에 대비하겠소. ……내일 아침 떠나게 되면 도중에 진을 치고 있다가 다음 날 아침 단숨에 전투를 개시하는 것이 좋을 것이오."

"알았습니다."

신바람이 난 장합은 대릉과 더불어 부장 수십 명과 정병 3만을 이끌고 떠났다. 사마의의 명령대로 도중까지 나아가 진을 치자 하루를 쉬기로 했다.

사마의는 중군 10만을 그대로 놓아두고, 5천 명 정예만을 골라 곧 뒤를 이어 떠났다.

이 추격을 공명은 벌써 예측하고 있었다. 각처에 밀정을 잠복시켜 잠시도 쉬지 않고 위군의 동태를 살피게 해 두었으므로 이들의 동정을 금방 알게 되었다.

"드디어 오는구나. 장합이라면 가만히 참고 있을 수 없으리라는 것을 알았다."

장합이 도중에 진을 쳤다는 보고를 듣자 공명은 즉시 부장들을 소집했다.

"내 예상대로 드디어 위나라 군사가 추격해 왔다. 지휘를 맡은 장수는 장합이다. 승리 아니면 죽고 말 결심으로 맹공을 해올 것이 틀림없다. 그러므로 그대들도 일당백의 각오로써 임하지 않는 한 도저히 승리를 기대할 수는 없다. ……또 이 전투에서는 복병을 가지고 적의 퇴로를 끊지 않으면 안 되는데, 이 복병의 지휘를 맡는 사람은 지혜와 용맹을 겸비한 대장이 아니면 안 된다."

이렇게 말하는 공명의 눈길은 위연에게로 쏠렸다. 그러나 위연은 외면하며 공명의 청에 응하려 하지 않았다. 위연은 자기의 의견을 받아들이지 않은 것 때문에 공명에게 상당한 반감을 품고 있었던 것이다.

"승상……. 복병의 지휘를 소장에게 맡겨 주십시오."

그렇게 말하고 앞으로 나온 것은 왕평이었다.

"만일 실패하면 어떻게 하겠는가?"

"삼가 군율에 따라 목숨을 바치겠습니다."

"몸을 던져 죽음을 무릅쓰겠다니 충신이라고 말할 수 있소. 그러나 적은 두 패로 나뉘어 우리 복병을 거꾸로 포위한 다음 전멸시키려 들 것이오. 그대에게 아무리 뛰어난 지혜와 용기가 있어도 포위를 당해 가지고는 위군을 무너뜨릴 수 없을 것이오. 또 누구 한 사람 왕 장군과 함께 싸워주지 않겠소?"

공명의 말이 채 끝나기도 전에 성큼 앞으로 나온 장수가 있었다.

"소장이 함께 싸우겠습니다."

장익이었다.

"잘 들으시오. 장합은 사마의와 어깨를 견주는 지혜 있는 장수요. 도저히 그대가 당해낼 상대는 아니오."

"알고 있습니다. 소장이 자원한 이상은 이미 한 목숨을 버릴 각오입니다."

"속단해서는 안 되오. 나는 장군들이 목숨을 걸고 싸워주기를 바랄 뿐, 목숨을 버리라고는 하지 않소. ……왕평·장익 두 장군이 힘을 합쳐 장합을 상대하면 결코 밀리지는 않을 것이오. 저마다 정병 2만을 거느리고 복병전술을 쓰는 것이 좋을 것이오. 그런데 그 작전은……."

공명은 두 사람에게 작전을 일러 주었다.

위군이 밀려 오거든 가만히 숨을 죽이고 지나가게 한 다음, 갑자기 등 뒤에서 노도처럼 쳐들어가야 한다. 뒤이어 사마의가 원군을 이끌고 오거든 얼른 군사를 둘로 나누어 장익은 사마의를 향해 공격해 들어가고, 왕평은 선봉인 장합을 향해 신장처럼 쳐들어가야 한다고 지시했다.

이어 공명이 말했다.

"내 짐작으로는 사마의는 우리 쪽에 다른 전략이 있는 줄 알고 10만 중군을 다 끌고 오지는 않을 것이오. 고작 5, 6천 정도 거느리고 올 것이오. 왕평이나 장익이나 부하 군사를 잘 쓰기만 하면 절대로 지는 일은 없을 것이오. 이번 공격에는 나도 가담하겠소."

왕평과 장익이 군사를 이끌고 떠나자 공명은 강유와 요화를 불러 말했다.

"그대들에게 이 비단주머니를 주리라. 저마다 3천 명을 이끌고 적의 척후에게 절대로 눈치채이지 않게끔 앞산에 숨어 있어야 한다. 엄격히 말해 두지만 왕평과 장익이 적의 포위를 당하여 위험에 처해 있어도 절대로 구하러 나가서는 안 된다. ……대체 무엇을 해야 할지 모른다고 생각될 때 이 주머니를 열어야 한다. 이 안에 그들을 구출할 방법이 들어 있다."

"알았습니다."

강유와 요화를 떠나보낸 다음 공명은 오반·오의·장의·마충 네 장수를 불러 앞에 세웠다.

"적은 내일 단숨에 우리 군을 전멸시킬 생각으로 폭풍처럼 밀고 들어올 것이다. 적의 사기는 하늘을 찌를 듯이 왕성할 것으로 생각된다. 그러므로 이와 정면으로 격돌해서는 승산이 없다. 어느 정도 저항을 하다가 도저히 못당하는 것처럼 달아나는 것이 좋다. 그러나 관흥이 나타나면 그때 갑자기 반격으로 옮겨야 한다. 나는 따로 계책을 생각하고 있다."

그리고 마지막으로 관흥을 불러 일렀다.

"그대에게는 고르고 고른 일기당천의 정병 5천을 줄 테니 산 속에 숨어 기다려라. 산 위에서 붉은 기를 흔들거든 눈사태처럼 달려 내려가 적과 싸워라."

만일 장포가 건강한 몸이었다면 관흥과 함께 가담하게 되었을 것이다.

장합과 대릉은 대군을 이끌고 질풍처럼 촉군의 뒤를 쫓아왔다.

마충·장의·오의·오반이 이를 맞아 싸웠으나, 장합의 과감한 공격 앞에서 점점 진형이 무너지고 말았다.

물론 공명으로부터 퇴각하라는 작전 명령을 받고 있는 그들이었다. 싸우다가는 달아나고, 달아났다가는 싸우고 하며 차츰차츰 후퇴했다.

6월의 한더위였다.

장합 같은 백전노장도 너무 급히 뒤쫓은 나머지 말과 사람이 더위에 지치고 만다는 것을 깜빡 잊고 있었다. 약 50리를 뒤쫓았을 때 위나라 장병과 말은 완전히 지쳤다. 숨조차 제대로 쉬지 못할 상태가 되어 있었다.

공명은 이 때가 오기를 산꼭대기에서 기다리고 있었다.

붉은 깃발이 휘둘러졌다.

엄청난 함성과 함께 관흥이 5천 정병을 이끌고 밀림 속에서 뛰쳐나왔다.

"자아, 어서 오너라!"

이에 호응해서 마충 등이 말머리를 돌려 맹반격으로 나왔다.

"빌어먹을! 여기서 져서야 되겠는가!"

장합과 대릉은 죽음을 걸고 싸웠다.

그때다.

함성과 함께 두 패의 군대가 또 쳐 나왔다. 왕평과 장익이었다.

장합은 조금도 기세가 꺾이지 않았다.

"여기가 죽을 곳인 줄 알아라!"

장합은 장병들을 격려했다. 위나라 장병들도 장합을 대장으로 우러러보고 있었던만큼 아무리 더위에 시달려 지칠 대로 지쳐 있어도 단 한 명 달아나는 사람이 없었다.

그러나 포위를 뚫고 탈출로를 열기에는 공명의 포위진이 너무도 두텁고 단단했다.

사마의가 5천 명 군사를 이끌고 달려온 것은 바로 그때였다.

"오오! 역시 장합은 공명이 친 그물에 걸렸구나!"

5천 명의 부하였지만 사마의는 이들에게 5만 명의 힘을 발휘하게 하는 실력을 내보였다.

위군을 포위하고 있는 촉군을 다시 위군이 포위하는 양상으로 전황은 일변했다.

사마의의 지휘에 따라 몰려오는 위군을 맞아 장익은 외쳤다.

"우리 승상은 모든 것을 다 내다보는 귀신과 같은 분이다. 좋다, 이렇게 된 이상 승상의 명령대로 결사적으로 적을 짓밟아 주리라!"

숨은 현자

왕평과 장익은 군사를 양쪽으로 나누었다. 왕평은 장합과 대릉을 향해 돌진하고, 장익은 사마의를 향해 돌진했다.

외치는 함성 소리, 죽어 넘어지는 비명 소리, 칼과 창이 맞부딪치는 소리, 맞붙어 굴러 넘어지는 소리. 그리고 여기저기에서 새빨간 피보라가 날려 땅을 적시며 흘렀다.

강유와 요화는 산 위에서 이 생지옥 같은 광경을 가만히 굽어보며 움직이지 않았다.

그러는 가운데 사마의 군사의 재빠른 움직임에 촉나라 형세가 차츰 불리해지기 시작했다.

"더 이상 버려둘 수 없다!"

"비단주머니를 열자!"

강유가 끈을 풀었다. 공명의 작전 지시가 들어 있는 주머니였다. 안에 든 쪽지를 펴 보았다.

만일 중달이 달려와 왕평과 장익이 위험하게 되거든, 그대들은 곧장 중달의 본진을 습격하라. 어떤 희생을 치르라더도 중달의 목을 베고야 말겠다는 결사적인 기세를 보여라. 그러면 중달은 급히 본진을 버리고 달아날 것이다. 그대들은 본진으로 쳐들어가 사마의의 목을 베었다고 외쳐대며 적병을 당황하게 만들어야 한다.

"이거 참 묘한 꾀다!"

강유와 요화는 신바람이 나서 산비탈을 달려내려가 사마의의 본진을 향해 돌진했다.

물론 사마의 같은 지장이 이런 급습을 자기 본진에서 팔짱끼고 기다리고 있을 리가 없었다. 도중에 군데군데 전령을 두고 적의 동정을 감시하고 있었다. 촉군이 밀려온다는 급보를 받자 사마의는 혀를 찼다.

"역시 상대는 나보다 한 수 위이다. 장합의 말을 들은 내가 잘못이다."

사마의는 말에 올라타자 본진을 버리고 내닫기 시작했다. 총수를 잃은 위군의 사기는 당장 꺾이고 말았다.

이렇게 되자 앞쪽의 마충 등 네 장수, 옆의 관흥, 등 뒤의 왕평·장익 등에게 포위되어 있는 장합의 군대는 형세가 역전되어 어떻게든 탈출을 기도할 도리밖에 없었다. 원조하러 왔던 사마의가 철수함으로써 완전히 고립되고 만 것이다.

장합과 대릉은 피투성이가 되어 겨우 산속 한귀퉁이에 탈주로를 발견하고 정신없이 달렸다. 촉군은 닥치는 대로 위나라 군사의 목과 팔다리를 날리고, 허리를 두 토막 냈으며, 등을 찔렀다.

사마의가 중군 본영으로 도망쳐 돌아오고 뒤어어 장합과 대릉이 간신히 목숨을 건져 안전한 산속에 몸을 숨겼을 때, 위나라 군사는 이미 그 수가 5분의 1로 줄어 있었다.

사마의는 부장들을 집합시켜 놓고 꾸짖었다.

"장합도 역시 병법을 모른다! 그대들은 100명이 대들어도 공명
한 사람에게 농락당할 것이 뻔하다. 앞으로는 일체 승낙 없는 망
동을 엄금한다. 내 명령에 의해서만 움직여야 한다. 만일 거역하
는 사람이 있으면 군법으로 다스리겠다."
그의 얼굴에 핏기가 가시고 온 몸은 사시나무처럼 떨렸다. 이 싸
움에서 위군은 인마는 물론 무수한 무기와 군량을 잃었다.

그러나 촉나라 쪽에도 큰 희생이 있었다.
진영에 급보가 도착했다.
"장포 장군이 세상을 떴습니다!"
순간 공명은 가슴에서 치솟는 신음소리를 토하다가 앞으로 몸을
숙였다.
마현이 달려와 몸을 부축하자, 공명은 한쪽 손을 뻗었다. 알아차
린 마현은 두꺼운 수건을 내밀었다.
공명은 수건을 입에 댔다. 많은 피를 수건에 뱉었다. 공명이 장수
들이 보는 앞에서 피를 뱉은 것은 처음이었다.
"승상!"
"정신을 가다듬으십시오."
사방에서 달려온 장수들을 물리치고 공명은 천천히 걸어서 안으
로 들어가 침대에 반듯하게 누웠다.
마현이 찬물에 적신 수건을 가지고 와서 가슴에 댔다.
공명의 감은 두 눈꺼풀 속으로 무인 장포의 씩씩했던 기상이 떠오
른다.
'아아!'
공명은 가슴 터질 듯한 신음을 꿀꺽 삼켰다.
'용서하오, 익덕! 그대의 뒤를 이어 촉나라의 기둥이 될 그대의
아들을 잃었소!'

관운장의 아들 관흥과 장비의 아들 장포가 촉나라 황제 유선의 양 팔이 되어, 군사 강유를 돕고 중원을 정복할 힘이 되어 줄 것으로 공명은 기대하고 있었다.

공명은 열흘 남짓 침대에서 일어나지 못했다.

부하 장수들은 공명이 지나치게 장포의 죽음을 애통해한 나머지 식음을 전폐해 병을 더친 것이라고 생각했다.

후세 사람들이 이것을 시로 읊었다.

날래고 용맹한 장포 공을 세우려 했건만
애통하구나 하늘은 영웅을 돕지 않았네
무후의 눈물 가을바람에 뿌려지니
다시 도울 사람 없음을 슬퍼함이라

병상에서 열흘 지낸 후 공명은 이윽고 동궐(董厥)과 번건(樊建) 을 몰래 불러 명령했다.

"이 상태로는 도저히 이 더위에 여기 머물러 있을 수가 없다. 일 단 한중으로 철수하여 휴양을 해야겠다. 절대로 적의 첩자가 알게 해서는 안 된다. 만일 알게 되면 사마의는 총력을 기울여 추격해 올 것이다. 우리 군사들에게도 절대 알려서는 안 된다."

촉나라 온 병력이 진을 거두어 한중으로 철수한 사실이 사마의의 귀에 들어간 것은 그로부터 닷새 뒤였다.

'이상하다! 무기와 군량을 그토록 많이 앗아가지고 있으면서, 공 격해 오는 대신 철수를 하다니!'

다른 장수들은 이렇게 생각하며 모두 고개를 갸웃했지만 사마의 만은 알고 있었다.

오장원에 장로를 보내어 공명과 담합한 결과였던 것이다. 이번만은 그들도 본격적으로 싸우지 않기로 약속이 되어 있었던 것이다.

공명은 이번 전투에서 장포를 잃기는 했지만 그가 발명한 목우와 유마의 기능을 실험할 수 있었다.

개량할 점도 발견되었다. 그러나 그것은 조그만 문제들이었다. 목우와 유마는 조금 손질만 하면 완전무결한 수송 수단으로 쓸 수가 있었다.

공명은 사마의가 절대로 추격해 오지 않는다는 것을 내다보고 있었기 때문에 중군을 한중에 머물러 있게 하고 자신은 일단 성도로 돌아왔다.

승상기를 세운 검은 사륜거가 저쪽에 보였을 때, 성 밖에는 문무백관이 줄지어 서서 그를 나와 맞았다.

그때까지 사륜거 안에 누워 있던 공명은 조용히 몸을 일으켜 윤건을 바로했다.

옆에 모신 마현이 얼른 화장병을 내밀었다. 공명은 갈색 물감을 솔로 떠내어 핏기 없는 얼굴에 골고루 문질렀다. 얼굴은 금세 햇볕에 그을은 건강한 모습으로 변했다.

그러나 공명은 대궐로 들어가 후주 유선을 배알하고 전황을 보고할 근력이 없어 그대로 승상부로 들어갔다.

그리고 은밀히 마현을 입궐시켜 자신의 병이 심상치 않음을 유선에게 알리게 했다.

유선은 놀라 어쩔 줄을 몰랐다. 그러나 이런 사실을 절대로 문무백관에게 알리지 말아 달라는 공명의 청을 받아들여 잠자코 고개만 끄덕였다.

승상부 안방 침대에 누운 공명은 신명께 빌었다.

'아쉬운 대로 앞으로 5년만이라도 목숨을 부지하게 해주십시오!'

밤중에 승상부로 한 인물이 찾아왔다. 곽정영(郭丁英) ——이 인물은 역사의 정면에 등장하지 않는다. 따라서 촉나라 가신의 명부에도, 한중의 유막에 있는 공명 휘하의 어느 부서에도 이름이 올라 있지 않은 인물이었다.

그러나 아는 사람들은 알고 있다. 언제부터인지 곽정영이 그림자처럼 공명의 곁에 늘 있었기 때문이다.

그래서 제장들은 곽정영을 가리켜 부군사(副軍師)라고 불렀다. 물론 정식 직함은 아니다.

"대체 그분이 하는 일은 무엇입니까?"

궁금해서 마현이 물은 적도 있었다. 공명은 웃으며 말했다.

"손님이다."

휘하 제장들은 마현을 통해 이 말을 듣고 곽정영을 촉군의 객장(客將) 내지는 고문 정도로 알고 있었다.

마현이 볼 때 곽정영을 대하는 공명의 태도는 눈꼽만치도 휘하 장군이나 시신을 대하는 것이 아니었다. 곽군(郭君), 혹은 서로 허물없이 사용하는 자(字)인 서영(徐英)이라고만 부르기도 했다.

이 호칭으로 볼 때 대등한 관계, 다시 없는 친구로서 곽정영을 대하고 있는 것처럼 마현에겐 보였다. 그런가 하면 때로는 공명은 그가 찾아오자 얼른 옷깃을 바로잡는다든가, 잠시 옆방에 들어가 의관을 단정히 고치고 양치질까지 하고 난 뒤에 만나는 것이었다.

두 사람은 나이도 키도 거의 비슷했다. 다만 즐겨 입는 의복은 달랐다. 진중에 있을 때 공명은 윤건과 백우선에 학창의를 걸친 단아한 모습이지만 곽정영은 늘 검은 도복을 입고 있었다.

물론 공명의 상징인 학창의와 윤건은 실은 질박한 무명옷과 헝겊 조각으로 된 두건에 지나지 않는다. 승상이라곤 하지만 검소한 기풍이 몸에 배어 있는 공명은 한낱 조신은커녕 말단 장수의 그것보다도 못한 차림이었다.

곽정영이 공명의 병실에 들어서자 마현은 곧 알아차리고 자리를 피했다.

곽정영은 공명을 진찰한 다음 잠시 침묵을 지켰다.

"곽군, 내가 앞으로 얼마나 더 살 수 있을지 숨김없이 말해주오."

공명은 이렇게 부탁했다.

"글쎄, 나는 화타 선생처럼 확신을 가지고 분명히 말씀드릴 수는 없습니다. 승상께서 보통 사람이었다면 이 병으로 이미 돌아가신 지 오래였을 겁니다. 그토록 병세가 중한 것이니 앞으로 1년 동안은 침대를 떠나지 마시고 휴양하셔야 합니다."

"1년이나 꼼짝하지 말라는 건가?"

"이 병은 무엇보다 몸을 움직이지 않고 마음을 편히 갖는 것이 가장 좋은 치료 방법이라고 알고 있습니다."

"위나라가 나를 가만히 누워 있게 해 주면 좋겠는데……."

공명은 엷은 웃음을 띠고 대답했다.

"설사 위나라가 국경을 넘어 쳐들어오더라도 승상께서는 이대로 누워 계셔야만 됩니다."

'그럴 수는 없지! 내가 총지휘를 하지 않으면 우리 성도는 사마의가 이끄는 위나라 군대에 의해 짓밟히고 만다.'

공명은 속으로 그렇게 말했다.

그러나 곽정영은 공명의 마음 속을 들여다보듯 얼굴을 숙이고서 조용히 말했다.

"촉나라는 얼마 전에 그나마 많지 않던 이가 하나 더 빠져 버렸지요. ……장포 장군의 부고는 아무튼 통한스럽습니다!"

공명은 고개를 끄덕였다.

자기의 병은 본디부터 있었던 것이지만, 곽정영은 장포의 죽음으로 인한 타격 때문에 병이 더쳤음을 꿰뚫어 보고 있었다.

공명도 그것을 알기 때문에 고개를 끄덕였다.

'곽정영은 나더러 정신력으로 병을 이기라고 하는구나!'

공명은 맑게 미소를 띠면서 물었다.

"곽군, 다시 북정 준비를 해야 하오. 제4차가 되겠지. ……그대는 그 시기를 언제라고 보시오?"

그러자 곽정영은 자세를 바로하고 얼굴에 미소조차 띠면서 대답했다.

"적국 위나라와 오나라의 정세에 달려 있지만 내년 가을쯤이 되지 않을까요?"

조금 전까지만 해도 적어도 한 해는 휴양해야 한다고 말한 그였는데, 지금 이와 같은 말을 한다…….

"그렇다면 위나라의 정세는?"

"하늘은 아직도 우리 촉한을 시련 속에 세워두고 있습니다. 위나라는 광대하고 막강한 힘을 가지고 있지요. 국력뿐 아니라 원통하게도 인재 또한 많습니다. 제가 보기로 지금 위나라에는 두 명의 현재(賢才)와, 그 두 명을 몇 갑절 웃도는 한 명의 걸재(傑材)가 있습니다."

공명은 미소를 지은 채 귀를 기울이고 있다.

"현재 가운데 하나는 위나라 대사마 조진입니다. 그는 이번에 비 때문에 잔도가 끊겨 전선에 달려오진 못했지만, 틀림없이 다시 올 것입니다. 조진은 기발한 용병가(用兵家)는 아니고 보수적인 무장이지만 그 견실한 전투 솜씨는 얕볼 수가 없습니다. 틀림없이 그를 기용할 위제 조예가 또 한 사람의 현재입니다. 그는 할아버지 조조의 정치 수완을 물려받았다고 생각됩니다. 그런데 그보다 무서운 걸재는……말할 것도 없이 사마의 중달입니다. 일찍부터 우리의 동향을 자세히 관찰하여 승상께서 취하려는 북정의 대계(大計)도 읽고 있을 거라고 보지 않을 수 없습니다. 그것을 각오하시고서 다시 군을 움직인다면……역시 전번대로 나아갈 수밖에 없겠지요. 기산(祁山)을 목표로 하고 거기서 북상하여 장안을 위협하는…….."

곽정영이 말하자 공명은 크게 고개를 끄덕이고 물었다.

"위나라 정세는 그렇다 하고 오나라 형편은?"

"역시 이총의 혀에 달려 있습니다. 지금쯤 그는 손권을 설득하고 있겠지만, 그 결과를 보고서 병을 움직이도록 하십시오."

그제서야 공명은 껄껄 웃었다. 곽정영의 말이 마음 속의 근심을 쫓아준 것이다. 공명은 목소리도 밝게 말했다.

"그런데 서영…… 중요한 이야기가 있소."

곽정영은 섬칫하여 얼굴을 들었다. 이번에는 공명의 마음 속을 전혀 몰라 궁금하게 여기는 예사 사람의 표정이었다.

옆에 있는 촛대의 긴 그림자가 공명의 해맑은 눈동자에 어른거렸다. 곽정영은 공명의 심상치 않은 결의를 느꼈다.

이 방안은 물론이고 문 밖에도 시신이나 번사(番士)는 없다. 소리높이 담소하더라도 촛대의 촛불만이 깜박거릴 뿐이었다.

"이것은 제갈량 공명의 일생 일대 부탁이라고 알고서 들어주기 바라오."

두 사람의 만남은 벌써 8년 전으로 거슬러 올라간다.

유비 현덕이 무모하게 남정을 꾀했다가 오나라 애송이 육손에게 대패하고서는 백제성에서 한많은 눈을 감았다. 공명이 그 영구를 모시고 성도로 돌아가기 사흘 전의 일이었다.

공명은 백제성을 나와 혼자 장강 기슭에 섰다. 이곳에서 조금 하류에는 신들의 낭만이 깃든 무산(巫山)의 지붕이 북쪽 기슭에 솟아 있고 수백 리 이어지는 장강 으뜸가는 삼협(三峽)의 아름다운 경치가 펼쳐진다.

백제성 부근도 그것에 이어진 웅대한 아름다움이 있는 곳이다. 건너편 산들은 보랏빛으로 물들어 아련하게 보였고, 흐르는지 마는지 장강의 흐름은 유유(悠悠)함 바로 그것이었다.

수천 리, 아니 수만 리에 걸친 장강의 흐름……그것 자체가 천고
불변(千古不變)의 시계와 같은 운행(運行)이었다.

여느 때라면 마음껏 감상할 장관을 눈앞에 두고서 공명은 눈을 지
그시 감았다. 승상으로서 나이어린 황제 유선과 촉나라의 앞날을 생
각하면 마음이 무거웠기 때문이다.

그러나 언제까지 눈을 감고만 있을 수도 없었다. 이미 자기에게
맡겨진 고명(顧命)인 이상 감겨지는 눈이라도 억지로 부릅떠야 한
다. 문득 눈앞 수면에 작은 갈대배가 나타났다.

대나무 갓을 깊숙이 눌러쓴 한 사나이가 천천히 노를 저으며 고시
(古詩)를 읊고 있다. 가까이 다가옴에 따라 이 난세에도 칼을 차지
않은 한낱 선비임을 알아볼 수 있었다. 다만 예사롭지 않은 기품이
그 얼굴에 서려 있었다.

"당신은 오나라 사람이오? 아니면 촉나라 사람이오?"

의아하게 느끼며 공명이 묻자 그 선비는 급히 배를 기슭에 대고
대나무 갓을 벗으며 가볍게 인사했다.

"실례이옵니다만 촉나라 제갈공명 승상이 아니십니까?"

"그렇소."

그런데도 상대는 두려워하기는커녕, 별로 다시 예를 차리거나 하
지도 않고 고개를 끄덕였다.

"시생은 오나라 사람도, 촉나라 사람도 또한 위나라 사람도 아니
외다. 근처 강가에 암자를 얽고 사는 곽정영이라는 한낱 포의(布
衣)에 지나지 않습니다."

"그러나 일찍이 그 어느 나라인가를 섬기다가, 까닭이 있어 야인
이 된 것은 아니오?"

"아닙니다. 태어난 이래 주인을 가져 본 적이 없지요. 옛사람의 가
르침을 얼마쯤 배우고 강가에 엎드려 화조풍월(花鳥風月)을 즐길
뿐이었습니다. 소생은 자연을 좇아 마음 편하게 사는 것뿐."

"그렇다면 나 같은 사람과는 전혀 정반대 입장에서 사는 인간이로군, 당신은?"

그러자 상대는 대뜸, 그것도 스스럼없는 말투로 대답했다.

"무슨 말씀입니까! 제갈공명, 당신도 20년 전에는 지금의 나하고 비슷한 생활이었지 않습니까? 다만 당시 당신은 세상에서 드문 야현(野賢), 나는 한낱 유자(遊子)라는 것뿐이겠지요."

공명은 지난 10일 가량 선제의 붕어와 여러 가지 나라일로 굳어져 있던 볼이 비로소 풀리는 것을 느꼈다.

'이것은 예사 선비가 아니다. 만일 신선이 현신(現身)하여 나를 놀리는 것이 아니라면 진흙에 내려앉은 학이다!'

공명은 인물을 알아보는 눈을 가지고 있었다.

"잠시 술벗으로서 이야기를 나누고 싶소."

넌지시 권유하여, 공명은 곽정영을 백제성으로 데리고 갔다.

선제의 유해를 받들고 귀국하는 날을 사흘 앞두어 숙연한 빛이 감도는 성 안이었으나, 공명은 성의 누대로 그를 안내하여 거의 이틀 밤낮 계속 말을 주고받았다.

그 동안에 이 인물의 지난 모든 것을 엿볼 수가 있었다. 과연 처음 직감대로 귀재(鬼才)였다. 그는 옛날부터의 온갖 시문(詩文), 경서(經書), 사서(史書), 천문, 점성(占星)에 두루 통하고 있었다. 두 사람의 이야기 샘은 마르지 않고 이어졌다.

이윽고 곽정영은 의약의 분야에까지 화제를 넓혔다. 「상한론(傷寒論)」, 「금궤요략(金匱要略)」과 같은 의약학의 대저서를 자유롭게 읽어 소화시킬 수 있는 사람은, 천하가 넓다곤 하나 당대에 있어 다섯 손가락으로 꼽을 정도였다. 곽정영은 그것들을 전부 정독하여 처방 하나 하나까지 꿰뚫고 있었다.

"당신은 당대의 명의 화타의 고제자가 아니오?"

공명이 물었을 정도였다.

더욱 공명이 혀를 내둘렀던 것은 그가 「손오(孫吳)」, 「육도」, 「팔진법」 등 옛날부터의 병법에도 놀랄 만큼 정통해 있는 점이었다.

게다가 예사롭지 않다고 여겨질 만큼 말끝에서 정치 감각도 번뜩였다. 그렇지만 곽정영이 초야에 묻혀 한 나라의 재상을 맡아도 전혀 손색이 없을 재능을 아깝게 썩히는 것을 아쉬워하는 말이나 표정을, 공명은 조금도 보이지 않았다.

'한마디라도 그와 비슷한 권유를 입에 올린다면 이 인물은 곧 달아나고 만다.'

공명은 그것을 잘 알고 있었다.

참으로 공명은 천 년의 지기(知己)를 만난 느낌이었다.

상대도 그런 성심(誠心)을 충분히 감지했으리라.

"당신을 내 개인의 빈객으로서 맞이하고 싶소. 파촉의 경치도 익주 미녀도 아마 마음에 드실 거요. 서로 흉허물 없는 말벗으로서 잠깐이나마 성도에 와 주시지 않겠소?"

곽정영도 공명의 이 청을 기꺼이 받아들였던 것이다.

그로부터 8년.

잠깐이라던 것이 많은 세월이 흘렀다. 곽정영은 두드러지게 표면에 나타나는 일은 없었지만 늘 공명의 분신(分身)처럼 가까이 있었다.

"아슬아슬했어. 지금까지 위나라나 오나라가 용케도 귀공을 발굴하지 못한 것은 우리 촉에겐 천만다행이오. 그러나, 안심하시오. 아까운 노릇이긴 하지만, 우리 촉한은 귀하에게 국가의 대업을 강요하거나 하지는 않겠소. 약속대로 무위무관(無位無官)인 채 오래도록 물과 고기 같은 사귐을 바라는 것만으로 만족하겠소."

지난 8년 동안 공명은 참으로 바쁜 나날이었다. 병약한 몸에 단 1분의 휴식도 허용되지 않는 격무가 계속되었다.

그 심로(心勞)를 풀어주는 것이 정영과의 부담없는 대화였다. 두 사람은 날이 지나갈수록 서로가 진심에서 우러나는 것을 꼭 필요하게 여기며 인생을 서로 도야시킨다는 기쁨을 짙게 느끼게 됐다.

그리하여 어느 쪽이나 차츰 알게 된 것이지만, 서로의 성격이나 사고 방식이 기분 나쁠 만큼 닮아 있었다. 그것은 단순히 마음이 맞는다는 것으로써는 설명하기 부족했다. 성미도 기호도 딱 들어맞는 쌍둥이와 같았다.

두 사람은 처음에 같은 해 태생이고 키나 모습도 좋은 한쌍을 이루고 있는데 놀랐지만, 만일 머리와 수염을 똑같이 기른다면 늘 곁에서 모시는 마현도 식별하기 어려웠을 것이다.

'이것은 하늘이 주신 인물일까? 그와 나의 다름은 곽정영과 제갈량이라는 이름뿐이 아닐까?'

그로부터 8년. 촉나라는 다사다난했으나 무사히 극복해 왔다. 그리하여 국사를 처리하는 과정에서 어느덧 눈에 보이지 않는 곽정영의 건의가 공명에 의해 받아들여져 실행되었다.

그 동안 의견 충돌을 본 일은 단 한 번뿐이었다.

가정의 패전에서 마속이 목을 잘릴 때 많은 장수가 열심히 그의 구명을 탄원했다. 후주 유선이 보낸 칙사 장완(蔣琬)은 참형 직전의 마속을 자기 몸으로 막아서듯 하며 공명에게 간했던 것이다. 항장(降將)의 몸임을 삼가지 않고 강유 또한 지성으로써 마속의 구명을 청했다.

누구든 공명의 깊은 고충을 너무도 잘 알고 있었지만, 그러지 않을 수 없는 비통한 탄원 정경이었다.

태산처럼 부동의 표정인 채 공명은 곽정영을 유막 한구석으로 데려가 은밀하게 물었다.

"당신의 의견을 묻겠소. 가(可)요, 부(否)요?"

정영은 담담하게 말했다.

"베어선 안 됩니다."

　그러나 공명은 소리없이 내리깐 눈길을 곧 형리 쪽으로 보내면서
외쳤다.
　"참(斬)하라!"

　꼼짝도 않고 말끄러미 자기를 쏘아보고 있는 곽정영에게 공명은
나직한 목소리로 '어떤 일'을 간절히 청했다.
　말은 길지 않았고 곽정영은 간간이 고개를 끄덕였을 뿐이다.
　그날 밤 이후 곽정영의 모습은 성도에서 찾아볼 수 없었다. 이에
대해서 공명에게서 짤막하나마 설명을 들은 것은 오직 마현과 강유
뿐이었다.

장마

“병을 보내겠다.”

오의 황제가 된 손권은 말했다.

지리학자가 말하는 이주(夷州)·단주(亶州)가 바로 이총이 말하는 왜국(倭國)이라는 것을 확인하자 손권은 곧 결정을 내렸다.

이제 병력만 많다면 무슨 일이든지 할 수 있다.

갓 황제가 된 손권은 의기가 하늘을 찌를 듯 높았다. 도읍을 무창에서 건업으로 옮기자 기분도 한결 새로웠다.

지금껏 부족했던 것은 군졸뿐이었다.

‘그런데 왜국에는 수만, 아니 수십 만의 군졸이 있다고 하지 않는가. 용감하기는 하지만 사슴뿔 같은 유치한 무기로써 싸우는 자들이니까 무장병을 내보내면 쉽게 그들을 포로로 잡아올 수 있으리라. 그 동해(東海)의 군사를 대량으로 데려다가 훈련을 시키는 것이다.’

이제 천하는 내 것이다. 반쯤 천하를 잡은 기분이 되었다.

“배가 필요합니다.”

상대장군 육손이 간했다.

“배? 우리 오나라는 수전을 잘하기로 천하에 이름이 나 있소. 배는 얼마든지 있지 않소?”

“강 배는 바다에서는 사용할 수가 없사옵니다. 그 점에 대해서 잘 알고 계시지 않사옵니까.”

“그거야 알고 있지. 그러나 강 배를 개량하면 바다에서도 항해할 수 있다는 것도 알고 있소. 즉시 바다에서 사용할 배를 건조하도록 하오.”

“잠깐 기다리시옵소서. 물론 병사의 수가 많은 것보다 더 좋은 것은 없습니다만, 환왕(桓王)이 개국할 당시 병은 1여(旅 : 500명)에 지나지 않았사옵니다. 우리 동오는 결코 사람이 적은 것도 아니옵니다.”

“지금의 판도를 다스리는 데는 너무 적지 않다는 거겠지. 하지만 천하를 다스리는 데는 좀 모자라오. 천하를 다스리는 데 말이오, 천하를!”

손권은 동해에 출병하여 왜국 병사를 구하겠다는 계획을 포기하려 하지 않았다.

위장군(衞將軍) 전종(全綜)도 동해 출병에 반대하여 간했다.

“가령 왜국 백성을 이 땅에 옮겨도, 인간은 물과 땅이 바뀌면 반드시 병이 나는 법이옵니다. 병사 수를 늘리려다가 오히려 손실을 보는 결과가 될 것이옵니다.”

“무슨 소리요! 왜국과 같은 척박한 땅에서 강동에 온다면 그야말로 요즘 부도의 신자들이 말하는 극락일 거요. 지옥에서 극락에 오는데 어째서 병에 걸린단 말이오?”

손권은 자기 주장을 굽히지 않았다.

“왜국 인간은 금수나 다름없사옵니다. 그들을 데려와도 쓸모가 없을 것이옵니다.”

"뭐, 맹수 같은 군사라면 오히려 더 믿음직하지 않은가!"
손권은 마침내 명령을 내렸다.
위온(衞溫)과 제갈직(諸葛直), 두 명의 장수에게 1만의 갑사(甲
士)를 주어 동해로 사람 사냥을 떠나보냈다.

왜인의 나라는 이미 전한(前漢)시대부터 그 존재가 알려져 있었
다. 그러나 「정사삼국지」에 이르러 비로소 그 실태가 자세히 기록되
었다. 그것도 위·오·촉 세 나라가 항쟁한 산물이었다.
「삼국지」〈위지동이전(魏志東夷傳)〉에는 왜국에 대해 다음과 같
이 적혀 있다.

왜인은 대방(帶方) 동남쪽 큰바다에 사는 종족으로 그곳은 산
뿐인 섬에 많은 나라가 있다. 전에는 100여 국이나 있었다고 한
다. 한나라 시절부터 조공이 시작되고 현재 중국이 접촉하고 있는
것은 30개국이다.
대방에서 왜로 가자면 해안을 따라 배로 나아가며, 삼한(三韓)
을 거쳐 남행하고 다시 동으로 뱃머리를 돌려 나아가면 왜국 북쪽
대안 구야한(狗邪韓)에 이른다. 여기까지가 약 7천 리.
이곳에서 바다를 건너 1천여 리 되는 곳에 있는 것이 대마국
(對馬國)인데 절해의 고도로 넓이는 약 400리 사방. 험준한 산뿐
이며 숲으로 덮여 있고 길은 짐승들이 다니는 길처럼 비좁다. 1천
호 남짓 살고 있으나 양전(良田)이 없어 해산물을 먹고 생활하지
만 곡식은 남북에서 사들인다.
다시 남쪽으로 한해(韓海)라 불리는 바다를 1천 리 가면 일대
국(一大國). 넓이는 300리 사방에 대나무와 떡갈나무 숲이 울창
하며 3천 호쯤 산다. 약간의 논밭이 경작되고 있지만 그것만으로
는 자급하지 못해 곡식은 역시 남북에서 들여온다.

다시 바다를 건너 1천 리 남짓을 가면 말로국(末盧國). 4천 호가 산을 등지고 바닷가에 몰려 산다. 초목이 무성하여 앞을 가는 사람이 보이지 않을 정도이다. 사람들은 물고기 잡기와 전복을 따는 데 명수로 아무리 깊은 곳이라도 자맥질을 한다.

여기서 동남으로 물길 500리를 더 가면 이도국(伊都國). 1천여 호의 나라로 왕이 있고 여왕국에 대대로 예속되고 있다. 대방에서 왜를 찾아가는 중국 사신은 늘 이곳에 머무른다.

여왕의 나라는 야마대국(邪馬台國)으로서 대방에서 수륙 1만 2천여 리나 된다.

왜국 남자는 귀인·천민 가리지 않고 얼굴과 몸에 문신을 하였다. 이것으로 생각나는 것은 하나라의 소강(少康) 아들이 회계(會稽)에 봉해졌을 때 머리를 짧게 자르고 문신을 하여 교룡(蛟龍)의 해를 피했다는 고사(故事)이다. 지금의 왜인은 바닷속에 자맥질하여 물고기와 조개를 잡는 데 익숙하지만, 역시 문신으로 큰 바닷고기나 바닷새를 겁주어 가까이 오지 못하도록 하고 있는 것이다.

그 풍속은 결코 음탕하지 않다. 남자는 모두 갓을 쓰지 않고 머리를 따서 둥글게 대고 무명을 머리에 감는다. 의복은 가로 긴 천을 둘둘 감을 뿐 거의 바느질을 하지 않는다. 여자는 머리를 길게 늘어뜨리고 머리 끝을 구부려 매고 있다. 의복은 한 겹의 자루처럼 만들고 그 가운데 구멍을 뚫어 머리부터 뒤집어 써서 입는다.

이곳에는 소·말·범·표범·양·까치가 없다. 무기는 창·방패·나무 활을 사용한다. 목궁(木弓)은 아래가 짧고 위가 길며 대나무 화살에는 쇠 또는 뼈로 만든 화살촉을 달았다.

왜인의 땅은 따뜻하여 겨울도 여름도 신선한 야채를 먹으며 모두 맨발이다. 가옥은 부모 형제가 따로따로이다. 몸에는 중국인이 분을 바르듯 연지를 칠한다. 식사에는 대나 나무 그릇을 쓰고 손으로 움켜 먹는다.

사람이 죽으면 널을 쓰지만 관곽이 없고 흙을 수북하게 모아 무덤을 만든다. 죽어서 10여 일 동안은 매장하지 않고 장례 의식을 치른다. 그 동안은 고기를 먹지 않고 상주가 소리내어 울고, 타인은 그 둘레에서 노래와 춤을 추면서 술을 마신다. 매장이 끝나면 일가족이 모두 물에 들어가 몸을 깨끗이 씻는다.

그들은 긴 여행, 바다를 건너는 항해 등 이를테면 중국에 올 경우에는 한 남자를 지정하여 그 여행자가 돌아올 때까지는 머리를 감지 않는다. 그들의 남루한 옷에 이는 꾈 대로 꾀고 의복은 더러워질 대로 더러워진다. 고기를 먹지 않고 여자를 가까이 하지 않으며 마치 상제와 같은 근신 생활을 한다.

이 사나이는 '지쇠(持衰)'라 불리며 만일 여행이 무사히 끝나면 종이나 재물이 주어지지만 여행자가 병에 걸리거나 재앙을 만나게 되면 죽임을 당한다. 지쇠로서의 금기(禁忌)를 엄격히 지키지 않았다고 믿기 때문이다.

왜인 풍습으로 큰일을 할 때라든가 먼 여행을 떠날 때에 혹시 말썽이 생기면 뼈를 태워 금이 가게 하여 그것으로 길흉을 점친다. 점을 치려 한다는 것을 중국의 거북점과 같이 먼저 말로써 알리고, 금간 것을 보고 앞날을 예측하는 것이다.

사람들이 경사스러운 날 모일 때는 자리 순서에 빈부나 남녀의 구별이 없다. 또한 천성이 술을 즐겨 마신다. 지체 높은 귀인이 나타나면 무릎꿇고 경배(敬拜)하는 대신 손뼉을 칠 뿐이다. 사람들은 모두 오래 살아 8, 90에서 백 살 되는 이가 많다.

배송지(裵松之)의 풀이에 의하면 왜인은 정확한 역(曆)이나 사철의 구분을 모르고 다만 춘경(春耕)과 추수(秋收)를 기준으로 나이를 센다고 했다. 따라서 이 풀이를 바탕으로 보통의 1년을 2년으로 본다고 했으며, 백 살도 실제는 50살이라고 해석하는 학자도 있다.

　그들의 풍습은 일부다처(一夫多妻)제로서 귀인은 너덧 명, 천민이라도 두세 명의 아내를 거느린 자가 있다. 여자는 간음, 질투하는 일이 없었다.

　도둑질하는 일이 없어 재판은 좀처럼 없다. 법을 어겼을 경우 가벼운 자는 처자를 몰수하고 무거운 자는 일가족을 모두 죽이며 혈연 일족까지 연좌시킨다. 존비(尊卑)의 신분 질서가 확립돼 있어 결코 복종 관계가 어지러워지는 일은 없었다.

　세금은 물품으로 거두어들여 군량고에 저장한다. 나라마다 저자가 있어 교역이 실시되고 있지만, 그 감독은 여왕국에서 파견된 귀인이 담당한다.

　왜국도 이전에는 남자를 왕으로 삼고 있었으나 8, 90년 계속하는 동안 싸움이 벌어지고 여러 나라 사이의 무력 항쟁이 오래 계속된 이후로는 공동으로 한 여자를 왕으로 내세우고 비미호(卑彌呼)라 존칭했다.

　비미호는 무술(巫術)을 터득하고 있어 사람을 현혹하는 힘을 가지고 있었다. 나이가 많았으며 남편은 없고 동생이 그를 보필하여 국정을 도왔다.

　왕이 된 뒤 거의 그 얼굴을 본 사람이 없었고, 주위에는 1천 명의 시녀를 두고서 단 한 명 식사를 올리든가 말을 전달하든가 하는 남자가 있어, 비미호에게 드나들었다.

　비미호가 사는 궁전, 누각은 성책(城柵)으로 엄중히 경비되고 늘 무장한 병사가 지키고 있었다.

　견문을 종합한다면 왜인의 땅은 큰 바다에 떠 있는 섬으로 끊기면서도 이어져 있고, 둘레는 약 5천 리에 이른다고 했다.

손권이 사람 사냥을 위해 동해로 군대를 진발시켰다는 보고는 제갈공명을 기쁘게 해 주었다.

"이총 녀석이 손권의 마음을 움직였구나!"

공명은 무릎을 쳐가며 빙그레 웃었다.

위나라 사마중달과의 싸움이 담합으로 치러지는 한 위나라는 촉한에게 무서운 존재는 아니다. 지구전을 펴며 천하 민심의 향배를 지켜보면 된다.

그렇게 되면 걱정스러운 것은 오나라이다.

벽안아 손권은 다분히 기분파여서 언제 촉나라를 공격하려고 할지 모른다. 그런 오나라가 사람 사냥에 열중하고 있는 동안만은 촉한의 배후가 안전할 것이 아닌가!

동해의 사람 사냥은 아마도 실패로 끝날 것이 틀림없다. 공명은 이총에게서 자세한 왜국 사정을 들은 일이 있다. 그런데 손권은 제대로 실정을 모르고 있다. 공명이 이총을 통해 귀띔해 준 지나치게 낙관적인 정보에 근거한 행동이다. 성공할 수가 없었다.

위온과 제갈직이 1만의 갑사를 거느리고 동해로 나간 것은 오나라 황룡 2년(230) 봄이었다.

이듬해 두 장군은 돌아왔지만 사람 사냥은 참담한 실패였다.

단주(亶州)는 너무도 먼 곳이라 가 닿을 수가 없었다. 이주에는 가까스로 당도하여 그 고장 주민을 수천 명 잡아가지고 돌아왔다.

그러나 군대에 역병이 유행하여 1만의 갑사는 열에 여덟 아홉 명까지 죽고 말았다.

훈련을 한 뛰어난 무장병 8, 9천을 잃고 말도 통하지 않는 기묘한 섬 사람 수천 명을 데려오는 결과가 되었다.

이 손익 계산은 누구라도 할 수 있다.

황제 손권은 펄펄 뛰다시피 격노했다.

위온과 제갈직은 하옥되었다가 주살되었다. 두 장군이 불운을 몽 땅 짚어진 셈이었다.

촉군의 움직임은 위수(渭水)의 북쪽 기슭에 있던 위군의 본영에
시시각각으로 알려졌다.
촉군 10만이 진령(秦嶺)의 야곡을 지나 위수 남쪽 기슭으로 향하
고 있을 때 위나라 대도독인 대장군 사마중달은 막료와 휘하 장수들
에게 예언했다.
"촉군이 만일 위수의 남쪽 기슭을 따라 산을 등지고 동으로 향하
면 제갈공명이 속전을 바란다는 것을 알 수 있다. 그렇지 않고 만
일 서쪽으로 향하면 지구전이 되리라."

때마침 이보다 앞서서 병석에서 일어난 조진이 위제 조예에게 상
소문을 올렸다.

삼가 폐하께 아뢰옵니다. 촉나라는 자주 중원을 넘보고 있사옵
니다. 이를 그대로 버려두면 반드시 뒷날 크게 해독을 미치게 되
옵니다. 지금 시원한 가을을 맞아 군사와 말이 예기를 길러 사기
가 왕성하오니 촉나라를 토벌할 좋은 시기인 줄 아옵니다. 신은
사마의와 함께 대군을 이끌고 한중을 공격하여 간악한 군사들을
소탕하고 변경을 깨끗이 할까 하옵니다. 바라옵건대 윤허하여 주
옵소서.

조예는 시중인 유엽을 불러 상소문을 읽게 한 다음 물었다.
"자단(子丹 : 曹眞의 자)의 청을 들어 주어야 할지 어떨지 그대의 의견
을 듣고 싶소."
유엽은 대답했다.
"대사마의 주청은 참으로 이치에 맞는 말인 줄 아옵니다. 지금 만

일 촉나라를 무찔러 없애지 않으면 공명은 반드시 중원을 침략해 들어올 것이옵니다."

"그럼 자단의 청을 재가하지."

유엽이 자기 집으로 돌아오자 대신들이 떼를 지어 찾아왔다.

"폐하께서 공을 불러 조사마의 촉나라 토벌 건을 물으셨다더군요. 그런데 공이 이에 찬성을 했다는데 그것이 사실입니까?"

유엽은 딴청을 부렸다.

"글쎄, 그건 뭔가 잘못 전해진 것 같소. 나는 그런 하문을 받은 적이 없소. 촉나라는 산천이 험난해서 쉽게 칠 수도 없거니와 제갈량이 아직 살아 있지 않소? 그런데 대군을 동원하여 이를 친다는 것은 공연히 군사들에게 고통만 주게 될 거요."

대신들은 맹물만 마시고 그대로 물러갔다. 그 중 한 사람이 고개를 갸웃했다.

"아무래도 이상하다. 근시는 분명 시중이 촉나라 토벌을 재가하라고 대답하는 것을 들었다고 했는데……."

이튿날 아침 대신들은 조예 앞으로 나아가 물었다.

"유시중이 대사마의 상소문을 읽고 이에 찬동하여 토벌을 지지했다고 하기에 신들은 함께 유시중을 찾아가 물어보았던 바 그 같은 대답은 한 적이 없다고 했습니다. 유시숭은 마음에 없는 대납을 폐하께 아뢰온 것이 아니온지요?"

조예는 당장 유엽을 불러들여 꾸짖었다.

"어제는 촉나라를 쳐야 한다고 해놓고 오늘은 대신들에게 쳐서는 안 된다고 대답했다는데 그 까닭이 무엇이오?"

"폐하! 적의 첩자는 낙양은 물론이고 대궐 안에까지 침투되어 있을 것이라 짐작되옵니다. 촉나라를 치는 일은 위나라에게 가장 중대한 일이옵니다. 절대로 사전에 밖으로 새어나가서는 안 되는 일이옵니다. 촉나라에 제갈량이 있는 한 승부가 쉬운 일은 아니어서 적의 허를 찔러야만 하옵니다. 적을 속이기 위해서는 먼저 우리를 속여야만 하옵니다."

그제야 조예는 아차, 하는 생각이 들어 고개를 끄덕였다.

"과연 그렇군. 이는 극비에 붙이지 않으면 안 된다."

사마의가 낙양에 돌아온 것은 그로부터 열흘 뒤였다.

그는 관성에 있으면서 오나라와의 국경을 돌며 수비 상태를 점검하고 돌아온 것이다.

조예는 조진의 상소문과 각 대신들의 태도를 하나하나 말하고 사마의의 의견을 물었다.

사마의는 생각할 시간도 두지 않고 대답했다.

"신이 시찰한 바로는, 오나라가 우리 나라를 침범할 기미는 전혀 보이지 않았습니다. 조도독의 생각이 옳은 것인 줄 아옵니다."

그 때 사마의는 속으로 생각했다.

'조진에게 공명을 이길 계책이 선 다음의 일이다. 그러나 지금은 내가 말린다고 해서 수그러들 조진이 아니다.'

조진은 적어도 신분에 있어서는 사마의보다 위이다.

사마의로서는 조진의 자존심을 상하게 할 수가 없었다. 언젠가는 그것이 자신을 불리하게 만들기 때문이다.

정치인으로서의 사마의는 술책을 너무도 잘 알고 있었다.

'이번만은 조진에게 그 자신을 마음대로 하게 내버려 두리라.'

이렇게 자신을 타일렀다.

촉나라 공략의 군사회의가 열린 끝에 조진이 대사마 정서대도독에 임명되었다. 사마의는 부도독이 되고 유엽이 총참모가 되었다.

그리하여 40만이라는 대군이 동원되어 낙양을 떠나 장안에 이르렀던 것이다.

촉군은 이제까지 세 번이나 진령을 넘어 북상했다.

이것이 네 번째 북상이다.

촉나라 건흥 9년(231)의 일로, 이번 작전에서는 목우(木牛)를 사용하여 병량을 날랐다. 이번 북정의 작전은 과거 세 차례와는 근본적으로 달랐다. 과거의 원정은 서쪽 즉 감숙성 쪽의 지방을 평정하는 일이 주목적이었다. 위수까지 북상하여 동쪽 장안을 공격하려 해도 등 뒤를 공격받는다면 비극이 되고 말 것이기 때문이다. 그것은 한낱 패배가 아니었다. 전멸을 의미했다. 퇴로가 끊기게 되기 때문이다. 따라서 동을 치기 위해 먼저 서쪽을 굳혀 놓아야만 했던 것이다.

서쪽이 안정되면 그곳에서 보급이 쉬워진다는 이점도 있었다.

제갈공명은 티베트족이 많은 서방을 은혜와 위력으로써 촉한 편으로 끌어들였다고 계산하고 있었다.

그런 만큼 서쪽의 굳힘에 빈틈 없다면 촉군은 주저치 않고 동쪽으로 병을 나아가게 하리라.

촉군이 반대로 서쪽으로 병을 보내면, 그것은 서쪽의 정세가 꼭 평온하지도 않고 다시 위엄을 과시할 필요가 있다는 것을 뜻한다.

그 경우 위나라에 대한 속전은 되도록 피할 것이 틀림없다.

사마중달의 예언은 이런 정세를 읽고서 한 말이었다.

그런데 장안에 도착한 조진은 전혀 엉뚱한 작전 계획을 세웠다.

"먼저 검각(劍閣)을 탈취한다."

조진은 한중을 향해 진격을 명령한 것이다.

이리하여 곽회와 손례도 부하 군사를 이끌고 다른 길로 나아갔다.

보고를 받자 공명은 먼저 왕평과 장의를 불러 명령했다.

"두 장군은 1천 기를 거느리고 바람처럼 진창도로 나아가 위군의 사기가 어떤지 잘 관찰하시오. 나는 뒤에 나가겠소."

"승상께 말씀드리겠습니다. 위나라가 동원한 군사는 40만이나 된다고 합니다. 사기 또한 왕성해서 그 기세는 하늘을 찌를 것 같다고 합니다. 물론 저희 두 사람은 적이 비록 백만일지라도 조금도 두려워하지는 않습니다. 그러나 겨우 1천 기로써 출동하면 전멸을 당하게 될 것이 뻔합니다."

공명은 그런 불만에 대해 그저 미소로 대답했다.

"1천 기라면 진창도에 적보다 빨리 도착할 수 있다. 1만이나 2만을 거느리게 되면 그만큼 늦어지게 될 것이다."

"그러나 겨우 1천 기로는 아무래도 걱정이 되옵니다."

분명 상식으로는 공명의 명령은 너무 무모한 것이었다.

"내가 가라고 하지 않소!"

"승상께선 우리 둘에게 죽으란 말씀이신가요?"

왕평과 장의는 똑같이 얼굴을 긴장시키고 있었다.

그러자 공명은 소리내어 웃었다.

"내 명령을 이해하지 못하는 것은 그대들이 천문에 대한 지식이 전혀 없기 때문이오. 어젯밤 내가 하늘을 바라보았더니 필성(畢星)이 달 분야(分野)에 들어와 있었소. 따라서 이 달 한 달 내내 큰 비가 계속 내릴 것으로 짐작되오. 위군이 40만이나 된다면 큰 비를 만났을 경우 어떻게 되겠소? 벼랑이 무너져내리고 산사태를 만날 위험한 산 속으로 그 많은 군사가 들어올 리 없소. 그래서 나는 그대들에게 겨우 1천 기만을 이끌고 가게 한 것이오. ……나는 장마가 계속되는 동안 전군을 충분히 쉬게 하였다가 적이 길이 막혀 하는 수 없이 퇴각하기 시작할 때에 단숨에 쳐나갈 생각이오. 장마를 만나 지친 끝에 물러가는 40만이라면, 5만 군사로도 이길 수 있을 것이오."

공명은 천문학과 점성술의 대가였다. 그러기에 일찍이 적벽에서 오나라로 하여금 백만 대군을 전멸시키게 했던 것이다.

왕평과 장의는 무릎을 꿇고 엎드려 공명의 무한한 학식과 지모에 다시금 경의를 표했다.

두 장수가 1천 기를 이끌고 진창도를 향해 질풍처럼 달려가자, 공명은 강유에게 정예 10만을 거느리고 당당히 나아가게 했다.

"북상한 촉군은 위수 가에 이르자 서쪽으로 방향을 돌렸습니다."

첩자가 사마중달에게 보고했다. 사마중달은 조진에게 건의하지 않았다.

다만 그는 부하 장수에게 이렇게 말했다.

"서쪽이라고? ……끈기 싸움이 되겠다. 모두들 지구전의 각오를 단단히 하라."

그러나 조진은 대군을 진창도로 향하게 했다.

그곳에 이르러 보니 어찌된 일인지 허허벌판만이 보일 뿐 집이라고는 한 채도 볼 수 없었다.

토민들을 찾아내어 물었더니 이런 대답이었다.

"촉나라 승상이 철수할 때 집이란 집은 다 불을 지르고 식량을 모조리 앗아가고 말았습니다."

"이 제갈량이란 놈! 내 가만 두지 않겠다!"

조진은 얼굴을 붉히고 곧 진창도에서 출발하라는 명령을 내리게 했다.

그러나 사마의가 말렸다.

"지금 군을 진출시키는 것은 어리석은 일입니다."

"어째서요?"

"어젯밤 천문을 보았던바, 필성이 달 분야에 들어 있었습니다. 아마 이 달에는 큰 장마가 있을 것으로 보입니다. 촉나라를 향해 노도처럼 쳐들어가 국경을 넘어 적을 깨뜨릴 가능성이 열에 아홉이라도 된다면, 그야말로 손자가 말했듯이 이길 수 있는 것을 이기는 것이 될 것입니다. 그러나 그렇지 못할 경우 뜻하지 않은 천변(天變)을 사람의 힘으로 어찌하겠습니까. 큰 비를 만나 일단 불리한 상황에 놓이게 되면 인마의 고통은 형언하기 어려운 바가 될 것입니다. 지금으로써는 자중하여 성 안에 주둔해 있으면서 비를 피할 막사를 짓고 홍수를 막을 둑을 쌓아 견디는 것이 옳을 줄 압니다.”

사마의도 공명처럼 천문학과 점성술에 밝았다.

서양의 점성술은 바빌로니아에서 시작되어 기원전 5세기부터 2세기까지 사이에 크게 발달하였다.

중국에서도 같은 시기에 점성술이 시작되어 차츰 발달했다. 이미 몇백 년 전부터 중국 점성술은 과학적인 천문 관측으로 행해지고 있었다.

그 증거로 사마천의 「사기」속에 〈천관서(天官書)〉라는 장(章)이 있다.

천관서의 내용을 바빌로니아의 설형문자로 점토판에 기록된 점성술과 비교해 보면 완전히 같다고 해도 좋을 만큼 비슷한 점이 있다.

예를 들면——

‘화성이 달의 궁(宮)에 있고 그때 월식이 일어나면 임금이 죽고 그 나라는 영토가 줄어들게 된다.’ (바빌로니아)

‘이 대각성(大角星) 옆에서 먹히게 되면(월식) 천자에게 매우 나쁜 결과가 미친다.’ (중국)

‘수성이 금성에 가까우면 임금의 권력이 강대해져서 적의 세력을 누른다.’ (바빌로니아)

‘수성과 금성이 동쪽 하늘에서 접근하여 다같이 붉게 빛날 때는 적이 크게 패하여 아군에 승리를 가져다 준다.’ (중국)

그런데 바빌로니아와 중국은 아무런 교류도 없었다. 저마다 독립적으로 점성술을 발달시킨 것이다.

그리고 그때 점성술은 동양이나 서양이나 다같이 제왕을 중심으로 한 학문이었다.

자연 큰 군사를 지휘하는 참모들은 천문학과 점성술에 뛰어나지 않으면 안 되었다.

조진은 사마의의 의견을 받아들이지 않고 자기 계획대로 밀고 나갔다. 과연 반 달이 못되어 큰비가 무섭게 내려 진창도를 끊어 버렸다. 비는 하루도 쉬지 않고 계속 쏟아졌다.

진창성 밖의 평지는 사람의 가슴까지 올라오는 호수로 변했다. 무기는 젖고 화약은 쓸모가 없게 되고 군사들은 잘 곳이 없어졌다. 스무 날 가까이 홍수 속에 갇히게 되자 군량은 모자라고 말먹이는 떨어졌다. 말이 수없이 굶주려 쓰러지고 전염병이 번져 군사들은 며칠 사이에 수만 명이 죽어 갔다.

"대도독은 우리를 개죽음시키기 위해 이리로 온 건가!"

"이런 장마를 만나게 될 것도 몰랐다니 대도독의 자격이 없지 않은가!"

일제히 원망의 소리가 터졌다. 군사들의 원망은 하늘을 찌를 듯했다. 이 소식이 낙양으로 전해졌다.

놀란 위제 조예는 급히 제단을 쌓고 날이 개기를 하늘에 빌었다. 그러나 아무 효험도 없었다.

산기상시(散騎常侍) 왕숙(王肅)이 상소문을 조예에게 올렸다.

옛 기록이 있사옵니다. 사서(史書)에 말하기를 '천 리 먼 곳에 있을 때는 양식을 보내도 군사에게 굶주린 빛이 있고, 나무를 자르고 풀을 베어 밥을 지어도 군사는 배를 채우지 못한다'고 했사옵니다. 평탄한 길에서도 이러하옵니다. 하물며 험한 산 속을 헤치고 길을 만들어가며 나아가게 되면 군사의 고통은 곱이나 더하게 될 것이옵니다. 게다가 지금은 또 장마까지 겹쳐 있사옵니다.

산과 언덕에서 발판을 잃고 군사들은 흩어져, 있을 수 없는 좁은

곳에 모여 있을 수밖에 없사옵니다. 먼 곳에서 군량을 운반하는 것도 아주 곤란하옵니다. 군사를 행진하는 데 있어서 꺼리는 것들 뿐이옵니다. 듣건대 조진은 출전하여 벌써 한 달이 넘었으나 아직 자오곡(子午谷)에 반도 이르지 못했다 하옵니다. 군사가 길을 여는 데 고통을 겪는 것은, 적으로 하여금 우리 군의 피로를 기다리게 하는 좋은 기회를 줄 뿐입니다. 이는 병법에서 가장 꺼리는 일이옵니다. 바라옵건대 폐하께서는 장마가 심한 것을 생각하시와 군사들을 물러나 쉬게 하여 주옵소서. 뒷날 적에게 틈이 보일 때 그 기회를 타서 군사를 나아가게 하면 이른바 '기꺼이 어려움에 뛰어들어 백성이 죽음을 잊게 된다'라는 것으로 나라를 위해 목숨을 바치게 될 것이옵니다.

물론 조예도 이 정도는 잘 알고 있었다. 그러나 조진과 사마의가 철수해 오지 않는 한 그런 칙명을 내릴 용기가 나지 않았다.

양부와 화흠도 똑같은 내용의 상소문을 올렸다. 조예는 마침내 결심을 하고 칙사를 보내어 조진과 사마의를 불러들이기로 했다.

칙서를 받아든 조진은 사마의와 상의했다.

"우리 장병들은 완전히 사기를 잃고 말았소. 이제 촉나라와 싸우겠다는 전의를 완전히 잃었단 말이오. 원망하는 소리가 내 귀에 빗발치듯 들려오고 있소. 이렇게 된 이상 철수하는 수밖에 도리가 없을 것 같소."

"당연한 조치인 줄 압니다."

"그러나 만일에 우리가 퇴각하는 것을 제갈량이 알면 추격해 올 것이 틀림없소. 아니, 제갈량은 이때가 오기를 고대하고 있을지도 모르오."

"촉군의 추격을 막는 일은 내게 맡겨 주시기 바랍니다."

이리하여 사마의는 군대를 두 패로 나누었다.

공명은 한 달이 넘는 장맛비가 개기를 기다려 자신은 성고(城固)에 진영을 꾸미고, 전 병력을 자오곡의 출구인 적파(赤坡)에 진을 치도록 각 부대장에게 명령한 다음 다음과 같이 주의를 주었다.

"내 짐작에 위군은 반드시 퇴각할 것이오. 조예는 아마 왕숙 등의 상소에 의해 조진과 사마의를 불러들일 것이오. 그러나 우리는 이 퇴각을 좋은 기회로 삼을 수는 없소. 사마의가 있는 한 우리의 추격에 대비할 것이 틀림없소. 나는 그들을 이대로 물러가게 버려둘 생각이오."

공명의 추측에는 한 치의 오차도 없었다.

왕평이 위군 전원의 퇴각 소식을 전해 왔다. 공명은 그 급사에게 명령했다.

"내가 생각하는 바가 있으니 절대로 추격해서는 안 된다고 왕 장군에게 전해라."

사마의는 복병을 두어 촉나라 추격군을 칠 계획을 세우고 있었지만 공명은 그 수에 넘어가지 않았다.

물론 여러 진지에서 대기하고 있던 장군들은 공명이 움직이지 않는 것이 몹시 불만이었다. 진지마다 말을 달려 공명 앞에 나와 눈을 번쩍이며 까닭을 물었다.

"위군은 장마에 시달리고 지쳐 그 반수는 병으로 몸을 제대로 가누지 못한다 합니다. 그런데 승상께서는 무엇 때문에 이 좋은 기회를 놓치려 하십니까?"

공명의 태도는 아주 조용했다.

"만일 상대가 사마의만 아니라면 나는 질풍처럼 추격했을 것이다. 사마의는 내가 추격할 것을 예상하여 반드시 강력한 군대를 복병으로 대기시키고 있을 것이 뻔하다. 그러므로 추격하는 것은 곧 사마의의 술책에 말려드는 결과가 된다. 그래서 나는 사마의가 설마 촉군이 여기까지야 추격해 오지 않겠지 하고 마음을 놓게 되는 곳까지 물러가게 버려둘 작정이다. 그리하여 군을 나누어 야곡에서 기산으로 나가 위군의 뜻하지 않은 곳을 찌르겠다.”
“…….”
“기산은 바로 장안의 목과 같다. 장안을 공략하려면 기산을 점령하는 길밖에 없다. 적에게 유리한 곳인 만큼 우리도 적처럼 유리하게 쓸 수 있는 곳이다. ……기산은 앞으로 위수가 둘러져 있으며 뒤로는 야곡을 지고 있다. 적이 복병을 둔다면 이쪽도 복병을 둘 수 있는 지형이다. 양쪽이 모두 출몰이 자재로운 곳이다. 나머지는 나와 사마의의 지혜를 겨루게 될 뿐이리라. ……나는 기어코 기산을 탈취하여 장안을 공략하기 위한 근거지로 삼겠다.”
엄숙하고도 자신에 넘친 공명의 설명이었다.
여러 장군들은 머리를 숙였다.

죽음의 글

이리하여 위연·장의·두경·진식은 기곡(箕谷)으로.

마대·왕평·장익·마충은 야곡(斜谷)으로.

목적지는 다같이 기산이었다.

공명은 각 부대를 떠나보낸 다음 하루 늦게 몸소 중군을 거느리고 관흥과 요화를 선봉으로 하여 출발했다.

조진과 사마의는 진창도에서 철수하며, 각지에 보내 둔 첩자들로부터 보고를 받고 있었다.

어느 보고나 똑같았다.

"촉군은 진격해 올 기미가 전혀 없습니다."

조진은 말했다.

"그렇겠지. 이 큰 비에 험한 계곡을 지나는 잔도는 모두 무너졌다. 도저히 추격해 올 수 없을 테지."

위군 쪽은 나무와 대나무를 마주 이어 새로 잔도를 만들어 가며 철수하고 있는 참이었다.

사마의는 이러한 조진의 말을 가로막았다.

“적이 제갈량이란 것을 잊지 마십시오. 촉병은 언젠가는 모습을 나타내게 될 것입니다.”

“어떻게 그런 예상을 할 수 있겠소?”

“장마는 이미 끝났습니다. 보통 장군이라면 이를 좋은 기회로 알고 추격해 왔을 것입니다. 그러나 공명은 우리가 복병을 둔 줄 내다보고 있을 것이 틀림없습니다. 제갈량의 마음속을 짐작하건대 우리 군사가 완전히 골짜기를 빠져나가기를 기다렸다가 느닷없이 쳐나와 단숨에 기산을 앗을 속셈일 것입니다.”

“부도독의 지혜를 평소 높게 평하고 있는 나이지만 그런 짐작은 믿기가 어렵군.”

“믿어지지 않더라도 일단 우리 군사를 두 패로 나누어 골짜기의 출입구를 지킬 필요가 있습니다. 제갈량은 틀림없이 기곡과 야곡으로 쳐나올 것입니다. 만일 열흘이 지나도록 제갈량이 그런 전략으로 나오지 않을 때는, 이 중달이 얼굴에 분을 바르고 여자의 옷을 두른 다음 기생의 춤을 추어 보이겠습니다.”

“부도독이 그런 내기를 한다면 나는 폐하께서 하사하신 옥띠와 천리마를 걸겠소.”

함께 약속을 마치자, 조진은 기산 서쪽에 있는 야곡 입구로 향하고, 사마의는 기산 동쪽에 있는 기곡 입구로 향했다. 그리하여 저마다 목적지에 이르러 진지를 구축하고 방비 태세를 갖추고 있었다.

사마의는 요소에 복병을 숨겨 두고 자신은 군졸의 옷차림으로 각 진지를 둘러보고 돌아다녔다.

어느 진지에 들어갔을 때였다.

그곳 부대장이 못마땅한 얼굴로 하늘을 쳐다보고 있는 모습을 발견하고 다가갔다. 그 부대장은 사마의가 온 줄은 모르고 혼잣말로 불만을 토하고 있었다.

“그 몸서리나는 장마에 시달리고 나서도 여전히 돌아갈 생각은 않고, 이런 산골짜기에서 적이 나오고 안 나오는 것에 내기를 걸고 있다니. ……도독은 도대체 우리 장병들의 고통을 알고나 있는 것일까?”

사마의는 그때 그를 꾸짖지 않았다. 잠자코 본영으로 돌아오자 급히 모든 부대장을 소집했다.

그리고 날카로운 눈초리로 그들을 둘러본 다음, 불평을 늘어놓던 그 부대장에게 명령했다.

“한 걸음 앞으로 나와!”

그러고는 이어 말했다.

“잘 들어라! 나라에서 장병들을 몇 해를 두고 기르는 것은 오직 하루를 위해서인 것이다. 1천 명, 1만 명을 통솔하는 사람이 나라의 은혜를 잊은 채 불평을 늘어놓는다는 것은 도저히 용서할 수 없다! 너는 너 자신의 어리석음을 깨닫고 스스로 그 죄값을 치러야 할 것이다.”

말하고 단검을 내밀었다.

얼굴이 흙빛이 된 채 부대장은 단검을 받아들자 자기 목을 찌르고 넘어졌다.

모인 장수들은 모두 마른 침을 삼키며 그 자결하는 모습을 지켜보았다.

사마의는 모두에게 선언했다.

“각 대장들은 있는 지혜와 힘을 다해 적을 맞아야 한다. 적은 천 년에 한 사람 나올까말까 한 군략가인 제갈량이란 것을 잊지 말아라! 이곳 본영에서 불화살이 하늘로 날아오르면 모두 쳐나가 촉군을 무찌른다!”

촉군은 공명의 전략대로 움직였다.

위연·장의·두경 세 장군은 2만 군사를 이끌고 기곡 길로 나아가고 있었다. 그런데 이를 뒤쫓아 참모인 등지가 급히 달려왔다.

"기곡을 나갈 때는 위나라 복병이 숨어 있을 것이니, 아주 조심해서 실수가 없도록 하라는 승상의 명령이오."

이를 듣자 진식은 불쾌한 표정을 지었다.

"승상은 사마의를 너무 과대 평가하고 있는 것이 아니오? 위나라 군사는 장마에 시달려 반은 병자라고 들었소. 그들은 돌아가기만을 서두르고 있소. 여기저기 숨어 있으면서 우리 추격군과 싸울 힘이나 용기가 있을 리 없소."

"진 장군!"

등지는 정색을 하고 진식을 노려보았다.

"우리 승상께서는 아직 한 번도 그 계략이 빗나간 일이 없소! 그건 곧 승상께서 생각에 생각을 거듭하여 싸움의 전개 양상을 내다보고 있기 때문이오. 설마 장군께서는 명령을 거역할 생각은 아니겠지요?"

잠시 험악한 공기가 감돌았다.

이윽고 진식이 비웃음을 던지며 말했다.

"만일 승상께서 옛날처럼 자신이 세운 전략에 조금도 빗나가는 일이 없다면 가정을 앗기거나 하는 실패는 없었을 것 아니오?"

진식의 이 말을 듣자 위연도 또 거들었다. 그는 몇 해 전 자기의 의견을 공명이 들어주지 않은 유감을 잊지 않고 있었던 것이다.

"승상은 잘못 생각하고 있소! 앞서 내가 주장한 대로 곧장 자오곡으로 나갔으면 장안을 함락시켰을 뿐만 아니라 낙양까지 손에 넣었을 것이 틀림없소. 이제 와서 기산을 탈취하려 해 보았자 공연한 헛수고요. 첫째 승상의 명령은 뒤죽박죽이 아니오? 전진하랬다, 중지하랬다, 종잡을 수가 없소! 승상은 병이 난 뒤로 머리가 좀 이상해진 것이 틀림없소!"

이렇게 큰소리쳤다.

그러나 등지는 명령했다.

"승상은 적이 반드시 도중에 숨어 있을 것으로 내다보고 부디 조심해서 실수하는 일이 없도록 하라고 명령한 것이오."

"나는 여기까지 온 이상 공연히 날짜만 보낼 수는 없소! 지금부터 내 직속부대 5천 기를 이끌고 단숨에 기곡을 빠져나가 기산에 진을 치겠소. 승상에게 그렇게 전하시오."

호랑이에 올라탄 형세라는 것이었다. 진식은 등지가 말리는 것을 듣지 않고 기곡을 향해 곧장 진격해 갔다.

'승상의 주의를 무시한 진식이 어떤 참패를 당할 것인가.'

등지는 깊이 염려를 하면서 본진으로 돌아갔다.

진식이 5천 군사를 거느리고 20리를 채 못가서 산꼭대기에서 불화살이 공중으로 날아올랐다. 그것을 신호로 위나라 복병이 한꺼번에 함성을 지르며 나무 그늘과 바위 뒤에서 몰려 나왔다.

독 안의 쥐란 바로 이런 것이었다. 진식의 5천 군사는 변변한 저항 한 번 못해 보고 허물어졌다.

"이제 틀렸다!"

진식이 절망의 탄식 소리와 함께 칼을 집어던지고 그 자리에 털썩 주저앉았을 때였다.

"우와앗!"

함성과 함께 위군의 한 귀퉁이가 무너지기 시작했다.

용장 위연이 만에 하나라도 실수가 있어서는 큰일이다 하고 구원하러 온 것이었다.

그러나 위연이 적병을 짓밟으며 말을 달려왔을 때, 진식의 군대는 5천 가운데 겨우 10분의 1인 500도 남지 않았다. 그나마 거의가 부상을 입은 비참한 꼴이었다.

"아이구! 또 위나라 군사가 오고 있다!"

비명 소리가 들렸다.

그러나 다행히도 그것은 두경과 장의의 군세가 달려오는 것이었다. 촉나라 군사는 다시 생기를 되찾았다.

"위 장군, 역시 우리 승상은 모든 것을 내다보고 있었소."

"으음!"

위연도 마지못해 공명의 위대함을 인정하지 않을 수 없었다.

"나는 승상 앞에 나갈 수가 없소. 여기서 자결하여 죽은 군사들에게 사과를 하겠소."

진식이 단검으로 자기 목을 찌르려 하는 것을 장의가 급히 말렸다.

"이 패전의 경험을 살려 뒷날 대승을 올리는 것이 대장된 사람의 마음가짐이 아니겠소!"

그러자 진식은 겨우 자결을 단념한 듯한 표정을 지었다.

위연은 그저 시무룩해 있을 뿐이었다.

돌아온 등지의 보고를 받고 위연과 진식이 명령을 어긴 것을 안 공명은 별로 성난 기색을 보이지 않았다.

다만 이렇게 말했다.

"위연의 골상은 반역의 상이오. 나는 위연을 처음 보았을 때부터 그것을 알고 있었소. 위연은 보기 드문 용맹스런 무인이기는 한데, 그 마음속에는 어두운 구석이 있소. 올바르지 못한 것이라고 해도 좋겠지. ……그는 내가 죽은 뒤 언젠가는 촉나라를 배반하게 될 것이오."

어찌 됐거나 지금은 힘을 한데 모아 위군과의 결전에 대비하지 않으면 안 되었다.

진식이 참패했다는 급보가 전해지자 공명은 등지에게 명령했다.

"기곡으로 다시 가서, 진식에게 내가 조금도 꾸짖지 않는다고 전하오. 살아남은 군사에게 다시 사기를 불러일으키도록 해 주라고 말이오."

그리고 마대와 왕평에게는 산을 넘어 밤에는 어둠을 타고 나아가고 낮에는 몸을 숨기되, 가능한 한 빨리 기산 왼쪽으로 나가 신호의 봉화를 올리도록 하라고 명령했다.

이어 마충과 장의에게도 지시했다.

"장군들은 산속 짐승들이나 다니는 길을 따라 가면서 낮엔 숨고 밤이 되면 나아가라. 기산 오른쪽으로 나아가거든 역시 봉화를 올려 마대·왕평과 호응해서 단숨에 조진의 본영을 공격하라. 설사 좌우에 약간의 복병이 있더라도 상대할 필요는 없다. 목표는 조진의 본영이다. 그 공격에 맞추어 나 자신도 정면에서 돌진할 것이다. 삼면에서 공격하면 우리의 승리는 틀림이 없다."

공명은 또 관흥과 요화에게도 비책을 주어 떠나게 했다.

이어 오반과 오의에게도 밀계를 주었다.

공명은 선두에서 검은 사륜거를 몰았다.

10리쯤 전진했을 때, 말을 달려 돌아오는 등지와 마주쳤다.

"뭐라구? 진식이 여러 사람 앞에서 자결하려 했었다고……?"

공명은 불쾌한 듯 이맛살을 찌푸렸다.

"어리석은 인간 같으니라고! 누가 말려 줄 줄 알고 꾸민 서툰 연극이다."

공명은 진식의 마음속을 손바닥 들여다보듯 훤히 알고 있었다.

그런데 당면한 적인 위나라 대도독 조진은 사마의의 권고를 지킨 덕분에 우선 촉군 선봉인 진식에게 큰 타격을 줄 수 있었다.

"제갈량은 이제 더 추격하지는 않겠지?"

조진은 자기 멋대로 판단을 내린 다음, 군사 전원에게 충분한 휴식을 갖도록 명령했다.

조진은 사마의와는 뜻이 맞지 않았다. 뜻이 맞지 않는다기보다는 갑자기 세력을 뻗치기 시작한 사마의를 미워하고 있다는 편이 정확할 것이다.

더욱이 부도독인 사마의의 전략을 대도독인 자신이 따라야만 하는 것이 비위에 거슬렸다.

사마의는 장담했던 것이다.

"열흘을 기한으로, 촉군이 기곡과 야곡으로 출격해 오지 않는다면 얼굴에 분을 바르고 몸에 여자 옷을 두른 다음 기생춤을 추어 보이겠습니다."

조진은 사마의에게 그런 부끄러운 꼴을 당하게 만들고 싶었다.

'열흘 안에 제갈량이 쳐들어올 기미는 전혀 없지 않은가?'

탐색병들의 보고를 듣고 조진은 마음을 턱 놓고 있었다. 그 동안에 좌우 샛길로 마대·왕평·마충·장익 등이 낮에는 숨고 밤에만 소리없이 기산을 향해 오고 있는 것을 위군 쪽에서는 전혀 눈치채지 못했다.

이레가 지났다.

"산 속에 얼마 안 되는 촉나라 군사가 눈에 뜨입니다."

그런 보고가 있었다.

조진은 진량(秦良)에게 5천 기를 주어 탐색하라고 명했다.

진량은 말을 달렸다. 골짜기 출입구에 이르자 촉군이 황급히 물러 가는 모습이 똑똑히 바라보였다.

"1, 2천 명 정도의 작은 군사인 것 같다. 단숨에 짓밟아 버리고 말 테다!"

진량은 말을 급히 몰았다. 약 70리 가량 추격하자, 갑자기 도망치던 촉군의 모습이 연기처럼 사라지고 보이지 않았다.

"이상하다?"

혹 산속 동굴에라도 숨어 있겠지, 하고 방심한 진량은 숨돌릴 사이도 없이 추격해 오느라 지친 군사들에게 잠시 휴식을 주었다.

그때 앞에 내보냈던 탐색병이 급히 달려왔다.

"앞쪽에 복병이 있습니다."

"이놈들! 짓밟아 버릴 테다!"

다시 말을 타고 진량은 명령했다.

"추격!"

그 순간 기다리고 있었던 듯이 사방의 나무와 바위가 모조리 사람으로 변한 것처럼 촉군이 뛰쳐나왔다.

정면에서는 오의와 오반.

뒤쪽에서는 관흥과 요화.

좌우는 똑같이 깎아지른 절벽으로 달아날 길이라곤 없었다.

협공을 당한 위군은 촉군의 무서운 기세에 투지를 잃고 그 자리에 우뚝 서고 말았다.

"위나라 군사에게 이른다. 말에서 내려 항복을 하면 우리 촉나라 군사로 받아들이겠다."

산꼭대기에서 이렇게 외친 것은 등지였다.

삽시간에 위군은 말을 버리고 무기를 던졌다.

"아니! 네놈들이 배신을 하느냐!"

진량은 혼자 악귀처럼 설치고 날뛰었다. 그러나 그는 끝내 요화의 큰칼을 맞고 피보라를 뿌리며 목이 달아났다.

관흥·요화·오반·오의는 공명의 지시에 따라 항복한 위나라 군사로부터 투구와 갑옷 등을 벗겨 촉나라 군사 5천 명에게 입혔다. 그리고 위나라 깃발을 들려 위군으로 꾸몄다. 이들 거짓 위군을 진격시키기에 앞서 군사 하나에게 먼저 말을 몰고 조진의 본진으로 들어가 알리게 했다.

"진량 장군은 얼마 안 되는 촉군을 무찌르고 한 명의 사상자도 내지 않은 채 돌아오고 있습니다."

"음! 잘 해치웠다!"

조진이 기뻐 날뛰고 있는 참에 사마의가 보낸 사자가 찾아왔다.

대도독께서 촉군 선봉을 궤멸시켰다고 들었습니다. 이 승리로 인해 조금이라도 방심을 해서는 안 됩니다. 부디 조심하시기를……

이런 내용의 충고 편지였다.

조진은 한 번 훑어보고 나서 편지를 찢어 버렸다.

"중달이란 놈, 내 공을 시샘하고 있는 거겠지. 공연히 참견하고 있다!"

"진량 장군이 돌아옵니다."

뒤이어 군사 하나가 보고했다. 조진은 막사를 나와 승리하고 돌아오는 무장을 맞이하려 했다.

조진이 막사를 나오는 것과, 그 뒤쪽에서 '팍!' 하고 불꽃을 튀기며 봉화가 오르는 것은 동시였다.

"아니, 뭐야?"

당황하는 조진의 바로 눈앞에서 피투성이가 된 무사 하나가 비틀거리며——

"적에게 속았습니다! 진 장군은 전사하고 군사들 대부분은 항복하고……."

거기까지 겨우 말하고는 땅바닥에 엎어져 다시 움직이지 않았다.

"큰일이다!"

조진은 발뒤꿈치를 돌리자 마사로 달려가 말에 올라탔다.

"나를 보호하여 탈출로를 열어 다오!"

부장들에게 부르짖고 정신없이 말에 채찍질을 가했다.

부장들은 조진을 좌우와 뒤쪽에서 둘러싸고, 날아오는 화살을 받아가며 무작정 달아났다.

촉군의 총공격은 공명이 구상한 그대로 훌륭한 성과를 거두었다.

호통 소리와 비명 소리, 피보라와 단말마의 부르짖음, 그리고 미처 날뛰는 말발굽 소리.

위나라 본진의 막사는 촉군이 쏘아보낸 불화살로 금방 타서 없어졌다.

'이젠 틀렸다!'

‘차라리 여기서 깨끗이 싸우다 죽자!’

‘아니다. 앞으로 10리만 달아나면 살 길이 생길지도 모른다.’

달아나면서 조진은 마음속으로 절망했다가, 자신을 꾸짖었다가, 거꾸로 분한 생각에 스스로를 격려했다가, 마지막에는 하늘을 우러러 빌었다.

하늘에 빈 보람은 있었다.

20리를 채 못 가서 앞쪽에 높이 위나라 깃발이 나부끼는 것이 보였다.

“오오! 구원병이다!”

그것은 5만 명 군사를 거느린 사마의였다.

사마의는 조진을 자기 진영으로 들어가게 하자 일찍부터 연구를 거듭한 진을 쳤다.

추격해 온 마대·왕평·마충·장익 등은 그 진영을 보는 순간, 한결같이 손을 들어 정지 신호를 보냈다.

“멈추어라!”

“만일, 사마의가 구원병을 지휘하여 진을 치거든 절대로 그곳으로 들어가서는 안 된다.”

공명으로부터 이런 명령을 받고 있었던 것이다.

촉군이 일단 철수하는 것을 바라보고 나서야 조진은 겨우 생기를 되찾았다.

후회와 분노와 굴욕감이 가슴속에 소용돌이치고 있었으나 그래도 사마의 앞에서는 애써 위세를 보였다.

사마의는 차가운 눈초리로 조진을 바라보면서 말했다.

“공명에게 기산을 빼앗겨 지리적 이점을 차지하게 만든 이상, 우리는 여기서 머뭇거릴 수는 없습니다. 위수 기슭에 내가 구축해 놓은 진지로 물러나, 다시 대책을 세워야 할 것입니다.”

"장군은 어떻게 내가 패할 줄을 알았소?"

"대도독의 진지를 향해 촉군이 공격해 오는 기미가 전혀 없고, 촉병의 모습을 전혀 볼 수 없다는 정탐의 보고를 들었을 때, 나는 제갈량이 불의의 기습을 꾀하고 있다는 것을 알았습니다. 대사마님과의 내기에서는 내가 이겼습니다만, 이제 사태는 그런 것을 놓고 기뻐하거나 안타까워할 때가 아닙니다. 그야말로 국가의 존망을 다투는 위기에 처해 있습니다."

그 말을 들었을 때 조진은 갑자기 현기증을 일으켰다.

눈앞이 붉은 잿빛으로 변한다 싶은 순간 쾅하고 넘어졌다.

제갈공명은 대군을 이끌고 기산으로 쳐나가 철벽진을 폈다.

그리고 위연·진식·두경·장익 등을 앞에 불러 세웠다.

"내 명령을 거역하고 충성스런 사병을 전사하게 만든 장본인은 누군가?"

공명은 말소리만은 조용했지만 그 눈빛에는 서릿발 같은 위엄이 감돌았다.

위연이 무릎을 꿇고 대답했다.

"진식이 명령을 무시하고 무모한 공격을 감행한 때문입니다."

그러자 진식의 얼굴이 붉어졌다가 이어서 다시 창백해지며 대들었다.

"위연은 교활한 수작 부리지 마라. 내가 승상의 명령을 어기고 진격하다 참패한 것은 사실이다. 그러나 그대도 등지가 말렸을 때 승상의 명령이 틀렸다면서 오히려 나를 부추기지 않았는가!"

"시끄럽다! 금방 죽게 된 것을 살려 준 것이 누구냐? 이 위연이 아니냐?"

위연은 눈을 부릅떴다.

"하지만 나를 부추겨 함정에 빠지게 만든 것은 네가 아니냐?"

진식도 기죽지 않고 마주 소리쳤다.

"이제 그만."

공명은 차갑게 말했다.

"명령을 어기고 나아간 것이 진식이니까 군법에 의해 처벌받아야 한다. 변명할 여지는 없다."

진식은 선고를 받고 고개를 떨어뜨렸다.

이윽고 모든 장수들이 보는 앞에서 진식은 끌려나와 땅바닥에 엎드려 도부수가 내려치는 칼을 맞고 목이 달아났다.

이때 공명은 위연에 대해서는 벌을 가하지 않았다.

위연은 승상인 자신의 욕은 했지만 명령을 행동으로 거역하지는 않았기 때문이다.

공명은 이때 '명령과 수단'을 생각하고 있었다.

그것은 「오자병법(吳子兵法)」에 있는 말이다.

신호인 북이나 꽹과리는 귀를 자극하여 명령을 좇게 하는 수단이고, 기나 정기는 눈을 자극하여 명령을 따르게 하는 방편이고, 금령(禁令)이나 형벌은 마음을 자극하여 명령을 복종케 하는 방법이다.

오기(吳起)는 계속해서 말한다.

귀를 자극하는 것은 소리이므로 북이나 꽹과리는 맑은 소리를 내지 않으면 안 된다. 눈을 자극하는 것은 모습이나 색깔이므로 깃발에는 잘 띄는 색채를 사용해야 한다. 마음을 자극하는 것은 형벌이므로 엄격히 해야 한다.

공명은 이 세 가지를 명확히 하지 않는다면 군졸들을 뜻대로 움직일 수 없다고 생각하여 진식에게 군법을 엄정하게 시행했던 것이다.

그런데 만일 공명이 조조였다면 위연도 당장 목이 달아났을 것이다. 공명은 자신이 비난당했다고 해서 그로 인해 사사로운 감정을 품고 상대를 처벌하는 일은 없었던 것이다.

공명은 장막 안으로 들어가 휴식을 취했다.

"승상……."

장의가 뵙기를 청했다. 들어온 장의가 항의했다.

"승상께서는 어찌하여 위연을 용서해 주셨습니까?"

"위연은 진식을 구해 주었소. 그 공을 인정해 주지 않으면 안 될 것이오."

"그러나 위연은 장병들 앞에서 드러내놓고 승상의 작전을 비방했습니다. 장수로서는 용서될 수 없는 행동입니다."

"장 장군……."

"예."

"독(毒)은 독대로 쓰는 법이 있소. 이 공명이 살아 있는 동안은 위연이 모반하는 일은 절대로 없을 것이니 안심해도 되오."

공명은 이렇게 말하고 웃어 보였다.

"조진이 병으로 누워 진중에서 치료를 받고 있습니다."

위나라에 잠입해 있는 첩자로부터 그같은 밀서가 공명에게 전해진 것은 그로부터 며칠 뒤였다.

읽고 난 공명은 곰곰이 생각했다.

'만일 조진의 병이 가볍다면 곧 장안으로 돌아갔을 것이다. 진중에서 넘어진 채 움직이지 못한다면 상당히 위독한 것이 틀림없다. 위나라 군사가 물러가지 않는 것도 그 때문일 것이다.'

이렇게 짐작하자 곧 한 통의 편지를 썼다.

조진에게 보내는 것이었다.

공명은 항복한 진량 휘하의 한 고급 장교를 부르자 일렀다.

"우리 촉나라에 항복한 군사들은 저마다 고향에 부모 처자들을 남겨두고 있겠지. 그러므로 언제까지고 포로로 촉나라에 머물러 있는 것은 고통스러울 것이다. 형편에 따라서는 위나라로 돌려보내 줄 수도 있다."

"황감하온 말씀을 병사들에게 전하겠습니다."

그 장교는 항복한 군사들을 한곳에 모으자 공명의 말을 전했다.

모두 머리를 조아리고 눈물을 흘렸다.

공명은 다시 그 장교를 불러들이자 말했다.

"나는 일찍이 조자단(曹子丹 : 眞曹)과 약속을 주고받은 일이 있다. 그래서 나는 그에게로 보낼 편지를 한 장 썼다. 이 편지를 가지고 군사 전원을 데리고 돌아가서 자단에게 전하라. 아마 그대에게는 은상의 분부가 있을 것이다."

"꼭 전해 드리겠습니다."

그 장교는 군사들을 모두 데리고 위군 진지로 서둘러 돌아갔다. 그는 곧 조진에게 면회를 청해 공명이 준 편지를 올렸다.

"공명이 내게 편지를 보내다니?"

이상하게 여기면서 조진은 병상에서 일어나 편지를 펴 보았다.

한나라 승상 제갈공명은 위나라 대사마(大司馬) 조진에게 편지를 보내어 타이르는 바이오.

대장된 사람은 마음대로 갈 수 있고 머무를 수 있어야 하며, 부드럽게도 강하게도 할 수 있어야 하오. 나아갈 곳과 물러갈 곳을 알고 강한 것과 약한 것을 알아, 움직일 수 없는 것은 신과 같고 헤아릴 수 없는 것은 음양과 같으며, 다함이 없는 것은 하늘과 땅 같고, 꽉 차 있는 것은 곡식이 들어 있는 큰 곳간과 같으며, 넓은 것은 바다와 같고, 어둡고 밝은 것은 삼광(三光 : 해·달·별)과 같지 않으면 안 되오. 천문을 보고 가뭄과 장마를 미리 알아야 하며, 또 지리의 평평함을 알고, 진을 친 형세를 살핀 뒤에 나가지 않으면 안 되오. 그래야만 적의 장단을 추측할 수 있소. 그런데 그대는 배운 것이 없는지라 하늘에 거역하여 역적을 도와 낙양에서 황제를 일컫게 했소. 지친 군사를 야곡으로 달리게 하여 진창도에서 장마를 만났소. 군량과 먹이가 떨어져 사람과 말이 미칠 지경에 이르렀고, 군사가 버린 투구와 갑옷과 창은 들에 가득하고 칼과 무기는 땅을 덮었소.

그대 크게 낭패하여 어찌 할 바를 몰랐거늘 무슨 면목으로 돌아가 관중의 부로(父老)들을 대할 수 있겠소. 또 무슨 면목으로 승상부 안에 들어갈 수 있으리오.

사관은 붓을 들어 그대의 어리석음을 기록하고, 백성들은 그대가 크게 패한 것을 써서 후세에 남길 것이오.

'중달은 싸움에 이르러 조심조심 겁을 내고, 자단은 바람을 바라보고 허겁지겁 도망친다.'고 말이오.

우리 군사는 사기가 왕성하고 말은 비할 데 없이 힘차오. 대장들에게는 용과 범 같은 용맹이 있소. 이로써 중원을 소탕하여 태평하게 만들고 위나라를 무찔러 빈터로 만들 것이오.

하늘의 운수는 내게 있소. 그대 모름지기 죽을 때가 온 것을 아시오.

읽어가는 도중, 편지를 잡은 조진의 손이 와들거리고 두 눈시울이 찢어지며, 흐린 두 눈이 점점 빛을 잃어 갔다.

읽기를 마치자 조진은 그 편지를 찢을 힘도 없이 침대에 벌렁 넘어졌다. 그 길로 조진은 밥도 물도 약도 들지 못하고 다음날 한밤중에 숨을 거두었다.

급보를 받고 사마의는 자기 진영에서 급히 달려와 죽은 조진의 얼굴을 들여다보았다.

'죽어야 할 때를 만나 죽은 것이다. 본디 대사마가 될 만한 사람
은 아니었다.'

사마의는 속으로 이렇게 중얼거렸다.

조진의 시체는 수레에 실려 낙양으로 돌아갔다.

'마침내 이 중달이 공명과 자웅을 결정지을 때가 온 것이다!'

사마의는 용약 공명에게 도전장을 보냈다.

공명은 도전장을 읽고 나자 모든 장군들을 불러들인 다음 말했다.

"조진은 죽었다. 적은 사마의 중달이다. 모든 장수는 새로운 결심
과 용기로써 임하라."

공명은 위나라 본영에 결전을 승낙한다는 답장을 냈다. 그리고 한
밤중에 강유를 가만히 불러들였다.

밀담은 너덧 시간이나 계속되었다.

이튿날 아침, 맨먼저 승상 앞에 불려나온 것은 관흥이었다.

하루가 지난 뒤 공명은 기산의 전 군사를 위수가 앞을 흐르는 들
판으로 전진시켰다.

앞은 도도히 흐르는 강물, 뒤는 높이 솟은 산악, 좌우는 넓디넓은
벌판이었다.

참으로 자웅을 결정짓기에 다시 없는 좋은 땅이었다.

위와 촉 양쪽이 군사 수에 있어서도 거의 같거니와 지휘를 하는
총대장의 지략도 맞먹었다.

진을 친 모습도 다같이 물샐틈 없는 훌륭한 것이었다.

그때는 이런 결전에 임했을 때 총대장이 서로 그 목소리가 들릴
수 있는 곳까지 말을 타고 나가 당당히 상대하여 말로써 먼저 도전
하는 것이 관습이었다.

사마의는, 촉군 진지 복판에서 천천히 검은 사륜거가 나오는 것을

보자 자신도 혼자 말을 타고 그리로 다가갔다.

"제갈 공명은 듣거라! 우리 천자께선 요임금이 순임금에게 황제의 위를 사양한 전례에 따라 중원의 임금이 되신 지 이미 3대에 이르렀다. 그대들 촉과 오, 두 나라를 치지 않고 그대로 두는 것은 오로지 우리 폐하의 관용과 인자 때문인 줄을 알아야 할 것이다. 공연한 싸움을 되풀이함으로써 백성을 상하게 하는 것을 걱정하여 오늘날까지 군사를 움직이지 않았었다. 한낱 남양의 이름도 없는 농부 출신인 네가 하늘이 정한 명을 모르고 감히 국경을 침범한단 말이냐! 그 죄 만번 죽어 마땅하지만 지금이라도 마음을 돌려 군사를 거둔다면 내 굳이 뒤를 쫓지는 않겠다. 저마다 국경을 지키고 천하를 셋으로 나누어 함께 서 있으면서, 서로 침범하지 않고 백성들을 전쟁의 희생에서 벗어나게 해야 할 것이다."

우렁찬 목소리로 양쪽 군대가 다 알아듣게끔 사마의는 외쳤다.

"참으로 우스운 일이다!"

사륜거 안에서 먼저 들려온 것이 이 말이었다.

"사마의 중달은 듣거라! 그대의 선조는 대대로 한나라 천자를 섬기며, 조조 집안보다 높은 지위와 신분을 누렸음을 잊었는가. 그런데 어느 사이에 조조가 세운 거짓 조정에 무릎을 꿇고 머리를 조아리며 대장군의 자리에 있는 것을 영광으로 알게 되었단 말인가. 그 생각의 비열함은 가엾다고 하는 것조차 어리석은 일이다. ……역적을 도우면서 그것이 부끄러운 줄을 모르는 것은 어찌된 일인가. 어서 말에서 내려 머리를 조아리고, 대대의 한나라 황제에게 용서를 비는 것이 옳을 것이다."

공명이 지적한 대로 사마씨 집안은 일찍이 한나라의 중신이었다.

한낱 대궐문을 지키던 경비대장에 지나지 않는 조조 따위는 감히 앞에 와 서지도 못하던 명문 집안이다.

사마의에게는 그런 과거를 들추는 것이 무엇보다도 큰 모욕이었다.

"듣거라! 옛날은 옛날이요, 지금은 지금이다! 한 고조도 천자가 되기 전에는 한낱 정장(亭長)에 지나지 않았다. 나는 젊으신 천자를 받들어 천하를 평정하려 한다. ……승부를 결정지을 시기는 왔다. 그대가 이 싸움에서 이기면 나는 대장의 지위에서 물러나 농사를 지으며 평생을 보낼 것을 맹세한다."

"그럼 부하 장수를 골라 1대 1로 승부를 지을 것인가 아니면 서로가 전 군대로써 격돌할 것인가? ……그러기에 앞서 진형을 놓고 서로 비교해 볼 것인가?"

"먼저 진치는 것으로써 비교해 보자."

"그럼 그쪽에서 먼저 진을 만들어 보도록 하라."

"알았다."

사마의는 중군으로 물러나 누런 기를 한 번 흔들었다.

좌우의 군사가 질서정연하게 이동했다.

진을 다 치고 난 다음 사마의는 진 앞으로 말을 달려나와 물었다.

"공명, 이 진을 아는가!"

공명은 소리내어 웃었다.

"그런 진쯤은 우리 촉나라에서는 말단 장교들까지 다 알고 있다. 혼원일기진(混元一氣陣)이 아닌가."

"그럼, 그쪽에서 진을 쳐 보아라."

"알았다."

공명은 사륜거를 뒤로 물리자 백우선을 한 번 휘두르고 다시 앞쪽에 나타났다.

공명이 앞에 나타났을 때는 벌써 촉군은 바람처럼 진형을 갖추고 있었다.

"무슨 진인지 알겠는가, 중달?"

"알다뿐인가. 그건 팔괘진(八卦陣)이 아닌가."

“알고 있다면 깨뜨릴 수 있겠는가?”

“물론이지! 보기좋게 깨뜨려 보이겠다!”

“정녕 깨뜨릴 수 있을까?”

“닥쳐라! 두고 보아라!”

말머리를 돌려 본진으로 달려 돌아온 사마의는, 대릉·장호·악침 세 장군을 불렀다.

“잘들 들어라! 지금 공명이 쳐 보인 진은 팔괘진으로, 여기에는 휴(休)·생(生)·상(傷)·두(杜)·경(景)·사(死)·경(驚)·개(開)의 팔문(八門)이 있다.”

장군들은 뭐가 뭔지 알기 어려웠다.

“팔괘진을 깨뜨리는 것은 어려운 일 가운데서도 가장 어려운 일이긴 하지만 결코 불가능한 것은 아니다. 그대들은 먼저 정동쪽에 있는 생문(生門)으로 쳐들어가서 서남쪽에 있는 휴문(休門)을 무찌른다. 무찌르자마자 얼른 방향을 바꾸어 정북쪽에 있는 개문(開門)을 향해 달려간다. 그러면 이 진을 깨뜨릴 수 있다.”

사마의는 자신을 가지고 설명하고 명령했다.

이리하여 대릉이 중앙이 되고, 장호가 선봉이 되고, 악침이 후비가 되어, 30기를 거느리고 쳐나갔다.

겨우 30기밖에 데리고 가지 않은 것은, 어떻든 이 팔괘진을 돌파하기만 하면 이긴 것이 되기 때문이었다. 말하자면 제갈량과 사마의가 지혜를 겨루는 싸움일 뿐 국가의 존망을 건 본격적인 전투는 아니었다.

와앗!

와앗!

세 장수는 쏜살같이 생문으로 달려들어갔다.

문신

“와앗!”

“야앗!”

위나라 군사와 촉나라 군사의 결전을 알리는 함성 소리가 천지를 진동시켰다.

위나라 세 장군은 공명이 쳐 놓은 팔괘진을 깨뜨리기 위해 노도처럼 쳐들어갔다.

동쪽의 생문을 돌파하는 데는 보기좋게 성공했다.

그러나 그것은 날벌레가 거미줄에 뛰어든 격이었다. 금방 전후좌우에서 촉군의 창과 칼이 빈틈 없는 모양으로 밀어닥쳤다. 세 장수는 서남쪽 휴문으로 빠져나갈 수가 없었다. 거미줄에 걸려든 날벌레처럼 미친 듯이 몸부림만 치고 있을 뿐 탈출로를 열 방향을 잃고 말았다.

“서남쪽 휴문은 저기다!”

얼마 뒤에 장호가 외치며 무작정 그리로 달려갔다. 그러나 그들을 기다리고 있는 것은 소낙비같은 화살뿐이었다.

공포와 분노와 당황과 절망이 뒤섞인 비명과 울부짖음 속에 위나라 군사들은 그 자리에 픽픽 쓰러져 죽었다.

"구석으로 돌아라!"

"옆으로 피해라!"

장호도, 대릉도, 악침도 미친 듯이 부르짖으며 날아오는 화살을 받아치고 피하고 하며 말머리를 돌렸으나, 벌써 방향을 정할 여유도 없이 무작정 말을 몰았다.

그들이 달아나는 길은 순식간에 열 겹, 스무 겹 철통같은 벽에 부딪치거나 둘러싸이거나 했다.

셋은 저마다 떨어져 미친 듯이 날뛰며 싸웠으나, 결국은 칼도 부러지고 창도 앗기고 말았다. 그리고 마침내 '와아' 몰려든 촉나라 군사에게 붙들려 말에서 끌어내려져 순식간에 포로가 되고 말았다.

그들은 살아 남은 군사들과 함께 공명 앞으로 끌려나왔다.

공명은 차고 맑은 눈으로 세 장수를 바라보며 말했다.

"그대들의 목을 친다고 해서 우리 촉군의 위협이 제거되는 것은 아니다. 내가 원하는 것은 중달의 머리다. 살려보낼 테니 돌아가 중달에게 똑똑히 전하라. 새로 병법을 배운 뒤 스스로의 전략을 창안해 가지고 이 공명과 자웅을 결정짓는 것이 좋겠다고 말이다."

그리고 그들 세 장군은 갑옷은 물론이요 옷까지 모조리 벗긴 다음 완전히 알몸뚱이로 만들었다. 그러고는 절대로 풀 수 없는 쇠사슬로 뒷짐결박을 짓고, 이마에 먹물로 '어리석은 놈〔愚者〕'이라고 써서 놓아 주었다.

모욕과 조소를 덮어쓴 너무도 비참한 패배의 귀환이었다.

"아니, 그 꼴이 뭐냐? 대체 어떻게 된 거냐?"

막사에서 급히 나온 사마의는 세 장수들의 괴상한 모습을 보는 순간 어안이 벙벙했다.

세 사람은 그저 무릎을 꿇고 앉아, ‘어리석은 놈’이라고 씌어 있는 이마를 땅바닥에 조아릴 뿐이었다.

사마의는 격노했다.

그러나 그들 셋을 벌주지는 않았다. 제갈량이란 불세출의 전략가에게 농락당한 것은 어쩔 수 없는 일이라고 스스로 합리화할 수밖에 없었다.

격노한 나머지 세 장군을 처벌하게 되면 도리어 사기를 상하게 할 염려도 있었다.

그러나 팔괘진의 파진법을 설명하고 지시한 것은 사마의 본인이다. 세 장수는 그 지시에 따랐을 뿐이다.

“도리가 없다. 제갈량이 친 팔괘진을 향해 정면에서 총공격을 감행하리라!”

사마의는 전군에 명령을 내렸다.

공명의 팔괘진을 깨뜨릴 수 있다고는 생각지 않았다.

그러나 여기서 이런 어마어마한 모욕을 당한 채 물러나게 된다면, 이 사실이 낙양에 보고되는 길로 자신은 대장군에서 해임되리라는 것은 너무도 뻔한 일이다. 적어도 서로 맞싸우는 전투를 벌인 뒤에 후퇴하지 않으면 안 된다.

“앞으로!”

사마의는 장검을 높이 뽑아들고 말을 몰았다.

그를 뒤따라 일기당천의 맹장들이 백수십 기 먼지를 일으키며 내달았다. 위나라 대군은 땅을 뒤덮고 숲이 움직이는 것같은 기세로 전진했다. 피리와 북 소리가 천둥보다 더 요란하게 울렸다.

양군의 거리는 점점 좁혀들었다. 이윽고 쌍방 진영에서——

“이번에는 내가 선봉의 명예를 차지하리라!”

무섭게 말을 달려나오는 맹장들이 양쪽 모두 수십 기에 이르렀다.

누구나 모두 무수한 싸움터를 누비며 살아 남은 장수들이다.

말과 말.

사람과 사람.

칼과 칼.

창과 창.

서로 뒤범벅이 되었다. 생사가 갈리는 전투가 초원 위에 펼쳐졌다. 머리가 튀어오르고, 살점이 달아났다. 무기가 요란하게 맞부딪쳤다. 피보라가 햇빛 어린 허공을 쉴새없이 물들였다.

'……이제 이 정도로 됐다!'

이렇게 생각한 사마의는 외쳤다.

"퇴각!"

그러나 사마의는 때를 이미 놓치고 있었다. 냉철한 사마의였지만 공명에게 당한 수모에 마음이 크게 흔들려 촉군을 짓밟는 데에 너무 몰두해 있었던 것이다. 사마의가 퇴각을 외쳤을 때 관흥이 등 뒤로부터 질풍같이 습격해 들어왔다. 옆에서는 진열이 흔들리기 시작한 위군을 향해 강유가 수하 군사를 이끌고 조수처럼 밀어닥쳤다.

삼면에서 맹공을 받은 위나라 군사는 사마의가 퇴각 결정을 내린 의도를 생각할 겨를이 없었다. 삼면의 촉군을 맞아 그저 미친 듯 마지막 투혼을 불살라 싸울 뿐이었다.

재빨리 촉의 전위를 짓밟아 진형 대결에서 패해 저하된 사기를 끌어올리고, 질서 있게 후퇴하여 본격적인 전투에 대비한다는 사마의의 의도가 산산조각 나고 말았다.

공명의 교묘한 전술에 따른 촉군의 공격, 이를 물리치고 전세를 유리하게 바꾼다는 것은 도저히 불가능했다.

싸움이란 공격하는 것만이 승리를 가져오는 것은 아니다. 퇴각하는 방법을 용의주도하게 씀으로써 적에게 빈 틈을 만들게 하고, 그 빈 틈을 교묘히 이용함으로써 패배를 면하는 길도 얼마든지 있다.

그러나 사마의는 이미 흥분 상태에 있는 위나라 군사를 질서있게 퇴각시킬 수가 없었다. 사마의는 수많은 무사들의 호위를 받으며 달아나는 것이 고작이었다.

사마의와 그 부하들이 탈주로를 열었을 때는 벌써 위나라 군사는 3분의 1이 꺾여 있었다.

사마의는 위수 남쪽에 다시 본영을 차리고 수비를 굳혀야만 했다.

물론 공명도 사마의에게 결정적인 타격을 주지는 못했다. 사마의가 수비만을 꾀하고 있는 이상 강을 건널 수는 없었다.

'어떻게 하면 중달에게 재기 불능의 타격을 줄 것인가!'

공명은 새로운 전략에 부심하게 되었다. 병든 몸은 죽음의 그림자를 내쫓는 정신력으로 꽉 차 있었다.

공명의 건강 상태는 시중드는 마현이 가장 잘 알고 있었다.

'승상께선 지금 성도로 돌아가시지 않아도 염려 없다.'

마현은 자신에게 일렀다.

그러나 운명이 어디에 어떤 함정을 만들어 두고 있는지 예측한다는 것은 불가능한 일이다.

공명이 막사 안에서 다음 공격을 궁리하고 있을 때, 영안성의 이엄이 도위(都尉) 구안(苟安)을 시켜 군량을 운반해 왔다.

그런데 구안이란 사람은 술에 빠지는 버릇이 있었다. 군량을 운반해 오는 도중 술에 빠져 거듭 지체된 끝에 약속한 날짜보다 열흘이나 늦고 말았다.

구안은 그것을 숨기기 위해 천연스럽게 변명했다.

"서로 접전 중이라는 말을 듣고, 교활한 사마의가 혹시 어디에 복병을 숨겨 두었을지도 모르는 일이어서 일부러 살펴 오느라 늦게 도착했습니다."

그런 거짓말에 속아넘어갈 공명이 아니었다.

"군량이란 것은, 때로는 무기보다도 군사들에게 더 중요한 것이다. 그러므로 군량 도착이 사흘 늦으면 그 책임자는 목을 베게 되어 있다. ……너는 조심하느라 늦었다고 교활한 거짓말로 죄를 면하려 하는구나. 군율을 바로잡기 위해서도 너의 거짓말은 용서할 수 없다!"

공명으로서는 보기 드물게 노기를 띠고 목을 벨 기세였다.

그때 장사 양의가 급히 달려와서 말렸다.

"승상! 구안은 술꾼이기는 하지만 군량을 운반하는 데는 뛰어난 사람입니다. 지금 구안을 처형하면 군량을 서천에 의지하고 있는 우리 군으로서는 그것을 운반해 줄 사람을 잃게 됩니다."

공명은 그 말을 옳게 여겨 구안에게 태장 여든 대를 때리고 놓아주었다.

그런데 마음이 좁은 구안은 공명의 그 같은 처사를 당연한 것으로 받아들이지 않았다. 그는 원한을 품은 끝에 그날 밤 어디론지 자취를 감추고 말았다.

구안은 심복 5, 6명을 데리고 위나라 진영으로 달려갔다.

사마의는 구안이 투항해 왔다는 말을 듣자 밤중인데도 곧 불러들였다.

구안의 결사적인 탄원을 다 듣고 나서 사마의는 차갑게 말했다.

"말은 그럴 듯하다마는, 제갈량이란 사람은 적을 속이는 데는 고금에 그 예를 찾아볼 수 없는 사람이다. 혹시 그대를 시켜 나를 속임수에 빠뜨리려 하고 있는지도 모른다. ……그대가 제갈량이 보낸 거짓 투항자가 아니란 것을 증명해 보인다면, 나는 천자께 아뢰어 그대를 상장으로 맞아들일 수도 있다."

사마의는 구안이 군량 수송에 있어서는 뛰어난 솜씨를 가지고 있다는 것을 벌써 알고 있었던 것이다.

"말씀 감사합니다. 지시에 따라 무슨 일이라도 하겠습니다. 바라옵건대 위나라의 한 사람이 되게 하여 주십시오.”

“그렇다면…….”

사마의는 생각할 것도 없이 말했다.

“그대는 이 길로 곧장 성도로 돌아가 사실인 것처럼 뜬소문을 항
간에 퍼뜨려라. ……공명은 사마의가 이끄는 위나라 대군을 깨뜨
리고 중원으로 진출하게 되면 어리석은 지금 임금을 내쫓고 스스
로 황제가 될 속셈을 갖고 있다고 말이다. 유선은 유비의 아들로
는 도저히 생각할 수 없는 겁쟁이며 생각이 얕은 철부지이므로 이
뜬소문이 귀에 들어가게 되면 당장 공명을 불러들여 사실 여부를
묻게 될 것이다. ……즉 그대가 공작을 잘 꾸며 유선의 마음을
흔들리게 하고 공명을 성도로 불러들이게만 만든다면, 나도 그대
를 신임하게 될 것이다.”

“알았습니다. 결과를 기다려 주십시오.”

구안은 밤을 낮삼아 성도로 달려 돌아갔다. 그러고는 곧 심복들을
사방으로 내보내어 먼저 백성들에게 공명이 야망을 품고 있다는 뜬
소문을 퍼뜨렸다. 그 자신은 대궐의 환관들 가운데 전부터 서로 마
음놓고 이야기를 나눌 수 있는 사람이 있었으므로, 그 자에게 자초
지종을 털어 놓았다.

“그대가 수단을 써서 대궐 안에, 공명이 황제의 자리를 노릴 염려
가 있다는 불안한 공기를 만들어 준다면, 그대도 위나라로 데리고
가서 사마중달에게 천거해 주겠네.”

위나라와 촉나라는 대궐 안에서의 환관의 지위가 하늘과 땅 같은
차이가 있었다. 위나라 환관의 권세는 이만저만이 아니었던 것이다.

즉, 위나라는 시조인 조조나 2대인 조비가 다 여자를 좋아했다.
그래서 전 한나라 제도에 따라 황후 밑에 다섯 계급의 첩을 두고,
그 밑에 또 많은 궁녀를 두었다. 조조는 그 여자들에게 아들 스물
다섯과 딸 둘을 낳게 했다.

또 2대인 조비는 후궁 5급을 10계급으로 늘렸다.

지금 3대인 조예도, 촉나라 제갈량과 오나라 육손의 무서운 침공 위협 속에 놓여 있으면서도, 대궐 안에서는 무수한 미녀들에 둘러싸여 사시사철 술잔치로 밤낮을 보내고 있다. 이것은 꼭 조예의 생각이 아니었을지도 모른다. 그러나 후궁에는 이미 1천 명의 궁녀가 있었다. 그러니 자연 환관의 권력이 클 수밖에 없었다.

이와 비교할 때 촉나라 대궐 안은 아주 대조적이었다. 초대 유현덕은 촉나라로 들어오기 전 부인을 잃은 뒤로 정실을 맞았을 뿐 한동안은 후궁도 갖지 않았다.

후주 유선 대에 와서 후궁에 귀인(貴人)이니 소의(昭儀)니 하는 칭호가 주어진 여자가 있기는 했지만, 유선은 그들을 사랑하거나 하는 일이 없었다. 자연 그들을 모시고 있는 환관들은 권력을 쓸 길이 없었다.

그렇기 때문에 구안으로부터 위나라 궁중으로 들어가게 해 준다는 말을 들은 환관들은 귀가 번쩍 뜨일 수밖에 없었다.

'옳거니!'

"제갈 승상은 중원에서 사마의를 깨뜨리고 성도로 돌아오면 황제의 자리를 앗을 속셈인 것 같다."

그런 수군거림이 대궐 안과 시중 여기저기에서 동시에 퍼진 것은 그로부터 며칠이 채 안 되어서였다.

소문은 금방 들불처럼 번져갔다.

당연히 후주 유선의 귀에도 들어갔다.

유선은 믿으려 하지 않았다.

'설마 공명이……'

그러나 본디 순진하고 철없는 그였는지라 문관들을 모아놓고 이렇게 물었다.

“이런 소문이 들린다고 하는데 경들은 어떻게 생각하오?”

문관들은 모두 입을 다물었다.

그 침묵은 공명에게 그같은 야망이 있을 것으로 추측했기 때문은 아니었다.

‘승상이야말로 우리 촉나라를 위해서 황제의 자리에 오르는 것이 마땅하다.’

그들은 이렇게 생각했기 때문이다.

문관들의 침묵을 깨뜨린 것은 환관의 우두머리였다.

“승상을 성도로 불러들여 직접 물어 사실을 밝히시는 것이 어떠 하올는지요?”

겁이 많고 의심이 많은 후주 유선도 그렇게 생각했다.

“폐하! 지금 승상을 기산에서 불러들이면 우리 군사의 사기를 잃게 할 염려가 있습니다.”

장완이 이렇게 간했다. 그러나 그 말에 후주 유선은 도리어 두려움을 느꼈다.

촉나라 장병이 다같이 공명을 하늘처럼 우러러보고, 공명의 한 마디 말에 손발처럼 움직이고 있는 것이다.

“후주를 폐하고 내가 황제의 위에 오르리라.”

만일 공명이 그렇게 선포하게 되면, 아마 이를 반대할 사람은 한 사람도 없을 것이다.

선제 유현덕은 임종 때 공명에게 간곡히 부탁까지 했다.

“만일 황태자가 황제될 자격이 없다고 보이거든, 승상은 주저 말고 스스로 황제의 위에 나아가 주오.”

이 사실을 촉나라 사람이면 누구나 다 알고 있다.

“아니다! 나는 승상을 불러들여 그의 참뜻을 알기 전에는 마음 편할 수가 없다.”

유선은 간하는 말을 듣지 않고 급사를 기산으로 달려가게 했다.

진을 거두어 성도로 돌아오라.

이 칙명을 받은 공명은 잠시 눈살을 찌푸리며 생각했다.
'환관들의 교활한 장난이 아닐까.'
그러나 그 환관들을 부추긴 장본인이 있을 것 아닌가.
'……그래! 어쩌면 자취를 감춘 구안이 위나라 본영으로 도망쳤다가, 사마의의 꾐에 빠져 성도로 돌아가 뜬소문을 퍼뜨렸는지도 모른다.'
그러나 조서를 받은 이상 어쩌는 수가 없었다.
공명은 진을 걷고 성도로 돌아가 간신들을 모조리 쓸어버릴 결심을 했다. 싸움이란 것은 진격보다 퇴각이 훨씬 어려운 것은 말할 것도 없다.
강유가 앞으로 나와 물었다.
"승상! 이 대군을 퇴각시킬 때 사마의가 단숨에 밀어닥치면 어찌합니까?"
"나는 군사를 다섯 패로 나누어 퇴각하기로 하겠다. 오늘 우선 이곳을 떠나지만 모든 진지에 군사의 두 배씩 부뚜막을 만들게 한다. 군사가 1천 명이면 2천 개의 부뚜막을 만든다. 다음 날부터는 그 곱씩 만든다. 군사를 후퇴시키면서 모든 진지에 만들 수 있는 데까지 많은 부뚜막을 만들어 두는 것이다."
공명의 이같은 명령에 양의가 의아한 얼굴로 물었다.
"옛날 손빈이 방연을 사로잡을 때도 군사의 머리 수를 늘리고 부뚜막 수를 줄여 적을 속였는데, 지금 하신 명령은 그 반대이니 어떤 생각에서인지 그 까닭을 들려주시기 바랍니다."
"중달은 우리 촉군이 퇴각하게 되면 당연히 추격해 올 것이오. 그래서 나는 중달의 지혜를 거꾸로 이용하려는 거요. ……그는 우리가 후퇴한 진지에 이르면 반드시 부뚜막 수를 세어 군사의 많고 적은 것을 추측하게 될 것이오. 추격해 와서 우리가 남긴 진지에 부뚜막 수가 차츰 많아지는 것을 보게 되면, 내가 일부러 퇴각하는 것처럼 꾸미고 사방에 군사를 숨겨 두었다가 느닷없이 위나라 군사를 습격하려는 것이 아닌가 하고 의심하게 될 것이오. ……그러면 중달은 추격을 중지할 것이며 우리 촉나라 군사는 한 명도 상하지 않고 성도로 돌아갈 수 있을 것이오."

그 한편 사마의는 구안에게 준 술책이 효과를 나타낼 것으로 확신하고, 촉군이 총퇴각하는 날만을 고대하고 있었다.

그러자 과연 정탐이 숨차게 본영으로 달려와 급히 보고했다.

"촉군이 진을 거두어 돌아갑니다."

"됐다! 공명의 목숨도 이제 끝이다."

사마의는 자기 예측대로라 좋아했다.

먼저 선발대 100기를 달려 살펴보게 했다. 촉군 진지에는 어느 곳에나 사람 그림자가 보이지 않았다. 그저 부뚜막만 수없이 남아 있을 뿐이었다.

그러나 사마의는 조심스러웠다.

'어쩌면 공명에게 모계가 있는지도 모른다.'

하루가 지나 촉군이 모조리 다 물러간 것을 확인한 다음 직접 선두에 서서 본진을 나왔다.

촉군이 주둔해 있던 기산 진지에 이르러 보니, 두 번 다시 진주해 오지 않을 것으로 짐작이 갔다.

"부뚜막을 세어 보아라."

사마의의 명령은 그것이었다.

그리고 거기에서부터 더 나아가지 않고 정탐을 위해 선발대만을 떠나보냈다.

이튿날 선발대로부터 보고가 들어왔다.

부뚜막 수가 차츰 늘어나고 있다는 것이었다.

“그래? 공명은 역시 단순히 서둘러 성도로 돌아가려는 것이 아니다. 부뚜막이 많아진 것은 뒤에 처진 군대가 점점 많아지고 있다는 증거다. 만일 내가 멋모르고 뒤를 쫓다보면 반드시 그의 술책에 말려들어 또다시 패하게 될 것이다. ……또 그에게 속아서야 되겠는가. 자, 철수다.”

사마의는 위군의 철수를 명했다.

이로 인해 공명은 군사 하나 다치지 않고 무사히 성도로 돌아올 수 있었다.

뒷날 서천 부근의 주민들로부터 내막을 듣자, 사마의는 하늘을 올려다보며 길게 한숨을 내쉬었다.

“제갈량! 우후(虞詡)의 수법으로 나를 속였단 말인가! 아아, 분하다!”

우후란 후한 중기의 무장이다. 무도(武都)의 태수가 되어 부임하던 도중 강군(羌軍)의 공격을 당하게 되었다. 수가 적기 때문에 많은 적군과 정면으로 싸워서는 이길 수 없다는 것을 알자, 강병에게 막혀 버린 진창도에 무수히 부뚜막을 만들어 이쪽 군사가 많은 것처럼 보인 다음, 기습에 의해 이를 격파했던 것이다.

“공명의 지혜보다 내가 백 걸음은 뒤져 있다.”

사마의는 솔직히 인정하고 전 위군을 거느리고 장안으로 돌아갔다.

　바둑은 적수 만나면 이기기 어렵고
　장수는 인재 만나면 자만하지 못해

성도로 돌아온 공명은 승상부에도 들르지 않고 곧장 대궐로 사륜거를 달렸다.

후주 유선을 배알한 공명은 짐짓 잔잔한 말투로 아뢰었다.

“신은 기산에 완전한 진지를 쌓고, 그곳을 거점으로 장안을 공격한 다음 사마의를 무찔러 위나라를 없앰으로써 촉나라에 천 년의 태평을 가져오게 할 생각이었사옵니다. 그런데 뜻하지 않게 갑자기 돌아오라는 조서를 내리셨으니 무슨 큰일이 생겼는지 알고 싶사옵니다.”

공명은 맑은 눈으로 지그시 상대를 지켜보았다.

유선은 공명의 시선을 받자 금방 어쩔 바를 모르며 몸과 마음이 한꺼번에 떨려 왔다. 한참 동안 아무 소리도 내지 못했다. 이윽고 겨우 떨리는 목소리로 얼버무렸다.

“아, 아니오. ……저어, 나는 오랫동안 승상을 보지 못했기 때문에……. 그래서, 저 뭐냐, 갑자기 승상이 보고 싶어져서 오라고 한 거요.”

공명은 무표정하게 다그쳤다.

“폐하! 그것은 폐하의 참뜻이 아닐 것이옵니다. 누군가가 신이 두 마음을 가지고 있다고 참소한 것을 폐하께서 믿으셨기 때문일 것이옵니다.”

“아니오. ……나는 결코 승상이 두 마음을 가졌다고 의심하지는 않소. 다만……저 뭐냐, 즉…….”

“폐하!”

공명의 말소리가 갑자기 날카롭게 변했다.

“신에게 반역할 뜻이 있는 것으로 의심하신다면, 도저히 촉나라 천 년의 태평을 도모할 수 없사옵니다! 신은 선제의 후은을 입고 죽음으로써 이에 보답하려 하고 있을 뿐이옵니다. 선제께서 세상을 버리셨을 때 죽어야 할 몸이었으나, 황태자를 보좌하라는 유명에 따라 오늘까지 살아 있는 것을 폐하께서는 아실 줄 아옵니다. 이 궁중에 간신들이 발을 붙이고 신에게 다른 마음이 있다는 터무니없는 소리를 아뢰어, 폐하의 마음을 어지럽게 한다는 것은 너무도 가슴 아픈 일이옵니다. 신에게 두 마음이 있다고 의심하시거든 지금 당장 손수 칼을 뽑아 신의 목을 치옵소서!"

"요, 용서하오! 내, 내가 잘못했소!"

유선은 당황한 나머지 자리에서 일어나 단을 내려오더니 갑자기 어린아이가 된 듯이 공명 앞에 무릎을 꿇었다.

"나는 그만 환관들의 말을 믿고 말았소이다. 잘못했소, 승상! 용서하오! 이렇게 사죄하오!"

공명은 어이가 없었다.

"폐하! 폐하께서는 위엄을 지키시옵소서! 어서 용상으로 다시 오르시옵소서!"

공명은 꾸짖듯 타일렀다.

유선이 다시 자리로 가 앉기를 기다려, 공명은 환관들을 모조리 앞에 늘어서게 했다.

"너희를 부추겨 내가 폐하를 폐하고 스스로 황제의 위에 오를 야심을 품고 있다는 헛말을 퍼뜨리게 한 것은 반역자 구안이렷다?"

환관들은 일제히 그 자리에 엎드려 애원했다.

"죽을 죄를 지었습니다."

"구안은 벌써 성도를 빠져나가 위나라로 도망쳤을 것이다."

공명의 말이 채 끝나기 전에 구안을 체포하려 그의 집으로 달려갔던 관흥이 나타나 보고했다.

"구안은 벌써 촉나라 안에는 없는 것으로 생각됩니다."

구안은, 공명이 돌아오기 닷새 전 몇 대의 수레에 짐을 싣고 밤중에 사라진 것이 밝혀졌기 때문이다.

"폐하, 진실은 지금 들으신 바에 있사옵니다. 구안이 군량 수송을 태만히 하였기에, 신은 그것을 벌하여 곤장을 쳤사옵니다. 그러자 구안은 이를 원망한 나머지 위나라 진영으로 도망쳤사옵니다. 구안은 사마의로부터 성도로 들어가 신이 역모를 꾸미고 있다는 헛소문을 퍼뜨리라고 사주를 받은 것으로 아옵니다."

"그런 것을 내가 몰랐소! 내가 어리석었소!"

"폐하를 뒤에서 그렇게 만든 구안과 이들 환관들에게 죄가 있사옵니다. 예부터 후궁에 환관들을 살게 하여 나라에 해를 끼친 일은 있어도 도움이 된 예는 없었사옵니다."

이렇게 말한 공명은 관흥에게 눈길을 보냈다.

관흥은 환관들을 모두 대궐 밖으로 끌어내어 백성들이 많이 모이는 곳에서 한 사람 남기지 않고 모조리 목을 쳤다.

공명은 장완·비위 등 성도에 남아 있는 중신들을 승상부로 불러들여 엄하게 꾸짖었다.

"구안이 돌아와 대궐 안과 항간에 그런 뜬 소문을 퍼뜨리는 것을 그대들은 모르고 있었고, 또 폐하로 하여금 두려운 생각을 품게 한 채 간언조차 드리지 않았으니 어찌 그 책무를 다했다 하겠소!"

장완만은 일단 간하기는 했으나 유선이 받아들이지 않았다. 그러나 이제 와서 그런 변명을 해 보았자 무슨 소용이 있겠는가.

모든 중신들이 그저 몸둘 바를 몰랐다. 그러나 그들 또한 무의식중에 위나라 토벌을 원하지 않고 있었기 때문에 공명이 돌아오는 것을 반대하지 않은 것인지도 모른다.

공명은 유선의 못나고 어리석음을 너무도 잘 알고 있었기 때문에 중신들을 벌하지는 않았다.

이 사건을 계기로 공명은 여러 면에서 깊이 반성했다.

그는 이제까지 네 차례나 기산에 나갔다가 번번이 성공을 거두지 못하고 돌아왔다. 거의 해마다 거듭되는 출병이라 백성들도 전쟁에 싫증을 내고 있었다. 어쩌면 그런 것이 이번 사건을 발생케 한 요인인지도 모른다. 공명은 이 점을 깊이 반추해 보았다.

'옛날부터 훌륭한 정치를 한 군주는 군대에 의지하지 않았다. 군

사 지도에 뛰어난 군주는 군사 행동을 일으키지 않았다. 용병에 능한 군주는 굳이 전투를 하지 않았다. 전투 지휘에 능한 군주는 패하는 일이 없었다. 잘 패하는 자는 나라를 멸망시키지 않았다.'

공명은 스스로 명제(命題)를 제시하고 그에 대한 실례를 역사에서 찾아보았다.

'옛날 성인이라 일컬어진 군주는 오직 백성의 생활 안정에 힘쓰고 평생 군대에 의지하지 않았다. 훌륭한 정치를 한 군주가 군대에 의지하지 않았다 함은 이런 것을 두고 이르는 것이다. 순임금이 형전(刑典)을 공포하고 고요(咎繇)가 사사(士師 : 재판관)가 되고부터는 법을 어기는 자가 없어졌고, 따라서 형벌을 가할 것도 없이 천하가 평화로이 다스려졌다. 군사 지도에 뛰어난 군주는 군사행동을 일으키지 않았다 함은 이런 것을 두고 이르는 것이다. 우(禹)가 유묘(有苗)를 쳤을 때 순(舜)이 간우(干羽 : 춤 이름)를 추었을 뿐인데 유묘 사람들이 귀순했다. 용병에 능한 군주가 굳이 전투를 하지 않았다 함은 이런 것을 두고 이르는 것이다. 제(齊)나라 환공은 남쪽의 강국 초(楚)나라를 치고 북으로는 산융(山戎)을 귀순케 했다. 전투 지휘에 뛰어난 군주는 패하는 일이 없다고 함은 이런 것을 두고 이르는 것이다. 초나라 소왕(昭王)은 오나라의 공격을 받아 진(秦)나라로 달아났으나 진나라의 도움을 얻어 자기 나라에 돌아올 수 있었다. 잘 패하는 자는 나라를 멸망시키지 않는다 함은 이런 것을 두고 이르는 것이다.'

공명은 이 다섯 가지 명제를 곰곰이 생각해 보았다. 촉나라 승상인 자기에게 모두 해당되는 가르침이었다. 또 이것은 승상 아닌 장수에게도 해당되는 가르침이었다.

「손자」에도 적혀 있듯 병법의 가장 큰 목적은 싸우지 않고 이기는 것이다.

공명은 되도록이면 '천하만민'에게 피해를 덜 주고 이기는 방법을 모색하고자 지난 몇 차례 기산으로 진출했다.

당장 강대국 위나라를 굴복시키지는 못하더라도 우선은 심리적 압박을 주고 촉나라는 건재하다는 인식을 심어주기 위해서였다. 공명은 적뿐 아니라 아군에게도 촉나라는 건재하다는 신념을 확실히 심어 주는 길은 북정(北征)밖에 없다고 믿었다.

그런데 사람들은 그것을 모르고 당장의 승패만 따지고 있다.

"승상, 약을……."

마현이 침실로 들어와 침대에 누워 있는 공명에게 권했다.

천천히 일어난 공명은 약을 마시고 나서 멀리 허공으로 눈길을 보냈다. 그러고는 자신에게 타이르듯 중얼거렸다.

"하지 않으면 안 된다!"

마현은 불안한 얼굴로 서 있었다.

"내일 한중으로 가서 출전할 준비를 해야겠다."

"승상, 이왕 오셨으니 다만 열흘이나 스무날만이라도 휴양을 취하시는 것이……."

공명은 쓸쓸하게 고개를 저었다.

"너는 '사자 몸 속의 벌레'라는 말을 들었느냐? 군이나 나라를 안에서 무너뜨리게 하는 자들을 가리키는 말이다. 이를테면 파벌을 만들고 무리를 짓고 능력 있는 사람을 비방하는 자, 유난스레 남의 눈에 띄게 화려한 의복을 입는 자, 하지도 못하는 요술을 입에 올리고 신들린 것 같은 소리를 지껄이는 자, 공적인 규율은 무시하고 자기 멋대로의 판단으로 백성을 선동하는 자, 이해 타산을 따지고 몰래 적과 내통하는 자, 이런 자들이 모두 우리 몸 속에 도사리고 있는 해충이다. ……다행히 이번에 그런 해충들을 쓸어 버렸다. 이 기회를 놓쳐서는 안 된다."

"하지만……."

마현은 공명의 건강이 걱정되어 출진을 말리고 싶었다.

"현아……."

"네에."

"사람이란 날 때부터 하나의 숙명을 지니고 산다. 말하자면 태어날 때 벌써 그의 평생은 정해져 있는 것이다. 30년 수명밖에 타고나지 못한 사람이 아무리 80년을 살려고 노력을 해보아야 소용이 없다."

"……"

"나는 이미 내 수명을 대강 알고 있다. 한두 해 안에 죽는 일은 없겠지만 앞으로 5년을 더 살지는 못하겠지."

"승상!"

마현의 두 눈에서 눈물이 넘쳐 흘렀다.

"나는 올해로서 51세가 된다. …… 인생 50년을 산 것이다. 보통 사람의 경우 50년을 살았으면 충분하다. 나도 일찍이 27세로 선제의 부르심을 입어 집을 떠났을 때, 50세까지 살며 있는 힘을 다 쏟으면 내 인생은 그걸로 족하다고 생각했었다. 후주께서 선제처럼 지혜와 용맹을 겸비한 분이라면 나는 지금쯤 고향으로 돌아가 한가하게 즐거운 나날을 보내고 있을 것이다. 지금 상황은 나에게 그것을 허락하지 않는다. 나는 51세를 맞이한 지금 여전히 살아남아 있고, 또 싸우지 않으면 안 된다. 앞으로 3년을 살지 5년을 살지 모르지만, 나는 싸움터에서 일생을 마치게 될 것이다."

"……."

"이것이 내게 정해진 숙명이다. 너는 그 마지막 날까지 내 옆에 있어 다오."

마현도 마침내 말하지 않을 수 없었다.

"승상을 위해서는 목숨을 바치고자 합니다."

"네가 내 옆에 있어 주었기 때문에 나는 이제 피를 토하는 일 없이, 이렇게 싸움터로 나갈 수 있게 된 것 아니냐!"

두 주종의 마음과 마음을 잇는 뜨거운 정이 말 속에 담뿍 담겨져 있었다.

이튿날 아침 공명은 일부러 입궐하지 않고 검은 사륜거를 성문을 향해 달리게 했다.

후주 유선은 보고를 듣자 황급히 말을 달려 공명의 뒤를 쫓았다.

성문 밖에서 공명을 따라잡은 유선은 숨을 몰아쉬며 부탁했다.

"승상, 아쉬운 대로 한 달만이라도 쉬었다 가 주지 않겠소?"

공명은 웃으며 대답했다.

"신의 수명은 신이 잘 알고 있사옵니다. 부디 신에 대한 염려는 거두시옵소서. 정사에 힘을 기울이시고 누가 충신이고 간신인가를 분간하여 충성된 신하의 말을 듣잡도록 하시옵소서."

"승상! 두 번 다시 그런 실수는 저지르지 않겠소."

유선은 공명을 아버지처럼 섬기라고 한 선제의 말이 생각나 공명에게 깊이 머리를 숙여 보였다.

공명은 곧바로 한중에 이르렀다.

도착하자 공명은 곧 이엄을 불러 명령했다.

"군량을 반 년 남짓 먹을 수 있게 준비하여 기산으로 보내 주오."

그런 다음 모든 장수들을 모아 중원 정벌의 군사회의를 열었다.

양의가 불안한 표정으로 말했다.

"승상. 우리 촉군은 여러 차례 전투를 겪어, 군사는 지치고 군량도 부족한 상태입니다. 그러니 이번에는 군사를 두 패로 나누어 석 달씩 기간을 두어 번갈아 쉬게 하는 것이 어떻겠습니까? 즉 10만 군사를 승상께서 5만만 거느리고 기산으로 떠나, 석 달을 지낸 다음 여기서 쉬게 한 5만과 교대하는 것입니다. 이렇게 교대로 싸우면 군사가 지쳐 사기가 떨어지는 일도 없고, 또 군량 운반도 지체되는 일이 없을 줄 압니다. 그러다가 시기가 온 뒤에 10만 총력을 이끌고 중원으로 진격하게 되면 장안을 함락시킬 수도 있을 것입니다.”

“좋소, 그대가 말한 것은 병법에 맞는 일이오. 장구책을 쓰지 않고는 중원을 엿볼 수 없소.”

공명은 양의의 의견을 받아들여 군을 둘로 나누고 백 날을 기한으로 교대하기로 했다.

공명이 다시 중원을 노리고 군을 동원했다는 보고가 들어왔다.

위제 조예는 급히 사마의를 불렀다.

“제갈량이 또 쳐들어온다는데 이를 어떻게 막을 것인가?”

“신 사마의, 있는 지혜와 힘을 다해 침략해 들어오는 적군을 소탕하겠사옵니다. 너무 걱정 마옵소서”

사마의는 자신에 찬 목소리로 말했다.

“그럼 경만 믿겠소. 부탁이오.”

조예도 조진이 죽은 지금 사마의밖에 의지할 사람이 없었다.

그러나 사마의는 내심 공명과 맞서 싸울 자신은 없었다. 더구나 공명을 쫓겨가게 한다거나 그의 목을 친다거나 하는 것은 불가능하게 생각되었다.

다만 어떻게든지 대치 상태를 지속시키고 날짜를 끌어서, 그 동안 공명의 병이 다시 도져 성도로 되돌아가기만을 빌고 있었다. 사마의는 밀정들에 의해 공명이 가슴병을 앓고 있고, 그 병이 쉽게 나을 수 없는 상태인 것을 알고 있었다.

사마의는 공명보다 열세 살 많았지만 몹시 건장한 편이었고, 천문을 보아 자신이 제갈량보다 훨씬 더 오래 산다는 것을 알고 있었다. 적어도 공명보다 먼저 죽지는 않을 것이며, 또 흥망을 건 결전만 하더라도 패해 죽거나 하는 일은 없으리라고 확신했다.

‘어찌 됐든 지구전으로 들어가는 것이 상책이다. 공명 자신에게
뜻하지 않은 사건이 생겨 성도로 돌아가게 될지도 모른다.’
사마의는 말하자면 안전제일주의로 방어에만 힘을 기울일 작정이
었다.

촉군은 노도처럼 국경을 돌파하여 밀어닥쳤다.
사마의는 이미 장안에 도착해 있었다.
앞에 주욱 늘어앉은 장수들을 바라본 사마의는 먼저 믿을 만한 장
수는 장합이라고 생각했다.
“장 장군에게 1군을 줄 테니 옹성과 미성을 끝까지 사수해주기
바라오.”
“알았습니다.”
“그런데 장 장군, 내 일러두지만 우리쪽 선봉 부대만으로는 촉나
라의 정예 부대를 막을 수 없을 것이오. 또 군대를 전위와 후비로
나누는 것도 결코 좋은 꾀라고는 말할 수 없소. 우리 위군은 전병
력을 가지고 공명과 맞서지 않으면 안 되오. 즉 장군이 1군만 가
지고 옹성과 미성을 지킨다 해도 공명이 촉나라 전부대를 이끌고
밀려오게 되면 아주 쉽게 떨어지고 말 것이오.”
“대장군!”
“글쎄 끝까지 들으시오! 이번 결전은 내가 총지휘를 하오. 전군
을 이끌고 기산으로 진격하겠소. 장 장군, 그대에게는 선봉을 명
하오.”
“감사합니다.”
장합은 어느 사이엔지 사마의의 지휘에 심복하고 있었다. 그를 위
해서라면 물불이라도 가리지 않을 각오가 되어 있었다.
이리하여 사마의는 장합에게 선봉을 명하여 떠나보냈다. 싸움이란
선봉을 맡은 장수의 기량과 군략에 의해 승패가 좌우되는 일이 대부

분이다. 선봉이 어리석은 장수라면 처음부터 패한 싸움이라고 생각해도 좋다.

사마의는 곽회에게 농서 지방의 각 고을을 지키도록 해놓고, 다른 장수들에게는 저마다 그들 재능에 알맞는 진격로를 명하여 기산으로 나아가게 하였다.

약 30리도 채 못 가서 선봉 정탐병이 급히 달려왔다.

"제갈량은 전군을 이끌고 기산을 치기 시작했습니다. 선봉장 왕평과 장의는 진창도(陳倉道)로 나와 검각을 지나고 산관을 거쳐 야곡을 향해 굉장히 빠른 속도로 오고 있습니다."

급보를 받은 사마의는——

"그래!"

고개를 끄덕였다.

"제갈량이 우리가 전군을 거느리고 올 것을 알면서 역시 촉나라 전군을 이끌고 급히 국경을 침범해 오는 것은 농서 평야의 보리를 거둬들여 군량으로 충당시키려는 것으로 추측된다. 장합 장군은 기산에 진을 쳐 주기 바란다. 나는 곽회와 함께 천수성을 굳게 지키며 적에게 보리를 베지 못하도록 하겠다!"

명령을 받은 장합은 군사 4만을 이끌고 기산으로 달렸다. 사마의는 대군을 거느리고 농서로 급히 서둘러 갔다.

기산에 도착한 것은 촉나라 쪽이 빨랐다.

그러나 하룻밤을 지내고 보니 위수 기슭에 위나라 진지가 주욱 구축되어 있는 것이 보였다.

이를 바라본 공명은 꿰뚫어 보았다.

"저 진지는 사마의의 지시에 의한 장합의 솜씨가 틀림없다."

공명은 전에 없이 마음이 초조했다.

이엄에게 명령한 군량 수송이 약속한 날을 넘기고 만 것이다. 가지고 있는 군량은 거의 다 떨어져 가고 있다.

하루 두 끼씩만 먹여도 열흘을 지탱하기 어려운 상태였다.

공명은 이엄에 대해 약간 의혹과 불신감을 품고 있었다.

'이엄을 믿다가는 굶어 죽고 말겠다.'

공명은 장수들에게 말했다.

"농서 들에는 보리가 이미 익어 있을 것이다. 이걸 은밀히 베어들이기로 한다."

왕평·장의·오반·오의 등 네 장군에게 기산을 지키도록 해 두고, 공명은 몸소 강유와 위연 등 맹장을 거느리고 노성(鹵城)에 이르렀다. 노성태수는 전부터 공명을 우러르고 있었으므로 얼른 성문을 열고 항복했다.

"우리 촉군이 당장 필요한 것은 싸움이 아니라 곡식이오."

공명은 태수를 포로로 하지 않고 이렇게 말했다.

태수가 대답했다.

"곡식이라면 저 들에 보리가 익어 있으니 마음대로 거두어 가십시오. 농상(隴上) 땅의 보리가 가장 잘 익었습니다."

공명은 장익과 마충에게 노성을 지키게 하고 자신은 몸소 삼군을 거느리고 곧장 농상으로 향했다.

그런데 보내 두었던 밀정이 급히 달려와 보고했다.

"승상! 벌써 농상에는 사마의가 들어와 각처에 진지를 쌓고 대기하고 있습니다."

그러나 공명은 별로 놀라지도 않았다.

'어쩌면 중달이 우리의 군량 부족을 알고, 농상의 보리를 베지 못하도록 하려는 것인지도 모른다."

그렇게 예상하고 있었던 것이다.

그것에 대응해서 적이 생각지도 못한 곳을 찌르는 묘책이 이미 공명의 마음속에 이뤄져 있었다.

네 사람의 공명

　지난 3년 동안, 신출귀몰하게 전장에 나타나는 공명에 대해서 미신에 가까운 소문이 위군 사이에 퍼져 있었고, 그것은 위군이나 촉군 장병들의 사기에 적잖은 영향을 주었다.

　공명은 항상 대나무로 엮은 지붕이 달린 사륜거를 타고 둘레를 기마 장병이 호위하며 동에 번쩍 서에 번쩍 나타나곤 했다.

　지난 20여 년 동안 숱한 전장에서 이 사륜거가 나타나면 어떠한 적의 정예라도 겁부터 집어먹고 달아나기 일쑤였다.

　제갈량 공명은 그야말로 신장(神將)이었다.

　공명은 이것을 이용하기로 했다. 그는 똑같은 모양의 사륜거 석 대를 준비했다. 조그만 꾸밈새 하나까지도 다르지 않았다.

　"백약, 한 대는 그대에게 준다."

　"예에!"

　"군사 1천과 북잡이 500명을 거느리고, 이 수레를 상규(上邽) 뒤쪽에 숨기고 가만히 기다려라."

　"알았습니다."

"나머지 두 대는 마대와 위연이 저마다 한 대씩 가지고 좌우를 지키며, 경호군 1천 명과 북잡이 500이 따르게 하라. 그리고 명심하라. 적의 눈에 내가 타고 있는 수레와 강유에게 맡긴 수레와 그대들에게 맡긴 수레가 모두 조금도 다르지 않게 보이게끔 행동해야 한다."

"알았습니다."

사륜거는, 24명의 검은 옷을 입은 정병들이 맨발로 머리를 어깨까지 늘어뜨리고 오른손에 뽑아든 칼을 곧추세운 채 빈틈없이 호위하고 있었다.

선두에는 북두성을 수놓은 검은 기를 든 군사가 하나 서 있었다.

이리하여 강유와 마대와 위연은 늘 공명이 타는 것과 똑같은 사륜거에 타고 이를 지키는 군사들을 지휘하여 공명과 함께 적을 향해 다가갔다.

이들 세 사륜거로부터 약간 거리를 두고 3만 명 군사가 낫과 새끼를 가지고 소리없이 어둠을 타고 나아갔다.

공명이 탄 사륜거 앞을 전설 속의 신장(神將)인 천봉(天蓬)으로 변장하고 걸어가는 것은 관흥이었다.

"아니, 저게 뭐야!"

"마치 하늘에서 내려온 신장 같군그래……."

위나라 보초병들은 천천히 다가오는 괴상망측한 사륜거의 행렬을 보고 당황하며 겁을 먹었다.

촉나라 군사 같으면 만여 명의 선봉 부대가 한꺼번에 먼지를 일으키며 밀려들어올 터였다.

눈이 밝은 군사 하나가 자세히 사륜거 안을 살펴보았다. 윤건을 쓰고 학창의를 입고 있는 것은 틀림없는 제갈공명이었다.

이 사실은 곧 본영으로 보고되었다.

"이상하다?"

아무리 사마의였지만 공명의 책략을 짐작할 수가 없었다.

'공명이 곡식을 베어가려 하는 것만은 틀림없는데, 대체 그런 모습을 하고 나타난 것은 무슨 엉뚱한 속셈일까?'

어찌 됐거나 그 사륜거를 잡을 수밖에 없다고 생각한 사마의는 정병 2천 명에게 엄명을 내렸다.

"절대로 놓쳐서는 안 된다!"

정병 2천 명은 굶주린 이리떼처럼, 다가오고 있는 괴상한 행렬을 향해 쳐나갔다.

순간 사륜거는 휙 방향을 돌려 천천히 달리기 시작했다.

"네놈이!"

"어디로 달아날 테냐?"

약 200보 거리까지 뒤쫓았을 때였다.

갑자기 땅에서 검은 연기가 자욱히 뿜어나와 짙은 안개처럼 주위를 둘러싸고 말았다.

정병 2천은 그 독기를 마시고 심한 고통을 겪으며 정신없이 그 속을 뚫고 나갔다.

대장군의 엄명이므로 어떤 일이 있어도 그냥 되돌아갈 수는 없었다. 독한 연기 속을 뚫고 나가자 공명의 사륜거는 저쪽을 유유히 달려가고 있었다.

"저기다!"

"이번은 놓치지 않는다!"

2천 명 위병이 와아 몰려가자, 이번에는 독연기가 땅 속에서가 아니라 좌우 숲속에서 바람을 타고 밀려왔다.

눈이 연기로 흐려지며 팔다리가 말을 잘 듣지 않았다.

얼마 뒤 그 괴상한 연기가 사라지자 공명이 탄 사륜거는 저만큼 멈추어 서 있었다.

"저놈이! 사람을 놀리고 있어!"

위나라 군사들은 화가 치밀었다.

이제 이렇게 된 이상, 무슨 일이 있어도 공명을 향해 쳐들어가는 도리밖에 없다고 그들은 마음을 굳혔다.

거기로 사마의가 직접 정병 만여 명을 이끌고 곧장 뒤쫓아왔다.

"거기 섰거라!"

소리를 지르며 뒤쫓는 정병 2천을 불러 세운 사마의는 말했다.

"내가 깜빡 잊었다. 제갈량은 팔문둔갑술(八門遁甲術)이란 요술을 부릴 줄 안다. 그가 쓰고 있는 것은 축지법(縮地法)이다. 도저히 생포할 수는 없다."

축지법이란 어떤 것인가. 비장방(費長房)이라는 후한 때 사람이 어느 신선으로부터 지팡이를 하나 얻었는데, 그 지팡이에 자기가 가고 싶은 곳을 빌면 순식간에 백 리, 천 리나 떨어진 곳으로 몸을 옮길 수 있었다고 한다. 즉 먼 거리를 좁히는 술법이란 뜻이다.

1800년 전은 과학에 의하지 않고 인간의 지능만으로 온갖 비법을 연구하고 실천한 시대였다. '축지법'이니 '축지술'이니 하는 것은 전혀 근거 없이 만들어낸 이야기는 아니었을 것이다.

'공명을 뒤쫓으면 골탕먹는 것은 우리다!'

이렇게 생각한 사마의는 말머리를 돌리며 명령했다.

"철수다."

그 순간 왼쪽에서 '두둥둥 두둥둥둥' 하고 이상한 북소리가 울려왔다.

"복병인가?"

깜짝 놀란 사마의는 기습에 대비한 진을 치게 했다.

촉군은 급한 공격은 하지 않았다.

천천히 밀고 나온 촉군이 도중에 딱 멈추자, 그 중앙에서 24명의 검은 옷을 입은 군사가 머리를 풀어헤치고 맨발로 오른손에 칼을 곧추세운 채 검은 사륜거를 호위하면서 나왔다.

수레에 타고 있는 사람은 학창의 차림의 공명이 틀림없었다.

위나라 군사는 깜짝 놀라며 겁이 더럭 났다.

자기들이 뒤쫓은 것은 분명 공명이었다. 독연기를 안개처럼 뿌리며 팔문둔갑술을 쓰기 때문에 도저히 뒤따를 수가 없어, 하는 수 없이 추격을 멈추고 철수하려는 참이었는데, 이건 또 어찌된 일인가!

공명이 어느 사이에 산 쪽으로 돌아와 있지 않은가?

하도 괴상해서 어안이 벙벙해 있는데, 이번에는 오른쪽에서 똑같은 북소리가 울렸다.

어찌된 일이냐!

밀림을 헤치고 나타난 부대 안에서 서서히 나오는 것은, 왼쪽에 있는 공명과 그 부하와 똑같지 않은가!

거리가 가까워졌다.

아무리 눈을 닦고 보아도 오른쪽도 왼쪽도 완전히 똑같은 공명이었다.

"제갈공명은 귀신이다!"

위병들 가운데 겁에 질려 이런 소리를 외치는 사람이 있었다.

그 소리에 혼이 빠진 위군은 무기를 버리고 그 자리에 주저앉는 사람, 정신없이 도망치는 사람, 그야말로 수습할 수 없는 혼란 상태에 빠지고 말았다.

"당황하지 마라! 공명에게 속지 마라!"

사마의의 부르짖음도 아무런 효과가 없었다.

이제 이렇게 되고 보니 아무리 사마의이지만 장병들이 달아나는 대로 맡겨둘 수밖에 없었다.

하는 수 없이 사마의도 말에 채찍을 더했다.

달아나는 앞쪽에서 갑자기 함성이 터져 나왔다.

북소리도 같거니와 나타난 군대의 진용도 똑같다. 그리고 좌우로 진을 벌리고, 검은 옷에 머리를 풀어헤치고 24명의 맨발 군사가 호위하는 사륜거에 공명이 단정히 앉아 있었다.

즉 4명의 공명이 위군을 향해 오고 있었다.

어느 쪽이 가짜고 어느 쪽이 진짜인지도 모르는 채 위군은 혼백이 이미 달아난 상태였다.

'어쩌면 공명은 사람이 아닌지도 모른다!'

이 순간 위군들은 대부분 그런 생각을 하고 있었다.

제갈공명의 계략이 사람의 지혜를 초월했기 때문이다. 위나라와 오나라를 마주 싸우게 만들고 추운 겨울에 때아닌 동남풍을 빌려다가 조조의 백만 대군을 불에 태워 죽게 한 적벽대전을 비롯해서, 공명이 나타나는 곳에는 언제나 사람이 할 수 없는 기적이 나타나고 있었다.

자기 진지로 쫓겨 돌아온 위군은 장수나 군졸 누구랄 것 없이 마치 꿈을 꾸고 있는 것만 같았다.

부장 하나가 흥분된 목소리로 말했다.

"설마 공명이 환술(幻術)을 쓴다고는 생각되지 않습니다. 만일 이대로 버려 둔다면 요망한 현상을 그대로 믿어 버려 군중에 엉뚱한 소문이 나돌게 될 것입니다. 앞으로 부질없이 떠드는 자는 베어야 합니다."

그러자 사마중달은 고개를 흔들었다.

"아니다. 그렇게 하면 오히려 우리들 윗자리에 있는 사람들이 공명의 신통력을 인정하며 허둥대는 것처럼 여겨지기 쉽다. 일부 군사의 환각이나 잘못 본 것이 다른 군사들에게 정신적으로 영향을 미쳐 하나를 둘로 보이게 한 데 지나지 않을 것이다. 혹은 공명이 4대의 사륜거를 준비하여 아군을 교란하려는 술책을 썼는지도 모른다. 똑똑히 본 것은 아니니까 그 사륜거에 아무도 타고 있지 않거나 혹은 공명을 본뜬 목상(木像)을 태우고 있었는지도 모르잖은가! 이번에는 한번 사륜거 가운데 하나라도 사로잡아 공명의 속임수를 밝히도록 하자."

　그러는 사이 촉병 3만은 질풍처럼 농상으로 달려가 온 들판을 뒤덮고 있던 보리를 순식간에 모조리 베어 가지고 돌아왔다.
　그동안 사마의는 상규성 안에 틀어박혀 움직이지 않았다. 아니 움직일 수 없었다는 표현이 옳을 것이다.
　사마의는 지금 비로소 공명과 정면으로 대결할 전술이 머리에 전혀 떠오르지 않는 당혹감을 맛보게 되었던 것이다.
　그로부터 사흘 뒤였다.
　토민 늙은이 하나가 성문에 나타났다.
　"들판에 널려 있던 곡식이란 곡식이 하룻밤 사이에 다 없어지고 말았습니다."
　그런 걱정을 했다.
　이 보고로 사마의는 비로소 제정신으로 돌아왔다. 곧 정탐병을 내보냈다.
　이윽고 촉나라 군사 하나를 사로잡아 끌고 왔다.
　"전날 공명이 꾸민 전술을 말해라."
　사마의는 직접 심문했다.
　그 군사는 숨기려 하지 않았다.
　"복병부대에 있던 장군은 우리 승상이 아니었습니다. 강유·마대·위연 등 세 장군이 승상으로 꾸미고 있었던 것입니다. 따르는 군사는 어느 사륜거나 다 기병 1천에 북잡이 500뿐으로 많은 군사는 아니었습니다."
　"그럼 처음에 나로 하여금 뒤쫓게 만든 것이 진짜 공명이었단 말인가?"
　"그렇습니다. 만일 대군의 추격을 받았으면 우리 촉군이 보리를 베어들일 수는 없었을 것으로 압니다."

“으음!”

사마의는 신음했다.

그 촉병을 풀어주게 한 사마의는 방에 혼자 남자, 허공을 바라보며 길게 한숨을 내쉬었다.

“공명이 병으로 죽기를 기다리는 수밖에 도리가 없단 말인가?”

그때 부도독 곽회가 급히 달려왔다.

“대장군! 공명에게 완전히 속고 말았군요.”

“내가 속았다기보다 공명 쪽이 뛰어났다고 하는 것이 옳겠지.”

사마의는 대답했다.

“그러나 촉병의 수가 결코 많지 않다는 것을 안 이상, 주저하고 있을 때가 아닙니다. 지금 단숨에 공격해야만 합니다.”

곽회는 촉병들이 지금 노성 안에서 보리 타작하기에 한창 바쁘다고 말했다.

“내가 노성을 공격할 것이라는 것을 공명은 알고 있을 것이다. 그에 대한 방어책까지 강구하고 있겠지.”

“천만의 말씀입니다.”

곽회는 웃으며 말했다.

“공명은 농상의 보리를 베어들이는 것이 고작이었다고 생각합니다. ……대장군께서 대군을 이끌고 정면으로 습격해 들어가면 아무리 공명이라도 막을 도리가 없을 것입니다. 소장도 부대를 이끌고 총돌격을 감행하겠습니다.”

노성은 아주 보잘것없는 작은 성이다. 그렇다고 천험에 의지한 성도 아니었다.

“좋아! 그렇게 해보자!”

사마의도 결심했다.

한편 노성에서 군사들에게 보리 타작을 시키고 있던 공명은 갑자기 장수들을 불렀다.

"오늘밤 안에 중달이 총공격을 해 올 것이다."

이렇게 예언했다.

장수들은 공명의 명령을 기다렸다.

공명은 말했다.

"이 노성은 얼른 보기에 아주 보잘것없는 작은 성으로, 대군의 공격 앞에는 금방 함락될 것처럼 보인다. 하지만 그렇지만도 않다. 나는 이를 거꾸로 이용하여 적을 놀려줄 것이다."

"어떤 방법을 쓸 수 있는지요?"

강유가 눈을 반짝이며 물었다.

"이 성 동쪽과 서쪽의 보리밭이 숲 구실을 해줄 것이다."

공명이 아무것도 아닌 것처럼 말했다.

즉 골짜기나 산중턱에 있는 바위나 숲처럼 보리밭도 군사를 숨겨두기에는 안성맞춤이었던 것이다.

그러므로 공명은, 적의 습격을 두려워하지 않고, 여유만만하게 군사들에게 보리 타작을 시키고 있었던 것이다.

즉시 강유·위연·마충·마대 네 장군이 보리밭을 향해 떠났다.

강유와 위연은 2천 군사를 이끌고 동남쪽과 서북쪽 보리밭에 숨고, 마충과 마대는 같은 2천 명으로 서남쪽과 동북쪽 보리밭에 숨었다. 적이 몰려오면 포소리를 신호로 일제히 쳐 나오기로 약속이 되어 있었다.

공명 자신은 겨우 100명 군사를 이끌고 성 밖으로 나가자 어디론지 몸을 숨겼다.

사마의가 위군을 이끌고 노성 앞 5리 가까이까지 다가온 것은 막 황혼이 찾아들며 저녁안개가 낄 무렵이었다.

사마의는 장군들에게 말했다.

“어두워지면 총공격 준비를 갖추어라.”

사마의는 명령을 내렸다.

밤이 되자 그 진지에 곽회도 도착했다.

“드디어 공격이다. 군사들에게 소리를 일체 내지 못하도록 해야
한다.”

위군은 차츰 노성으로 육박했다.

“공격!”

이윽고 사마의의 지시와 함께 무수한 불화살을 쏘아올렸다.

성 안은 죽은 듯이 조용했다.

위병들은 해자로 텀벙텀벙 뛰어들어 성벽에 달라붙었다.

그 순간이었다.

성 위에서 물이 확 뿌려졌다.

아니, 그건 물이 아니고 기름이었다.

“기름이다!”

머리에 기름을 뒤집어쓰고 당황했을 때는 이미 늦었다. 성 위에서
뒤이어 횃불이 던져졌다.

거기에 불길에 싸인 지옥이 일시에 나타났다.

성벽을 기어오르던 위나라 군사들은 불덩어리가 된 채 해자로 떨
어져 죽고 말았다.

그러자 그때——

“와아!”

“으아!”

아주 가까운 거리에서 함성이 터졌다.

설마 촉군이 성 밖으로 나와 숨어 있으리라고는 꿈에도 생각 못한
위군은 그 함성을 듣자 너나없이 소름이 오싹 끼쳤다.

두 손으로 더듬어야 하는 깜깜한 밤인데다가 주위는 온통 보리밭
이었다. 적이 숨은 장소를 알 길이 없었다.

"보리밭 속에 숨어 있다! 찾아라! 찾아내어 포위하라!"

곽회는 악을 쓰며 소리쳤다.

그러나 위병들은 깜깜한 어둠 속에서 어디로 나아가야 할지 짐작마저 못한 채 그 자리에 발이 붙어 버렸다.

그러자 다음 순간 사방에서 '쾅! 쾅!' 방포가 터지며 봉화가 하늘로 치솟았다.

촉병들은 동서남북에서 대기하고 있었던 것이다.

결국 작은 성 하나를 짓밟아 주려던 위군이 거꾸로 포위되었다.

'큰일이다!'

사마의는 속으로 신음했다.

"후퇴다! 일단 퇴각하라!"

그 명령이 위병에게 전해질 여가를 공명은 주지 않았다. 보리밭 속에서 위병에게 화살을 쏘게 하고, 포 한 방을 신호로 터뜨려 돌격하게 했다.

전투는 무엇보다 사기가 높은 쪽이 이긴다.

허를 찔려 당황한 끝에, 화살이 비오듯 쏟아지는 속을 우왕좌왕하는 위군이 진용을 바로잡는다는 것은 도저히 불가능했다.

이런 경우는 군사가 많고 적은 것이 문제가 되지 않았다.

몰려오는 촉나라 장병들은 벼르면서 기다리고 있었기 때문에 그 기세는 하늘을 찌를 것만 같았다.

순식간에 위군은 전체가 무너지기 시작했다. 촉나라 장병의 창칼에 힘없이 죽어 갔다. 널린 위병의 시체로 발길을 옮겨놓을 수 없을 정도였다.

봉화 신호를 보자, 성 안에서도 이에 호응해서 성문을 활짝 열고 쳐나왔다. 위군은 완전히 독 안에 든 쥐꼴이 되어 마냥 촉군의 공격을 당하기만 했다.

밤은 사마의의 의도를 뒤엎고 촉군의 편을 든 셈이다.

총대장인 사마의 자신이 몇 차례나 목숨을 잃을 뻔하다가 간신히 겹겹의 포위를 뚫고 어느 산꼭대기로 달려올라가 목숨을 건졌다.

곽회는 평지를 무작정 달아났다. 상처를 입고 겨우 목숨만은 부지할 수 있었다.

그야말로 공명의 앞을 내다보는 눈과 그 전법은 귀신을 놀라게 했다.

위군은 5분의 3을 잃었다.

사마의와 곽회가 서로 만나 멍하니 말도 못하고 마주 바라볼 때는 이미 달이 밝은 뒤였다.

그때 공명은 성 안으로 되돌아와 네 대장에게 성 밖 사방에 철벽진을 치도록 지시하고 있었다.

위군 본영에서는 곽회가 사마의에게 말했다.

"이대로 제갈량과 대치하고 있다가는, 결국 총공격을 당하게 되어 우리쪽이 또 많은 사상자를 내게 될 것으로 생각됩니다. 무슨 수를 쓰지 않으면 퇴각마저 힘들게 되지 않겠습니까?"

"묘계가 있으면 말해 보오."

"옹주와 양주에 있는 군사를 급히 불러들여 적보다 많은 군사를 이끌고 단숨에 선제공격을 가하는 것이 어떻겠습니까? 소장은 한 부대를 이끌고 검각을 습격하여, 적의 퇴로를 끊고 군량 수송을 막겠습니다. 아무리 제갈량이라도 군량이 떨어지면 별수 없이 당황할 것입니다."

사마의는 잠시 대답이 없었다.

공명을 쳐서 이길 전략이 얼른 떠오르지 않았다. 사마의는 손수 격문을 써서 옹주와 양주로 보냈다.

며칠이 안 되어 손례가 두 고을 군사를 이끌고 도착했다.

먼저 탈취해야 할 곳은 검각이었다.

한편 공명은 노성에 들어앉아 밀정에게 위군의 동정을 살피게 하고 있었다.

사마의는 전혀 반격해 올 기미를 보이지 않았다.

'사마의의 뱃속을 알고 있다.'

공명은 어느날 강유와 마대를 성 안으로 불러들였다.

"사마의가 요소를 지키며 움직이지 않는 것은, 첫째로 우리의 군량이 떨어지기를 기다리는 것이고, 또 하나는 응원군이 오기를 기다렸다가 검각을 점령하여 우리의 보급을 끊으려는 걸로 생각된다. ……그대들은 각각 1만 기씩 거느리고 적을 앞지르도록 하라. 가장 길이 험한 곳을 골라 크게 깃발을 나부끼게 하고 밥 때는 연기를 올리며, 될수록 위군이 공격해 오기를 기다리고 있는 것처럼 보이는 것이 좋다. 그러면 적은 싸우는 것이 불리한 줄을 알고 스스로 물러가게 될 것이다."

강유와 마대가 각각 1만 기씩을 이끌고 떠난 다음, 장사 양의가 들어왔다.

"승상. 앞서 군대를 석 달마다 교대하겠다고 말씀하셨습니다. 벌써 백 날이 다 되어가고 있습니다. 교대하는 일을 생각해 주시기 바랍니다. ……한중에서 교대하는 군대가 떠났다는 보고가 들어왔으니 이곳에 있는 군사를 돌려보내는 것이 어떻겠습니까."

"그랬었지. 일단 결정된 일이니 군사들은 오늘인가 내일인가 하고 돌아갈 날을 기다리고 있겠군. 좋소, 돌아가게 해 주오."

"알았습니다."

촉병들은 귀국 명령이 떨어지자 기뻐 날뛰었다. 그들은 곧 귀국 준비에 들어갔다.

그때 손례가 새로 옹주와 양주의 20만 대군을 이끌고 가담해 왔다는 급보가 들어왔다.

'손례가 노리는 곳은 검각이겠지.'

그뿐 아니라 사마의는 직접 중군을 이끌고 곧장 노성을 향해 온다고 한다. 모처럼 돌아갈 준비를 하던 촉나라 군사들은 침울해졌다.

'이래서는 돌아갈 수 없잖나?'

양의도 이번 교대는 불가능하다고 보았다.

"적이 총력을 기울여 밀려오는 이상 군대를 교대시킬 수는 없습니다. 한중에서 오는 군사가 도착한 뒤에 군사들을 돌려보내야만 될 것입니다."

그러나 공명은──

"그럴 수는 없소!"

고개를 힘차게 저었다.

"나는 일단 장병에게 약속한 일을 어긴 적이 한 번도 없소. 명령을 내린 이상, 돌아가는 기쁨에 들떠 있는 사람들을 붙들어 둘 수는 없소. 그리운 고향으로 돌아가 기다리는 부모 처자와 만나게 해주어야 될 것이오."

"하지만 위나라는 병력을 총동원하여 공격해 오고 있습니다."

"상관없소."

공명은 직접 교대병들 앞으로 찾아가서 위로해 주었다.

"돌아가 육친과 다시 만나는 기쁨을 나누도록 하라."

이것도 공명의 교묘한 심리 작전의 하나였다.

교대병들은 적의 총병력이 공격해 온다는 것을 뻔히 알면서, 우리편을 죽게 내버려두고 저희만 돌아간다는 것이 도저히 양심에 허락되지 않았다.

'우리들이 돌아가면 승상 이하 모두 전멸하게 될 것이다.'

그건 있을 수 없는 일이다. 촉나라에 충성을 맹세하고 공명을 하늘처럼 우러러보는 군사들로서는 안 될 일이었다.

"승상! 승상의 고마우신 말씀 감사합니다. 그러나 저희들의 마음은 정해졌습니다. 교대는 하지 않겠습니다. 적의 공격과 맞서 목숨을 바쳐 싸우겠습니다.”

한 사람이 대표로 나와 이렇게 외쳤다.

“그대들은 돌아가도 된다. 이 공명이 어떻게든지 적의 공격을 막아보겠다.”

공명이 그렇게 말하면 할수록 군사들은 더욱 감동했다. 한 사람도 돌아갈 기색을 보이지 않았다.

공명은 이윽고 천천히 말했다.

“그대들이 그토록 나와 전우들을 도울 생각에 불타고 있다면 더 이상 굳이 돌아가라고는 하지 않겠다. 그러나 이번 싸움은 우리에게 불리하다. 살아서 돌아가지 못하는 사람도 많이 생길 것이다. ……그런 각오를 갖고 성을 나가 진을 치고, 적의 대군이 달려오면 시기를 보아 이쪽에서 용감히 반격을 가해야 한다. 결코 도중에 숨을 돌려서는 안 된다. 폭풍우가 몰아치듯 뛰어들어야 한다. 죽음 속에서 삶을 찾아내기 위해서는 행군에 지친 적을 선제 공격하는 길밖에 없다.”

촉나라 군사는 일시에 사기가 올라갔다.

위군 쪽은 이틀 길을 하루로 단축시켜 급히 달려왔기 때문에 피로가 눈에 띄었다. 설마하니 공명이 작은 군사로 반격해 오리라고는 짐작조차 못했다.

이쪽은 20만 대군이다.

‘공명은 필시 형편을 살피면서 성을 굳게 지키겠지. 그 사이 휴식을 취한 다음 총공격을 하리라’고 마음먹고 있었다.

그런데 이것은 큰 오산이었다.

성 밖에 진을 치고 있던 위연·마충·장익 등 용맹스러운 대장들은 수하 군사를 호령하여 질풍처럼 습격해 들어갔다.

시체가 산을 이루고 피가 강을 이루었다.

위군에게는 이틀 길을 하루로 단축시킨 것이 도리어 화근이 되었다. 몇 갑절 되는 군사 수를 자랑하면서도 무참히 죽고 쫓기고 하며 뿔뿔이 흩어졌다.

"추격을 해서는 안 된다!"

공명은 깊이 쫓지 못하게 하고 일당백의 용맹을 날린 장병들을 성 안으로 불러들였다.

생각지도 못한 이상한 꾀를 쓰는가 하면, 또 때로는 이렇게 몇 배 나 되는 적을 맞아 당당히 싸워 이기기도 했다. 공명의 작전은 예측 할 수가 없었다.

국력이 뒤떨어지는 촉군이 우세한 위군과 맞서 대등하게 싸울 수 있었던 원인의 하나는 물론 공명의 뛰어난 통솔력에 있었다.

공명은 장병을 종횡으로 손발 놀리듯 했지만 또 한편으로는 그만 큼 그들을 소중히 여기기도 했다.

공명은 위군을 격파한 뒤 한숨 돌리자 약속대로 교대 병사들을 한 중에 돌려보내기로 했다. 그러자면 어쩔 수 없이 노성을 포기하고 교묘한 후퇴 전술을 써야 한다.

첩자가 그 사실을 나는 듯이 사마의에게 알렸다.

"촉군이 물러가고 있습니다. 노성을 버렸습니다."

그래도 사마의는 추격하려 하지 않았다.

"제갈량의 어떤 계책이 기다리고 있는지 모른다. 신중히 행동해 야 한다."

장합(張郃)이 건의했다.

"적이 노성을 버렸다는 것은 그들의 군량이 제대로 보급되지 않 고 있다는 증거입니다. 마땅히 기습부대를 편성하여 적의 배후를 찌르려는 것처럼 보이는 것이 상책입니다. 적의 퇴각을 보고 추격 하지 않는다면 아군의 사기에도 영향을 미치게 됩니다."

장합의 판단은 옳았다.

촉군이 기책을 써가면서 작전 지구의 보리를 허겁지겁 베어들인 것은 그만큼 군량이 딸리고 있다는 증거였다.

제갈공명은 이번에 기산을 향해 출진하면서 군량 보급 최고책임자로 이엄(李嚴)을 임명했다.

이엄은 본디 촉나라 유장의 가신으로서 유비에게 항복했고, 유비가 죽을 때 공명과 같이 고명(顧命)을 받았다는 자부심을 품은 인물이다.

공명은 보급이 제대로 되지 않자 이엄에게 엄격히 독촉을 했다.

이엄은 참군 호충(胡忠)과 독군 성번(成藩)을 보내어 이런저런 핑계를 대며 변명에 급급했다. 공명은 그와 같은 이엄의 태도를 불쾌하게 여기고 있었다.

장합의 건의에 사마의는 말했다.

"좋아! 공명을 추격한다. 그러나 제갈량에게 어떤 귀책(鬼策)이 있을지 모르니 절대 공격은 하지 않는다."

제장들은 사마의 중달의 이 말에 아연할 뿐이었다.

위군이 출동했다. 촉군은 위군이 쫓아오자 이를 맞아 싸울 채비를 차렸다.

그러자 사마의는 다시 가까운 산으로 올라가 참호를 파고 방어 준비에 전념했다. 위평이 분개하여 사마의에게 항의했다.

"대장군, 어째서 이토록이나 촉군을 겁내십니까? 마치 호랑이와 싸우는 것 같습니다. 이렇게 하여서는 천하의 웃음거리가 될 뿐입니다."

그래도 사마의는 공격 명령을 내리지 않았다.

부하 장수들은 사마의의 이와 같은 태도에 불만이 대단했다. 심지어는 노골적으로 겁쟁이라 부르는 사람도 있었다.

사마의도 더 이상 부하들의 불만을 달랠 수가 없어 마침내 공격을 결심했다.

이때 기산 남쪽에는 장군 왕평이 이끄는 촉나라 부대가 포진하고 있었다.

사마의는 장합에게 왕평의 부대를 공격하라고 명하는 한편 자기는 몸소 공명군에게 정면 공격을 감행했다.

그러나 결과는 참담했다.

공명이 내보낸 위연·고상·오반의 군에게 대패하여 3천 명이 전사하고 무쇠갑옷 5천 벌과 뿔로 만든 노궁(弩弓) 3천100 개를 앗기고 말았다.

사마의는 간신히 도망쳐 산 위 진지에 돌아오자 목책을 굳게 닫고 움직이지 않았다.

공명의 촉군은 한중에서 새로운 부대가 도착하자 유유히 산을 넘어 무공현(武功縣) 근처에서 서쪽으로 꺾어들었다. 촉군은 위수를 따라 오장원으로 향했다.

산 위에 있는 위군은 이것을 빤히 보며 이를 갈 뿐 쳐나가지는 못했다.

대장군 사마의 자체가 땅 속의 두더지처럼 꼼짝 않는 것이다. 위평 같은 젊은 장수도 앞서의 패배 때문에 공격하자는 건의를 할 수 없었다.

촉군 10만은 유유히 위군 진지 앞을 지나갔다.

오장원에 도착하자마자 공명에게 위군의 동향이 보고됐다.

"위군의 주력이 위수를 건넜습니다."

위수 북쪽 기슭에 있던 위군이 강을 건너 남쪽 기슭으로 이동한 것이다.

공명은 담담하게 말했다.

"중달은 배수진을 친 것이다."

북상해오는 촉군을 치기 위해 위수를 건넌 것이므로 확실히 강을 등지고 싸울 태세를 보인 것이다.

비장한 결의를 굳힌 도하 작전일지도 모른다. 하지만 보기에 따라서는 촉군을 얕보고 굳이 불리한 포진으로 싸우려 한다고 여겨지기도 했다.

어쨌든 촉군이 서쪽으로 진군함에 따라서 양군은 당장 격돌을 피하게 되었다.

"중달은 초조해하고 있는 것이다."

말은 이렇게 했지만 정말 초조해하는 것은 자기 자신임을, 공명은 잘 알고 있었다.

'시간이 모자란다.'

공명은 고질병을 가지고 있었다. 겉보기보다 무거운 병임을 스스로 느끼고 있었다. 자기의 몸에 대해서는 누구보다도 자기 자신이 가장 잘 알고 있다.

아직 세상에 나오기 전 공명은 양양에 머물면서 의약책도 많이 읽었다. 의약에 대해서도 꽤 많은 지식을 지니고 있었다.

'3년을 견뎌낼 수 있을까?'

공명은 거기까지 알고 있었다.

일찍이 모습을 감추었던 곽정영이 요즘 다시 공명의 유막에 나타났다. 곽정영과 마현이 공명의 측근에 있으면서 지성껏 돌봐주고 있지만 건강이 날로 악화되는 것은 너무도 잘 알 수 있었다.

"남은 시간은 너무도 적고 해야 할 일은 많습니다. 이러고서도 초조해하지 않을 수 있을까요?"

"자질구레한 일은 다른 사람에게 맡기시지요. 적어도 태형(笞刑) 100대 이하의 재판은 아랫사람에게 맡기도록 하십시오."

강국 거류민의 유리 제조 비밀 공방이 오장원의 촉군 본영으로 사용되고 있었다. 오두미도 교모인 소용은 공명이 닿기 사흘 전에 이미 그곳에 와 있었다.

그런 소용이 공명에게 하는 일을 줄이라고 충고했다.

"그렇게 하고 싶지만…… 성미라고나 할까?"

공명은 힘없이 웃었다. 그는 태형 20대 이상의 죄는 스스로 판결을 내리고 있었다.

남아 있는 시간은 귀중하다. 군사들의 싸움질이나 좀도둑 문제에까지 머리를 썩일 필요는 없다. 소용의 충고를 기다릴 것도 없이 공명도 이제부터는 중요한 문제가 아니면 다른 사람에게 맡기리라 생각했다.

"성미도 바꾸려고 마음만 먹으면 바꿀 수 있습니다. 하물며……."

소용은 말끝을 흐렸다.

"하물며 짧은 기간이라면…… 하는 말이겠군요."

공명은 소용이 생각하고 있는 것을 알아맞혔다. 오두미도의 기도는 일종의 의술이기도 했다. 교단의 간부는 병에 관한 지식을 어느 정도 가지고 있었다. 교모인 소용은 의약에 대해 적지않은 지식을 가지고 있음이 틀림없었다.

'곽정영이나 마현만이 알고 있는 내 가슴병에 대해 소용도 알고 있구나.'

"그렇습니다."

소용은 감추지 않고 말했다.

"교모의 말대로 해보겠습니다."

"일을 줄이기보다도 모두 그만두는 편이 좋겠지요."

"모두?"

"그렇습니다. 전쟁을 중지해 버리는 것입니다."

소용은 말하고 공명의 얼굴을 똑바로 쳐다보았다.

얼마나 대담한 말인가!

'천하 만민의 평화를 위하여…….'

소용의 소원을 모르는 것이 아니다. 유혈없이 전쟁이 중지된다면 그보다 다행스러운 일이 어디 있겠는가?

그러나 실제로 양군은 오장원에서 첨예하게 대치하고 있다.

공명은 쓴웃음만 보일 뿐 대답은 하지 않았다.

세상에는 자기 의사가 아니면서도 시대의 흐름이라고 할까, 어쩔 수 없는 힘에 밀려 떠내려가는 일도 있다.

그런 눈에 보이지 않는 힘이 등 뒤에서 밀어 공명은 다섯 번씩이나 기산에 나왔다. 제3차 북정 때에는 지금 눈앞에 앉아 있는 소용의 아들 장로가 사마의 중달의 밀명을 받고 오장원에서 공명과 만난 일이 있었다.

'지금도 사마의 중달은 그 타협이 살아 있다고 생각하는 것일까? 그리하여 소용이 그것을 알고 있어 나에게 그런 말을 한 것일까? 그때 사마의 중달은 위나라에서 자기 몸을 지키기 위해 그런 제의를 해 왔었다. 그러나 정세는 바뀌었다. 조진이 죽은 이제는 사마의가 자타가 공인하는 위나라 첫째 실력자가 아닌가?'

한참 있다가 공명은 소용의 물음에 대답했다.

"두 가지 예외를 제외하고선……."

소용은 그 두 가지 예외가 무엇인지 묻지도 않았지만 공명 역시 설명을 하지도 않았다.

공명은 지금 비밀 외교를 벌이고 있다. 물론 오나라에 대해서이다. 이총을 시켜 교묘히 손권을 부추기고 왜국에의 출병을 감행케 했다. 결과는 오나라가 대실패를 했지만 촉나라에게는 이로울 것도 해로울 것도 없는 일이었다.

공명은 다시 이총을 시켜 2단계 모략전을 펴고 있다. 그것이 거의 성공 단계에 이르렀다. 이총의 비밀보고에 의하면 손권이 10만 대군을 일으켜 위나라를 공격하리라고 한다. 그렇게 되면 오장원에서 위군과 대치하고 있는 촉군이 유리한 것은 말할 것도 없다.

오군과 위군이 부딪쳐 만일 위군이 대패한다면 서쪽에 있는 사마중달의 군은 급히 그곳으로 불려가게 되리라. 그때 공명의 촉군은 사마의를 추격하지 않을 수 없다.

또 반대로 위군이 승리했을 경우, 여유가 생긴 병력을 사마의에게 보낼 수 있다. 그때는 황제 조예 스스로 대군을 이끌고 위수 가에 나타날지 모른다.

그렇게 되면 사마의 군대만 상대로 싸우는데도 힘겨운 촉군은 도저히 승산이 없다. 조예의 대군이 도착하기 전에 전장에서 벗어나야 한다.

이것이 공명이 대답한 두 가지 예외였다.

남다른 총명을 가진 소용이니까 이런 속셈을 설명하지 않더라도 공명의 말뜻을 알아들었을 것이다. 또 그렇기 때문에 굳이 되묻지도 않았으리라. 아니, 그녀는 그 이상의 것을 내다보고 있을 것이다.

사실 공명은 진퇴양난에 빠져 있었다. 거듭 말하지만 그는 한실(漢室) 부흥이라는 대의명분을 위해 벌써 다섯 번씩이나 전장에 나왔다. 공명은 그 동안 온갖 묘계(妙計)를 써서 위군을 곳곳에서 무찌르고 승리를 거두었다.

그러나 그것뿐이다. 촉한은 겨우 10만의 병력을 동원하기에도 벅찬데 위군은 패해도 패해도 40만 대군을 동원해 온다. 병력과 물자가 무진장인 것 같았다. 국력의 차가 너무도 현격하다.

더욱이 새로운 위나라 대장군 사마의 중달은 공명의 계책을 미리 꿰뚫어보고 소모전을 극력 피하는 전략으로 공명에게 지구전을 강요한다. 그것을 알기 때문에 공명도 사마의 중달의 '타협'에 동의했고, 지금 소용 앞에서도 신중히 말을 골라 그렇게 말했던 것이다.

오장원에서의 양군 대치는 별 움직임 없이 흘러갔다. 공명은 이엄에게 군량과 물자의 보급을 재촉했다.

그런 이엄에게서 엉뚱한 편지가 사자를 통해 전해져 왔다.

공명은 도무지 믿어지지 않았다. 그 편지 내용이 이런 것이었기 때문이다.

요즘 들리는 소문에 따르면, 오나라 손권이 낙양으로 사신을 보내어 위나라와 동맹을 맺고 함께 대군을 이끌고 촉나라를 치려 한다고 합니다. 다행히 아직 육손이 움직이는 기미는 보이지 않으나 승상께서 급히 사방으로 밀정을 놓아 알아보시기 바랍니다.

백 번 생각해도 믿어지지 않는 내용이었지만 공명은 곧 철수 명령을 내렸다.

"곧 진을 거두어 한중으로 철수하라. 중달은 내가 그곳에 있는 것을 아는 한 결코 쫓지는 않을 것이다."

왕평·장익·오반·오의 등은 까닭도 모르는 채 두 패로 나누어 두 길을 택하여 서서히 한중으로 퇴각했다.

이 퇴각을 지켜보고 있던 장합이——

"이건 무슨 꿍꿍이가 있는 것이 틀림없다."

이번에는 그가 오히려 조심하여 추격하지 않고 그대로 자기 부대를 이끌고서 중군 본영으로 돌아왔다.

장합은 사마의를 보고 변명에 가까운 의견을 말했다.

"촉군은 철수했습니다. 그러나 어쩐지 그 물러가는 품이 아주 여유가 있어 보이기 때문에 추격하지 않고 이리로 왔습니다. 공명이 무슨 계책을 쓰는 것으로 보입니다."

"그럴지도 모르오. 공명의 전술은 대부분이 속임수요. 경솔하게 함부로 움직이다 공명이 친 거미줄에 걸려들어서는 안 되오. ……우리가 굳게 지키고 있으면 촉군은 결국 양식이 떨어져 치지 않아도 흩어지게 될 것이오."

사마의 역시 신중한 태도를 보였다.

후계자

공명은 오장원 군대가 무사히 철수를 끝낸 것을 알자, 양의와 마충을 불러들여 밀계를 주었다.

"1만 명 노궁수를 검각 목문도(木門道)에 숨겨두고, 위군이 도착하면 포를 쏘아올려 그것을 신호로 좌우 절벽에서 큰 돌과 나무를 굴려 가는 길을 막고, 적이 당황할 때 정면에서 큰 화살을 소나기 퍼붓듯 하라."

큰 돌과 나무들이 산더미처럼 쌓였다. 장애물로 위군의 진군을 막고 먼 거리로 날릴 수 있는 큰 활로 큰 화살을 쏘는 전법이므로 거의 일방적인 공격이라 말할 수 있었다.

공명은 그런 밀계를 주어 양의와 마충을 떠나보낸 다음 위연과 관흥에게 후비를 명했다.

이어 자기가 있던 본영에는 성벽 사방에 무슨 깃발을 세워두고, 성 안 각처에 장작과 풀을 쌓아 두게 한 다음, 여기에 불을 지르고 연기를 올려, 마치 수비군이 있는 것처럼 보이게 했다.

그리고 촉군 전체는 목문도를 향하게 했다.

공명의 계략은 더욱 면밀했다.

그곳 주민들은 위나라 중군 본영으로 달려가 이렇게 보고하게 한 것이다.

"촉나라군이 철수는 했는데 아직도 그 반은 성 안에 남아 있는 모양입니다."

이 보고를 듣자 사마의는 직접 말을 달려왔다.

그는 역시 보통 무장이 아니었다. 성벽 위의 깃발과 성 안에서 오르는 연기를 잠시 바라보더니 말했다.

"이건 공명이 잘 쓰는 수단이다. 성 안에는 한 사람도 없다."

정탐대를 보내 알아보았더니 사실이 그러했다.

사마의는 장군들을 둘러보며 기다렸다.

"촉군은 전원 퇴각하고 있다. 이를 추격할 사람은 없는가?"

그러자 장합이 자청했다.

"그야 소장이 선봉이 아닙니까."

"안 돼. 장군은 너무 혈기에 끌리기 쉽소. 공명을 뒤쫓을 때는 조금이라도 이상한 기미가 느껴지면 곧 전진을 중지해야 하는데 장군은 그걸 못하오."

"대장군께서 출전 당시 소장에게 선봉을 명하셨습니다. 그런데 지금 추격을 말리시니 까닭을 알 수 없습니다. 오늘의 큰 공은 다른 누구에게도 양보할 수 없습니다."

"장 장군, 잘 들으시오. 공명은 철수를 해도 반드시 요소에 복병을 남겨둘 것이 틀림없소. 뿐만 아니라 그 복병에게 어떤 뜻하지 않은 작전이 주어져 있을지 모르오. 이를 치기 위해서는 여간 조심하지 않으면 안 되오. 적이 어떤 작전을 쓸 것인지 미리 살펴야 되오."

"그 정도는 소장도 알고 있습니다. 그런 계산 밑에 선봉을 원하는 것입니다."

장합은 이번 추격만은 누구에게도 양보하지 않겠다는 단호한 결의를 보였다.

"내가 염려하는 것은, 장군이 혹시 잘못 추측하지나 않을까 하는 것이오."

"절대로 잘못하지 않습니다."

"패한 뒤에 후회해도 소용 없소."

"절대로 패하지 않습니다! 사나이로 태어난 이상 이 목숨 나라에 바치는 것을 떳떳하게 생각합니다. 또 공명같은 사람을 생포해야만 내 생애가 뜻이 있다고 늘 벼르고 있었습니다."

장합의 결사적인 탄원에 사마의는 잠시 망설이더니 말했다.

"하는 수 없지. 장군에게 선봉을 명하오!"

"감사합니다."

"다만……."

사마의는 차가운 눈길을 장합에게로 보냈다.

"주는 군사는 5천 기요."

"옛?"

분명 5천 기는 너무 적었다.

그러나 사마의에게는 나름대로 생각이 있었다. 5천기가 너무 적기는 하지만 장합은 추격전의 선봉을 맡겨 준 것만으로도 기뻐할 수밖에 없었다.

"알았습니다. 5천 기를 거느리고 추격하겠습니다."

"장군의 뒤를 이어 위평에게 2만 군대로 추격하게 하겠소. 나 자신도 3천 기를 이끌고 가려 하오."

사마의는 덧붙였다.

"목숨을 버릴 각오로 싸워라!"

장합은 울부짖듯 명령을 내린 다음 선두에서 달렸다.

사마의는 그 광경을 불안하게 바라보았다.

장합이 이끄는 위군 5천 기가 약 30리 가량 달려갔을 때였다.

갑자기 옆에서 숲을 뒤흔드는 함성이 터졌다.

나무 사이로 새까만 말을 타고 커다란 청룡도를 든 대장이 불쑥 달려 나왔다.

"좀도둑 장합은 듣거라! 네가 지금 가는 곳은 어디냐?"

빙그레 웃으며 큰 목소리로 조롱하는 장수는 바로 위연이었다.

"네놈이!"

장합은 목숨을 내던질 기세로 돌진했다.

위연 역시 큰 청룡도를 들고 있었다. 똑같은 무기가 상대방 목을 노려 허공을 울리며 빙글빙글 돌았다. 칼날과 칼날이 날카롭게 마주치며 불꽃 튀기를 열 하고도 두세 번.

위연이 타고 있던 검은 말이 갑자기 싸울 용기를 잃고 달아나기 시작했다.

"네놈을 놓칠까 보냐!"

장합은 자기의 무서운 기세에 위연의 말이 겁을 먹고 달아나는 것으로 알고, 더욱 힘을 내어 뒤를 쫓기 시작했다.

약 20리를 뒤쫓았을까.

위연의 검은 말이 약간 발이 빨랐다.

결국 거리가 벌어졌다. 장합은 말고삐를 당겼다.

'……이 근처에 복병이 있는가?'

날카롭게 주위를 둘러보며 살폈다.

그러나 적이 숨어 있는 기미는 느껴지지 않았다.

"좋아! 끝까지 위연을 쫓고 말겠다!"

장합은 5천 기에게 명령을 내리고 곧바로 길을 달리고 또 달렸다.

이윽고 어느 산비탈을 돌아가게 되었다.

"우와와!"

느닷없는 함성이 하늘에서 떨어지는 것 같았다. 산에는 나무가 거의 없고 큰 바위만 겹겹이 서 있었다.

문득 바위 뒤에서 범같이 달려나온 것은 촉나라 젊은 무장 관흥이었다.

"장합은 듣거라! 관흥이 여기서 기다린 지 오래다!"

소리 높여 자기 이름을 댔다.

"어서 내려오너라! 네놈의 목을 베어 줄 테다!"

"으하하하……. 그대가 쫓는 것은 위연 장군이 아닌가. 어서 달려가라! 늦어진다. ……나는 총대장 사마중달을 체포하겠다."

조롱조의 말을 끝내자 관흥은 말과 함께 바위 뒤로 숨고 말았다.

온 신경을 그 산중턱으로 보내고 있던 장합은──

"철없는 것! 혼자서 나를 놀렸단 말인가."

한 마디 내뱉고는 기어이 위연을 무찌르겠다고 말을 다시 달렸다.

분명 그 산중턱에는 복병이 숨어 있지 않았다.

쏜살처럼 달려올라간 장합 휘하의 한 군사가 큰 바위 위에 서서 붉은 기를 흔들어 신호를 보냈던 것이다.

장합은 정신없이 앞만 보고 말을 몰았다.

작은 언덕을 넘었을 때 도망치는 위연의 뒷모습을 볼 수 있었다.

"게 섰거라! 촉나라 으뜸을 자랑하는 위연이 자기 명예를 잊었단 말이냐?"

"어서 오너라! 이 좀도둑!"

위연은 칼을 높이 휘둘렀다.

언덕 기슭은 넓은 풀밭이었다. 두 영웅은 풀밭이 좁다는 듯이 맹렬히 마주 싸웠다. 얼마 동안 싸우자 또 위연의 검은 말이 겁먹은 소리를 지르며 제멋대로 달려가기 시작했다.

이렇게 되자 장합은 아무것도 생각할 수 없이 되었다. 사마의의 충고 같은 것은 완전히 머리에서 사라져 버렸다. 위연의 목을 자르고야 말겠다는 미친 듯한 투지로 온몸이 불타고 있었다.

위연은 질풍처럼 도망쳤다.

장합은 쏜살같이 그 뒤를 쫓았다.

위연이 다시 장합을 떼어 놓았다.

"제기랄!"

장합은 말다리가 부러지라는 듯이 마구 채찍을 휘둘렀다.

그때 장합의 앞을 갑자기 가로막는 한 장수가 있었다. 어느 사이에 앞질러 왔는지 관흥이 다시 나타났다.

"네놈이 또 나를 놀리는 거냐!"

장합은 맹수처럼 덮치고 들어갔다.

순간 관흥은 말을 달려 산 쪽으로 달아났다.

"추격! 추격이다! 촉군은 퇴각하기 위해 잔재주를 부리고 있다. 추격! 추격!"

장합은 자신이 농락당하고 있는 줄도 모르고, 적이 이쪽을 필사적으로 속이려는 것으로 알았다.

위군 5천 기는 대장의 명령에 따라 성난 파도처럼 추격했다. 그러자 걸어가던 촉나라 보병들은 입고 있던 갑옷이며 들고 가던 물건들을 길바닥에 버린 채 숲으로 산으로 흩어졌다.

위병들은 말에서 뛰어내리자 앞을 다투어 그것들을 집었다.

"꾸물대지 마라! 그런 것은 나중에 집어도 된다! 먼저 퇴각하는 적부터 격파해야 한다!"

추격은 해질 무렵까지 계속되었다.

목문도 출입구가 앞쪽에 보였다.

한 무장이 그곳에 늠름한 기상을 뽐내며 혼자 말을 타고 서 있었다. 장합은 한눈에 그 무장을 알아볼 수 있었다. 위연이었다.

"꽤도 끈질기게 여기까지 따라왔구나. 이 어리석고 못난 역적 장합 같으니라고!"

"뭐가 어쩌고 어째?"

"이 위연이 너 같은 놈에게 쫓겨 예까지 도망친 줄 아느냐. 앞만 보고 덤비는 멧돼지 같은 미련한 놈아! ……나는 네놈을 여기까지 유인했을 뿐이다."

"떠벌이지 마라!"

장합은 온몸의 피가 거꾸로 솟았다. 청룡도를 높이 비껴들자 말을 내몰아 달려갔다.

위연은 여유있게 장합의 돌격을 막았다. 장합의 칼은 번번이 위연의 칼에 의해 높이 튕겨져 올랐다.

위연의 군사도 위병을 향해 무섭게 쳐들어갔다. 굶주린 이리떼가 양떼를 대하듯 했다.

장합은 결사적으로 싸웠다.

싸움을 한 고비 넘겼을 때 위연이 얼른 군사를 이끌고 목문도 안으로 물러났다.

장합은 거기서 고삐를 당겨 말을 세울 만큼 냉정을 유지하고 있지 못했다.

별들이 반짝이는 하늘 아래, 일직선으로 목문도에 뛰어들었다. 순간, 포 소리가 꽝하고 울리며 산꼭대기에서 흐르는 별처럼 불덩이가 떨어졌다. 그러자 신호를 기다리던 촉나라 복병들이 큰 나무와 바위를 산사태처럼 굴러내렸다.

가파른 비탈을 벼락치듯 웅장한 소리를 울리며 굴러떨어진 큰 나무와 바위들은 금방 위군의 앞길에 높은 방책을 만들고 말았다.

"퇴각!"

장합이 말머리를 돌렸을 때는 이미 때가 늦었다. 물러나는 길 역시 큰 나무와 돌로 막혀 있었다.

좌우는 까마득한 절벽이다.

장합은 독 안에 든 쥐였다.

당황하는 장합과 살아 남은 1천여 기를 향해 굵은 화살이 비오듯 쏘아졌다.

화살 둘이 장합의 어깨와 가슴에 꽂혔다.

"여기서 죽을 수는 없다!"

장합은 있는 힘을 다 짜내어 화살을 뽑았다. 그리고 큰 나무와 돌뿐인 방벽을 기어올라 넘으려 했다.

그때 다시 화살 하나가 날아와 그의 목을 꿰뚫었다. 참으로 처참한 최후였다.

후세 사람들이 이 일을 시로 읊었다.

    숨겨놓은 일만 쇠뇌 별처럼 날아들어
    목문 길에서 강한 군사들을 쏘아 죽였네
    오늘도 검각으로 지나가는 사람들은
    그 옛날 제갈량 명성 여전히 말하네

장합의 부하 1천여 기도 꼼짝없이 소나기처럼 날아오는 화살에 맞아 쓰러졌다.

선봉인 장합과 그 5천 기가 다 죽고 난 곳에 위평이 이끄는 2만 군대가 뒤따라왔다. 목문도 출입구가 큰 나무와 돌로 막혀 있는 것을 횃불로 본 위평은 소름이 오싹 끼쳤다.

"역시 도독이 말한 대로, 장 장군은 공명이 숨겨둔 복병을 만나 죽었는가!"

신음하듯 말하는 위평에게 대답하듯 소리가 들렸다.

"사람의 한평생은 두번 다시 찾아오지 않는다는 것을 그대는 아는가?"

날카로운 공명의 목소리가 메아리되어 산을 울렸다.

"윽!"

위평은 와락 겁이 났다.

갑자기 횃불이 대낮처럼 밝혀졌다.

중앙에 우뚝 서 있는 새하얀 학창의 차림의 인물은 제갈공명임에 틀림 없었다.

"위평은 듣거라! 나는 오늘, 싸움이 아니라 사냥을 할 작정이었다. 즉 천리마를 하나 사로잡으려고 그물을 쳐 두었었다. 그런데 천리마 대신 노루가 죽고 말았다."

천리마란 사마의를 말한다. 사마(司馬)란 성은 말을 뜻하기 때문이다. 노루는 장합을 말한다. 장(張)은 노루의 뜻인 장(獐)과 음이 같기 때문이다.

물론 위평은 설명하지 않아도 알고 있었다.

"너는 우리 촉군과 결전할 생각을 잃고 말았을 것이다. 겁에 질린 너와 죄없는 군사를 몰살시킬 정도로 이 공명은 잔인하지 않다. 돌아가 중달에게 일러라. 두 나라의 흥망을 건 싸움은 뒷날로 미룬다고 말이다."

위평은 꿈을 꾸는 것만 같은 이상한 분위기와 신선 같은 위엄을 보이는 공명의 모습에 사로잡혀 그저 멍청히 말 위에 앉아 있었다.

이윽고 제정신으로 돌아왔을 때, 횃불은 꺼지고 공명의 모습은 보이지 않았다.

위평에게 공명을 뒤쫓아 장합의 원수를 갚고 말겠다는 투지가 남아 있을 리 없었다.

"철수다!"

위평은 2만의 군대에게 명령했다.

3천 기를 거느리고 나온 사마의에게, 철수해 온 위평이 얼굴을 내민 것은 이튿날 아침이었다.

위평에게 자세한 보고를 받은 사마의는 침통한 표정으로 고개를 끄덕였다.

'역시 그랬던가!'

“그를 선봉으로 내보내지 말았어야 했다. ……사지로 들어가는 것인 줄 뻔히 알면서 허락한 것이나 다름없다. 이건 이 중달의 죄이로다!”

우선 사마의는 대군을 장안으로 돌리기로 했다.

공명은 일단 한중으로 철수하여 새로 쌓은 성으로 들어갔다.

“현아…….”

약을 가지고 들어온 마현을 가만히 바라보며 공명은 말했다.

“너는 이 중국 천지가 장차 어떻게 될지 알 수 있겠느냐?”

“예……?”

마현은 대답을 망설였다.

공명은 천천히 회랑으로 걸어나갔다.

해가 진 밤하늘에는 보석을 박은 듯 별들이 빛나고 있었다. 그 밤하늘을 우러러보며 공명은 자신에게 말하듯 했다.

“사람의 운명은 날 때부터 정해져 있다.”

“…….”

마현은 숨을 죽이고 공명의 뒷모습을 바라보았다.

공명은 별을 보고 자신의 운명을 점치고 있었다.

미래가 정해져 있다는 운명 사상은 중국이나 서양이나 다같이 고대부터 연구되어 왔다. 삼국시대에는 점성술을 직업으로 삼는 사관(史官)이 수천 명에 이르렀다.

그러나 태어났을 때의 별의 위치에 따라 개인이나 국가의 운명을 점치는 점성술은, 중국의 것이 서양에 비해 구체적이지 못했다.

공명은 소년 시절 대륙을 떠돌아다니다 어디에선가 서역에서 들어온 과학적인 점성술을 배운 것 같다. 그러나 남에게 가르친 적도 없고 책에 쓴 일도 없기 때문에, 공명이 어떻게 서양 점성술을 배웠는지 아는 사람은 없다. 공명은 고대 바빌로니아에서 생겨난 서양 점성술을, 중국에서 전해 내려온 고대 점성술과 비교하며 연구를 거

듭한 모양이다.

중국에서는 점성술 전문가인 사관(史官)이 이른바 천변(天變)을 보고 예언을 하는 점성술에 관한 지식을 제자를 두고 가르치는 일은 없었다. 그 글은 대궐 밖을 나가지 못하게 되어 있었고, 임금에게 올리는 천하의 이변에 관한 보고문은 기밀에 속해 있어서 중신들도 볼 수 없었다.

공명은 소년기에 〈천관서(天官書)〉를 읽고 천변과 점성술에 많은 흥미를 가졌던 것 같다.

그리고 어떤 기회, 어떤 수단에 의해서인지는 몰라도, 서양 점성술을 배워 중국 전래의 것과 비교 연구하여 독자적인 숙명 점성술을 만든 것이리라.

천문에 이른바 분야(分野)라는 것이 있다. 하늘의 별과 직접적인 관계에 있는 지방을 말한다. 예를 들어 산동성(山東省) 일대는 갑(甲)이란 별에 매어 있고 하남성(河南省) 일대는 을(乙)이라는 별에 매어 있다는 식이다.

중국의 각 지방을 각 별에 분속(分屬)시켜 그 별을 살핌으로써 그 지방의 천재지변을 미리 알 수 있게 한 것이 바로 공명이었다고 한다.

"현아……."

"예에."

"내 수명은 아마 앞으로 몇 년 안에 끝나게 될 것이다."

"승상!"

"너는 내가 죽거든 강유의 오른팔이 되어 촉나라를 위해 일해야 한다."

"예에!"

공명은 눈도 깜빡이지 않고 밤하늘을 수놓은 무수한 별들을 바라보며 말했다.

"참으로 신기한 일이다. 사람이고 국가고 저 별에 따라서 흥하고 망하게 되어 있다니."
"……."
"네가 강유의 오른팔이 되어 일하는 것도 태어날 때부터 정해진 운명이다."
"승상!"
"강유는 나를 대신해 촉나라를 위해 싸우게 될 것이다. 그리고 그 결과……."
거기까지 말한 공명은 갑자기 입을 다물고 방으로 들어와 약그릇을 집어들었다.

성도로 돌아가 후주 유선을 배알하고 그 동안의 경과를 보고하기 위해 공명이 한중에서 떠날 준비를 하고 있을 때, 성도에서는 어느 한 사람이 자기 방어를 위해 비열한 책동을 도모하고 있었다.
도호위 벼슬에 있는 이엄이 입궐하여 아뢰었다.
"신은 벌써 군량을 조달하여 한중으로 실어보내려 하고 있삽는데, 승상이 갑자기 성도로 돌아온다는 보고가 들어왔사옵니다. 어떤 이유에서인지 신은 알기 어렵나이다."
유선은 공명이 철수 이유를 상주하지 않는 것을 이상하게 여기고 있던 참이라 이 말을 듣고 곧 상서 비위를 한중으로 급히 보냈다.
비위는 공명을 만나 말했다.
"폐하께서는 승상이 군을 갑자기 돌린 이유를 묻고 계십니다."
"이엄으로부터 오나라가 위나라와 손을 잡으려 한다는 상주가 들어와 있지 않소?"
"그런 상주는 없었습니다. 오히려 이엄 자신이 입궐하여 군량은 준비가 다 되어 있는데 승상께서 갑자기 성도로 돌아오는 이유를 알 수 없다고 아뢰었기 때문에 폐하께서는 소신을 보내시게 된 것입니다.”

공명은 순간 눈살을 찌푸렸으나 다음 찰나——

“……그래?”

고개를 끄덕였다.

이엄이 어째서 오나라와 위나라가 손을 잡을 것 같다는 비밀 편지를 보내왔는지 그 속을 간파하게 된 것이다.

‘이엄은 군량을 모을 수가 없었던 것이다. 그래서 군량을 보낼 수 없게 되자 교활하게 근거 없는 정보를 꾸며 나를 철수하게 만들려 했던 것이다. 그러고는 내게 처벌될 것이 두려워, 뻔뻔스럽게 이미 군량을 준비했다고 천자께 아뢰다니! 용서할 수 없다!’

공명은 분노를 느꼈다. 그 밀서로 인해 부질없이 철수를 해야만 했던 것인데, 그것은 이엄이 자기 방어를 위한 술책이었다는 것을 알게 되었으니 공명인들 어찌 괘씸한 생각이 없겠는가.

그러나 주위 사람들에게는 그런 표정을 보이지 않고 급사를 성도로 달려가게 했다.

비위만이 공명의 심정을 짐작할 수 있었다.

“승상! 이엄을 이 한중으로 불러 엄벌을 내리실 작정이십니까?”

“하는 수 없소. 국가 대사를 한 소인에 의해 그르쳐서는 승상된 내 면목이 서지 않소.”

“그러나 이엄은 선제를 도와 큰 공이 있었던 사람이니 이번만은 죄를 용서하여 목숨만은 살려 주시기 바랍니다.”

“그 점에 대해서는 나도 깊이 생각하고 있으니 너무 염려하지 마시오.”

공명은 이미 이엄에 대한 처벌 방법을 생각하고 있었다. 그것은 이른바 정치적 해결이었다.

공명은 후주 유선에게 다음과 같은 상주문을 써서 급사에게 들려 보냈다.

선제께서 붕어하신 뒤로 이엄은 집안일에만 신경을 쓰고 남에
게 사사로운 은혜를 베풀어 지위나 명예를 구했으며 국가의 중대
사는 도무지 돌보지를 않았사옵니다. 이를테면 몇 해 전 북정의
길에 오르려 했을 때 이런 일이 있었사옵니다. 신은 이엄의 군을
한중에 주둔시켜 수비를 하려 했사오나, 그는 사무가 바쁘다는 구
실로 이를 거절했을 뿐 아니라 파촉 5군의 자사(刺史)라면 맡아
도 좋다고 제의해 왔사옵니다. 또 지난 해 서쪽으로 출격했을 때
역시 이엄에게 한중의 유수대장(留守大將)을 맡기려 했더니 그는
위나라 사마의를 흉내내어 장군부(將軍府)를 설치하게 해달라고
요구해 왔었사옵니다. 요컨대 그의 속셈은 약점이 있으면 그것을
노려 좀더 좋은 지위를 차지하자는 데 있었사옵니다. 그의 아들인
이풍(李豐)을 도독에 임명하도록 상주한 일이 있었사옵니다. 물
론 이것은 파격적인 발탁으로써 이엄을 달래기 위한 후한 대접이
었던 것이옵니다.

이엄이 한중에 부임하자 신은 모든 것을 그에게 일임했었사옵
니다. 그 까닭에 군신이 모두 소신이 어찌 그토록이나 이엄을 후
히 대접하느냐고 이상하게 여겼을 정도이옵니다. 그것은 다름이
아니옵니다. 천하는 아직도 통일되지 않고 우리 한실이 위태로움
에 빠져 있는 지금, 이엄의 허물을 책망하기보다 오히려 환심을
사는 편이 났다고 생각했기 때문이옵니다.

소신은 그가 단지 지위와 이익에만 마음을 빼앗기고 있는 것이
라고 생각했던 것이옵니다. 설마 이토록이나 못난 마음의 소유자
일 줄은 몰랐나이다. 만일 이대로 계획이 좌절되어 실패로 끝나는
일이 있다면, 이는 모두 이와 같은 인물에 기대를 건 어리석은 소
신의 실책이옵니다.

공명은 이엄의 지난 잘못들까지 상주문에 썼다. 그리고 그 처벌

방법에 대해서도 세밀한 점에 이르기까지 후주 유선에게 건의했다.

뭐니뭐니해도 이엄은 선제 유비의 고명을 받은 촉나라 장로의 한 사람이다. 그를 단죄했을 때의 나라 안 동요를 고려하지 않을 수 없었다.

법을 굽히지는 않되 파급 효과가 가장 작은 방법을 강구하여 유선에게 아뢰었던 것이다.

유선은 그것을 읽고 깜짝 놀랐다.

즉시 이엄을 체포하여 참형에 처하도록 시신에게 명했다.

이 소식을 듣고 참군 장완이 급히 입궐했다.

"폐하, 이엄을 참형에 처하는 것만은 거두어 주옵소서. 이엄은 선제의 명을 받아 폐하의 태부가 되었던 중신이옵니다. 바라옵건대 너그러이 용서하옵소서."

장완의 결사적인 간청에 유선도 마지못한 듯이 생각을 돌려 다만 그 벼슬을 앗아 평민으로 내려앉게 했다.

이리하여 이엄은 교활한 보신책을 도모했던 끝에 재동군(梓潼郡)에 영구 근신 처분을 당하고 말았다.

공명은 성도로 돌아왔다.

공명은 이엄의 아들 이풍은 처벌하지 않았다.

"그대를 장사(長史)로 기용하겠다. 아버지를 대신하여 충성을 다하도록 하라."

장사란 벼슬은 매우 중요한 직책이다. 이런 점이 공명의 능숙하고 뛰어난 점이라 말할 수 있다.

공명은 사흘 동안 휴식을 취한 다음 입궐했다.

유선은 공명을 아버지를 대하는 예로써 맞았다.

유선은 천성이 용렬한 사람이었으나 순진한 데가 있었다. 죽은 유현덕의 유언을 지키는 데 힘껏 노력했다. 경전과 사기를 읽고 병서와 정치 서적들을 손수 베껴 외는 등 자신의 인격과 지식을 높이려고 애를 썼다.

공명은 유선과 대화해 보고 안심이 되었다.

‘선제를 닮아가려고 부단히 노력하신다. 이대로 간다면 10년 뒤에는 중원 주인으로서 부끄럽지 않은 인물이 되실지도 모른다.’

공명은 성도로 돌아온 뒤 한동안 북정으로 미루어두었던 공무로 눈코 뜰 사이 없이 바빴다.

그러나 이제는 평상으로 돌아와 있다. 공명은 전처럼 일과인 양 와룡호 남쪽 기슭에 있는, 사람들이 ‘승상바위’라 부르는 큰 바위 위에 앉아 낚싯줄을 드리우곤 한다.

그날도 맑게 갠 하늘에는 구름 한 조각 보이지 않았다. 고요한 바람은 이미 찬 기운이 느껴지지 않았다.

거울 같은 수면에는 주위의 산들이 거꾸로 비쳤고 많은 물새들이 즐겁게 날고 있었다.

‘내가 죽은 뒤에도 이 호수만은 백 년이고 천 년이고 이대로 아름다운 경치를 간직하고 있겠지.’

공명이 낚싯줄을 늘이고 있는 동안 문득 머리를 스치고 지나간 것은 그런 생각뿐이었다.

사람의 기척이 조용히 다가왔다.

“승상, 조용히 쉬시는 시간을 방해해서 죄송합니다.”

강유였다.

일찍이 조자룡이 그러했듯이 지금은 강유가 이 와룡호까지 말을 달려와서 몰래 지켜 주고 있는 것을 공명은 알고 있었다.

“백약, 꼭 10년이 되었군.”

공명은 말했다.

“예?”

“여기서 그대가 내 목숨을 노렸던 것이 벌써 10년 전이지.”

“예.”

"그런데 지금은 머지않은 날에 나를 대신해 촉나라 삼군을 통솔하는 총지휘관이 되려 하고 있네."

"제게 그런 능력이 있겠습니까? 승상의 10분의 1만이라도 되었으면 합니다."

"그대는 내가 죽은 뒤 내 팔진병법을 이어받아 촉군을 자유자재로 움직이게 될 것이야."

"그럴 수 있겠습니까?"

"그대에게 필요한 것은 통솔에 대한 자신감뿐일세!"

"예에!"

공명은 벌써 강유에게, 예부터 내려오는 병법에 공명의 학식과 지혜를 더하여 발전시킨 '팔진법'을 전해 주었다. 그 위에 또 삼면내진(三面內陣), 연형진(連衡陣) 등 자신이 새로 만들어낸 전법을 그에게 가르치고 있었다.

중국 4천 년 역사에서 온갖 근대적인 무기를 발명한 사람은 공명뿐이었다.

예를 들면 10연발의 연노(連弩), 아무리 강한 활로도 쏘아 뚫을 수 없는 갑옷과 철모, 그리고 적의 진격을 막는 마름쇠 등이다.

공명은 또 전장에서 벌어질 수 있는 갖가지 전후 유형에 따라 병사들을 훈련시켰다. 산악 지대에서의 전투, 들판에서의 접전, 물 위에서의 전진과 후퇴, 정면에서의 격돌, 배후로부터의 기습, 밤과 낮의 공방전의 차이 등을 훈련시켰다. 그리고 장수가 모든 북과 기와 징과 불 등을 이용하여 군사들을 마음대로 지휘할 수 있도록 훈련시켰다.

"나는 이미 내가 가르칠 수 있는 것 모두를 그대에게 가르쳐 주었네."

"승상의 높으신 은혜 어찌 말로써 다할 수 있겠습니까."

"그러나 나는 아직 죽지는 않을 걸세."

“앞으로 20년, 30년 오래 사셔야만 됩니다.”

“백약⋯⋯.”

“예에?”

“나는 사마중달과 싸우는 모습을 그대에게 자세히 보여 주고 싶은 생각도 있고 해서 지금 죽을 수 없다는 것일세.”

공명의 말에는 산 같은 위엄이 들어 있었다.

강유는 무릎을 꿇고 머리를 조아렸다.

잠시 침묵이 지나간 뒤에 공명이 말했다.

“그대가 내 낚시질을 방해한 까닭을 들어보세.”

“승상⋯⋯. 지금부터 제가 드리는 말씀은 그저 참고로 들어주시기 바랍니다.”

“음.”

“우리 촉나라는 위와 오에 비해 인재가 부족하다는 것을 알고 계십니까?”

“⋯⋯.”

“우리 촉나라에서 첫째가는 용장은 누구나 다 아는 위연 장군입니다.”

“그렇지.”

“위연 장군은 촉나라는 물론이요, 위나라·오나라 장군들과 비교해서 월등하게 뛰어난 무용을 가진 분입니다. 그러나 위연 장군은 자기 마음대로 행동하기를 좋아하며 다른 장군들과의 협조가 잘 이뤄지지 않고 있습니다. 특히 유염·양의 두 장군과는 아주 사이가 좋지 못합니다. 군량 보급에 뛰어난 재주를 가진 양의 장군과 사이가 나쁘다는 것은 촉군에 다시없는 불행입니다. 또 유염 장군은 술이 너무 과하고 한번 취하면 사람이 달라집니다. 두 장군과 이래서는 승상의 전략에 따라 군사를 움직이는 데 실패할 염려가 있습니다.”

강유는 견해를 솔직히 털어놓았다.

인재가 부족한데다가 위·오와 비교가 되지 않는 적은 군사를 가진 촉나라로는 장군들끼리 사이가 좋지 못한 것이 치명적인 약점이 될 수 있다. 이 결함을 보충하고 있는 것은 오로지 공명의 귀신 같은 전략 전술뿐이었다.

강유는 그 점을 말한 것이다.

오랜 침묵이 계속되었다.

이윽고 공명은 고기를 하나 낚아올려 다래끼에 넣자, 강유가 지적한 문제에 대해서는 한 마디도 언급하지 않고 뜬금없이 말했다.

"사람의 생애는 돌이켜보면 너무도 짧으네. 그대는 그렇게 생각지 않는가?"

"예?"

30세의 강유로서는 실감되지 않는 말이다.

"그렇겠군. 아직은 인생이 짧다는 것을 모르겠지. 내가 선제의 부탁을 받아 집을 나올 때가 27세였네. 그때는 나 자신의 죽음 같은 것은 조금도 염두에 없었지."

강유는 그렇게 말하는 공명의 뒷모습에 뭐라고 형용할 수 없는 고독감이 번지고 있는 것을 볼 수 있었다.

'승상은 천문을 보고, 자신이 앞으로 몇 해를 더 살 것인가를 알고 있다.'

강유는 가슴이 뭉클했다.

강유가 공명 앞에 나타난 것은, 위나라와의 결전을 3년 뒤가 아닌 5년 뒤로 미루었으면 한다는 의견을 개진해 보기 위해서였다.

5년의 세월만 있으면, 정예군의 수도 늘어나고 무기와 군량도 충분히 갖춰질 것이며, 장군들 사이의 불화도 공명의 주선으로 어떻게든 가라앉게 되어 그야말로 거국 일치해서 적을 대할 수 있다고 생각했던 것이다.

강유는 공명의 뒷모습에 번지고 있는 고독감을 느낀 순간 이같은 의견을 말할 수 없었다.

'승상은 싸움터에서 죽을 각오인 것이다. 그때를 벌써 예측하고 있는 것이다!'

보통 사람 같으면 벌써 옛날에 죽고 말았을 병든 몸이었다. 그것을 초인적인 정신력으로 견디며 여지껏 살아온 공명이다. 3국 가운데 다른 두 나라에 비하여 모든 면이 월등히 부족한 촉나라를 두 어깨에 짊어진 채 버티어 오고 있다.

"이만 물러갑니다."

강유는 머리를 숙이고 조용히 물러갔다.

공명은 아무 말이 없었다. 잔물결 하나 일지 않는 맑은 수면에 고요히 눈길을 던진 채 돌부처처럼 앉아 있었다.

원교근공(遠交近攻)

　　장안에 있는 사마의는 그 뒤에도 첩자를 풀어 촉한 제갈공명의 움직임을 파악하는 일을 게을리하지 않았다.

　　하루는 군사(軍師) 두습(杜襲)과 독군(督軍) 설제(薛悌)가 들어와 사마의에게 건의했다.

　　"요즘 제갈량이 와룡호에서 낚시질로 세월을 보내고 있다는데 대장군은 어떻게 보고 계십니까?"

　　사마의는 빙그레 웃으며 대꾸했다.

　　"장군들이 제기한 문제이니 장군들이 한번 풀어보시구려."

　　"제가 보기로는 내년 보리가 익을 무렵에는 제갈량이 틀림없이 농서로 침공해 올 것입니다. 한가롭게 낚싯줄을 드리우고 있는 것은 그 작전을 구상하기 위해서일 것이 틀림없습니다."

　　두습이 말하자 설제도 맞장구쳤다.

　　"그것이 틀림없습니다. ……그런데 농서에는 병량이 바닥을 드러내고 있습니다. 겨울 동안 미리 병량을 운반해 두는 것이 어떻겠습니까?"

두습과 설제의 의견에도 일리는 있었다. 사실 공명은 해마다 농서로 쳐나왔던 것이다.

이번에는 갑자기 물러갔지만 내년에 다시 공격해 오리라는 것은 누구라도 예상할 수 있는 일이었다.

그러나 사마의 중달의 예상은 달랐다.

"아니오, 그럴 필요는 없소. 제갈량은 지금까지 기산을 두 번, 진창을 한 번 포위했지만 번번이 공격하다 지쳐 스스로 물러갔소. 앞으로는 침공해 온다 해도 될 수 있으면 공성전은 피하고 지난번에 오장원으로 진출했던 것처럼 야전을 걸어올 거요. 그렇게 되면 침공해 오는 곳은 농동(隴東)이지 농서는 아닐 게 분명하오."

사마의는 잠깐 여유를 두었다가 다시 말했다.

"그런데 제갈량은 줄곧 병량 부족을 불안하게 여겼으므로 무엇보다도 먼저 병량의 비축을 꾀할 것이 틀림없소. 그러고 보면 앞으로 3년은 대군을 움직일 수가 없겠지……."

사마의는 이렇게 말하고 대책을 조정에 상주했다.

"기주(冀州)의 농민을 상규(上邽)에 이주시켜 논밭을 개간시키고 경조(京兆)·천수(天水)·남안(南安)의 각군에는 무기 제조를 할 수 있도록 칙허를 내려 주시옵소서."

명제 조예는 그것을 허락했다.

사마의 중달이 예상한 것처럼 공명은 다음 출전까지의 준비 기간을 길게 잡고 있었다. 공명은 그 기간을 대강 3년으로 보았다. 아니 그의 건강으로 보아 3년은 절대로 넘겨서는 안 된다고 결심하고 있었다.

이렇게 결심은 하고 있지만 이번 제6차 북정(北征)만은 촉나라 단독으로 결정할 문제가 아니었다. 오나라를 교묘히 움직여 그들 역시 대군을 일으킨다는 보장이 있어야 했다.

이 공작을 위해 이총이 손권에게 파견되어 있다.

공명은 이총에게 비밀 지시했다.

'손권으로 하여금 원교근공(遠交近攻)으로 나아가게 하라!'

원교근공은 먼 나라와는 친선 관계를 맺고 가까운 나라를 공략하는 계책이다.

이총은 공명의 지시대로 세 치 혀를 놀려 손권의 마음을 사로잡았다. 이제 손권은 이총의 말이라면 '사슴을 가리켜 말'이라 해도 곧 이들을 정도였다.

오나라 황룡 5년(233)은 촉나라 건흥 11년이다.

위나라는 개원하여 청룡(靑龍) 원년이었다.

이해 정월, 건업의 손권 궁전에 뜻하지 않은 인물이 찾아왔다. 멀리에서 공손씨(公孫氏)가 보낸 두 명의 사자로서 숙서(宿舒)와 손종(孫綜)이었다. 숙서와 손종은 주군 공손연(公孫淵)의 친서를 휴대하고 있었다.

손권은 난데없이 그들이 찾아오자 한동안 어리둥절했다. 이총이 옆에 있다가 나직이 속삭였다.

"뭐, 이상할 것도 없겠지요. 공손연은 원교근공책을 쓰는 것 같습니다."

"음."

손권은 신음소리를 냈다.

이총의 말이 충분히 타당성이 있었기 때문이다.

공손씨는 요동의 왕자(王者)였다. 초대인 공손도는 요동 태수가 되었고 동으로 고구려, 서로 오환족(烏桓族)을 쳤으며 그곳에 독립 왕국을 세웠다.

2대째인 공손강(公孫康) 때, 조조는 원상(袁尙)을 쫓아 요동까지 병을 보냈다. 이때가 공손씨의 위기였으나 공손강은 도망쳐 온 원상 일족의 목을 베어 조조에게 바침으로써 국난을 넘겼다. 그는 그 공으로 좌장군(左將軍) 양평후(襄平侯)에 봉해졌다.

공손연은 그 공손강의 아들이다. 위나라 명제는 그에게 양렬장군(揚烈將軍)이란 칭호를 주었지만 별로 고맙게 여기지 않았다.

"우리는 요동의 주인이다. 한실을 도둑질한 위나라에 고개를 숙일 것이 뭔가."

이렇게 생각하는 공손연 앞에 하루는 한 나그네가 나타났다.

그 나그네는 공손연에게 이총과 똑같은 말을 했다.

"원교근공이란 말이 있지요. 오나라와 손을 잡으십시오. 그러면 적어도 위나라가 요동을 가볍게 보지는 못할 것입니다."

공손연은 고개를 끄덕였다.

"그렇지! 위나라만이 천하의 주인은 아니잖은가! 천하는 셋으로 나뉘어 위나라 말고도 오나라와 촉나라가 있다. 촉나라와는 너무 멀리 떨어져 있어 연락할 길이 없지만, 오나라와는 바닷길로 얼마든지 연락이 가능하다. 어디 오나라와 손을 잡아볼까?"

정체불명의 나그네는 오나라와 손을 잡는 데 있어 몇 가지 주의할 점을 가르쳐 주었다. 그 가운데에는 손권에게 신(臣)이라고 말하라는 것이 있었다.

"아니, 나에게 친선 조건으로 오나라 손권에게 신(臣)이란 말을 쓰라는 것인가. 그렇다면 위나라에 고개 숙이는 것과 다를 것이 무엇인가!"

공손연은 눈을 부릅뜨며 격노했다.

나그네는 공손연의 노여움이 가라앉기를 기다려 차분히 말했다.

"같으면서도 절대로 같지가 않습니다."

"무슨 궤변이냐?"

"대왕님, 원교근공이 대체 무슨 계책이옵니까? 먼 나라와 손을 잡는 것은 실제로 이쪽에 아무런 해가 없기 때문입니다. 먼 나라가 이쪽을 집어 삼킬 수 있겠습니까? 그러나 가까운 나라는 약한 이웃을 집어 삼키려고 늘 호시탐탐 노리는 법입니다. ……대왕께서 그런 이치를 아신다면 신이라 칭해도 글자 하나 쓰는 것일 뿐 손해될 것은 없다는 것쯤은 아시잖습니까?"

"으음!"

공손연은 마침내 신음소리를 냈다.

이 나그네가 바로 공명의 유막에서 한동안 모습을 감추었던 곽정영이었다.

물론 공손연도 여러 가지로 계산을 했을 것이다. 그러나 어쨌든 곽정영의 의견대로 자기의 친서에 '신'이란 서명을 하여 사자에게 들려 보냈다.

공손연의 계산으로는 오나라와도 왕래가 있음을 위나라에 과시하여 '요동이 손잡을 수 있는 것은 당신들 위나라뿐이 아니요!' 하고 자주성을 강조하는 것이 목적이었다.

손권은 공손연의 친서를 읽어보고 입이 함박만하게 벌어졌다.

　　신 공손연은 삼가 엎드려 오나라 황제 손권께 이 글을 올리나이다.

이런 글이 씌어 있었기 때문이다. 이총이 재빨리 손권에게 귀엣말을 했다.

"폐하, 복이 하늘에서 떨어진 것이 아니옵니까? 제가 듣기에는 요동에는 인구도 많고 따라서 병력도 많다고 하옵니다."

그러나 손권은 이총의 속삭임보다 더 큰 것을 마음속에 그리고 있었다.

'공손연과 손잡고 위나라를 협격할 수 있다.'

손권은 이렇게 생각하고 장미(張彌)·허안(許晏)·하달(賀達)과 같은 중신급 인물을 뽑아 많은 예물까지 들려 답례사로 보냈다.

그런데 세상 만사 뜻대로는 되지 않는 것일까?

장미 등 오나라의 답례사가 요동에 이르렀을 때 벌써 공손연의 마음이 달라져 있었다.

곽정영이 떠나간 뒤 가신들이 귀가 따갑도록 공손연에게 말했다.

"대왕님, 한낱 나그네 세객의 말을 좇아 오나라와 친선을 맺다니 가당치 않은 일이옵니다."

"음."

"생각해 보십시오! 원교근공이라는 말이 분명 있기는 합니다만, 요동에서 오나라는 멀고 위나라는 가깝다는 것을 잊으셨습니까? 원상이 쫓겨왔을 때의 아버님 생각을 해보십시오! 만일 가까운 위나라 비위를 거스른다면 그나마 독립왕국의 존립마저 어려울 것입니다."

이 말을 듣고 공손연은 마음을 완전히 바꾸고 오나라의 답례사가 오자 예물을 몰수하고 장미·허안·하달 세 사자의 목을 잘라 소금에 절여 위나라로 보내 버렸다.

"네 이놈!"

손권은 발을 동동 구르며 격노했다.

이총을 부르자 말했다.

"촉나라에서 요구한 기병(起兵)에 대해서는 농동으로 쳐나가면 이 손권이 꼭 약속을 지킨다고 알려라!"

"예!"

이총은 나는 듯이 촉나라로 달렸다.

해가 바뀌어 건흥 12년(234) 어느 날, 공명은 승상부를 나와 사륜거를 대궐로 달렸다.

후주 유선을 배알하자 공명은 아뢰었다.

"요즘 3년 동안 군사는 정예화되고 무기도 충분히 갖춰졌으며, 군량은 먹고 남을 정도로 비축되어 있습니다. 지금이 군사를 중원으로 진출시킬 좋은 시기인 줄 아옵니다. 바라옵건대 허락하여 주옵소서."

"승상의 건강은 어떻소?"

"보시다시피 완전히 회복되었사옵니다. 조금도 염려 마시옵소서."

"그러나 천하는 경이 선제께 약속한 그대로 삼분되어 있지 않소? 요즘 3년 동안은 위도 오도 우리 촉나라를 침범해 오지 않았소. ……나는 승상께서 여생을 편안히 지내 주었으면 하는데 어떨는지요?"

"위나라가 침범하지 않은 것은, 사마의가 우리와 마찬가지로 병마를 훈련하고 무기를 정비하기 위한 때문인 줄로 아옵니다. 우리가 위나라를 치지 않으면 위나라가 우리를 치게 되옵니다."

"그렇다면 그때를 맞아서 싸워 쫓아 버리면 되지 않겠소?"

"폐하, 사마의를 가볍게 보지 마옵소서. 그가 쳐들어올 때는 반드시 오나라와 몰래 동맹을 맺을 것입니다. 오나라 육손도 보통 사람이 아닙니다. 위와 우리를 저울질해 어느쪽과 손을 잡는 것이 유리한가를 알게 되면 곧 실천에 옮길 사람입니다. 아마 지금쯤 육손은 우리와의 동맹을 끊고 위와 손을 잡을 생각을 하고 있을지도 모릅니다. 그러므로 우리는 저들 둘이 손잡지 못하도록 하기 위해서라도 먼저 중원으로 나가 위나라를 무찌르지 않으면 안 되옵니다."

공명은 이렇게 주장했다.

그러자 문관 속에서——

"승상! 출전만은 보류해 주십시오. 부탁입니다."

큰 소리로 말리는 사람이 있었다.

그것은 태사(太史) 초주(譙周)였다. 초주는 천문학과 점성술에 있어서는 공명도 한 걸음 양보할 정도로 지식이 넓었다.

"소관은 아시다시피 사천대(司天臺 : 天文臺)에서 별이 땅에 미치는 길흉을 살피고 있습니다. ……얼마전 남쪽의 뭇별이 반짝이는 빛을 더하고 이에 쫓기듯 수만 마리의 새떼가 날아와 한수에 이르더니 모조리 죽고 말았습니다. 이것은 가장 불길한 조짐입니다. 소관이 급히 하늘을 살펴보았던바 규성(奎星 : 28수의 하나)이 태백(太白 : 금성) 분야에 들어가 있습니다. 이것은 북쪽이 우리 촉나라보다 왕성한 기운을 띠고 있다는 증거입니다. 즉 싸움에 있어서 위군이 촉군을 앞지르고 있다는 것을 뜻합니다. ……지금 승상께서 중원으로 군사를 내보내는 것은 승상의 몸에 위험을 불러올 염려가 있습니다. 부디 별의 불길한 빛이 사라지고, 규성이 태백 분야를 벗어나기를 기다리십시오. 앞으로 좋이 1년은 참고 기다리셔야 할 줄 압니다."

초주는 결사적으로 말했다.

　　무후는 정성 바쳐 나라 걱정하는데
　　태사는 천기를 알아 하늘을 논한다

초주의 설명을 듣기 전에 공명은 벌써 알고 있었다.

그러나 앞으로 1년씩이나 기다릴 수는 없었다. 1년은 고사하고 반 년을 기다리는 것도 위험했다.

'불길한 조짐은 내 목숨이 다한 것을 알리는 거다.'

공명은 가슴 깊이 탄식했다.

'내 인생의 마지막을 중원에서 끝맺는 거다. 그리고 내 뒤는 강유가 이어받아 힘껏 일해 주겠지.'

그러나 공명은 문관들 앞에서 자기 수명이 다한 것을 말할 수는 없었다.

공명은 백관들을 향해 차분하게 말했다.

"규성이 태백 분야에 들어가 있는 것은 나도 이미 알고 있소. 이것은 우리 촉나라에 불길하다고 말할 수 있소. 그러나 불길하다고 해서 앉아 적의 공격을 기다리는 것보다는, 차라리 선수를 쳐서 이쪽에서 중원으로 쳐나가야 할 때라고 생각하오. 여러분은 나를 믿어 주시오."

한번 내린 결정을 좀처럼 번복하지 않는 공명임을 백관들은 잘 알고 있었다.

'승상은 죽음의 꽃을 피우시려는 거다!'

오직 강유만은 마음속으로 슬프게 중얼거렸다.

공명은 선제 소열황제(昭烈皇帝 : 玄德)의 사당을 참배했다.

신(臣) 양은 여러 번 기산으로 나아갔으나 아직 한 치의 땅도 얻지 못했사옵니다. 지은 죄 가볍지 않은지라 다시 전군을 거느리고 기산으로 나가 맹세코 힘과 마음을 다하여 위나라를 무찌르고 중원을 회복하겠사옵니다.

이런 제문을 올려놓고 오랜 동안 공명은 일어날 줄 몰랐다.

그의 머릿속에는——양양성 밖 백 리의 융중 땅 와룡강에 있던 오두막 집으로, 유현덕이 관운장과 장비를 데리고 찾아왔던 날의 일이 떠올랐다.

유현덕은 가을·겨울·봄, 반 년 동안 세 번을 찾아와 비로소 공명과 만났던 것이다.

그날 공명은 아침을 먹은 뒤 초당으로 아내를 불렀었다.

"이곳에서 그대와 지내는 것은 아마 오늘이 마지막이 될 거요."

공명은 이렇게 아내에게 일렀었다.

아내는 그 이유를 물었다.

공명은 대답했다.

"황숙 유현덕이 오늘 오게 될 거요."

그 말을 듣고 아내는 남편이 집을 떠나리라는 것을 깨달았다.

"유 황숙이 세 번 찾아오게 되면, 그 삼고의 예에 보답하여 나는 몸과 목숨을 바치게 되오. ……만일 유 황숙이 오늘 찾아오지 않는다면 다시는 이곳으로 찾아오는 일은 없을 것이오. 그러면 앞으로 몇 해 동안은 그대와 함께 살게 되겠지."

"저는 오늘 유 황숙께서 찾아오시기를 바랍니다."

아내는 미소를 띠며 대답했던 것이다.

과연 유현덕은 세 번째 와룡강을 찾았었다.

공명은 유현덕을 일부러 초당 앞에 한 시간이나 기다리게 한 다음 그와 마주앉았다.

사람이란 10년, 20년 사귀어 온 사이라도 서로 마음이 통하지 않는 예가 얼마든지 있다.

공명과 현덕은 마주앉는 순간부터 서로가 그 인품을 보고 마음이 통했었다.

공명이 천하를 셋으로 나누어 갖는 계책을 말하고, 현덕이 이를 받아들임으로써 임금과 신하의 관계가 맺어졌던 것이다.

그리하여 공명이 현덕과 말고삐를 나란히 잡고 집을 나가려 할 때, 그 아내는 남편에게 뒤를 돌아보는 일이 없게 하기 위해서 이미 스스로 목숨을 끊고 말았다.

지금 유현덕 사당 앞에 머리를 조아리고 공명은 25년 전 침상에 누워 있던 죽은 아내의 웃는 모습을 떠올렸다.

'그대 옆으로 갈 날이 곧 가까워 오는 것 같소.'

공명은 죽은 아내에게 말했다.

"승상……."

뒤에서 강유가 부르는 소리에 공명은 제정신으로 돌아왔다.

공명이 일어서자 강유는 무릎을 꿇고 아뢰었다.

"드릴 말씀이 있습니다."

"……."

"승상께서는 승상의 수명이 다한 것을 아시게 되신 것이옵니까?"

"그대는 3년 전, 내게 위나라 정벌을 5년 뒤로 미루자고 말을 하려 했었지?"

"예에."

"실은 나도 그러고 싶었다. 그러나 내 운명은 이미 정해져 있다. ……나는 내년이면 벌써 이 세상에 없을 것이다."

"승상!"

강유는 자신도 모르게 큰 소리로 불렀다. 눈물이 두 눈에서 넘쳐 흘렀다.

"울음을 그쳐라! 내 뒤를 이어 촉나라를 두 어깨에 짊어질 사람은 그대가 아닌가. 내가 죽는 일에 마음이 흔들려서는 도저히 내 후계자가 되지 못한다!"

"예에!"

"대장은 어떤 감정도 밖으로 나타내지 않아야 하며, 때로는 비정하게 심복을 죽여야 될 때도 있다. 그만한 수양이 되어 있어야 위와 오, 두 강국을 상대로 하여 우리 촉나라를 지킬 수 있다!"

"알겠습니다. 울지 않겠습니다. 승상께서 세상을 버리시는 것을 조용한 마음으로 바라볼 것을 맹세드립니다."

"암, 그래야지!"

공명은 끄덕였다.

그러나 공명의 마음은 어두웠다.

자신이 죽은 뒤 강유가 얼마나 많은 시련을 겪어야 할 것인지 불을 보듯 환히 내다보이기 때문이었다.

다섯 첩자

흥망을 건 결전에 임하기 위해 한중으로 돌아온 공명에게, 그 앞길에 어두운 구름이 드리워지듯 슬픈 소식이 전해졌다.

관흥이 갑자기 병으로 죽은 것이다.

2천 년이 지난 오늘에도 그 용명이 전해지고 있는 관운장, 그의 아들 관흥은 강유와 함께 장차 촉나라를 지킬 무거운 책임을 진 몸이었다.

"관흥이……!"

급보를 받은 공명은 자기 귀를 의심했다.

한창 나이의 젊은 무사가 막 출진을 앞두고 갑자기 가슴이 아프면서 넘어진 채 죽고 말았다는 것이다.

하늘이 관흥에게 겨우 26년의 인생밖에 주지 않았다고 생각하면 그뿐이지만, 이 슬픈 소식은 때가 때인만큼 공명에게는 한쪽 팔을 잃은 것과 같은 충격이었다.

공명은 이날 군사회의도 열지 않고 방 안에 들어앉아 한 발짝도 밖에 나오지 않았다.

앞서 장비의 아들 장포를 잃고, 지금 또 관흥을 잃다니! 공명은 비록 좀처럼 감정을 밖으로 내보이는 사람은 아니었지만, 그 아픔을 견디기 어려웠으리라.

뒷사람은 이때의 슬픔을 다음과 같이 읊고 있다.

죽고 사는 것 인생의 이치가 아니던가
하루살이와 무엇이 다르리오
오직 남길 것은 충효의 절개뿐이니
어찌 소나무와 같은 수명이 필요하리

하루 꼬박 방 안에 들어앉아 있던 공명이 다시 사람들 앞에 나타 났을 때는 평상시와 조금도 다름이 없었다.

글자 그대로 건곤일척(乾坤一擲)의 결전을 시작하는 것이다.

그 총대장이 장수 하나를 잃었다 해서 슬픔을 얼굴에 나타낼 수는 없는 일이었다.

공명이 장수들에게 내린 명령은 전과 같이 엄숙하고 냉정했다.

촉군 10만은 다섯 무리로 나뉘었다.

선봉은 강유와 위연, 기산을 향해 급히 달리도록 했다.

이회는 야곡도 출입구에 군량을 운반하여 대기하도록 했다.

제갈공명이 촉군을 이끌고 진령(秦嶺)을 넘은 것은 위나라 연호 로 청룡 2년(234) 2월이었다.

오나라 손권이 10만의 군세를 북상시킨 것은 같은 해 5월이었다.

이보다 앞서 공명이 촉나라 전군을 이끌고 출격한 것이 밀정에 의 해 낙양으로 보고되었다.

위제 조예는 급히 사마의를 불러 대책을 물었다.

"걱정 마시옵소서."

사마의는 태연스럽게 대답했다.

"하늘은 우리 위나라를 편들고 있사옵니다."

사마의 역시 점성술에 정통했다.

"규성이 태백 분야에 들어와 있기 때문에 왕성한 기운은 중원에 가득 차 있사옵니다. 파촉이 유리할 리 없는데, 제갈량이 이를 모르지 않을 것이옵니다. 아마 그 자신이 올해 죽는다는 것을 알고 있기 때문에 하늘에 거역하여 있는 지혜를 다 짜낼 생각일 것이옵니다. 말하자면 스스로 죽음의 길을 내딛고 있는 것이옵니다."

사마의는 거침없이 공명과 자신의 운명을 예언해 보였다. 천문에 대해서는 이미 소개한 바 있지만, 중국 점성술은 고대 바빌로니아에서 발생한 서양 점성술과는 아무런 관계도 없이 독자적으로 발달한 것이다. 그러나 둘 사이에는 많은 유사점이 있다.

중국 점성술은 삼국시대로부터 2천 년 전에 이미 시작되어 있었고, 나라에는 이를 점치는 사관을 두고 있었다.

중국의 '하늘'은 서양의 '신(神)'과 같은 뜻이었다. 그 하늘의 변화를 관측하는 일은 놀랄 만큼 오랜 역사를 갖고 있으며, 기록 속에 많은 것이 적혀 있다.

말하자면 천문이라고 부르는 이 점성술은, 풍부한 자료를 모은 경험주의에서 나온 것이다.

초주든 공명이든 사마의든, 그 관측이 똑같은 것은 모두 그 때문이다.

세 사람이 똑같이 28수(宿)의 하나인 규성이 태백(곧 금성) 분야에 들어 있다고 판단할 수 있었던 것은, 하늘의 별과 중국 대륙의 각 지방을 대응시켜 그 방위를 확실히 정해 두고 있었기 때문에 가능한 것이다.

따라서 천문에 능한 사람의 관측은 일치할 수밖에 없었다. 공명이 천문을 보고 자신의 수명이 다한 것을 알 수 있었다면, 사마의 역시 이 해 안에 공명이 죽게 되리라는 것을 알 수 있었을 것이다.

무수한 항성(恒星)이 빛나는 하늘에서, 해와 달과 행성(行星)이 쉬지 않고 운행되고 있다. 하나의 행성이 어느 항성에 가까워지면 땅은 그 영향을 받는다.

태백성이 서쪽에 있는 함지(咸池)로 들게 되면 전쟁이 일어나게 된다는 것은 풍부한 자료에 의해 거의 틀림없는 것으로 판단된다.

하늘이 위나라를 돕는다고 위제 조예에게 말한 사마의는 다음과 같이 청했다.

"폐하의 크신 복을 빌어, 신 사마의 기어코 제갈량을 무찌르고 말겠사옵니다. 바라옵건대 4명의 젊은 무인을 대장으로 기용해 주시옵소서."

"네 사람이란 누구누구요?"

"하후연의 네 아들이옵니다."

용장 하후연에게는 네 아들이 있었다.

맏이는 이름을 패(霸)라 하고, 자는 중권(仲權).

둘째는 이름이 위(威), 자는 계권(季權).

셋째는 이름이 혜(惠), 자는 치권(稚權).

넷째는 이름이 화(和), 자는 의권(義權).

"맏이와 둘째는 무술에 뛰어나고, 셋째와 넷째는 지략이 뛰어나옵니다. 네 아들이 일찍부터 제갈량에 대해 아비의 원수를 갚겠다고 하늘에 맹세하고 있사옵니다. 그러므로 신은 맏이와 둘째를 좌우 선봉장으로 삼고, 셋째와 넷째를 행군사마로 하여 촉나라 군사를 맞아 싸울 생각이옵니다."

"그러나, 같은 하후 집안인 하후무는 전번 싸움에 패하고 많은 병마를 잃은 채 여지껏 돌아오지 않고 있소. 과연 하후연의 네 아들들을 믿을 수가 있을는지? 또 하후무보다 과연 나은 머리를 가지고 있는지 의심스럽소."

"걱정 마시옵소서. 어찌 하후무에 비할 수 있겠사옵니까."
"그렇다면 대도독의 생각대로 그들을 대장으로 기용하시구려."
"성은이 망극하옵니다."
벌써 위나라 병권은 완전히 사마의 한 사람의 손아귀에 들어 있었다. 아무도 그의 말에 반대할 사람은 없었다.
물론 위제 조예는 사마의에게 모든 권한을 맡겨 두고는 있었지만, 그가 패한다는 것은 곧 위나라를 위태롭게 하는 것이므로 속으로 걱정이 아닐 수 없었다.
사마의가 출전할 때 조예는 친히 다음과 같은 조칙을 내렸다.

경은 위수 기슭에 이르거든 진지를 굳게 쌓고 출격하는 일이 없도록 하라. 촉병이 계책에 궁해 거짓 후퇴하는 일이 있더라도 경은 이에 속아 추격하는 일이 없도록 하라. 적은 양식이 다하게 되면 반드시 물러가게 될 것이다. 그러면 그때야말로 허를 찔러 공격하는 것이 좋으리라. 그리하면 승리는 우리에게 돌아오고 병마의 피로와 손해도 적으리라. 부디 꾀를 그르치는 일이 없이 몸을 소중히 하라.

사마의는 황공하게 조칙을 받고 낙양을 떠나 장안에 이르렀다.
낙양에서 장안에 이르는 긴 행군 사이에 곳곳에서 군대를 불러모았다. 장안에 이르렀을 때는 총병력이 40만으로 불어나 있었다.
사마의는 이 대군을 위수 기슭에 포진시킨 다음, 그 가운데 5만의 군사를 동원하여 9개의 부교(浮橋)를 가설하게 했다.
선봉인 하후패와 하후위에게 그 다리를 건너가 맞은편 기슭에 진지를 구축하게 하고, 사마의 자신은 본영 뒤쪽 높은 곳에 10만 군사를 동원하여 밤낮을 쉬지 않고 성을 쌓았다. 뜻하지 않은 경우에 대비해 신중에 신중을 기한 진형을 갖추기 위해서였다.

군사회의는 매일 아침부터 저녁까지 계속되었고 사마의는 여러 장군들의 의견에 귀를 기울였다. 그때 곽회와 손례가 말을 달려 이르렀다. 인사가 끝나자 곽회는 말했다.

"공명은 지금 촉나라 온 병력을 기산에 두고 있습니다. 만일 위수를 건너 높은 곳을 넘어 북쪽 산기슭까지 진출하게 되면, 우리 위군은 농서와 연락할 길이 막히게 될 것입니다. 아마 공명은 그 전술을 쓸 것으로 짐작됩니다."

그러나 사마의는 그 말에 별로 놀라지도 않았다.

"나도 그 점은 생각했었다. 곽 장군은 농서의 군대를 이끌고 북쪽 기슭에 있는 높은 곳에 진지를 구축한 다음, 굳게 지키고 군사를 움직이지 말라. 촉군의 어떤 유인에도 절대 끌려나가서는 안 된다. 오래지 않아 촉군은 군량이 모자라게 되어 후퇴할 것이다. 그때를 놓치지 않고 단숨에 공격하면 승리는 의심 없이 우리 것이 되리라."

공명은 이번을 마지막 출사(出師)라고 각오했다. 따라서 성도를 떠나기 바로 전 출진 준비로 바쁜 가운데 시간을 내어 촉한 궁전의 높은 누각에 올라, 이른봄 안개 속에 잠들어 있는 시가지를 굽어보았다.

공명은 요즘 자기 몸의 변화를 확연히 감지하고 있었다. 까닭없이 식은땀이 흐르고 기침이 잦았다. 또 피로도 잦았다. 그런데도 공명은 전과 다름없이 정무(政務)와 군무(軍務)를 처리했다. 그리고 그것을 지탱해 주는 것은 초인적인 그의 의지력이었다.

하지만 지금 성도 시가지를 굽어보는 공명의 눈에 이슬이 맺혀 있었다.

'또다시 이 청산에 돌아올 수 있을까. 비록 타산(他山)에서 쓰러질지라도 내 혼백은 이 도읍에 돌아와 진호(鎭護)의 신이 되어 저 송백에 깃들리라.'

이것이 공명이 품은 단 하나의 감상이었다.

그러나 누각에서 내려왔을 때에는 어느덧 근엄하고 냉철한 승상 제갈공명으로 돌아가 있었다.

성문에서부터 십리정(十里亭)까지 성도의 백성들이 늘어서 있었다. 공명은 늘어선 백성들 사이를 천천히 사륜거를 몰고 나갔다.

공명은 똑바로 앞을 바라보고 있었다. 주위의 웅성거림으로 보아 사람들이 모두 길에 꿇어 엎드린 것을 알 수 있었다.

그러나 공명은 굳이 10리 길을 앞만 보며 나아갔다.

성도의 북문 밖 십리정에는 후주 유선을 비롯한 문무백관들이 전송하기 위해 미리 나와 있었다.

거기서 새삼 군신(君臣) 간에 조촐한 석별의 술자리를 마련했다.

유선은 말했다.

"상부, 꼭 가셔야만 하오? 다른 장군을 보내도록 하시오."

그러나 공명은 단호히 아뢰었다.

"제가 가야 하옵니다. 너무 걱정 마시옵소서."

공명의 주력 부대는 한중에 이르렀다. 각처에 잠입시킨 첩자들이 잇따라 정보를 알려왔다.

공명은 첩보전을 중요시했다. 첩보와 정보는 다른 것이지만 같은 의미로 쓰여지는 일이 많다. 엄격히 말해서 첩보는 있는 그대로 모아진 '사실'에 지나지 않는다. 즉 가공되지 않은 상태의, 사실에 대한 보고이다. 이 첩보를 분석하고 종합하고 평가함으로써 비로소 완전한 '정보'가 된다.

공명은 첩자의 중요성에 대해서 부하 장수들을 모아놓고 누누이 강조했다.

"군은 즐겨 오간(五間), 즉 다섯 종류의 첩자를 사용하며, 장수도 그들의 활약에 큰 기대를 걸게 되오. 그러나 첩자의 활용법은 어렵소. 뛰어난 지혜와 인격을 갖추지 않은 대장이 아니면 그들을 자유자재로 부릴 수가 없소. 오간이 기대한 대로 적의 정보를 알려주면 안심하고 백성을 동원할 수가 있으며, 적의 침략을 허용치도 않게 되오. 그리하여 유리한 지형을 선점하여 수비를 굳히고 만부득이한 경우에만 출격할 수가 있소. 지킴에 있어 한 치의 틈도 보이지 않고 출격하면 당당한 위무(威武)를 나타낼 수 있는 거요. 적의 진공(進攻)이 없는 것을 믿는 것이 아니고 적이 비집고 들어올 틈을 주지 않는 우리쪽 대비를 믿을 수가 있는 거요. 또한 오간의 활약 여하에 따라서는 아래와 같은 유리한 싸움도 가능하게 되오. 첫째, 유리한 진형에 진을 치고 멀리 오는 적을 기다릴 수 있다. 둘째, 충분한 휴식을 취하며 적이 지치기를 기다릴 수 있다. 샛째, 배불리 먹고서 적의 굶주림을 기다릴 수 있다. 넷째, 힘을 충실히 하며 적의 약해짐을 기다릴 수 있다. 다섯째, 먼저 유리한 지형에 진을 치게 만든다. 여섯째, 대군을 동원시켜 적의 소부대를 기다릴 수 있다. 일곱째, 전의를 높여 적의 투지가 수그러지는 것을 기다릴 수 있다. 여덟째, 복병을 두고 적의 내습을 기다릴 수 있다. 이리하여 정기를 내걸고 북을 울리면서 당당히 진을 치고, 적의 전면을 가로막고 배후를 교란하오. 요충지에 의지하여 수비를 굳히고 때로는 이익을 주어 철수를 꾀하고 때로는 타격을 주어 패주시키는 식으로 경연(硬軟)을 구사, 두 가지 방법으로 적에 대처할 수가 있는 것이오."

공명은 이 강의에서 첩자의 필요성과 그 효용성을 설명하고 있다. 공명이 말하는 오간은 「손자병법」에 나오는 그대로 다섯 종류 첩보 활동을 말한다.

첫째, 향간(鄕間), 점령지나 적국의 민간인에게서 정보를 수집하는 것이다.

둘째, 내간(內間), 적국의 관원을 이용하여 정보를 수집하는 것

이다.

셋째, 반간(反間), 적의 첩자를 구슬러 이쪽 첩자로 만드는 것을 말한다.

넷째, 사간(死間), 죽음을 각오하고서 적국에 잠입하는 첩자를 말한다.

다섯째, 생간(生間), 적국에서 돌아와 보고를 하는 첩자를 말한다.

위의 다섯 가지가 오간의 정의이지만, 실제는 복합적이고 또한 반드시 정의대로 활동하는 것만도 아님은 물론이다.

공명은 한중에 머무르며 계속 첩자들이 알려오는 정보를 하나하나 분석했다. 그리고 정리했다.

"농민이라고 해서 소홀히 보지 마라. 보통과 다른 색다른 거동이 보이거든 그 움직임도 예의 주시하라."

첩자들에게 이런 주의까지 했었다. 따라서 들어오는 정보는 어지럽기 짝이 없었다.

공명은 그 어지러운 정보 가운데 버릴 것은 버리고 나머지를 서로 연관지어 적정을 판단했다.

'오장원까지는 갈 수 있다. 별다른 싸움 없이…….'

공명은 야곡도로 나가면 안전하다고 보고 곧 한중에서 군사를 진발시켰다.

아무런 방해도 받지 않고 진군할 수 있었다.

'이번의 대치에서는 무엇보다 군량 보급에 만전을 기해야 한다. 원정군에게는 그것이 전투력과 맞먹을 만큼 중요하다.'

공명은 둔전(屯田) 계획을 머리속에 그리면서 야곡도를 더듬어 위나라 영토로 들어섰다.

특히 이번에는 목우를 개량한 유마(流馬)로 군량을 운반했지만, 목우·유마로도 장기전에 충분한 군량을 실어 나를 수 없어 둔전 계획을 구상한 것이다.

공명은 미현(郿縣)의 위수 남쪽 기슭에 진을 쳤다. 곧 둔전 개간 명령을 내렸다. 공명의 명을 받은 무장들은 병력을 차출하여 둔전을 개간케 하고 장기전 태세를 강구했다. 둔전병은 위수 가의 농민과 뒤섞여 농경에 종사했지만 촉병의 군기가 엄정하여 말썽 하나 일으키지 않았다. 또한 약탈 행위도 발생하지 않았다.

올가미

오나라에 가 있는 첩자에게서 보고가 왔다.

"손권의 군 10만이 건업을 출발했습니다."

이른바 첩보였다.

공명은 그 보고를 분석 평가하고 나서 중얼거렸다.

"10만이라 하지만 실제는 7만쯤일 것이다."

오나라는 병력이 부족하여 그 수를 한사코 숨기려는 것을 공명도 잘 알고 있었다.

이번에는 오 황제 손권이 직접 나섰다. 그는 주력을 이끌고 합비(合肥)의 신성(新城)으로 향했다.

또 육손과 제갈근은 강하(江夏), 면구(沔口) 방면에서 양양으로 진격했다. 다시 손소(孫韶)와 장승(張承)은 회(淮) 땅에서 광릉(廣陵)과 회양(淮陽)으로 향했다.

이 무렵 명제 조예에게 공명이 10만 촉군을 이끌고 야곡에서 출격하여 미현(郿縣)의 위수 남쪽 기슭에 성채를 쌓았다는 보고가 들어왔다. 불안에 사로잡힌 조예는 진랑(秦朗)에게 보병·기병 합쳐 2

만의 병을 주고 사마중달 지휘 아래 넣어 병력의 증강을 꾀했다.

이때 여러 장수는 사마의에게 건의했다.

"위수 북쪽 기슭에 포진하여 거기에서 촉군을 막아야 합니다."

하지만 사마의는 고개를 저었다.

"위수 남쪽 기슭에는 많은 군량을 쌓아두고 있다. 그곳을 지키지 않고 어디를 지킬 것인가!"

이렇게 잘라 말하고 군을 이끌고 위수 남쪽 기슭으로 건너가 위수를 등지고서 진을 쳤다. 사마의는 여러 장수에게 말했다.

"제갈량이 참다운 용자(勇者)라면 무공으로 진출하여 산을 따라 동으로 향하리라. 만일 서쪽을 향해 오장원에 포진한다면 조금도 겁낼 필요는 없다."

그런데 공명은 오장원에 포진하고 그곳에서 북쪽으로 올라가 위수를 건너려는 낌새를 보였다.

오장원에 진출한 공명은 좌·우·중·전·후로 5개의 큰 막사를 지었다. 다시 야곡에서 검각에 이르는 사이에 한 개의 큰 막사를 세웠다.

병마를 나누어 주둔시키고 장기전을 각오한 계책을 강구한 것이다. 그리고 많은 작은 부대를 만들어 매일 각 진지를 돌며 살피게 했다.

이윽고 곽회와 손례가 농서의 군대를 이끌고 북쪽 높은 곳에 진영을 꾸몄다는 보고가 들어왔다.

공명은 장군들을 집합시켰다.

"중달이 곽회를 시켜 북쪽에 진을 치게 한 것은 내가 그곳을 앗아 농서와의 연락을 끊는 것을 두려워하기 때문이오. 적이 그렇게 나올 것을 나는 내다보고 있었소. 그래서 나는 지금부터 북쪽 기슭의 높은 곳을 향해 공격하는 것처럼 적에게 보이고 갑자기 방향을 돌려 위수 기슭을 급습하겠소."

그를 위해 백여 척의 뗏목을 만들어 풀을 싣고, 수전에 경험이 있는 정병 5천을 골라 타게 했다.

그리고 이 뗏목으로 야습을 하게 되면 사마의는 깜짝 놀라 대군을 이끌고 달려올 것이 틀림없다. 그보다 앞서 촉군 한 부대를 몰래 맞은편 기슭 위쪽으로 진군시켰다.

사마의가 촉군의 백여 척 뗏목의 야습에 대해 한창 열을 올리고 있는 틈을 타 허를 찌르는 것이 이쪽의 책략이었다.

먼저 상류를 건너가게 해 두었던 선봉에게 뗏목을 타고 내려가게 한다. 절기상 위수의 흐름이 빠를 때였다.

적이 이를 발견하고 소동을 피울 때는 벌써 적이 가설한 9개의 부교에 닿아 있을 것이다.

촉의 선봉은 다리에 불을 질러 태우고 난 다음 상륙하여 곧 적의 등 뒤를 찌른다.

"나는 직접 한 부대를 이끌고 정면에서 적의 본영으로 쳐들어갈 것이다."

즉 이것은 남쪽 기슭을 점거하기 위한 공명의 전략이었다.

촉군의 움직임은 밀정에 의해 하나하나 위나라 진영으로 보고되었다.

과연 명장 사마의였다.

"공명이 촉나라 전군을 움직이고 있는 속셈은 뻔하다. 그는 북쪽 기슭의 높은 곳을 앗으려는 것처럼 보이면서, 실은 선봉을 뗏목에 태워 가지고 내려가 부교를 불태운 다음 남쪽 기슭의 우리 진지를 정면에서 총공격해 올 속셈이 틀림없다."

사마의는 곧 하후패와 하후위의 진지로 급사를 달려 보냈다.

"만일 북쪽 기슭의 높은 곳에서 함성이 오르거든 군사를 이끌고 위수 남쪽 산 밀림 속에 숨어 적의 진격을 저지하라."

뒤이어 장호와 악침에게는 노궁수 2천 명을 딸려 부교 북쪽 기슭에 숨게 했다. 적이 부교에 불을 놓기 전에 이를 쏘아 죽이자는 작전이었다.

사마의는 다시 곽회와 손례에게 명했다.

"공명이 북쪽 기슭 높은 곳으로 다가와 위수를 건너려 하더라도 이를 맞아 싸우지 말고, 있는 군사를 모두 진지에서 내보내 높은 곳 중간에 매복시켜라. 적은 낮에 강을 건너게 되면 반드시 해질 무렵에 공격해 올 것이다. 그때는 거짓으로 산꼭대기로 달아나라. 그리고 따로 잠복시킨 노궁수 부대에게 일제히 활을 쏘게 하라. 나는 물과 뭍에서 협조하겠다. 진지를 지키며 내 지휘를 따르지 않거나 겁을 먹고 이 계책을 어기는 일이 있어서는 안 된다."

이리하여 각 군에 지시를 내리자 사마의는 자기 맏아들 사마사(司馬師)와 둘째 사마소(司馬昭)에게 강한 군사를 주어 선봉을 원조하게 했다.

사마의 자신은 중군을 이끌고 북쪽 기슭 높은 곳으로 원조하기 위해 나갔다. 그야말로 한쪽이 절묘한 전술을 구사하려 하면, 상대는 이를 알아차리고 되받아 치려 한다. 참으로 숨막히는 결전이었다.

촉군 쪽에서는 위연과 마대가 위수를 건너 북쪽 기슭의 고지를 공격하려 하고, 오반·오의는 상류로 몰래 건너가 뗏목을 타고 내려와서 부교를 불사르려 했다. 왕평과 장의는 선봉이 되고 강유와 마충은 중군이 되며 요화와 장익은 후비가 되어, 위수 기슭에 줄지어 있는 위나라 본영을 향해 맹공격을 가하고자 일제히 출격했다.

때는 정오였다.

이를 맞아 치려는 위군은 죽은 듯 조용히 기다리고 있었다.

위연과 마대가 북쪽 기슭 고지에 육박한 것은 황혼 무렵이었다.

그러자 손례가 사마의의 명령대로 진지를 버리고 급히 달아났다.

"음! 적은 여기에 복병을 두고 있다!"

위연도 급히 군대를 후퇴시키려 했다.

순간——

"우와아!"

"야아!"

처절한 함성이 사방에서 땅을 흔들고 하늘에 울려 퍼졌다.

"빌어먹을! 적이 아군의 계략을 알아냈다."

위연이 사납게 눈빛을 굴렸다. 왼쪽에서는 사마의의 대장군 기가, 오른쪽에서는 곽회의 부도독 기가 횃불 속에 떠올랐다.

"여기서 죽으면 개죽음이다! 마 장군, 내가 탈주로를 열 테니 뒤를 따르라!"

지옥의 신장처럼 말을 달리는 위연, 그의 앞길을 막으려던 위군들은 그의 무서운 칼날에 머리가 달아나고 팔이 잘려 나갔다.

비처럼 쏟아지는 화살도 위연의 무서운 기세에 겁을 먹은 듯이 모두 빗나가고 말았다. 위연의 뒤를 마대가 역시 미친 듯이 칼을 휘두르며 포위를 뚫고 나갔다.

그러나 위연과 마대의 뒤를 따라 탈주로를 연 촉병은 얼마 되지 않았다. 대부분은 화살을 맞고 창칼에 맞아 강물로 떨어졌다.

만일 거기에 오의가 뗏목을 타고 도우러 오지 않았다면 위연과 마대도 전사했을지 모른다.

위연과 마대는 다행히 달아날 수 있었으나, 오의 뒤에 뗏목을 타고 내려온 오반이 장호와 악침의 복병이 쏜 화살에 맞았다.

"아아, 분하다!"

오반은 쓰러져 물 속으로 처박히고 말았다.

촉병들은 모조리 물로 뛰어들어 헤엄쳐 달아났기 때문에 뗏목은 모두 위군에게 앗겼다.

선봉을 맡은 왕평과 장의는 자기 편이 이토록 무참한 패배를 당한 줄은 꿈에도 모르고 위나라 본진을 향해 진격해갔다.

이윽고 왕평이 멀리서 일어나는 함성 소리를 듣고, 그제야 고개를

갸웃했다.

"이상하다?"

"왜 그러는가, 왕 장군?"

"아무래도 이상하다! 북쪽 기슭 고지 쪽에서 아무래도 우리편에게 불리한 상황이 벌어진 것 같다. 이곳 남쪽 기슭, 적의 본진을 바로 눈앞에 두고 있는데도 아무런 기척이 없는 것이 이상하지 않은가."

"확실히 그렇군."

"우리 작전을 어쩌면 적이 눈치챘는지도 모른다. 적에 역습을 당하면 우리는 전멸할 위기에 놓이게 된다. 불로 뛰어드는 불나방이 될 수는 없다. 여기서 잠시 기다렸다가 부교가 불에 타오르는 것을 본 다음 쳐들어가기로 하자."

"그게 좋겠군."

왕평과 장의는 불길한 예감에 군대를 일단 어둠 속에 세워 두었다. 그때 질풍처럼 파발마가 달려왔다.

"승상의 명령이오! 곧 철수하시오. 북쪽 기슭의 고지는 복병이 있어 점령할 수 없고, 다리를 불사르려던 수군도 패했습니다!"

"역시 사마의에게 역습을 당했는가!"

분한 마음에 이를 갈며 왕평과 장의가 돌아서려고 할 때 등 뒤에서 불화살이 하나 오르는가 싶더니 위군이 화살을 쏘아대기 시작했다. 왕평도 장의도 혈기 왕성한 무장이었다. 부하 군사들이 등에 화살을 맞고 넘어지는 것을 못 본 체 할 수는 없었다.

"싸운 뒤에 물러가자!"

이렇게 명령하고 두 장군은 맹호처럼 적진으로 뛰어들었다. 그 용감한 모습은 귀신과 같았다.

다행히 어둠이 그들의 편이 되어 주었다. 그럭저럭 서로 맞먹는 전투를 전개한 뒤 왕평과 장의는 자기 진영으로 철수해 왔다. 적의 피보라로 온몸이 물들어 있었으나 다행히 상처는 입지 않았다.

오장원에서 기다리고 있던 공명은 위연, 마대, 오의, 왕평, 장의 등 촉한 장수들을 맞았다.

"장군들이 잃은 군사 수를 알려 주시오."

전사한 군사는 모두 5천 명을 넘었다.

"내 지혜가 무디어진 것인가, 아니면 사마의의 지혜가 나보다 앞서는가?"

공명은 침통한 표정으로 자신에게 말했다. 공명으로서는 절대로 이긴다는 자신감을 가지고 세운 전략이었다.

그런데 그것을 사마의가 간파하고 만 것이다.

공명이 일찍부터 두려워하고 있었듯이 사마의는 조조를 능가하는 명장이란 사실이 이번 싸움으로 증명되었다.

본영 안으로 들어와 침상에 병든 몸을 눕힌 공명은 눈을 감고

'병을 점친 것이 아무래도 맞는 것 같다. 이제 살아서 다시 성도로 돌아갈 수는 없다.'

낙심을 했다.

'그러나!'

공명은 자신의 마음을 채찍질했다.

'내가 죽더라도 우리 촉나라에 사마의가 발을 들여놓게 하지는 않으리라!'

"승상, 약을 드실 시간이옵니다."

마현이 낮은 소리로 말하며 약사발을 들고 다가왔다.

"현아!"

"예에."

"거듭 말해 둔다. 내가 죽은 뒤에 강유의 심복이 되어 열심히 일해야 한다."

"승상!"

“이것이 충성을 다해 온 너에게 남기는 유언이다.”

공명은 첫싸움에서 어이없게 패하며 5천의 군사를 잃었다.
그러나 첫싸움에 졌다고 해서 중원 진출이 불가능하다고 절망할 공명은 아니었다.
승패란 싸움에 항상 따라다니게 마련이다. 문제는 마지막에 이기는 사람이 누구냐이다.
공명은 조용히 자신을 꾸짖었다.
‘내가 패해도 강유가 있다. 마대도 있고, 왕평도, 장의도 있다. 설사 중원에서 내가 죽는다 해도 촉군은 결코 중달에게 패해서 물러가지는 않는다!’
자신의 목숨이 꺼져가는 것을 분명히 알고 있었지만, 자신의 죽음으로 인해 촉나라가 망한다고는 생각지 않았다. 아니 망하게 해서는 안 된다고 신명께 기원하고 있었던 것이다.
첫싸움에 패하여 도리어 위나라 모든 장수들에게——
‘촉군이 다 뭐하는 거냐.’
이렇게 업신여기게 함으로써 다음 싸움에서 그 오만스러운 마음을 거꾸로 이용할 수 있었다.
공명은 벌써 다음 작전을 생각하고 있었다.
다음 작전을 위해서 그만한 수단을 갖추고 완전한 책략을 세워 두지 않으면 안 되었다.
책략을 한창 궁리하고 있을 때 성도에서 패했다는 소식을 듣고 비위가 달려왔다.
“나도 귀신이 아닌 한낱 사람인데, 어떻게 계획한 대로 모두 성공한다고 장담할 수 있겠소. 이왕 오셨으니 수고스럽지만 오나라로 가서 내가 오왕에게 보내는 밀서를 전해 주오.”
“알았습니다.”

비위는 공명에게서 편지를 받아들자 그 길로 오나라를 향해 말을 달렸다. 비위는 다급했다. 합비에 도착하기까지 말 다섯 마리가 지쳐 쓰러졌다.

손권은 공명의 편지를 펴보고 크게 고개를 끄덕였다.

"음! 공명은 천하를 둘로 나눌 계획을 세웠는가."

한나라 황실이 불행하여 기강을 잃자, 역적 조조가 황제의 자리를 앗아 오늘에 이르고 있사옵니다. 양은 소열황제로부터 어린 임금을 보좌하는 대임을 맡고, 힘을 다해서 충성을 바치려 하고 있사옵니다. 지금 대군이 이미 오장원에 집결해 있으니 역적의 무리는 머지않아 위수에서 멸망할 것이옵니다. 바라옵건대 폐하께서는 동맹의 의를 생각하시와 더욱 맹렬히 북으로 위나라를 쳐서 함께 천하를 둘로 나누도록 힘써 주시옵소서. 글로써 자세한 말씀을 다 드리지 못하오나 기필코 승낙해 주실 것을 바라 마지않나이다.

편지에는 이렇게 씌어 있었다.

이윽고 손권은 환영 잔치 자리에서 비위에게 물었다.

"그런데 공명은 이번 싸움에서 누구를 선봉으로 삼고 있는지?"

"위연입니다."

"위연……."

손권은 이맛살을 찌푸렸다.

"무용에 있어서는 그가 당대에 으뜸이겠지. 그러나 내가 보기로 위연은 성격과 기상에 좋지 못한 점이 많은 것으로 생각되오. 그의 행동에는 만일 공명이 세상을 뜨게 되면 촉나라를 망칠 염려마저 없지 않소. 설마 공명같은 사람이 그걸 모르고 있을 리 없겠지만……."

숨김없는 손권의 말에 비위는 머리를 숙여 감사를 드렸다.

"지당한 말씀인 줄 아옵니다. 염려해 주신 높은 마음, 가슴에 새겨 두었다가 승상께 말씀드리겠습니다."

건업을 나선 비위는 곧장 기산으로 돌아왔다.

공명은 손권이 쾌히 이쪽의 청을 받아들여 위군을 공격하기로 했다는 말을 듣자, 조용히 고개를 끄덕이고 나서 물었다.

"오왕이 달리 한 말은 없었소?"

"드리기 거북한 말씀이오나 위연 장군 평을 하며, 승상께서 세상을 뜨시면 반드시 반역을 하게 될 거라고 말했습니다."

"그래, 다른 나라 장수에 대해서까지 그토록 잘 알고 있던가. 참으로 뛰어난 인물이로군. ……나 역시 위연이 어떤 사람인지는 너무도 잘 알고 있지만, 위나라와 흥망을 건 싸움을 하고 있는 지금 그를 제거할 수는 없소."

공명은 말하고 나서 길게 한숨을 내쉬었다.

그의 가슴 속에서 장포와 관흥, 두 젊은 무장을 잃은 안타까움과 슬픔이 소용돌이치고 있었다.

'장포와 관흥이 살아 있기만 하다면, 강유이 두 팔이 되어 촉나라 백 년의 기초를 쌓을 수 있을 텐데…….'

"승상, 위연을 선봉에서 다른 곳으로 옮길 수는 없습니까?"

"생각하고 있소."

"부디 조심하시기 바랍니다."

비위는 공명을 하직하고 성도로 돌아갔다.

위나라 장수 한 사람이 뜻밖에 부하 군대를 이끌고 오장원에 나타난 것은 그로부터 며칠 뒤였다.

"소장은 위나라 편장군(偏將軍) 직에 있는 정문(鄭文)입니다. 사마중달이 낙양을 떠나 장안으로 오는 도중 부름을 받고 같은 연배인 진랑(秦朗)과 함께 군대를 거느리고 가담했습니다. 그런데 중달이란 사람은 사람을 좋아하고 미워하는 마음이 강하고 공과 사를 혼동하기 때문에, 진랑을 전장군(前將軍)에 기용하면서 저는 한낱 보잘것없는 부대장에 머물러 있게 했습니다. 주제넘은 말이오나, 저는 진랑에 비해 조금도 뒤지지 않습니다. ……너무도 분해서 잠을 길이 없는지라, 제 재주를 알아주실 분을 찾아 이제 이처럼 항복해 왔습니다. 바라옵건대 휘하의 말석에 있게 해 주시옵소서."

그는 말을 마치자 머리를 조아렸다.

공명은 잠시 정문이라고 스스로 밝힌 무장을 바라보고 있다가 물었다.

"만일 그대가 진랑과 싸우게 된다면 꼭 이길 자신이 있는가?"

"물론입니다. 소장이 진랑과 1대 1로 싸운다면 단칼에 목을 베어 보여드리겠습니다."

"그렇다면……."

공명은 엷은 웃음을 띠고 말했다.

"그대는 먼저 진랑의 목을 베어 오도록 하라. 그러면 내 휘하로 맞아들이리라."

"알겠습니다. 반드시 진랑의 목을 베어 바치겠습니다."

정문은 진두에 서서 오장원으로 몰려온 위군을 향해 말을 몰았다.

공명도 곧 사륜거를 몰고 싸움터로 가 결과를 지켜보기로 했다.

이윽고 초원을 가로지르며 한 장수가 급히 달려왔다. 그의 오른손에 큰 창이 들려 있었다.

"반역자 정문은 듣거라! 네놈이 타고 있는 것은 내 사랑하는 말이다! 이 말도둑 같으니라구! 네놈의 목을 당장 날려 주리라!"

큰 소리로 꾸짖는 진랑에게 정문은 외쳤다.

"진랑은 잘 들어라! 사마중달과 제갈공명은 인격과 기량에 있어

서 하늘과 땅의 차이가 있다. 너도 깨끗이 촉나라에 항복하라. 그
렇지 않으면 이 정문의 창에 네 피를 묻히고 말리라!”
“듣기 싫다!”
두 말은 다같이 일직선으로 마주 달렸다.
맞붙어 싸울 겨를도 없었다.
정문의 허공을 나는 창이 큰 청룡도를 휘두르는 진랑의 머리를 번
쩍 하는 사이에 날려 보냈다.
진랑을 따르던 위병들은 앞을 다투어 달아나고 말았다.
마침내 정문은 진랑의 머리를 안장에 붙들어 매고 유유히 진으로
돌아왔다.
공명은 한 발 먼저 본진에 돌아와 있었다.
정문이 진랑의 머리를 바치고 자랑스럽게 가슴을 펴 보였다.
“명령대로 진랑의 머리를 잘라 왔습니다.”
공명은 차갑게 말했다.
“사람의 한 목숨을 희생시킨 연극이 매우 훌륭했다고 칭찬하고
싶군.”
“어찌 그런 말씀을……?”
정문은 얼굴이 창백해졌다.
“중달은 이 공명이 진랑을 만난 일이 있는 줄을 몰랐던 모양이다.
실수를 범했군.”
“절대…….”
“이 머리는 진랑을 약간 닮기는 했다. 그러나 전혀 다른 사람이
다. 어쩌면 진랑의 아우 진명(秦明)일지도 모른다.”
공명의 예리한 안목에 뜨끔해진 정문은 그 자리에 납작 엎드렸다.
“황공하옵니다. 지금 말씀하신 대로입니다.”
정문은 정직하게 시인했다.
공명은 소리내어 웃고 나서 물었다.

"중달쯤 되는 사람이 이런 잔재주로 나를 속이리라고는 생각할
수 없다. 이 속임수는 네가 중달에게 재주를 인정받기 위해 혼자
서 생각해낸 것이 아닌가?"

"절대로 그렇지 않습니다! 중달이 소장에게 명하여 거짓 항복한
다음 내통하라고 시켰습니다."

"나보고 그 말을 믿으라는 이야기냐?"

"맹세코 거짓말은 아닙니다."

"그럼 이번에는 반대로 중달을 속여 보아라."

"무슨 일이고 시키는 대로 하겠습니다."

"만일 그대가 중달의 지시에 따라 거짓 항복에 성공했다고 그에
게 믿게 하고 싶으면, 밀서를 써서 위나라 본영에 보내도록 하
라! 즉 거짓 항복이 보기좋게 성공했으니, 야습을 해 오도록 밀
서를 써서 사마의에게 보내라. 만일 중달이 야습을 해 온다면 그
대의 말을 믿겠다. 다만 믿는다는 것뿐이지 그대를 용서한다는 것
은 아니다. 그대는 반드시 중달을 습격해 그의 머리를 베어야 한
다. 그러면 그 공에 의해 촉나라 장수로 임명하겠다."

"맹세코 중달의 목을 베겠습니다."

정문은 밀서를 써서 공명에게 올렸다. 공명은 그것을 전에 위병이
었던 군사에게 들려 보냈다.

그 길로 정문은 감옥에 보내졌다.

번건(樊建)이 와서 물었다.

"승상께서는 그 녀석이 거짓 항복해 온 것을 어떻게 알아 보셨습
니까?"

"정문이 처음 내 앞에 머리를 조아렸을 때는 반신반의였다. 그러
나 곧 중달이란 사람은 지혜와 무용이 뛰어난 사람이 아니면 결코
장군으로 기용하지 않는다는 데에 생각이 미쳤다. 만일 중달이 진
랑을 전장군에 임명했다면, 그는 무예가 상당히 뛰어나고 힘이 센

사람이 틀림없을 것이다. 그렇다면 정문과 마주 싸워도 절대로 지지는 않을 것으로 추측했다. 그런데 진랑은 정문과 맞붙자마자 단칼에 목을 잃고 말았다. 사마의가 그런 약한 장수를 전장군에 기용했을 리 없다. 그래서 나는 그것이 진랑이 아니라고 단정할 수 있었다."

공명은 진랑과 아는 사이도 아니고 본 일도 없었던 것이다.

공명은 안으로 들어가자 강유를 불렀다.

"전에 그대는 위연을 크게 의심하고 있었지?"

"지금도 그를 믿고 있지는 않습니다."

"비위를 오나라로 보냈는데 오왕 손권도 그대와 같은 말을 했다고 한다. 예리한 눈으로 보면 누구나 다 같아 보이는 거다. 그러나 지금 위연을 죽이면 촉군에게는 5만 군사를 잃는 것과 같다."

"잘 알고 있습니다."

"내가 죽은 뒤에 아마 위연이 촉나라를 배반하고 그대와 대립하게 될 것이다. 그런 걸 생각하면 지금 당장이라도 위연을 죽일까 하는 생각도 든다."

"승상!"

"20년 전만 같으면, 나는 아무 망설임 없이 위연을 내쫓고 말았을 것이다. 그러나 나는 이미 옛날의 내가 아니다."

"승상!"

강유의 두 눈에서 눈물이 와락 쏟아졌다.

"승상은 이제 쉰이 조금 넘었을 뿐입니다. 너무 그런 약한 마음을 갖지 마옵소서!"

"백약."

"예?"

"나는 27세에 집을 나온 뒤, 오늘에 이르는 20여 년 동안 다른 사람의 열 배, 스무 배의 열정으로 몸과 마음을 써왔다. 그 결과

나의 정기는 이제 고갈되어 벌써 80세, 90세의 늙은이와 다를 것이 없다. 이번 첫싸움에서의 패배가 그것을 증명해 주고 있다. 안타까운 일이지만 어쩔 수가 없다. 산을 오르는 것에 비유하면 지금 사마의는 반쯤 올라가 있다. 둘 사이에는 뚜렷한 차가 있다. 잘 들어다오. 사마의를 상대로 싸우기 위해서는 그대의 젊음과 투지와 지혜가 필요하다. 되풀이하지만 장차 우리 촉나라를 두 어깨에 짊어질 사람은 백약 그대뿐이다. 부탁한다!"

공명은 고개를 숙였다.

강유는 온갖 감회가 치밀어올랐다. 눈물을 흘릴 뿐 대답할 말이 없었다. 강유의 결심이 바위처럼 굳어진 것은 이 순간부터였다.

공명병법

강유를 내보낸 뒤 공명은 군막 안에 혼자 앉아 있었다. 명상을 하고 있는 것이다.

마현에게 누구라도 출입을 하지 못하도록 단단히 일러두었다.

공명은 서전에 패한 것에 대한 자기 반성을 하고 있었다.

"패전하는 원인은 모두가 적의 힘을 얕보는 데서 생긴다. 따라서 총대장은 무엇을 어떻게 생각해야만 할까?"

공명은 혼자 중얼거리고 나서 종이를 끌어당겨 붓으로 한 글자 한 글자를 써 나갔다.

여(慮) : 첩자의 활용을 꾀한다.

힐(詰) : 적정 파악에 힘쓴다.

용(勇) : 강적이라 할지라도 겁내지 않는다.

염(廉) : 이익에 마음을 움직이지 않는다.

평(平) : 상벌이 공평하다.

인(忍) : 치욕도 잘 참는다.

관(寬) : 대범하고 너그럽다.

신(信) : 거짓말을 않는다.

경(敬) : 인재 등용에 힘쓴다.

명(明) : 참언에 귀기울이지 않는다.

근(謹) : 겸허하게 행동한다.

인(仁) : 군졸을 사랑으로 보살핀다.

충(忠) : 한몸을 내던져 나라를 위한다.

분(分) : 분수를 알고 자기 한도를 안다.

모(謀) : 자기를 알고 적을 안다.

공명은 15개 사항을 쓰자 붓을 놓았다.

승리의 조건이란 이만큼 어렵고도 힘들다.

공명은 이 조건 가운데서 어느 사항에 걸려 패전하게 되었는가를 곰곰이 생각했다. 생각해 보니 승리의 조건을 조금씩 모두 어긴 것 같았다.

그런데 그 가운데서 유난히 두드러진 이유는 무엇일까?

'그렇다. 나는 사마의 중달을 마음 한 구석 어디에선가 얕보고 있었던 것이다. 그리하여 힐·근·분·모를 소홀히 했던 것이다. 패배도 당연했다.'

공명의 얼굴은 한없이 어두웠다. 촛불에 비친 그의 얼굴은 처절할 만큼 창백했다.

그는 생각했다.

'어리석은 자가 슬기로운 자를 이긴다. 이것은 분명히 거꾸로 된 일이다. 또 슬기로운 자가 어리석은 자를 이긴다. 이것은 당연한 것으로 순리이다. 그런데 슬기로운 자가 슬기로운 자를 이기려면?'

공명은 여기에서 한동안 막혀 있었다. 그러다가 마침내 한 글자가 떠올랐다.

공명은 그 생각을 잊지 않으려고 종이에 썼다.

‘기(機)’

기란 무엇인가?

그것은 어떤 일에 대한 변화이다. 그러므로 ‘임기응변’이란 말도 있지 않은가!

공명의 얼굴이 차츰 밝아졌다.

탁자의 방울을 흔들었다.

마현이 들어왔다.

“부르셨습니까?”

“음, 오늘 밤은 푹 잘 수 있을 것 같다. 잠자리를 준비해 다오.”

여느 때 없이 명랑한 공명의 목소리를 듣고 마현은 얼른 자리를 폈다.

이튿날 공명은 말재주가 뛰어난 부장 한 사람을 골라 다음과 같이 명령했다.

“위나라 본영으로 달려가 이 밀서를 중달에게 전해야 한다. 중달은 반드시 그대를 만나줄 것이다. 그때야말로 그대의 뛰어난 말솜씨가 쓸모있게 되겠지. 다시 말해서 위나라 대장군을 과연 속일 수 있을지 어떨지 일생 일대의 큰 임무를 띠고 가는 것이다.”

공명의 예상은 적중했다. 밀서를 읽고 난 사마의는 그 가짜 배반자를 장막 안으로 불러들였다.

“정문이 촉군인 너를 배신하게 한 데는 뭔가 까닭이 있겠지. 그 까닭을 말해 봐라.”

“네, 저는 정문과는 같은 고향으로 어릴 때부터 형제처럼 자랐습니다.”

“한마을에서 자란 사이라면 물론 정문이 살던 고향의 풍속과 사투리를 알고 있겠지? 아침저녁으로 인사하는 법과 그 말을 해 보아라."

촉나라 부장은 조금도 서슴없이 그대로 해 보였다.

사마의는 고개를 끄덕이고 물었다.

"그럼, 정문이 틀림없이 공명을 속이는 데 성공했단 말이지?"

"예에, 처음엔 공명이 의심을 품고 있었습니다. 그러나 정문이 진랑을 무찌르는 것을 보고는 믿게 되었습니다. 그래서 공명은 정문에게 선봉을 명한 것입니다. 정문은 저를 몰래 불러 밀서를 맡기며 대장군께 전해 주도록 부탁했습니다. 만일 제가 이 일에 성공하게 되면 반드시 장군으로 기용될 수 있게끔 대장군께 천거해 주겠다고 단단히 약속까지 해 주었습니다."

"정문은 이 밀서에서 내일 밤 한밤중에 봉화를 올릴 테니 그것을 신호삼아 대군으로 야습을 해 오면 내응해서 자기 부하를 이끌고 공명을 공격하겠다고 했는데."

"정문은 틀림없이 그렇게 할 것입니다."

사마의는 정문을 공명에게 믿게끔 하기 위해, 장수의 한 사람인 진명을 죽게 만드는 큰 희생을 치렀다.

사마의는 여전히 그 촉나라 부장이 과연 정문이 보낸 밀사인지를 확인하기 위해 이모저모 날카로운 질문을 계속했다. 대답은 어느 것이나 의심할 여지가 없었다.

사마의로서 믿지 않을 수 없었던 것은, 밀서의 글씨가 남다른 버릇이 있는 정문의 글씨였기 때문이다.

"그대를 정문이 보낸 사람으로 믿겠다."

"다행스럽게 생각합니다."

사마의는 그에게 술과 음식을 대접하라고 시종에게 일러두고 다음과 같은 말을 덧붙였다.

"오늘밤 자정, 달빛 아래서 내가 직접 군대를 지휘하여 촉나라 중군을 향해 기습을 하게 될 것이다. 만일 일이 성공되어 공명을 사로잡을 수 있으면 그대를 장군으로 발탁하겠다."

"분에 넘치는 영광입니다."

촉나라 부장은 머리를 조아리고 나서 말했다.

"지금 곧 돌아가 대장군의 계획을 정문에게 전하겠습니다."

"조심해서 공명에게 눈치채이지 않도록 정문에게 전하라."

"알겠습니다."

촉나라 부장은 속으로 빙긋 웃고 위나라 본영을 빠져나와 쏜살같이 촉나라 본진으로 돌아왔다.

보기좋게 사마의를 속인 내용을 공명에게 보고했다.

계략이 보기좋게 들어맞아 가는 것을 알자 공명은 천천히 막사에서 나왔다. 밤하늘에는 보석을 뿌린 듯 별들이 빛나고 있었다.

공명은 땅바닥에 단정히 앉아 북두칠성을 우러러보며 한 시간 동안이나 까딱하지 않았다.

좀 떨어져 줄지어 앉아 있는 장수들은, 공명이 승리를 빌고 있는 것만은 알고 있었다. 그러나 그밖에 천문을 보며 어떤 운명을 점치려 하는지는 짐작조차 할 수 없었다.

이윽고 빌기를 마친 공명은 천천히 일어나 장군들을 둘러보았다.

공명의 두 눈은 차고 맑았다.

"승패는 그때의 운이라고 한다. 그러나 이번 싸움은 우리 촉군이 절대로 지지 않는다. 장군들은 이 점을 명심하고 나라를 위해 목숨을 바쳐 주기 바란다."

전에는 들을 수 없던 날카로운 말투였다. 장군들의 가슴에 깊이 파고들었다.

"왕평과 장의 두 장군은 앞으로 나오라."

"예."

공명은 나란히 앞으로 나온 두 장군에게 낮은 목소리로 작전을 지시했다. 마충과 마대에게도 역시 같은 식으로 명령을 내렸다.

마지막으로 위연을 나오게 했다. 그에게는 여러 사람이 알아들을 수 있는 높은 목소리로 작전 지시를 했다.

공명 자신은 시종무관 수십 명을 거느리고 나직한 산꼭대기에서 전군의 움직임을 지켜보며 봉화와 깃발로 지휘하기로 했다.

한편 위군은 사마의가 20만 대군을 이끌고 오장원에 있는 촉군 진지를 공격하기 위해 출진을 서두르고 있었다.

그때 낙양으로 연락차 가 있던 큰아들 사마사가 말을 달려 돌아오더니 대뜸 아버지를 말렸다.

"아버님! 오늘밤 공격은 그만두시기 바랍니다."

"왜 그러느냐?"

"고작 종이 한 장을 믿으시고 호랑이 굴로 들어가는 모험을 하신다는 것은 도저히 이해가 되지 않습니다."

"나는 정문에게 진명을 베게 하는 큰 도박을 했다. 진명의 비장한 죽음을 개죽음으로 만들 수는 없다. 그물은 이미 던져졌다. 기어코 큰고기를 잡아야만 한다."

"하오나……."

"걱정해 주는 것은 고맙다. 그러나 나는 이제 뒤로 물러설 수는 없다."

"그러시면 장군들 가운데 한 사람을 선봉으로 진격하게 하시고, 아버님은 그 뒤를 따르시는 것이 어떻겠습니까?"

"벌써 선봉은 정해져 있다. 아우 진명을 희생시킨 진랑에게 복수의 무공을 세우게 할 생각이다."

진랑은 이미 그 명령을 받고 1만 기에게 출발 준비를 시킨 다음 때를 기다리고 있었다.

이날 밤 하늘에는 둥근 달이 밝게 떠 있고, 땅에는 바람 한점 없었다. 사방은 정적에 차 있었다.

그런데 자정이 가까워지자 갑자기 검은 구름이 피어오르며 일시에 밤하늘을 덮었다. 땅은 온통 검은 안개로 싸여 버렸다.

말을 모는 사마의는 빙그레 웃으며 말했다.

"이거야말로 하늘이 도우시는 거다!"

그리고 말과 수레에 소리를 내지 못하게끔 장치를 해두고, 장병들에게는 굳게 침묵을 지키도록 하무를 물렸다.

1만 기를 거느리고 선봉을 맡아 나아가던 대장 진랑은, 시간을 재어 보고 짙은 안개 속 바로 저쪽에 적의 중군 본영이 있다고 짐작하자──

"돌격!"

큰 소리를 지르며 먼저 자신이 말에 채찍을 가했다. 그런데 돌격하고 보니 촉나라 본영에는 군사라고는 한 사람도 보이지 않았다.

"속았는가?"

진랑과 1만 기가 황급히 말머리를 돌리려 하자 갑자기 주위에 횃불이 타오르며 천지가 갑자기 대낮처럼 밝아졌다.

뒤이어 천지를 뒤흔드는 함성이 일어났다.

왼쪽에는 왕평과 장의.

오른쪽에는 마대와 마충.

모두 횃불 속에 높이 깃발을 세우고 있었다.

"빌어먹을! 이제 끝장이다!"

진랑은 탈출로를 열기 위해 사방을 둘러보았다. 그러나 개미가 기어나갈 틈도 없이 완전히 포위되어 있었다.

'죽기 아니면 살기다!'

진랑은 각오하자 한쪽 귀퉁이를 뚫기 위해 말을 내몰았다.

깊은 밤 넓은 초원 위에 수라장 같은 전투가 펼쳐졌다.

천하에 용맹을 떨치는 명장 진랑이었지만 공명이 만들어 놓은 열

겹, 스무 겹의 포위진을 벗어날 수는 없었다.

　중군을 이끌고 짙은 안개 속을 진격해 온 사마의는 갑자기 앞쪽에서 함성 소리가 나자 얼른 말고삐를 당겼다.
　"저건 우리편이 쳐들어가는 함성이 아니다! 어쩌면 진랑이 포위를 당한 것인지도 모른다."
　날카로운 직감으로 사마의는 이렇게 혼자 중얼거렸다.
　짙은 안개가 그 말을 기다린 듯이 초원 위에서 사라졌다.
　저쪽에서는 대낮이 무색할 정도로 횃불이 하늘 높이 눈부시게 타오르며 처절하게 펼쳐진 전투 모습이 드러났다.
　"안 되겠다! 역시 진랑은 공명이 친 그물에 걸렸구나."
　이를 구원하기 위해 사마의는 총돌격을 명령했다.
　그 순간——
　"와앗!"
　"와앗!"
　좌우에서 함성이 터져나오며 북, 피리 소리가 한꺼번에 들려왔다.
　"역적 사마의는 어서 목을 바쳐라!"
　왼쪽에서 위연의 호통소리가 들렸다.
　"신병이 하늘에서 내려와 역적의 군사를 무찌른다!"
　오른쪽에서 늠름한 목소리로 그렇게 외친 것은 강유였다.
　"정문이란 놈! 공명의 설득으로 나를 배신했단 말인가!"
　사마의는 이를 갈며 분노의 신음소리를 내뱉었다.
　그러나 지금은 한 목숨을 지키며 달아나는 수밖에 없다.
　말머리를 돌린 사마의는 채찍아 부러져라 하고 말을 몰았다.
　질풍처럼 그를 뒤쫓는 무장이 있었다.
　"사마의는 듣거라! 죽기 싫거든 어서 말을 내려 항복하라!"
　강유였다.

사마의는 말등에 매달아둔 활과 화살을 빼들자 강유를 향해 힘껏 쏘았다.

강유는 날아오는 화살을 칼로 쳐 두 토막을 냈다.

이때 만일 사마의가 이런 경우를 생각해서 도중에 2만 기를 잠복시켜 두지 않았더라면 그의 일생은 이 밤으로 끝났을 것이다. 후진으로 그곳에 숨어 있던 2만 기가 '와아' 강유를 향해 몰려드는 바람에 사마의는 간신히 목숨을 건져 본진으로 도망칠 수 있었다.

강유에게 몰려오는 2만 기를 향해 위연이 5천기를 거느리고 달려왔다.

"천하에 일기당천의 위연이 있다는 것을 네놈들은 모르느냐!"

그는 벽력같이 호통치며 삽시간에 10여 명을 큰 칼로 목을 치고 팔을 잘랐다.

그 사이에 포위된 진랑의 1만 기는 팔방으로 날아드는 화살에 저항할 길도 없이 픽픽 쓰러져 죽었다.

뿐만 아니다. 진랑 자신도 왕평과 1대 1의 싸움을 벌인 끝에 몇 합이 채 안 가서 머리가 두 쪽이 나며 횃불 빛에 피안개를 그렸다.

위군은 이날 밤 싸움에서 그 군사의 3분의 1을 잃었다. 10명에, 상처를 입지 않은 사람은 두세 명에 지나지 않는 참담한 패배를 당했던 것이다.

큰 승리를 거둔 공명은 산꼭대기에 조용히 서 있었다.

실은, 적이 진랑을 선봉으로 하여 몰려드는 때를 헤아려, 공명은 이른바 둔갑법을 썼던 것이다.

둔갑법이란 신비로운 초인적 능력을 말한다. 그 가운데는 인공적으로 검은 운기(雲氣), 곧 짙은 안개를 땅 위에 덮이게 하여 지척을 알아볼 수 없게 하는 비술도 들어 있다. 사마의가 하늘이 도운 것이라고 기뻐한 것은 바로 하늘이 아닌 공명이 인공적으로 서리게 한 안개였던 것이다.

밤이 뿌옇게 밝아오자 산을 내려온 공명은 사륜거를 몰아 본진으로 돌아왔다.

막사로 들어온 강유를 불러 공명이 말했다.

"이번 싸움에는 이겼다. 그러나 이것으로 위군을 완전히 무너뜨렸다고는 볼 수 없다."

"저도 그렇게 생각합니다. 그런데 승상의 이번 묘계는 참으로 놀랍습니다."

"묘계도 아무것도 아니다. 다만 원칙대로 행동했을 뿐이다."

"원칙이라 하오면?"

"강유, 그대는 기(機)라는 것을 물론 알고 있겠지?"

"예, 조금은 안다고 생각합니다만."

"기(機)에는 세 가지가 있다. 사기(事機)와 세기(勢機)와 정기(情機)이다. 사기는 사태에 따른 변화, 세기는 태세에 따른 변화, 그리고 정기는 정세에 따른 변화이다. 이번 작전은 사기를 포착한 것이다."

"……."

"정문이 거짓으로 투항해 온 것은 하나의 사태였다. 기회라고 해도 좋겠지. 나는 그 거짓 투항을 역이용하여 사마의를 격파한 것이다."

강유는 감탄의 빛을 얼굴에 나타냈다.

공명은 다시 말한다.

"그건 그렇고, 이 다음에 적을 격파할 작전을 좀 생각해 보았는가?"

공명의 물음에 강유는 잠시 생각하더니 대답한다.

"우리 전술을 쓰게 하는 것인 줄 압니다."

공명은 크게 고개를 끄덕이고 나서 말한다.

"훌륭하다. 바로 그거다. 중달을 다시 한번 혼내 주는 방법은 그 수밖에 없다.”

강유가 절하고 나가려 하자

“잠깐.”

공명은 강유를 멈춰 세웠다.

“그대에게 맡길 일이 있다.”

강유도 예사 인물은 아니다. 공명이 하려는 말이 무언지 금세 알아맞힌다.

“잡혀 있는 정문의 처치 말씀입니까?”

“정문을 우리 촉나라 장수로 만들 것인가, 아니면 용서해 돌려보낼 것인가, 혹은…….”

거기까지 말한 공명은 강유를 똑바로 바라보며 덧붙였다.

“처치는 그대에게 맡긴다.”

“알겠습니다.”

강유는 나갔다.

조금 뒤 강유는 공명 앞에 돌아오자 보고했다.

“끝냈습니다.”

“어떻게 했나?”

“제가 직접 정문의 목을 쳤습니다.”

“까닭은?”

“정문은 자기편인 진명이란 장수를 죽여서까지 위나라에 충성을 다했던 사람이므로 도저히 우리 장수로 만들 수는 없습니다. 그렇다고 정문을 위나라로 돌려보내면 반역자로서 중달에게 죽을 것이 뻔합니다. 그래서 제가 직접 그의 목숨을 앗고 말았습니다. 잘못되었는지요?”

“아니…….”

공명은 고개를 끄덕였다.

“아마 그대가 그럴 것으로 나는 생각하고 있었다.”

하늘이 돕는가

촉군이 중원으로 진출하기 위해서는, 아무래도 위수 남쪽을 점령하고 그곳에 견고한 진지를 구축해야만 했다.

공명은 사마의가 그것을 알고 있는 이상, 이쪽에서 아무리 싸움을 걸어도 쉽게 응전해 오지 않으리라는 것을 알고 있었다. 그러면서도 매일같이 강유를 선봉으로 하여 위군을 유인해 내려 했다. 사마의는 결코 그 수에 넘어가지 않았다.

공명은 매일같이 강유로부터 똑같은 보고를 받았다.

"하는 수 없다. 이제는 앞서 그대가 말한 전술을 실행에 옮기는 수밖에 없겠다."

이쪽 전술을 적에게 알리고 적도 그에 대해 똑같은 전술을 쓰게 하는 상상 밖의 기이한 계책이었다.

"그를 위해서는 아무래도 좀더 자세하게 지형을 조사하여 알맞는 장소를 찾아내어야 된다."

"알았습니다."

강유는 적에게 도전하는 대신 공명이 그 교묘한 계책을 쓰기에 알

맞는 장소를 물색하기 위해 위수의 동서로 말을 달렸다.

열흘 뒤 공명 앞에 서서 강유가 말했다.

"이것을 보시기 바랍니다."

자기가 그린 도면을 펼치며 설명했다.

"여기는 상방곡(上方谷) 또는 호로곡(葫蘆谷)이라고도 불리는 곳입니다. 출입구는 아주 좁고 안은 넓어 호리병 형상을 하고 있습니다. 약 1천 명 가량 들어갈 수 있는 이 골짜기에 이어 좌우에 가파른 산이 바짝 붙어 있는 작은 골짜기가 있는데 500명 가량이 들어갈 수 있습니다. 막다른 곳은 이상한 모양을 한 산이 두 개 가로놓여 한 사람이 겨우 지나갈 수 있습니다."

"음, 용케 찾아냈다."

공명은 웃으며 고개를 끄덕였다.

"부대장 가운데서 두예(杜叡)와 호충(胡忠)이 이 골짜기 안에서 일하기에 적당하겠군. 그대가 내 명령을 전하도록 하라."

공명이 말했다.

"알았습니다."

강유는 두예와 호충 두 장수를 본진으로 불러 승상의 밀계를 전했다. 두 장수는 즉시 군에 따라온 목수 1천여 명을 집합토록 하여 이들을 이끌고 상방곡으로 들어갔다.

두 장수는 목공들을 지휘하여 목우(木牛)와 유마(流馬)를 만들라는 지시를 받고 있었다.

두예와 호충이 떠난 후 공명은 마대를 불러 임무를 주었다.

"상방곡에서 목우와 유마를 조립하고 있는데 이 사실을 적에게 알게 해서는 안 된다. 군사 500명으로 골짜기 입구를 지키도록 하라. 이 목우와 유마를 사용함으로써 위군을 패해 달아나게 하고 우리가 중원으로 진출할 수 있게 되는 것이니, 절대 비밀로 해야만 한다."

상방곡 안에서의 비밀 작업은 대단한 속도로 진행되었다.

공명을 대신해 강유가 매일 현장에 나갔다. 두예와 호충의 감독 아래 잇따라 조립되어 나오는 목우와 유마를 하나하나 점검해서 결함이 없도록 지도했다.

그리고 그 진행 상황을 공명에게 보고했다.

어느날 여러 장수들이 함께 점심을 먹고 있을 때, 장사 양의가 불안한 표정으로 공명에게 말했다.

"군량은 모두 검각에 저장하여 수송에 임하고 있습니다만 인부와 마소의 운반에는 한도가 있으므로 이곳 오장원에서는 차츰 식량 비축이 줄어가고 있습니다. 이대로 간다면 머지않아 군사를 일단 군량 운반으로 돌려야 될 시기가 올 것 같습니다. 어떻게 하면 좋겠습니까?"

공명은 태연한 모습으로 말했다.

"그 점은 걱정할 필요가 없소. 앞서 이곳에 쌓아두었던 목재와 한중에서 가져온 큰 나무들로 지금 상방곡에서 목우와 유마를 만들고 있소. 이 작업이 모두 끝나면 1만 명 수송부대는 1천 명으로 충분하게 되고, 살아 있는 마소 10만 마리가 할 일을 거뜬히 해낼 수 있게 되오."

여러 장수들이 머리를 갸우뚱했다.

양의가 물었다.

"승상께서 일찍이 손수 목우와 유마를 설계하셨고, 또 부분적으로나마 실전에 사용된 것은 알고 있습니다. 그러나 과연 지금 말씀하신 것처럼 성능을 발휘할지……."

공명은 대답했다.

"의구심을 갖는 것도 당연하오. 상방곡에서 이것들을 끌고 오게 되면 적의 첩자에게 들키고 말 것이므로, 우선 강유가 그 그림을 그리면서 상세하게 설명하겠소.”

강유는 얼른 종이와 필묵을 가지고 와서 그림을 그리며 자세히 그 기능을 일동에게 설명했다.

‘목우’란 것은——

배는 네모 나고 종아리는 굽어 있다. 배 하나에 발은 넷이다. 머리는 몸통 속으로 들어가게 되어 있고, 혀는 목 안에 붙어 있다. 물건을 아무리 많이 실어도 지치는 일이 없다. 빠르기로는 살아 있는 소보다 10배나 빠르다.

‘유마’란 것은——

목우보다 더 정교하게 만들어진 말이다. 말이라기보다 그 크기와 모양은 코끼리를 닮았다. 앞뒤로 발이 넷이고 발에는 바퀴가 붙어 있으므로 나아가는 것이 흘러가는 것처럼 보인다. 더 빨리 나아갈 수도 있고 좌우로 돌 수도 있으며, 재빨리 후퇴할 수도 있다.

“이 목우와 유마의 가장 큰 이로운 점은 먹이를 먹일 필요가 없는 것이오.”

강유는 이 말로써 설명을 끝맺었다.

장수들은 새삼 공명의 지혜와 능력이 귀신 같다고 감탄했다.

목우와 유마가 모두 완성된 것은 5일째 되는 날이었다.

공명은 모든 장수들을 데리고 상방곡으로 들어가 그 기능을 시험해 보았다. 목우와 유마는 마치 살아 있는 것 같았고, 그리고 살아 있는 마소들이 오르기 어려운 험한 산을 오르고, 내려가기 어려운 고개를 쉽게 내려갔다. 싣는 양도 놀랄 정도였고 그 속도는 사람이 달리는 것 같았다.

후세 사람이 공명을 칭송하는 시를 지었다.

검각의 가파른 고개 유마를 몰고
구불구불한 야곡에선 목우를 부리네

후세에 만약 이같은 법 쓸 수 있다면
수송을 어찌 근심하리요?

공명은 우장군 고상(高翔)을 시켜 군사 1천 명에게 목우·유마를 부리게 함으로써, 불과 며칠 사이에 검각에 있는 군량과 군수품을 모두 오장원으로 옮겨왔다.

이 사실은 재빨리 밀정에 의해 위나라 본영으로 보고되었다.

"촉나라 군사는, 나무로 만든 소와 말로 군량을 운반하고 있습니다. 인부를 필요로 하지 않고 마소의 먹이도 필요치 않습니다. 그 나무로 만든 말과 소는 검각에서 오장원까지의 험하고 어려운 길을 사람이 달리는 것보다 더 빠른 속도로 오가고 있습니다."

이 보고는 사마의를 깜짝 놀라게 만들었다.

"내가 진지를 굳게 지키고 적의 도전에 응하지 않은 것은, 촉군의 식량 수송이 차츰 늦어져 마침내 군량이 모자라게 될 것으로 예상하고 있기 때문이었다. 아무리 공명이지만 굶주린 군대를 이끌고 싸우게 할 수는 없을 것이므로 자연 전투 병력을 치중부대로 바꿀 수밖에 없고, 그렇게 되면 촉군은 전투병의 수가 줄어들고 굶주리고 지쳐 사기가 땅에 떨어지고 말 것이다. 그러면 압도적인 많은 군사로 단숨에 짓밟아 버리려 했던 것인데……. 오산이었다! 제갈량은 역시 군량 수송에 있어서 그같은 상상밖의 수단을 생각하고 있었던 것인가. 그렇다면 촉군은 절대로 물러가지 않는다."

공명이 뜻하지 않은 방법으로 촉군의 맹점인 군량 부족을 해결했으므로 사마의로서는 새로운 대응책을 강구하여야 되는 상황으로 몰리고 말았다.

사마의에게는 묘안이 얼핏 떠오르지 않았다.

밤을 새며 고민한 끝에 사마의가 생각해 낸 것은, 적이 그같은 물건을 사용하면 우리도 같은 것을 만들어 쓰리라 하는 것이었다.

이튿날 아침 사마의는 장호와 악침 두 장수를 불러 명했다.

"장군들은 각각 500기씩을 거느리고 야곡 샛길에 숨어 있다가, 촉병들이 목우와 유마로 군량을 수송해 오거든 그들을 다 지나보낸 다음 목우와 유마 각각 하나씩만 탈취해 오도록 하라."

"알았습니다."

두 사람은 저마다 강병 500 씩을 골라내어, 촉병으로 차림을 바꾼 다음 어둠을 타고 샛길로 달려가 야곡 밀림 속에 잠복해 있었다.

사마의는 다음날 점심을 먹고 있을 때 장호와 악침이 돌아왔다는 보고를 받았다.

급히 밖으로 나갔다.

"호오!"

장호와 악침이 군대를 시켜 끌고 온 두 개의 커다란 인공 마소를 바라보자 눈을 크게 떴다.

"이것이, 공명이 발명한 목우와 유마라고 하는 수송 수레인가?"

시험삼아 움직여 보라고 시켰다.

속도의 느리고 빠름, 전진과 후퇴, 좌우의 회전 등 그 움직임이 살아 있는 마소 이상으로 자유자재였다.

사마의는 몇 번이고 감탄해 마지않았다.

"적이 만든 것이라면 우리가 똑같은 것을 못 만들 리 없다."

사마의는 숙련된 100여 명 목수를 시켜, 자기 앞에서 목우와 유마를 정성들여 뜯어 보며 그 구조를 연구하게 했다. 머리, 몸통, 네 발, 하나 하나 자세히 조사하며 뜯어 보니 그 정교한 구조는 정말 놀라운 것이었다. 겨우 해질 무렵에야 분해가 끝났다.

사마의는 곧 장수 한 명에게 명령했다.

"이와 똑같은 것을 만들어 보아라."

"알았습니다."

그 장수는 3천 명 목수를 불러 모았다.

한편 촉나라 쪽은 고상으로부터, 야곡에서 목우·유마 각각 하나씩을 적에게 앗겼다는 보고를 받자 공명은 껄껄 웃었다.

"나는 그러기를 기다리고 있었다."

"그런데 사마의는 그것을 보게 되면 반드시 그와 똑같은 것을 만들 것으로 생각됩니다."

"나는 중달이 그것을 만들기를 바라고 있는 것이다. 중달은 1천 개나 2천 개 정도 만들겠지. 그리고 농서에서 부지런히 군량을 운반해 올 것이다."

"예에?"

고상으로서는 공명의 속을 도무지 알 수가 없었다.

적이 군량을 넉넉하게 비축해 두고 또 보급이 용이해지는 것은 곧 아군의 불리가 아니겠는가.

그런데 공명은 일부러 적이 그렇게 하도록 내버려 두고 있는 것이다. 대체 어떤 전략으로 적을 깨뜨리겠다는 것인가?

공명은 설명했다.

"한 달 남짓 기다리는 것이 좋아. 적은 반 달 정도로 2천 개의 목우·유마를 만든 다음, 부지런히 농서에서 군량과 마초를 운반해 오겠지. 이쪽은 그때까지 기다리고 있다가 적을 놀려주는 거다."

고상을 비롯한 모든 장군들은, 공명이 적의 군량을 앗기 위해 일부러 목우·유마를 만들게 하는 것이라는 것만은 짐작이 갔다. 그러나 과연 어떻게 해서 적의 군량을 탈취할 것인지, 그 방법은 알 길이 없었다.

오직 강유만이 웃으며 공명을 지켜보고 있었다. 그는 알고 있었다. 적이 이쪽과 완전히 똑같은 목우와 유마를 만들었다 해도, 어느 한 곳에 비밀 장치가 되어 있는 것은 절대로 눈치채지 못했을 것이 틀림없다. 운반에 있어서는 그 장치가 필요없기 때문이다.

반 달이 다 안 되어 촉군에게서 앗아온 것과 똑같은 크기와 기능을 가진 목우과 유마 2천 개가 만들어졌다.

위군은 진원장군 잠위(岑威)가 총지휘관이 되어, 군사 1천 명에게 이 2천 마리를 주어 농서에게 쉴새없이 군량과 마초를 실어왔다. 위군은 군졸은 물론 장수들까지 그 편리함과 효용에 놀라움을 감추지 못했다. 아니, 그 전에 목우와 유마라는 것 자체가 신기하기만 했다.

이윽고 한 달을 기다린 공명은 장수들을 불러모으더니 먼저 왕평에게 명했다.

"장군은 위병으로 변장시킨 군사 1천을 이끌고, 급히 북안의 고지를 넘어가 군량 경비차 왔다고 속이고 적의 수송부대와 합류하시오. 그리고 기회를 보아 적의 수송병을 무찔러 쫓아 버린 다음, 목우·유마를 몰고 도망쳐 돌아오시오. 적군은 북쪽 기슭 고지까지 쫓아올 것이오. 그때는 목우·유마의 입 속에 있는 혀를 오른쪽으로 세 바퀴 돌린 다음 다시 왼쪽으로 네 바퀴를 돌리시오. 그러면 목우와 유마는 꿈쩍도 않게 되오. 위나라 군사는 고지까지 쫓아오기는 했지만 끌고 갈 수도 메고 갈 수도 없어 쩔쩔맬 것이오. 그때 우리 군이 몰려가 마음껏 무찌르고 짓밟아 주겠소. 중달이 그 패한 소식을 들었을 때 어떤 얼굴을 하게 될지 상상이 가오."

즉 목우·유마의 목 안에 있는 혀를 잡아당겨 오른쪽으로 세 번 돌리고 왼쪽으로 네 번 돌리게 되면 네 발이 꼼짝도 않게 되는 장치를 위나라 군사는 모르고 있었다.

촉나라의 목우·유마와 똑같은 것을 만든만큼, 그 만들어 낸 소와 말의 취급 방법에 대해 위나라 군사는 의심 않고 있었다. 설마 그런 교묘한 비밀 장치가 만들어져 있다는 것을 어느 한 사람도 알 까닭이 없었다.

목우·유마가 갑자기 꼼짝도 않게 되면 위나라 군사는 당황할 뿐만 아니라 무서운 생각마저 들 것이다.

공명은 이어 장의에게 명했다.

"장군은 군사 500명을 골라내어 육정(六丁) 육갑(六甲)의 신병(神兵) 모습으로 꾸미시오. 얼굴은 물감을 칠해 마귀의 형상을 만들고, 몸뚱이는 맹수와 비슷한 기괴한 차림을 하게 한 다음 갑옷 밑에 붉은 연기를 내뿜는 호리병을 숨겨두고, 천제(天帝)의 깃발과 보검을 가지고 산 뒤에 숨게 하시오. 왕평이 도망쳐 오고 우리 군대가 일단 적을 쫓고 나면, 재빨리 목우·유마로 달려가 그 혀를 오른쪽으로 네 바퀴 돌려 마음대로 움직일 수 있게 한 다음, 거기에 올라타고 철수해 오면 되오. 위병들은 멀리서 신병으로 믿고 쫓지는 않을 것이오."

위연과 강유에게는, 왕평이 목우·유마를 움직이지 않도록 해두고 도망쳐 오는 것을 도와 적군을 급습하게 하고, 요화와 장익에게는 달아나는 적을 깊숙이 뒤쫓으며 적이 구조차 새로 보내온 군대의 앞길을 가로막도록 했다. 그리고 마충과 마대에게는 위수 남안의 적 진지로 가서 싸움을 걸도록 했다.

공명의 명령에는 한 치의 어긋남도 없었다. 승리는 내 것이라는 확신에 차 있었다.

6명의 용장들은 각각 부하 군사를 이끌고 진지를 떠났다.

공명은 그것을 바라보면서 혼자 중얼거렸다.

"사마의는 이 공명이 발명한 것을 훔쳤기 때문에 어떤 꼴을 당하게 되는지 그 죄값을 알게 될 거다."

한편 위나라 진원장군 잠위는 군사 1천 명을 거느리고 2천 마리의 목우·유마를 조종하며 농서에서 군량과 마초를 계속 실어나르고 있었다.

네 번째의 수송 도중이었다. 감시병이 급히 달려와 보고했다.

"앞쪽에 수송 호위대 비슷한 한 부대가 보이는데 적인지 아군인지 잘 알 수 없으니 조심하기 바랍니다.”

잠위는 부장 한 사람에게 말을 달려가서 어느 쪽 군대인지를 확인하고 오도록 시켰다.

부장이 돌아와서 보고했다.

“대장군의 명령에 의해, 촉군의 기습에 대비코자 파견된 우리편 호위대입니다.”

잠위는 마음놓고 수송대를 전진시켰다.

이쪽 호위대처럼 꾸미고 그곳에 대기하고 있는 것은 왕평이 이끄는 1천 명 촉군 부대였다.

가까이 온 잠위는 아무 의심도 품지 않고 위로했다.

“도중까지 호위차 나와 주어서 고맙소.”

왕평 이하 위장한 촉병들은 수송대 앞뒤를 지키며 따라갔다.

호위하는 것처럼 보이며 약 10리쯤 왔을 때, 왕평이 갑자기 감추고 있던 촉나라 기를 높이 흔들었다.

“촉장 왕평을 몰라보다니! 너 잠위는 진원장군의 자격이 없다!”

왕평은 큰소리로 외쳤다.

그와 동시에 위장한 촉병 1천 명은 일제히 칼과 창을 휘두르며 위나라 수송병을 습격했다.

“네놈이! 나를 속였단 말이냐!”

얼굴이 시뻘게진 잠위는 부하를 호령하며 대항하려 했다. 그러나 그때까지 같은 편인 줄로만 알고 있던 수송병들은 불의의 습격에 당황한 나머지 달아나기에 바빴다.

“잠위, 항복하라! 목숨만은 살려 주겠다.”

왕평은 이렇게 권했다. 그러나 화가 머리끝까지 치밀어 오른 잠위는 왕평을 향해 칼을 휘둘렀다.

그러나 무술에 있어서나 실전 경험에 있어서나 두 사람 사이에는 하늘과 땅의 차이가 있었다.

칼과 칼이 맞부딪칠 사이도 없었다. 잠위는 왕평의 일격을 머리에 맞고 피보라와 비명소리를 허공에 날리며 그 자리에 넘어졌다.

위병은 대장을 잃은 데다가 본디가 수송병이었던만큼 이내 싸울 뜻을 잃고 겁에 질려 사방으로 흩어졌다.

왕평은 군사 하나 다치지 않고 위나라가 만든 목우와 우마를 모조리 앗아 달리게 했다.

도망친 위병 몇 사람인가가 북쪽 기슭 고지에 있는 진영으로 숨차게 달려와 이 사실을 알렸다.

"촉군에게 우리가 만든 목우·유마를 빼앗겨서야!"

곽회는 말에 뛰어올라 앞에 줄지어 서 있는 군사들에게 크게 외치고는 달렸다.

"나를 따르라!"

왕평은 위군을 비웃으며 부하들에게 명령했다.

"어서 오너라! 한 마리라도 돌려줄 줄 아느냐! 자, 실시! 움직이지 않도록 하라!"

촉병들은 재빨리 목우·유마의 입 안으로 손을 집어 넣어 혀를 오른쪽으로 세 번, 왼쪽으로 네 번 돌려놓은 다음 진격해 오는 곽회의 군사를 맞아 싸웠다.

물론 여기서 승부를 결정짓는 것은 아니었으므로 왕평은 적당한 시기를 보아 신호기를 휘둘렀다.

"퇴각하라!"

곽회는 금방 썰물처럼 달아나는 왕평의 군사를 보고 부하들을 멈추게 했다.

"쫓으면 적의 술책에 말려든다."

어찌된 일일까?

위군이 다시 앗은 목우·유마를 끌고 돌아가려 했으나 꿈쩍도 하지 않는 것이 아닌가.

"어딘가 장치가 되어 있다!"

우왕좌왕하는 위군 중에서 누군가가 소리쳤다.

"그것을 찾아내라!"

곽회는 미친 듯이 소리질렀다.

군사들은 결사적으로 어디에 비밀 장치가 되어 있는지 찾아내려 했으나 도무지 알 길이 없었다.

한 사람이 외쳤다.

"입 속의 혀가 아무래도 이상하다. 움직이는 데 있어 이 혀만은 아무 소용이 없다. 그런데도 만들어둔 것을 보면 뭔가 이유가 있을 것이다."

알아낸 것은 거기까지뿐이었다. 군사들은 혀를 잡아당겨도 보고 비틀어도 보았지만 목우와 유마는 여전히 꼼짝도 하지 않았다.

조작 방법을 알 턱이 없었다.

그때였다.

"와아아!"

"와아아!"

천지를 뒤흔드는 함성이 사방에서 일어났다.

초목이 갑자기 사람으로 변한 것처럼 촉나라 군사가 달려 들어왔다. 강유와 위연이 지휘하는 1만 군사가 그곳에 숨어 기다리고 있었던 것이다.

달아났던 왕평도 호응해서 말머리를 돌려 무섭게 쳐들어왔다.

곽회의 지휘 아래 뒤쫓아온 위군은 1만 7천이 넘었다. 그러나 금방 기가 꺾여 진형이 흔들리기 시작했다.

이런 격전장에서의 용장 위연의 활약은 정말 눈부셨다. 위연이 돌격해 들어가는 앞에는 적병이 바람 앞에 풀 쓰러지듯 넘어졌다.

위연에게 이런 남다른 강점이 있기 때문에 공명은 그를 촉군에서 제거할 수 없었던 것이다.

"안 되겠다! 공연히 손상을 입을 뿐이다!"

비통한 울부짖음을 남기고 곽회는 퇴각을 명령하고는 말머리를 돌려 정신없이 달아났다.

위연과 강유와 왕평은 이를 멀리 뒤쫓지 않고 군사를 정돈하여 천천히 철수해 갔다.

어느 언덕 위까지 달아난 곽회는 새로 응원차 달려온 6천 명의 새 부대와 마주쳤다.

"좋아! 적어도 목우·유마만이라도 되찾아 오겠다."

그리하여 다시 되돌아서 촉군을 추격하도록 명령했다.

곽회가 새 추격군을 이끌고 몇 마장까지 다가갔을 때였다.

벌거벗은 바위산 바위 뒤에서, 짐승의 울부짖음 같은 이상한 함성과 함께 새빨간 연기가 자욱히 피어올랐다.

"아니! 저건 또 뭐냐?"

두 눈을 크게 뜬 곽회와 그 군대 앞에, 그 붉은 연기 속에서 이상한 한 부대가 나타났다. 얼굴은 마귀요 몸뚱이는 괴상한 짐승인데 저마다 '천제(天帝)'라고 쓴 깃발과 보검을 들고 유유히 바위를 넘어 비탈을 내려오고 있었다.

그 괴상한 부대가 목우·유마에 가까이 다가갔다 싶더니, 꿈쩍도 않던 그 목우·유마가 갑자기 무서운 속도로 움직이기 시작했다.

"아니, 저건! 촉군을 하늘이 돕는 것으로밖에 볼 수 없다."

어지간한 곽회였지만 어리둥절할 수밖에 없었다. 군사들도 넋을 잃고 멍청히 바라보고만 있었다.

정탐병이 허공을 날 듯 본영으로 돌아와 이 패보를 사마의에게 상세히 보고했다.

"제갈량이란 놈! 이번에는 신병까지 불러냈는가!"

사마의는 목우·유마를 움직이지 못하게도 하고 다시 움직일 수도 있게끔 하는 비밀 장치가 되어 있는 것을 미처 알아내지 못한 자신

의 불찰을 부끄러워하는 한편, 공명의 귀신같은 계략에 대해 뼈에
사무치는 증오와 분노를 느꼈다.

"이렇게 된 이상 일거에 정면에서 총돌격을 감행하여 촉군을 여
지없이 짓밟아 줄 수밖에 없다!"

언제나 냉정을 잃지 않는 사마의였지만 이때만은 자신을 잊고 있
었다.

"북쪽 기슭의 땅을 촉군에게 앗길 수는 없다!"

중군에 명령을 내리자 사마의는 말에 뛰어올라 선두에 섰다.

위군은 산을 뒤덮고 진격해 왔다.

그러자 한쪽 숲이 무시무시하게 이상한 소리를 내며 모든 나무들
이 흔들렸다.

"당황하지 마라! 적의 속임수를 겁내지 마라!"

사마의가 외쳤다.

그러나 그렇게 외친 사마의마저 다음 순간 깜짝 놀랐다. 온몸에
좍 소름이 끼쳤다.

숲에 서 있는 나무란 나무가 모조리 넘어지지 않겠는가.

그리고 그곳에서 화살이 비오듯 날아왔다.

"오른쪽으로 붙어라! 오른쪽 산기슭으로 붙어라!"

사마의는 제정신으로 돌아오자 이렇게 명령했다.

그러나 위군이 화살을 피하며 우르르 오른쪽 산 절벽 밑으로 다가
붙는 순간——.

이번에는 산중턱에서 지축을 뒤흔드는 둔탁한 소리와 함께 바위
들이 굴러 떨어졌다.

도망칠 겨를도 없이 2천여 명의 군사가 돌에 맞아 쓰러졌다.

왼쪽에서 서 있는 나무를 넘어뜨리고 화살을 퍼부은 것은 '한나라
장군 장익'이었고, 오른쪽 산악 비탈에서 바위를 굴린 것은 '한나라
장군 요화'였다. 그렇게 크게 씌인 깃발을 세우고 있었다.

제아무리 사마의라도 이 복병을 뿌리치고 공명의 본진으로 총돌격을 감행할 용기는 없었다. 또 그것은 가장 어리석고 무모한 일이기도 했다.

사마의는 직접 중군을 이끌고 나온 자신의 패배를 깨닫자 다시 냉정을 되찾았다.

"후퇴! 무모한 싸움은 하지 말라!"

사마의는 이렇게 명령하고는 말에 채찍을 가해 질풍처럼 달아나기 시작했다.

그러나 질풍처럼 달아나는 사마의를 한 장수가 번개처럼 뒤쫓아왔다. 순식간에 거리가 좁혀졌다.

사마의는 소나무가 드문드문 서 있는 숲으로 도망쳐 들어갔다.

'……안 되겠다! 죽겠다!'

자신을 뒤쫓는 장수가 다름아닌 용장 요화라는 것을 알자 사마의는 소름이 오싹 끼쳤다.

본능과 기지가 빨리 돌아가는 사마의는 순간적으로 살 곳을 그 숲에서 찾았다.

나무 사이를 누비며 도망치는 것이 요화의 칼을 등 뒤로 맞지 않는 단 하나의 방법이었다.

"네놈이! 어디로 갈 테냐!"

과연 요화가 15보 거리로 다가붙으며 힘껏 내려친 큰 칼이 아슬아슬하게 사마의의 어깨를 스치며 소나무의 굵은 줄기에 꽉 박혔다.

"에잇! 빌어먹을!"

요화가 있는 힘을 다해 칼날을 뽑아 들었을 때 어느덧 사마의는 나무 사이로 자취를 감추어 버렸다.

요화는 숲을 둘러보며 외쳤다.

"밖은 온통 풀밭이다. 여기를 빠져 나가면 놈이 달아나는 모습을 볼 수 있을 것이다."

먼저 동쪽을 향해 말을 달렸다.

위나라 진은 동쪽에 있다. 사마의는 동쪽을 향해 달아났을 것이 틀림없다고 생각했던 것이다.

역시 요화의 예감은 들어맞았다.

숲과 풀밭 경계에 황금으로 만든 투구가 떨어져 있었다. 나뭇가지에 걸려 떨어진 것이리라.

“좋아, 기어이 사로잡고 말 테다!”

요화는 투구를 집어 안장에 붙들어맨 다음 다시 동쪽을 향해 달리기 시작했다.

사실은 요화가 사마의에게 속았던 것이다.

사마의는 일단 동쪽으로 급히 달려가 숲과 풀밭 경계에 일부러 투구를 떨어뜨려 두고, 다시 말머리를 서쪽으로 돌려 달아난 것이다.

요화는 무작정 그 뒤를 쫓다가 어느 골짜기 어귀에서 강유와 마주쳤다.

“장군! 중달이란 놈이 이리로 달아났을 텐데 보지 못했소?”

“어떻게 중달이 이리로 달아났을 것이라고 추측했습니까?”

“숲속으로 도망치는 것을 뒤쫓고 있었는데, 놈은 내 칼이 빗나가 소나무 줄기에 박히는 틈을 타 자취를 감추고 말았소. ……위군 진영으로 달아나려면 당연히 동쪽으로 향했겠지 싶어 뒤를 쫓았더니 짐작대로 동쪽 어귀에 이 투구가 떨어져 있구려.”

이 말을 듣자 강유는 빙그레 웃었다.

“아무리 뒤쫓아 보아야 사마의의 모습은 볼 수 없을 겁니다.”

“맞아. 그놈은 무기며 갑옷을 다 버리고 이 고장 사람으로 변장했을지도 몰라.”

“아니, 그렇지는 않을 겁니다.”

“그렇다면?”

“중달은 일부러 동쪽 어귀에 투구를 떨어뜨려 놓고 서쪽으로 사라진 것으로 생각됩니다.”

“으음!”

요화는 신음했다. 강유의 추측이 옳게 여겨졌기 때문이다.

비록 간발의 차로 사마의를 놓치기는 했으나 대단한 승리였다. 위나라 진원장군 잠위의 머리를 벤 것을 비롯해서 죽은 적병의 수는 이루 다 헤아릴 수 없을 정도였다.

노획한 위군의 목우·유마가 2천, 그리고 그 2천 대에 실은 군량이 1만 섬이 넘었다.

오장원 본영으로 장군들이 돌아와 저마다 보고하는 것을 공명은 잠자코 들었다.

보고가 다 끝나자 공명은——

“수고들이 많았소.”

한 마디 위로한 다음 선언했다.

“오늘의 1등공은 중달의 투구를 앗은 요화 장군이오.”

그 순간——

“승상!”

위연이 눈을 치켜뜨고 큰소리로 항의했다.

“왕평은 진원장군 잠위의 머리를 베었고, 장의는 목우·유마를 탈취했으며……, 다시 말한다면 곽회가 이끄는 대군을 깨뜨릴 수 있었던 것은 이 위연이 용전분투했기 때문입니다. 요화는 중달을 생포할 수 있는 것을 놓치지 않았습니까. 요화에게 오늘의 1등공을 내리는 것은 어째서입니까?”

공명은 조용한 표정으로 타일렀다.

“적의 총대장의 투구를 앗은 것은 그의 머리를 벤 것과 거의 다를 것이 없다. 공이란 그런 것이니 모두들 그렇게 알도록 하오.”

손권의 여인들

한편 합비에 있는 오나라 본영에서는 연신 입술을 깨물며 손권이 투덜대고 있었다.

'어쩌면 조가 애송이가 우리의 비밀을 알고 있는 것이 아닐까?'

첫번째 싸움에서 위나라 장수 만총에게 보기좋게 패하고서도 반격을 하지 못하는 안타까움이 손권을 화나게 했다.

오군에는 적진에 알려져서는 안 되는 중대 기밀이 있었다.

10만이라 호칭하고 있었으나 실제는 5만도 되지 않았다.

하지만 합비의 신성을 공격하기 위한 포진은 자못 10만처럼 꾸며 보이고 있었다.

그 때문에 여러 진지는 겉보기로는 넓게 자리잡고 깃발도 요란스럽게 꽂아 놓았지만, 속알맹이는 취약한 진형에 지나지 않았다.

손권이 대규모 공격을 감행하지 못하는 까닭도 실제 병력이 적에게 노출되는 것을 무엇보다 꺼렸기 때문이었다.

처음에 손권은 10만이라고 선전했으므로 적도 조심하며 감히 공격은 하지 못할 것이라고 예상했다.

그런데 만총이 기습 공격한 것이다.

'위군의 대담한 공격은 이쪽의 병력이 적고 허장성세(虛張聲勢)임을 알았기 때문일지도 모른다.'

손권은 이렇게 생각하며 고개를 설레설레 흔들었다.

진형의 허실이 간파되었다면 한시바삐 진형을 바꾸어야 된다. 진형 변경은 그렇다 하고 처음 계책이 꺾이자 손권은 전의를 잃고 말았다. 애당초 촉나라와의 약속에 못이겨 시작한 전쟁이다. 별로 마음내키지도 않았다.

며칠 뒤 척후병이 달려와 보고했다.

"위나라 황제가 몸소 용선(龍船)을 타고 오고 있습니다."

"뭣이? 조예가 온다고!"

손권은 쓰고 있던 두건을 벗어 땅바닥에 던지고 발로 짓밟았다.

낙양이나 장안에 잠입시킨 첩자의 보고로는, 촉나라와 오나라의 동시 침공에 대해 위나라에서는 황제 친정(親征) 계획이 전혀 없다는 것이었다.

그렇건만 느닷없이 위제 스스로 뱃길로 합비를 향해 오고 있다는 것이다.

"왜지?"

위제 조예가 스스로 출전하는 것은 꽤 자신이 있어서일 것이다.

'역시 우리의 비밀을 알았단 말인가!'

10만이라 말하고 있지만 그 반도 못된다고 판명되어 위나라는 단숨에 오나라를 격파하려 하는지도 모른다. 질 염려가 없는 싸움에 황제가 친정하여 전군의 사기를 돋구려는 것이다.

"오나라 병력은 겉보기뿐이다. 종이호랑이다. 짓밟아 버리자!"

위군 장수는 이렇게 외치며 부하를 격려하고 있을 것이다.

"무찌르자! 무찌르자!"

위군의 사기는 더욱더 높아지리라. 사기가 충천한 군대는 본디 실력의 갑절이나 힘을 발휘할 수가 있다.

속임수가 간파된 군대는 사기가 떨어져 가진 힘도 제대로 발휘하
지 못한다.

양자 사이엔 큰 차이가 생겼다.

밤낮을 계속 달려 위군이 그곳에 도착한 것은 예상보나 닷새나 더
빨랐다.

합비 동쪽에는 소호(巢湖)가 가로놓여 있었다.

만총이 높은 곳에 구축된 진영의 망루로 올라가 지그시 내려다보
니, 멀리 동쪽 기슭에 병선들이 무수히 떠 있는 것이 보였다. 얼른
보면 작은 섬이 줄지어 있는 것 같았으나 나부끼는 깃발이 병선인
것을 알려주었다.

망루에서 내려와 본영으로 들어온 만총은 조예에게 전략을 진언
했다.

"오나라 수군은, 우리 위군이 닷새나 일찍 도착한 것을 아직 모르
고 있는 것 같사옵니다. 만일 우리가 온 것을 알고 있으면 깃발을
내리어 섬처럼 보이게 했을 것이옵니다. ……적은 이곳 합비에서
우리 군대가 공격해 오지는 않을 것으로 알고, 아직껏 서쪽을 향
해 호수 위로 진격해 올 준비를 하지 않고 있으리라 생각되옵니
다. ……그러므로 오늘밤 적이 방심하고 있는 틈을 타서 수륙 양
면에서 급습을 가하면 승리를 거둘 것으로 확신하옵니다."

"좋겠지, 군사(軍師)로서 모험을 한번 해 보시오."

"내일 아침에는 개가를 부르며 돌아오겠나이다."

만총은 군사 5천을 거느리고 뭍으로 행군했고, 호수 위로는 맹장
장구(張球)가 역시 5천 명 군사를 쾌속정에 태워 밤안개 속을 뚫고
몰래 동쪽 기슭으로 향했다.

만총의 판단은 과연 정확했다.

소호의 수군대장은 제갈근이었는데 위군의 내습을 전혀 예상치 못하고 있었다.

위군은 오군의 허를 찔렀다.

먼저 호수 위에서 안개를 뚫고 불화살이 마구 날아왔다. 제갈근은 명령했다.

"당황하지 마라! 불을 꺼라! 작은 배쯤 100척이나 200척이 쳐들어와도 놀랄 건 없다!"

그때 갑자기 뭍에서 만총의 명령이 떨어지자 위군 5천이 배로 뛰어들었다.

군사 수에 있어서는 오군이 적보다 몇 배나 많았지만 불의의 습격에 제대로 싸울 수조차 없었다.

제갈근은 패한 군사 수천 명과 함께 간신히 불타는 배로부터 뭍으로 도망칠 수 있었으나 배도 군량도 무기도 모조리 다 타고 말았다.

한편 장하에서 침공 계획을 세우고 있던 육손은, 바로 가까운 면구까지 도망쳐 온 제갈근의 비참한 패배 보고를 받았다. 그러나 육손은 별로 당황하지 않았다.

장수들을 불러놓고 말했다.

"나는 현재 신성을 포위 공략하려 하고 계신 폐하께, 그 포위를 풀고 급히 번성에서 남양을 함락하고 허창을 앗아 위나라 대군의 퇴로를 끊어 달라는 상소를 드릴까 하오. 나는 적의 정면에서 진격해 들어가겠소. 그러면 조예를 무찌르는 동시에 위나라의 반은 점령할 수 있을 것이오."

계략에 반대하는 사람은 아무도 없었다.

육손은 곧 상소문을 써서 한 장교를 사자로 신성을 향해 달리게 했다.

그러나 이틀 뒤 그 밀사는 양양이 저만큼 바라보이는 지점에서 위나라 복병에게 사로잡히고 말았다. 밀사는 칼을 뽑아 20여 명의 적을 상대로 필사적인 대항을 했다. 그러나 무거운 상처만 입고 묶이는 몸이 되고 말았다.

"이놈은 단순한 첩자가 아닌 것 같다."

대장은 밀사를 수레에 실어 조예가 있는 수춘(壽春) 본영으로 데리고 갔다.

조예가 밀사의 몸을 수색하게 했다.

육손이 손권에게 올리는 상소문은 웃옷 등 속에 감쪽같이 누벼져 있었다.

조예는 앞뒤에서 위군을 협공한다는 일찍이 보지 못한 대작전을 세운 육손의 계책에 대해 감탄했다.

위나라로서는 잠시도 지체할 수 없었다.

조예는 유소(劉劭)에게 15만을 주어 신성을 포위한 오군이 배후로 돌아가는 것을 막도록 명령했다.

이해 음력 5월, 무더위가 온 중국 대륙을 덮고 있었다.

소호에서 도망쳐 면구까지 온 제갈근은 자신도 몸이 불편한 데다 병마(兵馬)가 전염병으로 계속 죽어가는 것을 보자 중얼거렸다.

"이거 안 되겠다! 지금은 싸울 때가 아니다."

제갈근은 급히 편지를 써서 강하에 있는 육손에게 보냈다. 일단 철수하여 폐하와 함께 도성으로 돌아가도록 건의하는 내용이었다.

육손은 건의서를 읽고 사자에게 말했다.

"돌아가 제갈 장군에게 전하라. 이번 싸움에서 모든 전략을 책임 맡고 있는 내가 달리 생각하는 바가 있다고 말이다."

"예에!"

사자는 돌아오자 육손의 말을 그대로 전했다.

제갈근은 그 말을 이해할 수 없었다.

“그래 육 장군은 지금 어떻게 하고 계시던가?”

그는 사자에게 물었다.

“아주 태평하게 보였습니다. 군사들은 진영 밖 넓은 들에 콩 같은 걸 심고 있었고, 육 장군 자신은 진문을 나와 여러 장군들과 함께 활쏘기를 즐기고 있었습니다.”

“뭐라구? 이 위급한 마당에 그게 무슨 짓이람!”

제갈근은 말을 타고 강하성으로 달려갔다.

성문을 들어섰을 때 제갈근은 숨이 넘어갈 듯이 헐떡이고 있었다. 육손 앞에 섰을 때는 군사들이 뒤에서 부축을 해야만 할 정도로 현기증을 일으키고 있었다.

“상장군께 묻겠습니다. ……위나라는 조예가 직접 나와 싸우고 있습니다. 그 막강한 세력을 앞에 두고 상장군께서는 어째서 이렇게 부질없이 날만 보내고 계십니까?”

“내가 여러 장군들과 상의 끝에 밀사를 폐하께 보낸 것은 들으셨겠지요?”

“듣고 있습니다만……?”

“그 밀사는 틀림없이 적에게 체포되어 지금쯤 조예 앞에 끌려 나갔을 것이오.”

“그렇다면?”

“즉 내가 올린 상소문은 벌써 조예가 읽었을 것으로 생각합니다.”

“그렇다면 상장군께서 세운 작전은 벌써 소용이 없어진 것 아닙니까?”

“그렇지요. 그러니까 우선은 마음놓고 천천히 군사를 철수시켜야 합니다. 나는 이미 폐하께 다른 밀사를 보내어 그 점을 말씀드려 두었습니다.”

“나는 도무지 상장군의 마음을 알 수 없군요. 군사를 철수시키는 것은 가능한 한 빨라야 한다고 손자의 병법에서도 말하지 않았습니까?”

“임기응변이란 거지요.”

육손은 웃었다.

실은 육손은 상소문을 가진 밀사를 일부러 붙잡히게 했던 것이다.

육손은 전황을 내다보고 있었다. 한때는 흥망을 건 대결전을 해 볼 생각이었으나 병마가 전염병으로 죽어가는 것을 보자 생각을 바꿨다.

그래서 일부러 적에게 밀사가 잡히게 하여 오군이 협공 작전을 펼 것으로 믿게 했다. 그러면 적은 방비를 튼튼히 하기에 바빠, 어느 진지도 움직일 수가 없다. 적이 그러고 있는 사이에 이쪽은 천천히 물러갈 수 있는 것이다. 병서에 있는 대로 급히 철수하려고 하면 곧 적이 추격해 올 것이 뻔하다.

이렇게 결심을 털어놓은 육손은 제갈근에게 말했다.

“장군은 우선 병선을 동원하여 적을 공격하려는 것처럼 보이게 해 주시오. 나 역시 한 군대를 동원하여 양양을 점령하려는 것처럼 적이 생각하게 하겠소. 적은 방비를 더욱 튼튼히 하며, 결코 반격해 오지는 않을 겁니다. 그 동안에 우리 오나라 군대는 조용히 강동으로 철수하는 거지요.”

육손은 역시 적을 알고 자신을 아는 명장이었다.

그 묘계를 들은 제갈근은 새삼 육손을 존경했다. 면구로 돌아오자 병선을 정돈하는 한편 정말 위나라로 침입할 듯이 보였다.

육손은 직접 선두에 서서 양양을 향해 군사를 진출시켰다.

위나라 본영에는 오군이 움직이기 시작했다는 내용의 보고가 계속 들어왔다.

이를 들은 장수들은 단숨에 승부를 결정짓자고 주장하며 조예의 명령이 떨어지기만을 기다렸다.

그러나 조예는 고개를 저었다.

"나는 육손이란 사람의 지혜를 잘 알고 있다. 그는 우리를 유인해 내려는 것이 틀림없다. 끌어낸 다음 이상한 꾀를 써서 깨뜨릴 생각일 것이다. 육손의 꼬임에 넘어가서는 안 된다. 함부로 움직이는 것은 육손이 파놓은 함정으로 들어가는 것과 마찬가지다."

장군들은 조예의 신중한 태도를 옳게 여기고 진지를 고쳐 쌓으며 방비 태세를 갖추었다.

그로부터 열흘 뒤 갑자기 밀정 하나가 달려오자 보고했다.

"오나라 군사는 합비에서 어느 사이엔지 사라지고 말았습니다."

"정말이냐?"

조예는 자기 귀를 의심했다.

뒤이어 광릉과 회양에서도 밀정들이 돌아와 똑같은 보고를 했다.

조예는 도무지 믿어지지가 않았다.

1천 기씩으로 저마다 오군 진지를 향해 달려가게 했다.

밀정의 보고는 정확했다.

오군은 전체가 다 철수하고 다만 국경수비군만이 저마다 성을 지키고 있을 뿐이었다.

조예는 침통한 소리로 말했다.

"육손이란 사람은 손자와 오자(吳子)보다 나았으면 나았지 못하지 않은 전략가이다. 어쩌면 제갈량과 맞먹을 수 있을지도 모른다. 우리 나라가 강동을 손에 넣으려면 육손이 죽기를 기다리는 수밖에 없을 것 같다."

만일 조예 옆에 사마의가 있었으면 육손의 계략을 내다보고 추격했을지도 모른다.

손권이 합비에서 병을 철수시킨 것은 이해 7월의 일이었다.

"퉤퉤! 젠장, 하나도 재미가 없어. 하늘은 위나라를 편들고 있단 말이야. 퉤!"

손권은 가래침을 마구 뱉으면서 짜증스럽다는 듯 말했다.

거창하게 즉위의 대전(大典)을 올려 황제가 되었건만 손권은 언동이 조금도 점잖아지지 않았다.

나이도 쉰을 넘었지만 강동의 벽안아(碧眼兒)라고 불릴 무렵의 모습이 그대로 남아 있었다. 특히 가신이 옆에 없을 때는 아주 쌍스러운 욕을 입에 마구 올렸다.

이것은 아마 집안 내력인 듯싶다. 손권의 형 손책도 화가 나면 가신을 파리 죽이듯 했지만, 손권도 의심이 많은 데다가 태연히 사람을 죽였다. 꽤나 거친 성격이었다.

젊었을 때의 손권에게 그나마 제왕학(帝王學)을 가르친 것은 장소(張昭)였다.

장소는 어릴 때부터 박학다식하기로 이름이 알려진 인물로 당대의 명사들과 친교도 깊었다. 그는 서주자사 도겸(陶謙)의 초빙을 거절했기 때문에 박해를 받고 강남으로 피해 왔던 것이다.

손권은 거친 성격과 아울러 음탕한 피도 이어받았다.

첫번째 부인 사씨(謝氏)는 일찍 죽었다. 이어 보 부인(步夫人)과 서 부인(徐夫人)이 손권의 총애를 받았다.

보 부인은 임회군(臨淮郡) 회음(會陰) 사람으로 나중에 승상이 된 보즐(步騭)과는 동족이다. 후한 말기의 혼란을 피하여 홀어머니와 더불어 양주의 여강(廬江)으로 이주했다. 여강이 손책군에 점령되자 다시 강동으로 옮겼다.

여기서 뛰어난 미모가 손권의 눈에 띄어 총애를 받게 되었고 이윽고 후궁 첫째가는 총희가 되어 딸 둘을 낳았다.

보 부인은 너그러운 마음을 가지고 있어 비교적 오래 총애를 받을 수가 있었다. 특히 남의 부탁을 잘 들어주어 가신들에게도 인기가 있었다.

그런데 손권이 황제가 되고 보 부인을 황후로 책봉하려 하자 장소

가 강력히 이를 반대했다.

"보 부인을 황후로 올리시면 서 부인은 어떻게 대우하실 작정입니까? 신중히 생각하셔야 합니다."

서 부인은 손권의 제2부인이다. 손권의 장남 손등(孫登)의 어머니가 신분이 낮아, 서 부인이 대신 키워 주었다.

따라서 황태자의 양모를 젖혀놓고 보 부인을 황후로 봉하면 불화가 생긴다고 장소는 간했던 것이다.

손권도 그 말을 옳게 여겨 황후를 정하지 않고 몇 년을 그대로 보냈다.

손등은 관우의 딸 우금을 아내로 맞으려 했다가 관우한테서 호되게 거절당한 황자이다.

손등은 천성이 아주 착했다. 이 무렵 자기를 키워준 서 부인이 지나친 질투 때문에 궁중에서 쫓겨나자 울면서 아버지에게 간하기도 했다.

또 손등은 사냥을 나가도 백성들의 밭을 짓밟을까 조심할 만큼 세심했다.

손권에게는 총비 왕씨가 있었다. 왕 부인은 둘이 있었다. 첫번째 왕 부인은 낭야(瑯琊) 사람으로 뛰어난 미모 덕분에 뽑혀 후궁에 들어갔다. 손화(孫和)를 낳고 후궁에서 보 부인 다음가는 세력을 누렸다.

다른 하나의 왕 부인은 남양(南陽) 출신으로 손휴(孫休)를 낳았다.

이 밖에 반 부인(潘夫人), 원 부인(袁夫人)이 있었다.

반 부인은 회계군 구장(句章) 사람이다. 아버지는 말단 관리였다. 아버지가 죄를 짓고 처형되었기 때문에 언니와 더불어 종이 되어 궁전에 딸린 베틀 공장에서 옷감을 짜고 있었다. 손권이 우연히 그녀를 보고 측실로 삼아 후궁에 넣었던 것이다.

이윽고 반 부인은 총애를 받아 임신을 했다. 반 부인은 임신할 때

누군가가 용의 머리를 주는 것을 자기의 옷자락으로 받는 꿈을 꾸었다고 한다. 이 태몽을 꾸고 반 부인은 손량(孫亮)을 낳았다.

또 원 부인은 원술(袁術)의 딸이다. 몸가짐이 훌륭한 여성이었으나 불행히도 자식이 태어나지 않았다. 그래서 손권은 그녀를 가엾게 여기고 다른 첩이 낳은 자식을 그녀에게 맡겨 키우도록 했으나 모두 일찍 죽었다.

이밖에 손권에게는 셀 수도 없을 만큼 후궁들이 있었다.

서 부인이 투기가 너무 심하여 결국 쫓겨나는 바람에 보 부인이 황후가 되었다.

보 황후와 더불어 후궁에서 세도를 부린 것은 전황녀(全皇女)였다. 전황녀는 보황후의 딸로 이름은 노반(魯班)이라고 했다.

처음에 주유의 아들 주순(周循)에게로 시집갔지만 남편이 죽자 전종(全綜)과 재혼했다. 이 여자는 궁중의 여자들을 쥐고 흔들었다.

이 무렵 손등이 갑자기 죽었다. 손권은 왕 부인이 낳은 손화를 황태자로 세우려 했다.

그러자 전황녀가 맹렬히 반대했다.

"왕 부인은 쫓겨난 서 부인과 마찬가지로 투기가 심합니다. 장차 국모가 될 사람이 그래서 쓰겠어요?"

골치 아팠던 것은 전황녀에 가담하여 중신들도 두 파로 갈라진 일이다.

표기장군 보즐, 진남장군 여대(呂岱), 대사마 전종, 좌장군 여거(呂據) 등이 전황녀를 편들었다.

그러나 이때만 해도 손권의 총애는 왕 부인에게 함빡 기울어져 있었다.

"누가 뭐라 해도 황태자는 손화가 되어야 한다. 그리고 왕 부인은 마땅히 황후로 봉하리라."

이 결정에 육손, 제갈각, 고담(顧譚), 주거(朱據) 등이 찬성했으므로 전황녀파는 불리했다.

그녀는 작전을 바꾸었다.

"손패(孫霸)가 덕망도 있어 마땅히 황태자가 되어야 합니다."

손패는 손화의 동생으로 동복(同腹) 형제였다.

이렇게 되자 손권도 황태자 결정을 선뜻 내리지 못하고 그대로 버려 두었다.

왕 부인은 손화가 되든 손패가 되든, 모두 자기 소생이라 황태자 책봉에는 거의 관심을 두지 않고 후궁의 주도권을 잡는 일에만 신경을 썼다.

즉 왕 황후는 그 권력을 이용하여 후궁의 여자로 손권의 총애를 받은 적이 있는 여자를 모두 쫓아냈던 것이다.

손휴를 낳은 다른 왕 부인도 이때 멀리 공안(公安)으로 추방되어 눈물로 세월을 보내다 쓸쓸히 죽었다.

왕 황후는 또 전황녀의 후궁 출입도 금지시켰다. 이에 전황녀는 왕 황후에게 깊은 원한을 품었다.

아무튼 손권은 수많은 미녀들에게 둘러싸여 있었지만 여자들의 세력 다툼에 골치가 아팠다.

"퉤! 퉤!"

손권이 몹시 화가 나면 아무 데나 가래침을 뱉었다. 그럴 때면 가신들도 두려워하며 되도록 그 앞에 어른거리지 않으려고 했다.

위제 조예가 친정한다는 정보에 허둥지둥 퇴각한 일이 손권으로선 화가 나 견딜 수 없었다. 물론 퇴각은 전략적으로 보아 옳은 조치였다.

그러나 아무리 생각해도 불쾌했다.

"조예 놈! 나는 네 할아버지 조조와도 천하를 다투었어."

"코흘리개 애송이 같으니! 오줌싸개 자식아!"

손권은 마루에 발을 구르며 소리질렀다.

"무슨 일이옵니까?"

마루가 울리는 소리를 듣고 시중인 호종(胡綜)이 나타났다.

시중은 늘 황제 측근에 있으면서 수레나 의복을 관장하는 소임을 맡고 있다. 이를테면 황제의 개인 비서격으로, 영리한 인물 중에서 골라 임명된다. 부름이 있을 때 곧 황제의 기분을 재빨리 알아차리는 게 소임을 다하는 비결이라 해도 좋았다.

호종은 황제 손권이 화를 내고 있음을 금방 알았다. 무엇에 화를 내고 있는지도 알고 있었다.

이와 같은 때 황제에게 말하고 싶은 대로 실컷 말하게 하는 것도 시중 소임의 하나였다.

"나는 지금 위나라 오줌싸개 녀석에게 화를 내고 있는 거다. 하늘은 언제나 그 놈에게 은혜를 베풀고 있어. 너무 은혜를 많이 준단 말이다!"

손권은 목을 흔들어대며 말했다.

"어째서입니까?"

"어정어정 수춘 언저리까지 배로 나타나⋯⋯."

"폐하께서도 합비에 친정(親征)을 하시지 않았습니까? 뭐, 남의 일에 화를 내실 것도 없습니다."

"나도 친정했다. 하지만 늘 걱정만 하고 있었다. 병력이 모자라지 않을까, 군량은 넉넉할까 하며⋯⋯. 그런데 놈은 아무런 걱정도 없이 뱃놀이삼아 나타나지 않았는가. 이것은 불공평하잖아!"

"위제 조예에게 걱정거리가 없는 것에 화가 나신다면 걱정거리를 만들어 주는 것이 어떻습니까?"

손권의 화가 어린아이 생떼처럼 어처구니 없었지만 호종은 그렇게 말했다.

그러자 손권의 화가 조금 풀렸다.

"그런데 위나라에서는 둔전제(屯田制)가 잘 되고 있어 식량 부족 걱정은 없어. 주민이 많아 모병에도 고생 안 하지. 배후를 습격받을 걱정도 없는 거야…… 가만히 있어!"

손권은 여기에서 갑자기 말을 끊었다.

걱정거리가 없다면 그것을 만들어 주면 되잖는가 하고 시중 호종이 말했다. 화를 내고 혈압을 높이기보다 그와 같은 계책을 생각하는 것이 훨씬 현명하지 않을까?

손권은 계책을 생각해 보았다.

위나라 배후 북쪽엔 흉노가 있다. 위나라는 특히 남흉노와는 우호 관계를 맺고 있다.

남흉노를 선동하여 위나라를 배반케 하는 것은 매우 어려우리라.

조조 이래 위나라는 남흉노와 말머리를 나란히하고 우군(友軍)으로서 숱한 전장에서 함께 싸웠다.

오나라로서는 그 우정을 부술 방법이 없었다. 무엇보다도 오나라는 남흉노에게 아무런 연줄도 없다.

흉노는 어렵지만 동북에는 공손연이 있지 않은가!

"개새끼!"

손권은 공손연 생각이 나자 또 화가 치밀어 가래침을 칵 돋우어 아무 데나 뱉었다.

그러나 손권은 다시 냉정하게 생각했다.

'위나라가 공손연을 조금이라도 믿고 있을까?'

요동에 오나라 답례사가 갔었던 것은 요동이 먼저 오나라에 사신을 보냈기 때문이었다.

'위나라 몰래 오나라에 보낸 사신이 어떤 제의를 했던 것일까?

답례사로 요동에 갔던 오나라 사신들이 하나같이 장군급의 거물이었다는 것은 그 제안이 꽤나 중요했다는 것을 말해 주는 게 아닐까?'

위나라로서 이와 같은 의심을 갖는 것은 당연하리라.

'위나라는 공손연을 낙랑공(樂浪公)에 봉했습니다만 계속 의심을 품고 있는 모양입니다.'

낙양에 잠입해 있는 오나라 첩자가 이런 보고를 해온 것을 손권은 기억하고 있었다.

손권은 심호흡을 하더니 의자에 앉았고 호종에게 느닷없이 물었다.

"요동의 쥐새끼에 대해 그 뒤 무슨 정보가 없었나?"

답례사에게 들려보낸 막대한 금은 보물을 가로채고 입을 싹 씻고 있는 공손연을 손권은 '쥐새끼'라고 부르고 있었다.

"앞서의 잘못을 뉘우치고 있다나 봅니다. 작년의 그 일로써 낙랑 공이니 하는 봉작을 받았지만 위나라의 유형무형(有形無形)의 압박은 날로 심해지고 있다더군요. 요즘에는 노골적으로 영토 요구까지 해오고 있다 합니다."

"벌을 받은 것이야. 사람좋은 나를 속인 벌을 말이다."

손권은 입술을 씰룩거렸다.

작년의 일은 생각만 해도 불쾌하다.

'그러나 감정에 치우쳐선 안 돼! 현실이야. 모든 것은 현실이야.'

남다른 다혈질인 손권은 격정에 사로잡히면 곧 스스로에게 이런 말을 하는 버릇이 있었다.

그것도 장소가 가르쳐 준 제왕학의 일부분이었지만.

"방금 들어온 정보에 의하면 폐하께……저 작년의 재보를 돌려드리고 싶다든가……요동의 쥐가 그런 말을 했다고 합니다."

호종은 말하고 고개를 조아렸다.

"용서를 빈다는 거냐?"

"예, 그러하옵니다."

"제마음대로!"

손권은 혀를 찼지만——

“용서해주지 못할 것도 없지만 거기에는 조건이 있다.”

“당연하신 말씀이옵니다.”

“줄은 닿게 해두어라……. 별로 서두를 것은 없지. 서두르고 있다고 보여선 안 돼.”

“무서운 고양이가 눈앞에서 엄니를 으르렁거리고 있을 테니까.”

손권은 콧방울 언저리를 손가락으로 비볐다.

지난해 요동과 손잡고서 위나라를 협격할 작전을 계획한 것을 재검토하기로 했다. 하지만 이번에는 오나라가 유리한 입장에 서고 요동에 불리한 역할을 떠넘겨야 한다.

요동은 오나라의 사신을 죽였던만큼 동맹 재검토에 있어선 그만한 보상을 해야만 한다.

“그럼 상태를 보아 적당히 진행시키도록 하겠습니다.”

호종은 다시 고개를 조아렸다.

“음.”

손권은 기분히 완전히 풀려 있었다.

그는 생각했다.

‘오늘은 누구에게 갈까? 요즘 후궁에 넣은 반 부인에게나 갈까.’

전술시험

　오장원 전투는 촉군이 공격하고 위군이 수비하는 양상을 띠고 있었다.

　일부러 진령을 넘은 촉나라의 북벌군이 나아가 공격하지 않는다면 원정의 의미가 없다.

　그것에 대해 위나라는 그저 방어만 하면 되었다.

　조예의 조부 조조가 한중에 진공했다가 실패했으므로 촉나라에 침공하겠다는 생각은 애당초 없었다. 병력·치중·장비 등 모두 방어전만을 고려하였다.

　사마의는 위수에서 촉군의 동정을 계속 감시하고 있었다.

　그에게도 육손의 멋있는 퇴각 소식이 전해졌다.

　사마의는 큰 아들 사마사에게 말했다.

　"나는 육손이 위나라 깊숙이 쳐들어오지는 않을 것으로 알고 있었다."

　"어떻게 그럴 줄 아셨습니까?"

　"더위가 여느 해보다 한 달 일찍 시작되었고, 게다가 수십 년 만에 처음 보는 심한 더위였기 때문이다. 아마 오나라 군대는 전염병으로 많이 죽었을 것이다. 육손은 모험을 할 사람이 아니다."

"아버지?"

"뭐냐?"

"여기는 어떻게 하시겠습니까? 적은 오장원에서 농민들과 함께 농사를 짓고 있습니다. 제갈량은 우리쪽의 많은 군량을 앗아간 외에도 쌀과 보리를 거두어 장기전에 대비하고 있지 않습니까. 이대로 허송세월을 하면 우리에게 불리한 상황이 될 뿐입니다."

"잠자코 기다려라! 나는 굳게 지키고 공격은 하지 말라는 칙명을 받고 있다. ……공명은 병사들을 농민과 함께 일하게 하고 있지만, 그것은 아무 때고 쳐들어오너라 하는 여유를 보이고 있는 데에 지나지 않는다. 육손은 공격할 것처럼 보이고 물러가는 데 그 지혜를 보였지만, 공명은 지키는 것처럼 보이며 공격해 나오는 데 그 지혜를 보이려는 거다. 내가 그 속임수에 넘어갈 것 같으냐?"

"그럼 제갈량이 쳐들어올 때까지 기다리시는 겁니까?"

"내가 보기에 공명은 이제 수명이 다 되었다. 지금은 그저 기다리는 것이 내가 취할 최선의 방법이다."

사마의는 이렇게 털어놓았다. 사마의의 이런 예측은 무턱대고 한 말은 아니었다.

며칠 전 밤에 긴 꼬리를 끄는 살성(殺星)이 제갈량 군막 근처에 떨어졌다. 사마의는 그것을 보고서 말했었다.

"아군의 승리가 틀림없다!"

제갈공명이 오군과 위군의 대결을 얼마나 간절히 바라고 있었을까는 쉽게 상상이 간다.

육손이 싸움을 피하고 철수해 버린 일은 공명에게 더없이 큰 실망이었다.

공명은 이 해 더위가 여느 해보다 한 달이나 빠르고, 더구나 그

더위가 이상하게 심한 것을 가슴 아파했다. 부하 장수들에게는 그같은 아픔을 조금도 보이지 않았지만——

'아아! 하늘은 역시 나를 돌보지 않으시려는구나!'

절망하지 않을 수 없었다.

그러나 이 절망감은 어디까지나 자기 개인에 국한된 일이어야 한다. 자신이 이 세상을 떠남과 함께 촉나라가 망하는 일이 있어서는 안 된다. 그런 일은, 그것이 설령 하늘의 뜻이라 해도 단연코 거부하리라.

공명은 사마의가 자기와 마찬가지로 천문을 읽고 있다는 것을 알고 있었다.

'중달은 별을 보고 내 수명이 다한 것을 벌써 알고 있겠지.'

공명에게 이것은 겁나는 일이었다.

여기서 중국에서 말하는 천문, 즉 점성술에 대해 세 번째로 간단히 말해 둔다.

공명이 태어나기 200년 전까지는 행성 운행에 대한 지식이 부족했기 때문에 중국 점성술은 대체적인 천변을 점치는 기술에 지나지 않았다.

하늘의 재앙은 까맣게 잊고 있을 때 찾아온다.

따라서 이 천재(天災)가 과거에는 어느 때쯤 밀어닥쳤던가 하는 것을 책력에다 적어 두었다. 이리하여 역산천문학(歷算天文學)이 차츰 발달했던 것이다.

또한 중국에는 고대부터 참위(讖緯)라는 사상이 전해지고 있었다. 쉽게 말해서 인간에 대한 하나의 숙명이었다.

이윽고 참위 사상과 숙명감이 결부되어 중국식 점성술이 되었다.

즉 육갑(六甲) 풀이에 따른 운세 판단이었다.

삼국이 삼발이처럼 서 있을 시대에는 이 숙명점성술 역시 꽤나 발달되어 있었다.

사람이 태어난 해와 달과 날과 시간에 의해 그의 일생을 점치는 전문가가 벌써 관청 안에고 민간에고 많이 있었다. 이것은 이른바 사주팔자(四柱八字)로, 사람이 태어난 연월일시에 의한 어떤 원칙적인 주석을 하는 것을 말한다.

뒷날 당송(唐宋) 때의 사주수명설(四柱壽命說)에서 말하는 사주는 바로 생년월일시 네 가지를 말하고 있다.

물론 고대부터 전해내려온 중국 점성술은 상당히 모호한 점이 많았다. 그래서 과거에는 엉터리 사관(史官)들이 막연한 지식을 가지고 황제나 황후의 내일 운명을 멋대로 예측해 내곤 했었다.

그러나 앞에서도 말했듯 불교와 함께 들어온 인도의 이십팔수(二十八宿)를 중심으로 한 점성술을 중국 고대의 점성술과 비교하여, 정확한 행성의 운행을 배우고 받아들여 훌륭한 점성학을 성립시켰던 것이다. 공명은 그것을 배워서 알고 있었고, 사마의 역시 공명보다 못하지 않았던 것이다.

'그러나 중달은 제 자신의 운명에 대해서는 굳이 알려 하지 않을 테지.'

공명은 사람이란 것이 어느 의미에 있어서는 자신에 대해 아주 약한 것을 알고 있었다. 점성술에 의해 자신의 내일을 알고 있다는 것은 무서운 일이었다.

특히 영웅의 길을 걷고 있는 사람은——

'내 목숨은 어느 정도 되는 것일까?'

이를 똑똑히 알기를 일부러 회피하는 경향이 있다.

사마의는 숙적인 제갈량의 수명이 다한 것을 점치고는 있겠지만 자신의 수명에 대해서는 아직 점치고 있지는 않을 것이다.

공명에게 위로가 된다면 바로 그 점이었다. 공명은 사마의가 언제 어디서 태어났는지를 모른다. 그러므로 사마의의 내일을 판단할 수는 없었다.

다만 자신과 사마의가 중원에서 자웅을 결정지을 운명에 처해 있다는 것만은 틀림없다고 믿었다.

물론 하늘이 어느쪽에 승리를 안겨 줄지는 사마의의 운세를 모르는 이상 정확하게 판단할 수는 없었다.

'내가 죽기 전에 중달을 무찌를 수만 있다면……'

그런 희망만이 온 몸에 불타고 있었다.

공명의 명령에 따라 위연과 그 밖의 용장들은 연일 위나라 진영 앞으로 다가가 사마의의 못나고 겁많은 것을 욕하며 싸움을 걸었다.

요화는 사마의가 버린 황금 투구를 창 끝에 씌워 높이 쳐들고 비웃어 주었다.

"이걸 되찾아가고 싶거든 사마의가 직접 나와라!"

위나라 장수들은 온갖 욕을 퍼붓는 데 도저히 참을 수가 없었다.

"장군! 제발 우리에게 싸울 것을 허락해 주십시오."

그들은 거듭거듭 사정했다.

그러나 사마의는 끝내 고개를 끄덕이지 않았다.

"공자도 말하지 않았는가. '작은 것을 참지 못하면 큰 일을 그르친다'고 말이다. 지금은 오직 수비를 굳힐 뿐 적의 도전에 응할 때가 아니다."

사마의는 끝까지 수비 태세를 무너뜨리려 하지 않았다.

공명은 다시 열이 심해지고 가끔 피를 뱉는 일이 있었다. 수십 년 만에 찾아온 무서운 더위는 공명의 병을 점점 깊게 했다.

어느날 공명은 강유를 장막 안으로 불렀다.

"이제 더 이상 병든 몸이 기다리려 하지 않는다……. 그대의 의견을 듣고 싶다."

강유는 잠시 생각하고 있더니——

"과연 중달이 제 꾀에 넘어갈는지 자신이 없습니다만……."

이렇게 전제하고 나서 전략도를 짚어가며 자기가 세운 전술을 설명했다.

"먼저 우리쪽 군사를 일부러 몇 번이고 적군에게 사로잡히게 합니다. 그리고 중달의 질문에 대해 똑같은 대답을 하게 합니다. 승상은 병이 무거워 기산의 심한 더위를 피해 호로곡 서쪽 10리 지점의 시원한 곳에 가 계시다고 말입니다."

"흠, 그래서……?"

"그러면 중달은 아마 들어앉아 있던 진지에서 나와 승상이 없는 오장원 진지를 빼앗으려고 공격해 나올 것입니다."

"과연, 묘한 꾀다. 그래서 중달을 죽이든가 사로잡든가……. 그 방법은 준비되어 있는가?"

"호로곡 안쪽 출입구를 막고 계곡 안에 군사를 매복시켜 둔 다음, 오장원을 습격한 중달을 추격하게 하여 골짜기 안으로 끌어들인 다음 그 앞뒤를 끊어 버립니다."

"음! 그대의 지모는 참으로 믿음직하다."

공명은 곧 마대를 불러 명령했다.

"은밀히 호로곡에 본영 비슷한 진지를 구축하고 목책을 두른 다음, 목책 밖에 깊은 호를 파고 그 안에 장작과 섶을 쌓은 뒤 그 위에 유황과 염초 등을 뿌려 두라. 또 주변 산중턱과 언덕에도 지뢰를 묻고 임시 건물을 주욱 세워 두라."

"알았습니다."

마대가 나가자 위연이 들어왔다.

"승상, 이제 더 이상 욕을 퍼부어 보아야 아무 소용이 없습니다. 소장에게 3만 기를 주시면 단숨에 위나라 본영으로 쳐들어가 중달의 목을 잘라 오겠습니다."

"잠깐만……."

공명은 설치는 위연을 조용히 억제했다.

"3만 기가 아니고 500기로 공격해 보오."

"무슨 말씀이신지요? 겨우 500기로? 그걸 가지고는 중달의 목을 베기는커녕 당장 반격을 당해 패할 것이 뻔하지 않습니까?"

위연은 큰 눈을 부릅떴다.

"맞아, 패해 달아나면 되는 거요. 이쪽 목적은 중달을 진지에서 끌어내는 데 있소. 일부러 져주기 바라는 거요."

"흥! 또 일부러 지며 도망치란 말입니까?"

위연은 혀를 찼다.

"중달을 무찌르든가 사로잡으려면 유인해내어 기책을 쓰는 도리 밖에 없소. 장군이 설사 3만 기로 공격해 들어가도 위군 진지를 깰 수는 없소. 도리어 장군이 싸우다가 죽게 되는 화를 자초할 뿐 이오."

"결코 죽지는 않습니다!"

"이건 승상으로서의 명령이오! 500기로 공격해 들어가서 일부러 패해 물러나 주오."

"퇴각해서 어떻게 하는 겁니까?"

"중달을 호로곡으로 끌어들이는 거요. 끌어들이기만 하면 벌써 승리는 우리 거요."

공명은 분명히 말했다.

"과연 중달이 내 도발에 이끌려 추격해 올까요? 지금까지 수십 번이나 진영 앞에 다가가 욕을 퍼부었는데도 중달은 전혀 응할 기 미를 보이지 않았습니다."

"두고 보시오. 중달은 반드시 쫓아나올 거요."

위연은 마지못해 승낙했다.

공명은 위연에게 작전 지시를 했다.

"낮에는 호로곡 출입구에 북두칠성을 그린 깃발을 세워두고, 밤 에는 산꼭대기에 일곱 개의 등불을 켜놓을 테니 그것을 목표로 달아나도록 하오."

위연은 시무룩한 표정을 짓고 거친 걸음걸이로 나갔다.

공명은 다음에 고상을 불러 명령했다.

"장군은 목우·유마를 2, 30마리 또는 4, 50마리씩 한 줄로 늘어세우고 호로곡을 향해 군량을 운반하는 것처럼 가장하시오. 그리 하였다가 적의 습격을 받으면 일부러 쫓기는 척 버려두고 달아나도록 하오."

마지막으로 공명은 모든 장수들을 불러 군사들에게 농사 일을 하게 하고, 전투 태세를 버린 것처럼 적이 생각하게 하라고 시켰다.

"만일 위군이 밀어닥치면 결사적인 저항을 하는 것처럼 보이며 져주는 것이 좋소. 결국 중달은 기회를 보아 직접 출전하게 될 것이오. 그때야말로 모두 힘을 합쳐 중달의 퇴로를 끊도록 하오."

이리하여 위나라 대장군 사마중달을 무찌를 계획은 한 치의 빈틈도 없이 짜여졌다.

공명 자신은 정병 1천을 거느리고 호로곡에 가까운 시원한 곳으로 진영을 옮겼다.

공명은 강유의 전략을 채택해서 운을 걸어 본 것이다. 하나의 큰 도박이었다.

위나라 본진에서는 하후혜, 하후화 형제가 사마의 앞으로 나와 탐지한 적의 동정을 보고했다.

"현재 촉군은 널리 흩어져 모든 군대가 농사일에 힘을 기울이며 장기전에 대비하고 있습니다. 진지에 많은 빈틈이 생긴 것이 분명히 보입니다. 이때가 공격할 좋은 기회인 줄 압니다. 가을이 되면 공명은 총병력을 동원하여 구름처럼 중원을 점령하려고 몰려나올 것입니다."

"진지의 빈틈을 보이고 있는 것 또한 공명의 전략이다. 그 수에 넘어가서는 안 된다.”

사마의는 냉정히 진언을 물리쳤다.

“대장군! 그처럼 공명의 전략을 겁내어 격전을 피하신다면, 아무리 기다려 보아야 끝이 나지 않습니다. 저희 형제에게 한 군대를 주십시오. 둑을 끊은 홍수처럼 적진으로 쳐들어가 공명을 도망치게 만들겠습니다.”

“꽤 자신이 있어 보이는군.”

“꼭 허락해 주시기 바랍니다.”

“그러지, 그럼 각각 5천 기씩을 줄 테니 시험삼아 적의 빈 곳을 찔러 보라.”

사마의는 허락했다.

신바람이 난 하후혜·하후화는 두 패로 나뉘어 저마다 샛길을 골라 촉나라 진지에 야습을 감행하려고 소리없이 행진했다.

그때 몇 마장 앞을 가고 있던 정탐병이 돌아와 목우·유마로 군량을 운반하고 있는 촉나라 수송대를 발견했다고 보고했다.

“됐다! 군량을 빼앗고 말겠다!”

형제는 일제히 수송대를 앞뒤에서 공격했다.

촉병은 약간 저항을 보이다가 곧 도망쳐 흩어졌다.

목우·유마에 의한 군량 수송이 매일 계속되는 것을 안 형제는 그다음 날도 숨어서 기다리고 있다가 이를 습격했다. 군량과 함께 촉병 100여 명을 생포해서 본진으로 끌고왔다.

사마의는 머리를 조아린 적의 군졸들을 둘러보며 물었다.

“공명의 총지휘를 받고 있으면서 이렇게 쉽게 생포되다니! 도대체 어떻게 된 일이냐?”

군사 하나가 대답했다.

“저희 승상은 위군이 진지를 굳히고 절대로 반격해 나오지 않을 것으로 본 모양입니다. 병사들에게 각처로 나가 농사 일을 하며,

오로지 식량 준비에만 힘을 쓰라고 명령했습니다. 설마 위군이 공격해 올 줄은 꿈에도 생각 못하고, 우리 수송대에게 오장원과 호로곡 사이를 목우·유마로 왕복하게 했습니다.”
“알았다. 너희들은 모두 너희들 진지로 돌아가라.”
사마의는 즉시 100여 명의 포로를 풀어 주었다.
“대장군은 애써 저희가 잡아 온 적병을 어째서 처형하지 않으십니까?”
하후화가 화난 얼굴로 항의하고 나섰다.
“적병들에게 내가 얼마나 마음이 너그러운지를 보여 주고 자기 진지로 돌아가 그런 사실을 선전하도록 하기 위한 것이다. 이것도 촉나라 군사의 사기를 꺾는 한 가지 수단으로 생각하면 된다.”
사마의는 웃으며 대답했다.
그리고 앞으로 촉나라 군사를 생포했을 때는 죽이지 말고 풀어주도록 모든 장수들에게 명령을 전달했다.
“그러나 생포한 공로에 대한 상은 전과 같이 준다.”
장군들은 사마의가 공명과 허허실실의 줄다리기를 하면서 결전 시기가 무르익기를 기다리고 있는 것으로 짐작하고 있었다.
그런데 공명은 공격 태세를 버리고 식량 비축에만 전념하고 있다. 아무리 생각해도 이것은 전략이라 생각되지 않았다.
“대장군께서 신중한 것은 잘 알고 있지만, 이대로 부질없이 세월을 보내게 되면 더위는 자꾸 심해져서 우리 군의 병마도 병으로 쓰러질 염려가 있소.”
장수 중 한 사람이 이렇게 말하자 다같이 고개를 끄덕였다.
위나라 대장들은 하루라도 일찍 결전 명령을 내려줄 것을 초조하게 기다렸다.

공명의 명령에 의해 고상이 지휘하는 목우·유마의 군량 수송대는 오장원에서 호로곡으로 군량을 수송하는 것처럼 그 사이를 왕복하고 있었다. 그리하여 수송대는 반 달 동안에 하후혜·하후화 형제에게 일곱 차례나 습격을 당했고 수송병도 많이 생포되었다.

그러나 사마의는 여전히 총공격 명령을 내리려 하지 않았다.

어느 날 또다시 수십 명의 촉병들이 잡혀오자 사마의는 비로소 결심한 듯 그들을 자기 앞으로 불러들여 물었다.

"너희들 승상은 지금 어디에 있느냐?"

그러자 한 군사가 대답했다.

"승상은 오장원에서 호로곡으로 옮겼습니다."

"왜 공명이 오장원에서 호로곡으로 옮겼는지 그 까닭을 아는 사람이 있느냐?"

"예."

다른 군사가 대답했다.

"승상께서는 심한 더위를 피하려는 것입니다."

"으음."

사마의는 싱긋 웃었다.

'공명은 가슴병이 도진 것이 틀림없다. 그래서 시원한 호로곡으로 옮긴 거다. 어쩌면 벌써 병석에 누워 있는지도 모른다.'

드디어 공명을 무찌를 때가 왔다고 사마의는 자신에게 말했다.

다음날 아침 모든 장수들을 소집해 놓고 사마의는 명령했다.

"제갈량은 병이 악화되어 오장원에서 호로곡으로 더위를 피해 갔다. 오늘은 다들 폭풍우 같은 기세로 곧장 오장원 진지를 공격해 주기 바란다. 나도 장군들의 뒤를 따라갈 것이다."

모든 장수들은 공격 명령이 떨어지기를 매일같이 기다렸다.

'자아, 어디 한번 나가 볼까!'

위의 모든 장수들은 신바람이 나서 군사들에게 출격 명령을 즉시 전했다.

사마의의 큰아들 사마사는 아버지의 명령에 고개를 갸웃했다.

"아버지, 어째서 정면에 있는 호로곡을 치지 않고 뒤쪽에 있는 오장원을 치십니까?"

"공명은 자신이 오장원을 떠난 것을 비밀로 하고 있다. 본영은 어디까지나 오장원에 두고 있는 것처럼 보이고 있는 것이다. 그러므로 우리 대장들이 그곳을 습격하면 촉군은 태반의 군사를 보내어 끝까지 지키려 할 것이 틀림없다. 자연 호로곡은 수비가 허술해진다. 그 틈을 타서 내가 호로곡을 습격해서 공명을 무찌르는 거다. 설사 공명을 놓친다 하더라도 오장원에서 운반해 온 군량의 태반을 불태울 수가 있다. 보급을 끊으면 공명도 더 이상 어째 볼 수가 없을 것이다."

"과연 아버지이십니다."

사마사는 감탄했다.

위군 20여만은 해질 무렵을 기다렸다가 출격했다. 사마의는 중군을 이끌고 말에 올라 서서히 나아갔다.

장호와 악침이 각각 5천 기씩을 거느리고 후비를 맡았다.

공명은 이 날이 오기를 고대했다.

적이 출격해 왔다는 급보는 화살 편지에 의해 계속 산꼭대기에 있는 공명에게 전해졌다.

위군이 5천, 6천, 혹은 1천, 2천 명으로 나뉘어 오고 있다는 것을 안 공명은 옆에 있는 강유에게 말했다.

"그대의 계책대로 되었다. 적의 주력은 오장원을 향해 몰려들 것이 틀림없다."

전령은 공명의 명령을 갖고 촉장들에게로 달렸다.

"위군이 사마의의 총지휘 아래 공격해 왔다. 장군들은 이를 맞아 지키지 말고 거꾸로 쳐나가라. 남쪽 기슭의 적 진지를 모조리 탈취하라.”

촉장들은 일제히 오장원 진영을 수비하려는 것처럼 군사를 재빨리 움직였다.

“됐다! 이제 호로곡에는 아마 군사라고는 1천 명도 남아 있지 않을 것이다.”

사마의는 사마사·사마소 두 아들을 데리고 새벽녘에 질풍처럼 호로곡을 향해 말을 달렸다.

그러나 그가 가는 앞에 위연이 500명 군사를 매복시키고 기다리고 있었다.

“왔구나, 사마의 놈!”

위연은 준마를 달려 숲속에서 뛰쳐나왔다. 사마의의 가는 길을 가로막고 천둥같이 소리를 질렀다.

“사마의 듣거라! 촉나라 명장 위연이 여기 있는 줄을 모르느냐? 어서 나와 내 칼을 받아라!”

사마의는 예상하고 있었다. 공명이 위연 같은 장수를 숨겨 두었으리라는 것을. 그러나 오장원으로 대부분의 촉나라 장군들이 달려가 수비를 굳히고 있는 이상, 위연은 얼마 안 되는 군사밖에 거느리고 있지 않을 것으로 생각했다.

예상대로였다.

숲에서 뛰쳐나온 것은 겨우 수백 명에 지나지 않았다.

“위연이 다 뭣하는 놈이냐! 공격!”

사마의는 외쳤다.

“와아앗!”

“야앗!”

위나라 정예 3만은 해일처럼 밀어닥쳤다.

“귀찮은 조무래기들! 목숨이 아까우면 물러나라! 중달의 목을 치고 말 테다!”

위연은 큰 청룡도를 바람개비처럼 돌리며 군졸들의 포위를 뚫고 사마의를 향해 돌진했다.

그러나 중과부적이었다. 촉병은 차례로 칼을 맞고 넘어지기 시작했다.

위연만이 지옥의 신장처럼 혼자 휘저으며 돌진했다.

그러나 도저히 사마의 근처까지는 다가갈 수 없었다.

사마사, 사마소 두 형제가 좌우에서 공격해 들어왔다.

위연은 지금이 때인 것을 알고 얼른 말머리를 돌려 달아났다.

"도망치지 마라! 명색이 맹장이란 자가 무슨 비겁한 짓이냐!"

사마의는 두 아들과 더불어 무섭게 뒤쫓아왔다.

위연은 순식간에 골짜기 사이로 모습을 감추었다.

골짜기 어귀까지 뒤쫓아온 사마의는 잠시 말을 세우고 정탐병을 보내 골짜기 안을 살펴보게 했다.

그곳에는 촉병의 모습은 보이지 않고 주위 산중턱에 풀로 엮은 임시 건물만 주욱 세워져 있을 뿐이었다. 잠복한 군사가 있는 것 같지 않다는 보고였다.

"그 임시 건물에 군량이 비축되어 있을 겁니다, 아버지."

사마사와 사마소는 똑같이 이렇게 말하고 앞장서서 골짜기 안으로 쳐들어갔다.

사마의는 다시 한번 자세히 알아볼 생각이었다. 그러나 아들들이 이미 쳐들어갔기 때문에 그럴 여유가 없었다. 하는 수 없이 말을 달려 뒤를 따랐다.

약 두 마장쯤 들어가서 사마의는 산중턱에 늘어선 임시 건물을 쳐다보고 깜짝 놀랐다.

지붕 위에 섶이 쌓여 있는 것을 본 것이다.

'어쩌면 공명의 술책에 걸려든 것이 아닐까?'

그런 의심을 두 아들에게 말하려 했다.

그러나 그 순간, 천지를 뒤흔드는 함성이 산중턱에서 터져나오며 횃불이 수없이 날아와 일시에 건물 지붕 섶에 옮겨 붙었다.

다음 순간 임시 건물은 불덩어리로 변해 가파른 비탈을 타고 굴러 떨어졌다.

섶에는 화약이 숨겨져 있어 요란한 소리와 함께 터졌다.

삽시간에 골짜기 출입구는 불길에 완전히 막히고 말았다.

불화살이 산꼭대기에서 날아왔다.

땅에 묻어 둔 화약이 꽝 하고 폭발했다.

골짜기 안은 완전히 불지옥으로 변했다.

"큰일이다! 역시 제갈량이란 놈에게 속고 말았다!"

처절한 소리와 함께 불타는 골짜기 한가운데서 사마의는 두 아들과 함께 어찌 할 바를 모르고 우두커니 서 있었다.

오로지 절망뿐이다. 만에 하나라도 살아날 방법은 없었다.

"아버지!"

"분하지만 어쩌겠느냐! 이제 달아날 방법은 없다!"

"그러나 아버지, 여기서 이대로 죽고 말면 위나라는 공명에게 짓밟히고 맙니다!"

"단념하는 것이 좋다! 삼군을 통솔하는 사람이 적의 함정에 빠진 이상 깨끗이 죽는 길을 택할 수밖에 없다."

사마의는 두 아들들에게 이런 말로 타일렀다.

바로 그때였다. 죽음밖에 없는 구렁텅이에서 살아날 희망이 언뜻 보였다. 하늘은 이들 삼부자를 못 본 체하지 않았다.

갑자기 습기를 잔뜩 머금은 바람이 불어닥치면서 천둥소리가 나고 사방이 깜깜해졌다.

하늘을 우러러본 사마의는 기뻐 어쩔 줄을 몰랐다.

"하늘은 아직 나를 버리지 않았다! 보아라, 저 비구름을!"

금세 하늘을 덮은 잿빛 구름이 억수 같은 소나기를 퍼부었다. 골

짜기를 집어삼키려던 불길이 금방 꺼지고 말았다. 불화살도 소용없
게 되었다.

대승리를 눈앞에 두고 소나기가 위나라 편을 들어줄 줄이야. 아무
리 공명이요 강유였지만 거기까지는 상상조차 하지 못했다. 그래서
'지혜있는 장수가 복 있는 장수만 못하다'는 말이 생긴 것이리라.

후세 사람이 탄식하여 시를 읊었다.

상방곡 골짜기 광풍이 불어 화염이 치솟는데
어찌 알았으랴, 푸른 하늘이 소나기 퍼부을 줄
제갈무후의 묘한 계책이 뜻대로 이루어졌다면
천하강산이 어찌 진나라 손 안에 들었겠는가!

"달아날 때는 지금이다!"

사마의 부자는 말에 뛰어오르자 정신없이 채찍을 휘둘렀다.

거기에 후미를 맡고 있던 장호와 악침이 달려왔다.

"오늘 패배는 액때움이다. 나는 30년은 더 살게 되었다!"

사마의는 크게 외치고 나서 위수 남쪽 기슭에 자리잡고 있는 본영
을 향해 급히 말을 달렸다.

호로곡에서 사마의를 불로 공격하던 마대가 거느리고 있던 군사
는 겨우 1천 기에 불과했다. 그 군세로 달아나는 사마의를 추격할
수는 없었다.

마대는 쏟아지는 비를 바라보며 부르짖었다.

"빌어먹을 비 같으니라구! 네놈이 사마의의 편을 들다니? 하늘
의 뜻이 사마의에게 있단 말인가!"

사마의 부자가 남쪽 기슭 본영으로 철수해 왔을 때는 이미 모든
진지가 촉군에 의해 점령되어 있었다.

진지에 남아서 지키고 있던 곽회와 손례는, 배를 연결시킨 부교

위에서 촉나라 군사와 격렬한 전투를 계속하고 있었다. 두 장군 모두 물에 빠질 것만 같은 형세였다.

"곽회와 손례를 구하라!"

사마의의 명령으로 장호와 악침이 단숨에 달려가 가담했다.

촉군은 하는 수 없이 퇴각했다.

사마의는 부교를 불태운 다음 남쪽 기슭을 버리고 북쪽 기슭에 본영을 새로 꾸몄다.

한편 오장원을 향해 공격을 가하던 위나라 대장들은, 대도독이 호로곡에서 불공격을 만나 크게 패하고 겨우 목숨만을 건져 도망쳤다는 급보가 들어오자 순간 사기가 꺾여 퇴각하기 시작했다.

숨어서 이때를 기다리던 촉병들이 한꺼번에 사방에서 쳐들어왔다.

위군은 눈사태처럼 무너지기 시작했다. 열에 여덟은 부상을 입는 참패를 당했다. 이 싸움에서 전사한 위군은 1만 8천이라고도 하고 2만이 훨씬 넘는다고도 한다. 촉의 대승이었다.

그러나 공명도 강유도 기쁘지 않았다. 오히려 비통하기만 했다.

"승상!"

강유가 비통한 표정으로 앞에 무릎을 꿇었다.

"소장이 세운 작전은 실패로 끝났습니다."

"중달을 죽이지도 사로잡지도 못한 원통함을 말하는가."

"드릴 말씀이 없습니다. 군졸 2만이나 3만을 무찌른 것만으로는 승리라고 할 수 없습니다."

"하늘이 내리는 비를 그치게 할 수 있는 사람은 이 세상에 한 사람도 없다."

"그러나……, 비가 올 경우에 대비한 방법을 세우지 못한 것은 변명할 여지가 없습니다."

"이런 말이 있지 않은가. '일을 꾀하는 것은 사람에게 있고, 일을 이루는 것은 하늘에 있다'고 말이다."

“예에…….”
“하는 수 없는 일이다. 나 자신 20여 년에 걸쳐 싸움으로 나날을 보냈지만 이길 때도 있고 질 때도 있었다.”
강유는 그렇게 말하는 공명을 지그시 쳐다보았다.
공명의 창백한 얼굴은 무표정했다.
“뒤돌아 생각해보니 어떤 싸움에서나 확실히 이긴다는 확신은 없었다. 뒷사람들은 혹 내가 이기게끔 만들었기 때문에 이겼다고 풀이할지 모르지만 그렇지는 않다. 하기야 내가 다른 사람보다 화를 미리 피하는 데 있어서 약간 나았을지는 모르지. 그러나 그것은 어디까지나 적의 지혜의 정도와 군사의 많고 적음, 지형의 좋고 나쁜 것을 보고 나서 꾀한 것일 뿐, 헤아릴 수 없는 천지이변까지 귀신처럼 미리 알 수 있었기 때문은 아니다. 적벽에서 오군으로 하여금 조조의 대군을 격파할 수 있게 한 것도, 계절풍이 불어오는 것을 역산천문학에 의해 미리 알고 있었기 때문에 가능했다. 혹자가 말하듯 내가 무슨 남다른 능력이 있어서 바람을 빌려온 것은 아니었다. 이번의 비는 천문으로도 알 수 없는 것이었다. 하는 수 없다. 갑작스런 하늘의 이변이었던 것이다. 하늘의 뜻으로 돌리는 것이 좋다.”
“예에.”
강유는 고개를 떨어뜨렸다.
“그보다도 내가 그대에게 들려줄 일이 있다.”
“삼가 듣겠습니다.”
“꼭 이길 줄 알았던 계획이 틀어졌을 때 무엇보다 중요한 것은 자기 마음을 다잡아 실망하거나 동요하지 않는 일이다.”
“예에!”
강유는 두 손을 짚고 크게 고개를 숙였다.
“계획이 틀어졌을 때 마음이 흔들려서는 총대장이 될 자격이 없다. 이제는 해볼 도리가 없다고 생각되는 참패를 당했을 경우라도 마음만은 평정을 잃지 말아야 한다.”

“알았습니다.”

강유는 감격으로 온 몸이 뜨거워졌다.

“그 증거로 이번의 중달이 좋은 보기가 된다. 중달이 한 차례는 죽음을 각오했을 것이 틀림없다. 그런데 생각지도 못한 소나기의 도움으로 살아났다. 언제 어디서 어떤 도움이 나타날지 모르는 것이다. 그런 뜻에서 모든 것을 하늘에 맡기고 평상시 마음을 잃지 않는 정신 자세가 중요하다. 어떤 상황에 처하더라도 마음의 절대적인 평정을 유지하는 것이 지혜와 용기보다 더 소중하다는 것을 잊어서는 안 된다.”

“승상! 고마우신 가르침, 가슴에 새겨 잠시도 잊지 않겠습니다.”

강유가 물러가자 공명은 ‘진중일기’를 썼다. 그것은 그 자신의 반성을 겸한 병법의 요체(要諦)를 기록하는 일이었다.

어떤 사람들은 적을 크게 무찔러 대승을 거두는 것만이 최상이라고 생각한다.

그러나 공명을 비롯한 중국인의 사고방식은 좀 다르다. 그들이 사고하는 중심 관념은 하늘이었다. 사람으로서 할 수 있는 최선은 다 하지만 최종적으로 결정을 내리는 것은 하늘의 뜻이라는 사고방식이다.

다음의 용병술에서도 그런 사상을 엿볼 수 있다.

‘한마디로 용병이라 해도 그 교졸(巧拙)에 따라 다음의 셋으로 나눌 수가 있다.

최선의 용병이란? 미연에 곤란을 막고 사태가 큰일이 되기 전에 해결한다. 앞을 미리 내다보며 선수를 쓰고, 형벌의 규정이 있어도 그것을 실제로 적용할 필요가 없도록 운용한다. 이와 같은 용병이야말로 최선이다.

차선의 용병이란? 적과 맞서 포진하고 군마(軍馬)를 달리게 하며 강노(强弩)를 쏘아대고 바짝바짝 적진에 육박한다. 이 단계에서 적은 아군의 기세에 겁을 먹고 별안간 달아날 궁리를 한다. 이것이 차선의 용병이다.

그럼 최하의 용병이란? 장수가 스스로 진두에 서서 적의 화살을 무릅쓰고 당장의 승리에 눈알이 벌게진다. 적군과 아군이 수많은 사상자를 내면서도 승패의 귀추가 분명치 않다. 이것은 최저의 용병이다.'

일반적인 상식론으로 들릴지 모른다. 그러나 공명이 말하는 최선의 용병이란 되도록이면 전쟁을 하지 않는다는 뜻이다.

사람의 목숨은 하늘이 준 것이므로 그것을 함부로 하는 것은 아무리 장수라도 허락되지 않는다. 하늘의 뜻과 어긋나는 일이다.

차선의 방법 역시 이와 같은 정신이 밑에 깔려 있다. 즉 적과 대치하고 있을 때에는 군마를 달리게 하거나 강력한 노궁을 발사하거나 적에 육박하거나 하지만, 이것은 어디까지나 시위이지 직접적 공격은 아니다. 적이 그 시위에 두려움을 느끼고 달아나면 그보다 다행스러운 일은 없다.

최하의 용병은 적접 싸우는 일이다. 그것도 필승의 계산없이 싸우는 경우이다.

아무튼 이기는 데도 온갖 방법이 있다. 직접 적과 맞부딪쳐 죽을 힘을 다해 싸우면 적을 이긴다 해도 상대적으로 아군의 손실도 적지 않다. 중국식 병법, 대륙 기질로 볼 때 이러한 승리법은 별로 칭찬받는 승리법은 아니다. '싸우지 않고 이기는' 것이 최선이다.

그러므로 손자도 이렇게 말했다.

"백 번 싸워 백 번 이겼다 하더라도 그것은 최상의 승리는 아니다. 싸우지 않고 상대를 굴복시킨다. 이것이야말로 최상의 승리인 것이다. 즉 최상의 책략은 적의 속셈을 꿰뚫어보고 그것을 봉쇄하는 일이다. 그 다음가는 것은 적의 동맹 관계를 끊어 적을 고립시키는 일이다. 세 번째가 전쟁을 벌이는 것이고 가장 하책(下策)이 적의 성을 공격하는 것이다. 즉 성을 공격한다는 것은 온갖 수단을 다 써본 뒤 부득이 쓰는 마지막 수단이다."(「손자」〈모공편〉)

공명의 병법은 이러한 손자병법과 기본적으로 같다. 아니 놀랄 만큼 닮았다고 할 수 있으리라.

이런 대륙 기질과 대조되는 것이 왜국의 섬나라 기질이다.

왜병은 사력을 다하여 끝까지 싸우고 끝에 가서 항복할 때가 되면 집단 자살한다. 중국의 사고 방식으로는 이것이 최저 최하의 방법임은 새삼 말할 것도 없으리라.

생각만 해도 창자가 끊어오르는 참패를 당한 사마의는, 위수 북쪽 기슭에 본진을 차리자 모든 장수들에게——

"분한 일이지만 내 지혜는 공명에게 미치지 못한다. 지혜를 겨룬 끝에 이 모양이 되었다."

솔직히 시인한 다음 명령했다.

"앞으로는 진영을 굳게 지키고 두번 다시 나가서는 안 된다. 이쪽에서 먼저 공격한다는 것은, 공명이 지혜를 발휘할 기회를 줘 그의 희생물이 되는 것뿐이다. 누구든지 공격할 생각으로 마음이 들떠서는 안 된다. 기다리는 거다. 그저 기다리기로 한다."

그때 한 장수가 물었다.

"그저 기다리고만 있으면 우리 위나라 군사에게 어떤 유리한 결과가 온다는 말씀이십니까?"

"공명이 이 세상을 떠나기를 기다린다는 것이다."

사마의의 이 말에 장군들은 어이가 없었다.

제갈량이 죽는다니, 대체 그것이 어느 때란 말인가? 예측할 수 없는 일이 아닌가? 5년 뒤가 될지 10년 뒤가 될지 모르는 일이 아닌가?

장군들 사이에는 사마의의 지나친 신중성을 약간 업신여기는 분위기마저 감돌았다.

더러는 사마의가 헛이름만 높이 났지 공명과 맞서 싸울 지략이 없는 무장이 아닌가 하는 극단적인 의문까지 품는 장수도 있었다.

"총수를 잘못 임명한 것이 아닐까? 도대체 어느 세상에 적의 대장이 죽기를 기다리며 도사리고만 있는 총수가 있단 말인가!"

서로 친한 무장들끼리는 이러한 말까지 주고받았다.

그러나 사마의의 표정을 보면 공명이 머지않아 죽게 될 것을 확신하고 있는 것 같았다.

사마의는, 만일 지시를 어기고 진지를 벗어나 공을 세우려는 사람이 있으면 군령에 의해 처형한다는 엄명을 다시 내렸다.

장수들은 더이상 캐물을 수가 없었다.

이윽고 촉군 동정을 살피고 온 곽회가 보고했다.

"지금 제갈량은 직접 사륜거를 몰고 각처로 돌아다니며 뭔가 찾고 있었습니다. 혹 새로 진지를 차릴 곳을 물색하고 있는지도 모르겠습니다."

"그래? 공명이란 놈 조바심을 내고 있군. 자기 수명이 다한 것을 알고 있는 이상 한시바삐 결말을 내고 싶겠지. 그가 만일 무공(武功)으로 진출해서 산을 따라 동쪽으로 향하게 되면, 우리의 북쪽 진지는 전멸의 위기에 놓이게 된다. 그러나 그가 위수 남쪽으로 나가 계속 오장원에 진을 치고 있으면 우리는 어제와 같은 그런 참패에서 벗어나게 될 것이다."

사마의의 말대로 분명 공명은 서두르고 있었다. 전투를 하려고 온갖 수단을 다 써서 매일 도발을 하고 있다.

별은 드디어

아무리 제갈량의 수명까지 재고 있는 사마의였지만, 촉군의 거듭되는 도발과 모욕을 더 이상은 참을 수 없었다. 그는 마침내 쳐나가려 했다.

그러자 감군(監軍)으로 와 있는 신비(辛毗)가 명제의 조서를 내보이며 한사코 말렸다.

조서의 내용은 이러했다.

오직 방비를 굳히고 적의 예기(銳氣)를 꺾는 데만 전념하라. 그리하면 적은 공격하더라도 뜻대로 되지 않고, 물러나도 결전이 되지 않고, 그렇다고 지구전에 호소해도 병량이 바닥날 것이며, 약탈을 하려고 나서도 얻을 것이 없다. 이렇게 되면 반드시 퇴각한다. 그때를 틈타 재빨리 추격하라! 충분히 휴식을 취한 병으로 하여금 멀리 온 적을 치게 하라. 이것이야말로 백전백승의 방법이다.

조서의 내용을 보면 명제 조예가 총명했다는 것을 알 수 있다. 사마의는 황제의 조서를 읽고 다시 평상심을 회복했다.

공명은 계속 사자를 보내어 사마의에게 도발하고 모욕했다.

그래도 사마의가 전혀 응해 올 기미를 보이지 않자 한 꾀를 썼다.

부인들이 머리에 꽂는 장식과 흰 비단으로 만든 여자 속옷을 가져오게 한 다음, 이것을 널(棺)에 넣어 편지와 함께 위나라 본영으로 전하게 했다.

위나라 수문장은 사자를 쫓아낼 수도 없고 해서 사마의에게로 안내해 들여보냈다.

사마의는 좌우의 사람들이 보는 앞에서 널 뚜껑을 열어 보았다.

나타난 것은 여자의 머리 장식과 속옷이 아닌가.

공명이 보낸 편지를 펴보니——

사마중달에게 말한다. 위나라 전군을 지휘하는 총대장으로, 갑옷과 투구를 입고 무기를 들어 이 공명과 자웅을 결정짓기를 무서워하는 비겁함은, 무인으로서 이보다 더 부끄러운 일은 없을 것이다. 여자만도 못한 겁쟁이라고 조롱한다 해도 조금도 지나친 일은 아닐 것이다. 그래서 사람을 시켜 머리 장식과 여자 속옷을 선사하는 것이다. 나와 싸울 생각이 없으면 두 번 절하고 이를 받아야 할 것이다. 남자다운 면목이 있다면 곧 부끄러운 줄을 알고 나와 승부를 결정하라.

그러나 사마의는 그런 도발에도 절대로 넘어가지 않았다.

"하하하……제갈량이 이 사마중달을 여자 취급하는 건가."

중달은 너털웃음을 웃고 나서 촉나라 사자에게 물었다.

"나를 이토록 모욕하고 있는 공명은 과연 촉군의 총지휘를 할 수 있는 건강을 가지고 있는가?"

사자는 잠시 사마의를 마주 바라보더니 대답했다.

“우리 승상께서는, 아침에는 해와 함께 일어나서 밤에는 별이 하늘에 빛날 때까지 일을 보고 계십니다. 그리고 병사에게 매를 치는 일까지 손수 결재를 내리십니다.”
사마의는 좌우를 둘러보고 말했다.
“다들 이 사자의 괴로운 거짓말을 들었지? 공명이 정말로 죽을 병에 신음하고 있지 않다면 이 사자가 이런 거짓말은 하지 않을 것이다. ……공명은 자신이 병으로 신음하고 있는 것을 자기 편에게도 알리지 않고 있는 거다.”
“승상께선 아주 건강하십니다.”
사자는 성난 얼굴로 이렇게 소리쳤다.
사마의는 엷은 웃음을 띠며 말했다.
“돌아가 공명에게 전하라. 머리 장식과 여자 속옷을 보내 주어서 참으로 감사하게 받았다고. 어째서 그것을 보내 주었는지 그 뜻도 똑똑히 알았다고 말이다.”
급히 오장원으로 돌아온 사자는 공명 앞에 무릎 꿇자——
“사마의는 머리 장식과 여자 속옷을 받고 편지를 펴보았으나 조금도 성난 기색을 얼굴에 나타내지 않고, 오히려 승상의 건강 상태에 대해 물었습니다.”
그리고 사마의의 말을 전한 다음 이렇게 덧붙였다.
“아주 차갑고 기분 나쁜 너털웃음을 웃었습니다.”
옆에서 강유가 말했다.
“신비가 감군으로 와 있으므로 사마의는 어떤 모욕과 도발에도 쳐나오지 않을 겁니다.”
공명은 씹어뱉듯이 대꾸했다.
“사마의는 애당초 싸울 생각이 없다. 앞서 쳐나오려고 잠깐 날뛰었던 것은 용기가 있음을 부하에게 보여 주려는 속임수였다. 병법에도 ‘대장이 군중에 있을 때에는 군명이라 할지라도 좇지 않는

경우가 있다'고 말했다. 나를 이길 자신이 있었다면 신비가 말린
다고 해서 그대로 주저앉겠는가?"
그리고 공명은 잠깐 허공을 노려보더니 혼잣말처럼 중얼거렸다.
"중달은 나보다 더 정확히 내 운명을 점치고 있는 건가!"
공명은 처음으로 남이 보는 앞에서 침통한 표정을 감추지 못했다.
그 모양을 지켜보고 있던 주부 양옹(楊顒)이 앞으로 나왔다.
"승상께 감히 드릴 말씀이 있습니다."
"말해 보구려."
"승상께선 오랜 동안의 노고로 몸이 지친 나머지 병마저 더해 가
고 있습니다. 게다가 또 식량 장부까지 일일이 훑어보고 재가를
하고 계십니다. 그래서는 설사 병이 없는 분일지라도 번잡한 사무
에 견디지 못해 지치고 맙니다. ……대개 다스림에 있어서는 체
계가 있는 것으로 위와 아래는 서로 침범하는 일이 없이 각자 그
분수를 지키면 되는 줄로 압니다. 예를 들어 집을 다스리는 데 있
어서는, 하인들에게는 농사일을 시키고 하녀에게는 밥짓는 일을
맡겨 두면, 집안이 기우는 일 없이 필요한 것을 다 얻게 됩니다.
주인은 편안히 베개를 높이하고 먹고 입는 데 마음을 쓰는 일이
없습니다. 그런데 주인된 사람이 하인과 하녀의 일까지 마음을 쓰
기 때문에 몸과 마음이 함께 지치게 됩니다. 승상! 바라옵건대
하인과 하녀들 일에는 마음을 쓰지 말아 주십시오. 사마의 같은
사람보다 승상께서 먼저 세상을 뜨신다는 것은 상상만 해도 우리
들의 눈앞이 캄캄해집니다."
'이 양옹 같은 사람들은 내 운명이 다한 것을 모르고 있다. 병이
나을 한 가닥 희망이라도 있으면 나는 오장원 같은 데 진을 치고
중달을 꾀어 내려 도발하거나 하지는 않는다.'
그러나 공명은 조용한 태도로──
"흥망을 건 결전은 때를 놓칠 수가 없소. 설사 내 몸이 지쳐 있다

해도 이 기회를 놓칠 수는 없는 것이오. 군사들도 내가 직접 지휘를 함으로써 사기가 왕성해지며 위나라 대군을 깨뜨리려고 벼르게 되는 것이오. ……부디 내 건강은 너무 염려하지 말고 각자 맡은 일을 열심히 해주기 바라오.”

그렇게 타이르면서 공명은 강유의 눈길이 몸에 와 닿는 것을 느꼈다. 뒤돌아보며 강유에게 약간 고개를 끄덕여 보였다.

‘……승상! 이 강유가 있는 한, 절대로 사마의가 촉나라 국경을 침범하게는 하지 않겠습니다!’

강유의 두 눈은 그렇게 말하고 있었다.

위군 진영에는 공명이 여자의 머리 장식과 속옷을 보내 사마의를 조롱한 것에 대해 격분하는 분위기가 팽배했다. 뼈에 사무치는 이 모욕에 대해 군졸들까지도 분노했다.

대장군이 그런 굴욕을 달게 받으며 전혀 움직이려 하지 않는 것도 여러 장수들의 격분에 기름을 부었다.

각 진지에서 본영에 집합한 무장들은 저마다 사마의가 신중하다기보다 겁이 많다고 드러내놓고 성토했다.

“대장군께선 어떤 생각이 있기에 이런 모욕을 당하고도 제갈량을 치려 하지 않습니까? 우리들은 판단하기 매우 어렵습니다. 우리들로서는 도저히 참을 수 없습니다. 적이 싸움을 걸어왔으면 당당히 나가 싸워 자웅을 결정지어야 할 것으로 생각합니다.”

한 사람이 대표로 크게 외쳤다.

사마의는 별로 표정도 변하지 않았다.

“그대들 이상으로 이 중달도, 가슴이 터질 것만 같이 공명의 모욕에 대한 분노로 불타고 있소.”

“그러시면 지금이라도 당장…….”

“기다리시오! 공명의 도발에 자칫 끌려들면 앞서보다 더 심한 패배를 당하게 되오."

"대장군! 제갈량이 죽기를 기다리는 것은 대장군 한 분뿐입니다. 우리들은 제갈량이 병으로 죽는 것보다 무기를 들고 그의 목을 칠 것을 바라고 있습니다. ……하늘의 별을 보고 제갈량의 수명이 금년으로 끝난다는 것을 아신다 해도 저희들은 믿지 않습니다."

이 어지러운 세상에 태어나 싸움으로 날을 새고 밤을 맞이하며 오늘까지 살아온 무장들이었다. 그들이 가장 싫어하는 것은 비겁이다. 사람들로부터 겁쟁이 취급을 당하는 것보다 더 큰 치욕은 없다.

사마의로부터 공격하지 말라는 엄명을 받고, 그것도 작전이라면 하는 수 없다고 복종해 왔다. 그러나 적의 총지휘관으로부터 여자 같은 겁쟁이라는 조롱을 받은 이상 이대로 진지에 틀어박혀 있을 수는 없었다.

사마의는 모든 장수들의 살기에 찬 눈총을 받으며 가벼운 전율을 느꼈다.

'이 녀석들은 내가 끝까지 출격을 거부할 경우, 대장군도 아랑곳하지 않고 저희들 뜻대로 할 각오를 정하고 몰려온 것이다.'

사마의는 살기에 찬 부하들 앞에서는 대장군의 권위를 행사하기 어렵다는 것을 깨달았다.

"장군들, 내가 공명의 도발에 응하지 않는 이유 중 하나는 황제의 명령이기 때문이오. 굳게 지킬 뿐 함부로 나가 싸워서는 안 된다는 조서를 받고 있기 때문이오. 폐하의 조서를 거역할 수는 없는 일이 아니겠소?"

"그렇다면 대장군께서 결전에 대해 허락을 내리시도록 폐하께 상소를 해주시기 바랍니다."

'하는 수 없지.'

사마의는 낙양에 있는 위제 조예에게 상소문을 썼다.

　신 사마의는 재주는 부족하고 책임이 무거운지라, 굳게 지키고 싸우지 않으며 촉나라 사람이 자멸하기를 기다리고 있던 중, 제갈량이 신에게 부인네의 머리 장식과 옷을 보내어, 신이 진지를 지키고 있는 것을 여자처럼 겁이 많다고 비웃었사옵니다. 이보다 더한 치욕은 없나이다. 신, 삼가 성상의 총명을 빌려 여기서 목숨을 바쳐 적과 싸워 조정의 은혜에 보답하고 삼군의 부끄러움을 씻으려 하옵니다. 치솟는 분을 누를 길이 없어 엎드려 비옵니다.

　조예는 상소문을 거듭 읽고 나서 중신들에게 그 글을 돌아가며 읽게 했다.

　"중달이 요전번 그토록 제갈량의 책략에 말려들어 혼나고도, 고작 여자의 머리 장식을 보내온 것만으로 갑자기 격분해서 적의 도전에 응해 결전하겠다는 것은 도무지 이해가 가지 않는 일……"

　조예의 이같은 의심에 위위(衛尉) 신비(辛毗)가 대답했다.

　"신이 생각하건대 사마의가 싸우겠다고 한 것은 본심이 아닌 줄로 아옵니다. 각 진지를 지키고 있는 장군들이 격분한 나머지 사마의에게 이같은 상소문을 올리도록 강요한 것이 아닌가 보옵니다. 아마 사마의의 본뜻은 거듭 나가 싸우지 말라는 폐하의 조서를 다시 한번 받잡아 그것으로써 모든 장수들의 마음을 달래려는 데 있는 것으로 짐작되옵니다."

　"그렇겠군. 그럼 다시 조서를 내리도록 하지."

　신비는 칙사가 되어 위수 북쪽 기슭의 본진으로 향했다.

　사마의는 모든 장군들을 모이게 하고서 신비를 장막 안으로 맞아들였다.

　신비는 윗자리에 오르자 조서를 높이 들고 큰 소리로 읽은 다음 소리쳤다.

　"잘 들으시오. 지금 쳐나가 싸우는 것은 폐하의 칙명을 어기는 일

이오.”

‘고맙다!’

사마의는 신비가 임금에게 권하여 이같은 조서를 내린 것으로 짐작하고 있었다.

무장들은 나가 치라는 허락이 내릴 것으로 기대하고 있었다. 그러나 기대와는 달리 황제는 다시 한번 굳게 지키라는 엄명을 내린 것이다. 모두 분하게 여겨 이를 갈 뿐이었다.

장군들이 저마다 자기 진지로 물러간 다음, 사마의는 신비를 접대하며 고마워했다.

“무슨 말씀을. 대도독으로서 정말 괴로운 입장에 처해 있는 것을 동정한 것뿐이오.”

신비는 공명의 무서운 지혜와 전략을 잘 알고 있었다. 그는 사마의가 공명의 유인에 끌려들지 않는 것이 가장 현명한 전술이라고 보고 있었다.

사마의가 반격하겠다는 상소문을 조예에게 올렸으나 조예가 이것을 허락지 않고 거듭 나가 싸우지 말라는 조서를 내렸다는 것이 곧 공명의 귀에 들어갔다.

공명은 씁쓰레하게 웃음을 지으며 강유에게 말했다.

“중달은 교활한 사람이다. 장수들을 달래기 위해 수단을 부린 것이다.”

“어떻게 아십니까?”

“중달은 나와 승부를 결정지을 생각이 없다. 그러나 그같이 무서워하고 있는 것을 부하 장수들이 알게 되는 것이 두려워 일부러 반격하겠다는 상소문을 올린 것이 틀림없다. 조예 옆에는 신비라는 참모가 붙어 있다. 신비는 나를 잘 알고 있는 사람이다. 반드시 조예에게 간하여 중달에게 출전하지 못하게 할 것을, 중달은

내다보고……장수들이 격분해 날뛰는 것을 막을 길이 없어 그같
은 방편을 쓴 것뿐이다. 그리고 그런 사실을 우리쪽 귀에 들어오
도록 소문을 퍼뜨린 것은 우리 군사의 마음을 게으르게 만들 속셈
일 것이다.”

강유가 물었다.

“그렇다면 승상께서는 중달의 이같은 태도에 대해 어떤 방법을
쓰시겠습니까?”

그러나 공명은 대답하지 않았다.

이제는 누구나 공명의 얼굴에서 점점 핏기가 가시는 것을 분명히
볼 수 있었다.

강유는 공명에게서 ‘죽음의 상(相)’이 나타난 것을 보았다. 일찍
부터 각오는 하고 있던 일이지만 막상 이를 대하고 보니 가슴이 찢
어지는 것 같은 아픔을 느꼈다.

오랜 침묵이 계속되었다. 숨막히는 정적이 장막 안을 누르고 있었
다. 이윽고 공명은 힘없이 말했다.

“다들 그만 가도 된다.”

그날 밤 공명은 막사 밖으로 나가 서너 시간 남짓 하늘의 별을 바
라보았다.

강유는 먼 거리를 두고 공명의 검은 그림자를 계속 지켜보고 있었
다. 별 보기를 마친 공명은 앞에 와 서 있는 강유에게 일러 주었다.

“내 별은 드디어 사라졌다.”

“승상!”

“진실을 부정할 수는 없다. 삼태성(三台星) 안을 보았던바, 객성
(客星)이 나타나 두드러지게 빛을 더했기 때문에, 주성(主星)의
빛이 엷어져 마침내 사라지고 없다. 또 주성을 돕는 좌우의 별도
모두 빛을 잃어 주위가 온통 어두워졌다. 즉 내 주성은 벌써 명이
다한 것이다.”

삼태성은 삼능(三能)·천주(天柱)라고도 불리며, 인간 세계의 삼공(三公)에 비유된다. 두 개씩 여섯 개의 별이 나란히 있어서 상태(上台)·중태(中台)·하태(下台)라 부른다.

객성은 갑자기 나타난 큰 별을 말한다. 이것이 삼태성 안에 나났기 때문에 주성의 빛이 사라진 것이다.

"승상!"

강유는 결사적인 목소리로 불렀다.

"설사 하늘에 어떤 이변이 일어났더라도 승상께서는 신비로운 기도의 힘을 가지고 계십니다. 승상의 그같은 힘으로 그 객성을 물러가게 하십시오."

"나는 물론 기도하는 법을 알고 있다. 그러나 이 기도는 자기 심신이 완전히 건강 상태에 있을 때 할 수 있는 것이다."

"승상! 승상 같으신 분이 그렇게 마음이 약해지시면 어떻게 하십니까! 승상의 정신력이 하늘의 이변을 바꿀 수 있을지 어떨지는 기도를 해보시기 전에는 그 결과를 알 수 없지 않습니까? 단념은 기도를 한 다음에 하셔도 늦지 않습니다."

장명등(長明燈)

강유의 뜨거운 염원에 공명은 마음을 굳혔다.

"그럼 해 보자."

헛수고인 줄 알면서도 기도법을 행하는 것은 장졸들의 사기를 꺾지 않기 위해서라고 공명은 자신을 타일렀다.

어쩌면 혹시 만에 하나 기적이 일어날지도 모른다. 적어도 강유만은 그것을 바라고 있었다.

공명은 자신의 뒤를 이어 촉나라 총사령관이 될 강유를 위해서도 최선의 노력을 보여 주어야만 했다.

"하늘의 뜻을 거역하는 것은 내 본뜻이 아니다. 그러나 하늘이 혹 내게 몇 해의 수명을 주실지도 모른다."

"반드시 하늘은 승상의 소원을 들어주실 겁니다. 어서 기도 준비를 해 주시기 바랍니다."

"그럼……."

공명은 잠시 생각하더니 말을 이었다.

"그대는 병사 49명 전원에게 검은 기를 들게 하고 검은 옷을 입혀 장막 밖을 지키도록 하라. 나는 장막 안에서 북두에 제사를 지내겠다. 만일 이레 동안 주등(主燈)이 꺼지지 않으면 내 수명은 12년이 더 연장될 것이다. 주등이 꺼지게 되면 내가 본 천문은 틀림없는 것이 된다. 필요치 않은 사람은 절대로 들어와서는 안 된다. 깨끗한 물만을 마현에게 들여보내라."

"알았습니다."

강유는 즉시 명령을 실행했다.

이때는 8월, 가을도 한창인 밤이었다.

하늘엔 은하수가 유난히 밝게 보이고 구슬 같은 이슬이 방울지는 밤이다. 바람 한 점 없고 깃발은 살랑거리지도 않는다. 장병들은 잠들어 소리 없고 경비병이 돌 때 울리는 발자국 소리마저 끊어졌다.

검은 옷을 입고 검은 기를 든 49명은 장막 밖에서 돌부처처럼 지키고 서서 꼼짝도 하지 않았다.

공명은 장막 안에 제단을 꾸며놓고 향과 제물을 차려 놓은 다음, 땅 위에는 일곱 개의 큰 등잔불을 켜놓고, 다시 그 주위에는 49개의 작은 등잔을 켜 두었다. 그리고 중앙에는 자신의 수명을 뜻하는 주등(主燈) 하나를 놓고 기도하는 자리로 가 앉았다.

묵념을 한 시간쯤 계속한 뒤, 공명은 정신을 가다듬자 절하고 꿇어앉아 나직한 목소리로 상제께 축문을 읽었다.

양은 어지러운 세상에 태어나 자연 속에 조용히 늙고자 하였사온대, 소열황제(昭烈皇帝 : 玄德)의 삼고(三顧)의 예를 입어 그 높은 은혜에 감격하는 한편, 어린 황제를 부탁한 무거운 책임을 진지라 견마지로를 다하지 않을 수 없었사옵니다. 이리하여 맹세코 나라의 역적을 무찌르려고 하옵던바 뜻하지 않게 장수의 별이 떨어지려 하고 있사옵니다. 삼가 축문을 지어 위로 하늘에 고하옵니다. 엎드려 바라옵건대, 하늘의 자비로우심이 아래를 굽어살피

시와 신의 수명을 늦추어 위로는 황상의 은혜에 보답하고 아래로
는 백성의 목숨을 건져 옛것을 능히 회복하여 길이 한나라 종사를
이어가게 해 주시옵소서. 이는 감히 망령되어 비는 것이 아니옵고
절실한 마음에서 나온 것이옵니다.

읽기를 마치자 공명은 기운이 쇠약해져 앞으로 엎드린 채 죽은 듯
이 움직이지 않았다.
　장막 밖에 서 있는 강유는 불안한 예감에 쫓기어 몇 번이고 장막
안을 엿보고 싶었으나, 절대로 들어와서는 안 된다는 엄명이 있었으
므로 그같은 충동을 억제했다.
　……겨우 몸을 일으킨 공명은 맑은 물을 나무 대접에 담아 들고
들어온 마현에게 명령했다.
　"그것을 주등 앞에 놓아라."
　마현은 공명이 식사는 들지 않지만 물만은 마시는 줄 알고 있었기
때문에 놀라지 않을 수 없었다.
　"승상께서는 이레 동안 식사도 드시지 않고 물도 마시지 않는 겁
니까?"
　"내가 죽고 사는 것은 하늘의 뜻에 맡겨두고 있다."
　공명은 이렇게 대답했다.
　"하지만 약까지 드시지 않는 것은……."
　"……."
　"승상, 소원이옵니다. 약만이라도 드십시오."
　"내게는 벌써 약이 필요 없게 되었다."
　공명의 말에는 단호한 것이 들어 있었다.
　이튿날 공명은 약해진 몸으로 전처럼 일을 보았다. 그러나 일을
마친 뒤 장막 안에서 많은 피를 뱉어냈다. 그리고 밤의 장막이 내리
자 장막 밖으로 나가 한결같이 북두를 우러르며 빌었다.

한편 사마의도 위수 북쪽 기슭의 본영에서 밤하늘을 보며 별을 점치고 있었다.

"오오!"

하늘에 가득한 별을 살펴보고 있던 사마의가 갑자기 기쁨의 탄성을 내질렀다.

"왜 그러십니까, 대장군?"

옆에 있던 하후패가 물었다.

"이제 됐다! 삼태성 안에 객성이 나타났다. 그 격렬한 빛에 장수별이 제 빛을 잃고 말았다. 즉 공명이 병이 악화되어 쉬 죽게 되는 것을 말해 주고 있다. 장군은 우선 1천 기를 이끌고 오장원으로 가 촉나라 진영의 동향을 살피고 오라. 만일 촉나라 군사가 공명이 쉬 죽게 된 것을 알고 동요하고 있으면 그야말로 좋은 기회가 온 거다. 이때를 놓치지 말고 단숨에 공격하는 거다."

"알았습니다."

하후패는 신바람이 나서 말을 타고 달려갔다.

신중하기 이를 데 없는 사마의가 별을 보고서만 속단한 것은 결코 아니었다.

공명은 사륜거를 타고 곧잘 진영 앞에 나타나곤 했었다. 그러던 것이 요즘에는 그 횟수가 현저히 줄었던 것이다.

위군 장수들은 이렇게 말했다.

"합비에서 손권이 총퇴각을 하여 어지간한 공명도 낙담했겠지요."

사마의는 고개를 젓는다.

"공명의 지모는 세상에 견줄 사람이 없다. 그의 행동에 대해 상식적인 판단을 하면 으레 뼈아픈 타격을 받게 돼."

"오장원의 주민들 이야기를 들어보면 공명이 병석에 누워 있다고 합니다."

그런 보고를 받아도 사마의는 턱수염을 쓰다듬으면서 부하들을 타일렀다.

"조심해라. 일부러 그와 같은 소문을 퍼뜨리고 있을지도 모르잖는가! 공명에 관한 정보는 가볍게 믿어선 안 된다."

사마의가 이토록 조심했던 것은 사륜거의 출현이 적어지긴 했지만 그래도 이따금 나타났기 때문이다.

그래서 사마의는 엄명을 내렸다.

"절대로 공격은 하지 않더라도 사륜거가 나타나거든 무슨 수를 쓰더라도 생포하도록 하라! 내 점성술이 틀림없다면 지금 공명은 병석에 누워 죽어가고 있다. 그런데도 사륜거는 잊을 만하면 또 나타나곤 한다! 그 까닭이 대체 무엇일까? 아마 진짜 공명은 진막 안에 누워 있고 수레에는 가짜거나 목상(木像)을 태우고 있을 거다. 그 속임수의 요괴를 사로잡아 군졸들의 두려움을 풀어주고야 말리라!"

하지만 생포를 명받은 정예대가 몇 번이나 사륜거를 에워싸려고 시도했지만, 그때마다 또다른 촉군이 사방에서 느닷없이 나타났다. 그 틈을 타서 사륜거는 빠른 속도로 달아났고 위군은 오히려 완벽한 진형을 갖춘 촉군에게 여지없이 짓밟히거나 반쯤은 희생되곤 했었다.

게다가 살아 돌아온 목격자인 위병들은 비록 가까운 거리에서 본 것은 아니었지만 그 모습과 목소리는 다른 사람으로는 도저히 흉내조차 낼 수 없을 만큼 청아한 인품을 지닌 제갈량 공명이라고 증언하는 것이었다.

중달의 머리는 어지러워졌다.

날이 지남에 따라 공명의 병이 꽤나 중태라고 단정지을 수 있는 여러 가지 조짐을 담은 첩보가 늘어갔다.

공명은 참으로 중태에 빠졌는가? 병을 무릅쓰고 사륜거를 몰아 전선에 나타나는가? 혹은……이것도 귀신 같은 공명의 교묘한 위계(僞計)인가?

　그처럼 신중에 신중을 기울이던 사마의가 별을 보고, 또 첩자의 보고를 종합하고서 마침내 오늘밤 결단을 내렸다. 하후패에게 1천 기의 경병(輕兵)을 주어 적정 탐색을 내보냈던 것이다.

　촉나라 본영에서는, 공명이 먹지도 마시지도 않으며 기도를 계속한 지 엿새째를 맞고 있었다.

　공명의 여윈 몸은 더욱 약해져서 뼈와 가죽만 남게 되었다.

　그러나 이상하게도 하늘은 공명의 기도를 들어주신 듯 주성은 점점 밝음을 더해 갔다.

　마현으로부터 이 소식을 들은 강유는 수심에 잠겼던 눈살을 펴고 기쁜 소리로 외쳤다.

　"다행이다!　승상의 수명은 앞으로 12년을 하늘로부터 약속받은 거다!"

　이레째 되는 날 밤이었다.

　강유는 드디어 참을 수가 없어 장막 안을 들여다보았다.

　공명은 머리를 풀고 칼을 곧추 세운 채 북두를 향해 오로지 자기 별빛을 더하고, 자신을 돕는 별에도 빛을 되찾게끔 빌고 있었다.

　'하늘이여, 우리 승상에게 자비를 내리시옵소서!'

　강유도 그 자리에 엎드려 땅바닥에 이마를 조아렸다.

　그러자 갑자기——

　"와아아!"

　"야아!"

　천둥처럼 외치는 소리가 장막 밖에서 울려왔다.

　"무슨 일이냐?"

　강유가 벌떡 일어나서 돌아보니 그곳에 위연이 피묻은 긴 칼을 들고 서 있었다.

위연은 울부짖으며 안으로 뛰어들려 했다.

"잠깐만, 위 장군! 장막 안에는 아무도 들어가지 못합니다."

강유가 두 팔을 벌리고 앞을 가로막으려 했다.

"닥쳐라! 우물우물하고 있을 때가 아니다! 어서 비켜라!"

위연이 버럭 소리지르며 피묻은 칼을 휘두르는 바람에 강유는 반사적으로 몸을 피했다.

그 틈에 위연은 장막 안으로 뛰어들었다.

"승상! 기도하고 있을 때가 아닙니다."

질풍같은 기세로 뛰어들었기 때문에 등불은 일제히 바람에 흔들렸다.

주등도 그 바람을 받아 탁 꺼지고 말았다.

"아아!"

뒤따라 달려들어온 강유는 분노를 억제치 못하고 울부짖듯 소리쳤다.

"문장! 당신 때문에 승상의 목숨은……."

거기까지 말하고 칼을 뽑아 내리치려 했다.

"아서라, 백약!"

공명은 단호한 태도로 제지했다.

"그, 그러나 승상!"

"문장을 나무라지 말라. 죽고 사는 것은 다 천명에 달려 있는 것이다. 문장의 죄가 아니다."

공명은 조용히 들고 있던 칼을 불이 꺼진 주등 앞에 놓고 말했다.

"역시 우주 만상은 사람의 운명을 올바르게 일러주고 있다."

강유는 그 자리에 무릎을 꿇고 앉아 통곡했다.

세상만사 사람 마음대로 되지 않으니
지성을 다해도 운명과는 겨루기 어려워라

위연도 한동안 멍하니 서 있다가 문득 사태를 깨달았던지

"황공하옵니다."

얼른 엎드려 공명 앞에 무릎을 꿇었다.

공명은 천천히 침상 쪽으로 걸어갔다. 그러나 몇 걸음 안 가서 휘청하며 한쪽 무릎을 꿇었다.

그리고 한쪽 손을 입에 대고 나직이 목을 울렸다.

"승상!"

강유가 벌떡 일어나 공명을 뒤에서 부축해 안자, 입을 막고 있는 손가락 사이로 붉은 피가 흘러내렸다.

"승상! 힘을 내십시오!"

강유는 미친 듯이 외쳤다.

공명은 마현이 내미는 수건으로 입을 닦고 침상에 눕자 명령했다.

"위 장군……. 전혀 당황할 것 없소. 중달이 총공격을 해온 것은 아니니까. ……아마 중달은 내 병이 어떤가 알아보기 위해 1천 명 정도 보내 왔겠지. 반격해 쫓도록 하오."

위연은 문득 정신이 들자 장막 밖으로 뛰쳐나갔다.

"백약……."

공명은 신열로 들뜬 눈길을 허공으로 보낸 채 불렀다.

"예에, 여기 있습니다."

"문장을 미워해서는 안 된다. 사람은 누구나 죽는다……. 생각하면 내가 54세까지 살아 있는 것이 이상할 정도다. 헤아릴 수 없이 많은 사지를 벗어난 나다. 다행히 나는 그대와 같은, 뒤를 이을 사람을 얻었다. 사람으로 태어나서 아직 기틀이 잡히지 않은 나라의 승상으로 뜻을 이루지 못한 채 죽는다는 것은 원통한 일이다. 그러나 뒷일을 그대에게 부탁할 수 있으니 무엇보다 마음이 놓인다. 부탁한다!"

평상시와 조금도 다를 것 없는 공명의 목소리에 강유의 가슴은 더

욱더 미어져 왔다. 젊은 무장은 아무 말도 못하고 그저 눈물만 흘릴
뿐이었다.

위연은 무섭게 노해 있었다. 자기가 등불을 꺼지게 함으로써 수명
을 연장시키고자 천지신명께 간절히 빌고 있던 공명을 절망시켰다
는 뉘우침과, 이제 승상의 수명은 다했는지도 모른다는 안타까움이
위나라 군사에 대한 격노로 변한 것이다.
이리하여 악귀로 변한 위연은 하후패가 이끄는 1천 기를 모조리
무찔러 버리겠다는 각오로, 말에 채찍을 더해 바람을 일으키며 뒤쫓
았다. 이 무렵,
공명은 침실에서 강유를 불렀다.
"백약!"
그 목소리는 임종을 맞이한 사람의 것이라고는 생각할 수 없는,
청아하고 힘있는 것이었다.
"예에!"
"내가 죽은 다음, 뒷일을 부탁할 사람으로 그대를 택한 이상 뭔가
유품을 남겨 주어야 하지 않겠는가?"
"예에?"
"나는 싸우는 여가를 틈타, 병법과 군략 및 치정(治政)에 관한
글을 써 두었다."
그렇게 말하고 공명은 그 책 이름을 적은 쪽지를 강유에게 주었
다. 모두 12권이었다.
「개부작목(開府作牧)」
「권제(權制)」
「남정(南征)」
「북출(北出)」
「계산(計算)」

「훈려(訓厲)」
「종핵(綜覈)」 상편, 하편
「잡언(雜言)」 상편, 하편
「폐이평(廢李平)」
「법검(法檢)」 상편, 하편
「과령(科令)」 상편, 하편
「군령(軍令)」 상편, 중편, 하편

"이 가운데 팔무(八務)·칠계(七戒)·육공(六恐)·오구(五懼)의 법이 있다. 이 네 가지 법을 제대로 읽어 완전히 이해하고 시행할 수 있는 사람은, 안타깝게도 촉나라 대장들 가운데는 한 사람도 찾아볼 수 없었다. 이것을 전해 주어서 제대로 행할 수 있는 사람은 단 한 사람 그대뿐이다."

"승상!"

강유는 너무도 감격한 나머지 뒷말이 나오지 않았다.

공명은 말을 계속했다.

"나는 '연노(連弩)'라는 무기를 발명했으나 지금까지 쓸 기회가 없었다. 이것은 특별히 만든 강한 활로 길이 여덟 치 되는 화살 10개를 한꺼번에 쏠 수 있는 것이다."

강유는 그 도면을 받아 넣었다.

공명은 다시 말을 계속했다.

"그대도 이미 우리 국경에 대해서 자세히 알고 있겠지. 모두 천험을 등지고 급류를 앞에 두르고 있어서 결코 적의 대군에 침범당할 염려는 없다. 그러나 단 한 곳 음평(陰平)의 지형만은 적이 노릴 수 있는 곳이다. 사마의가 침범해 온다면 아마 음평일 것이다. 부디 이 점을 잊지 마라."

"알았습니다. 무슨 일이 있어도 음평은 끝까지 지키겠습니다."

"부탁한다. ……내가 믿는 사람은 그대 다음 마대다. 마대를 불러다오."

"예에, 알았습니다."

마대가 강유의 부름을 받고 나타나 인사를 올리자, 공명은 한 묶음의 서류를 넘겨 주었다.

"내가 죽었다는 사실을 절대로 적에게 알려서는 안 된다. 내가 죽은 뒤에 어떻게 할 것인가가 여기에 적혀 있다. 조금이라도 어긋남이 없이 유언대로 해야 한다."

"명령대로 하겠습니다."

마대가 나간 뒤 공명은 잠시 허공으로 눈길을 보내더니 불렀다.

"마현……."

"예에."

"내가 말하는 대로 종이에 적어라. 그리고 그것을 비단주머니에 넣어 다오."

공명은 한 시간 남짓 몇 번이나 쉬어가며 무엇인가를 마현에게 구술했다.

그러고 나서 양의를 불러들였다.

"이런 말은 하고 싶지 않지만 내가 죽고 나면 반드시 위연이 촉나라를 배반할 것이다. 그때 위연과 맞서 싸워주기 바란다."

"알겠습니다."

"위연을 이기는 방법은 이 비단주머니 속에 들어 있다. 그대로 하면 열에 아홉은 위연을 벨 수 있을 것이다."

"예에!"

양의는 공명의 내일을 내다보는 능력을 믿고 있었기 때문에 공손히 비단주머니를 받아 품속 깊숙이 간직했다.

"이제 됐다!"

공명은 나직이 말하자 눈을 내리감았다.

옆에서 공명을 모셔온 마현은 도저히 오늘의 이 사태를 믿을 수 없었다. 공명이 이 세상에서 사라지려 하다니, 한바탕 악몽을 꾸는 것만 같았다.

그러나 공명 자신이 직접 그런 말을 한 이상 어쩔 수 없는 현실일 것이다. 마현은 하느님께 기도를 드리는 수밖에 없었다.

마현은 벌써 일곱 밤을 거의 잠도 자지 않고, 가만히 장막 밖으로 나가 땅에 엎드려 하늘을 우러러 계속 빌었다.

"바라옵건대 저에게 주신 수명에서 10년만 떼어 승상께 주시옵소서. 설사 제가 내일 죽더라도 결코 두려워하지 않겠나이다."

그러나 하늘은 마현의 기도에 아무런 응답도 해 주지 않았다.

공명은 이미 지난 달부터 사륜거를 타고 전장에 나가지 못했다.

그런데도 사륜거가 전장에 가끔 나타나곤 했던 것은 촉군 수뇌부에서도 몇몇 사람만이 겨우 알고 있는 일급 기밀이었다.

아무튼 7월은 이름만 가을일 뿐 늦더위가 여전히 대단했다. 따라서 공명의 병약한 몸으로 사륜거를 타고 전장을 달릴 수는 없었던 것이다.

"승상이 병석에 누웠다. 더욱이 병세는 무겁다."

성도의 조정에도 이 소식은 급히 전해졌다. 성도에서는 승상이 중병이라는 소식을 듣고서 황제가 어쩔 줄을 몰랐다.

"승상에게 무슨 일이라도 생기게 되면 대체 어찌하면 좋단 말인가. 짐은 불안하다. 곧 승상께 물어보고 오너라."

성도에 있는 후주 유선은 곧 상서 이복(李福)을 보냈다.

유선에게 공명이 없는 촉나라의 통치는 생각조차 할 수 없었다.

아무리 그렇지만 공명의 수명이 다한 이상, 그 뒤의 통치와 적국인 위나라와의 싸움을 어떻게 할 것인지, 공명이 살아 있는 동안에 들어 두지 않으면 안 되었다.

이복은 준마를 몇 번씩이나 갈아타며 달려 마침내 오장원에 이르렀다.

후주의 말을 전해 들은 공명은 말했다.

"지금은 폐하께서 마음을 굳게 가지시고 촉나라를 지켜나가야 할 때요. 아시겠소? 문관인 그대들도 참다운 충성이 어떤 것인가를 마음 깊이 깨달아야 할 거요. 먼저 승상으로서 유언을 하겠소. 내가 정한 제도를 폐지시켜서는 안 되오. 내가 신임하던 문무 관원들이 폐하에게서 멀어지게 해서는 안 되오. 폐하께 달콤한 말로 아첨하는 사람들을 가까이 말라고 하더라고, 부디 그대가 직접 전해 주오. ……그리고 내 병법과 군략은 모조리 강유에게 전해 주었소. 강유는 나를 대신해서 촉나라 전 군대를 거느리고, 목숨이 다하는 날까지 위나라 군과 계속 싸울 것이오."

이복은 공명의 말을 하나하나 가슴에 간직했다.

공명은 마지막으로 덧붙였다.

"폐하께선 내가 말한 것만으로는 부족하게 여기시겠지. 내일이라도 직접 붓을 들어 상소문을 써서 폐하께 올리게 될 거요."

이복은 그 길로 돌아서서 급히 성도로 돌아갔다.

공명은 마현의 부축을 받으며 침상에서 몸을 일으켰다.

"마지막으로 진지를 돌아보겠다."

모든 장군들이 황급히 말렸으나 공명은 듣지 않았다.

공명은 수레에 올라 별이 반짝이는 하늘을 우러러보았다.

'사람의 한평생이란 참으로 짧은 것이다.'

26년 전 유현덕의 청을 들어, 양양성 밖 100리의 와룡강을 떠난 것이 바로 어제 일처럼 생각되었다. 밤하늘을 우러러보니 지난 일들이 주마등처럼 공명의 머리를 스쳐갔다. 이 26년 사이에 얼마나 많은 영걸들이 세상을 떠났던가! 황제 유현덕을 비롯해 그의 팔다리였던 관운장과 장익덕, 그리고 조자룡. 어디 그뿐인가. 운장과 익덕

의 두 아들마저 죽었다. 좋은 적수였던 조조도 그 아들 조비도 지금
은 이 세상에 없다. 그 밖에 헤아릴 수 없는 많은 무장들이 적이고
우리편이고 할 것 없이 똑같이 싸우다가 죽고 말았다.

그리고 마침내 공명 자신이 이 세상을 떠날 때를 맞은 것이다.

공명은 별이 반짝이는 하늘에 한 사람 한 사람 죽어간 무장들의
모습이 떠오르는 것을 볼 수 있었다.

현기증을 느끼면서도 사륜거를 몰아 모든 진지를 다 둘러본 공명
은, 본영으로 돌아오자 병세가 한결 더해진 것을 깨달았다.

공명은 양의를 불렀다.

"폐하게 기회 있을 때마다 충고를 하오. 위나라 오나라와의 싸움
은 모두 강유를 총대장으로 하고, 마대·왕평·요화·장익·장의로
하여금 이를 도와 촉나라를 지키게 하시라고 말이오, 이 여섯 사
람은 충절에 있어서 어느 나라 충신들보다 앞서고 있다고 나는 확
신하오. 치정(治政)에 있어서는 그대가 주도권을 잡고, 내 죽은
뒤에도 지금까지의 제도를 굳게 지키며, 의심스런 자가 조정 안을
흔드는 일이 절대 없도록 힘써주기 바라오. 책략에 있어서 뛰어난
그대이니 그 일에 대해서는 새삼 말하지 않아도 잘 알 것이오. 거
듭 말해 두겠소. 강유야말로 나를 대신해서 촉나라를 지켜줄 사람
이오. 그의 목숨이 다하는 날까지 나라를 위해 모든 것을 바칠 것
이오."

"주신 말씀 가슴에 새겨 잊지 않겠습니다. 몸과 마음을 다 바쳐
나라 위해 일할 것을 맹세합니다."

"그럼 상소문을 쓰기로 하겠다."

보통 사람 같으면 이미 붓을 들 생각조차 할 수 없는 몸이었다.
그러나 공명은 단정히 책상 앞에 앉아 붓을 달렸다.

엎드려 듣건대 죽고 사는 것은 항상 있는 일이며, 벗어나기 어려운 것은 정해진 명이라 하옵니다. 이제 죽음이 신에게 닥쳐온지라 마지막 충성을 다할까 하옵니다. 신은 타고난 성품이 어리석은데도 어려운 때를 만나 늘 병권을 장악하여 왔고, 군사를 일으켜 위나라를 쳤으나 아직 공을 이루지 못했습니다. 뜻하지 않게 병이 골수에 파고 들어 목숨이 조석에 다다라 마침내 폐하를 섬길 수 없게 되었으니 그 원통함이 어찌 한이 있겠나이까. 엎드려 바라옵건대 폐하께서는 마음을 깨끗이 하시고 욕심을 적게 하시며, 몸을 삼가시고 백성을 사랑하시옵소서. 선황(先皇)의 유지를 받드시옵고 어질고 은혜로운 정치를 나라 안에 펴시오며, 숨은 인재를 뽑아 쓰시고 어진 사람을 벼슬에 올리시오며, 간사한 신하와 선비를 물리치시옵고 이로써 풍속을 두텁게 하시옵소서.

쓰기를 마치자 공명은 머리를 숙이고 그대로 오랜 동안 꼼짝도 하지 않았다.

양의와 마현은 놀란 얼굴로 공명을 지켜보았다.

'……승상께서는 벌써 돌아가신 것이 아닌가?'

얼마 뒤 몸을 일으킨 공명은 다시 일렀다.

"백약을 불러라."

양의가 나가고 강유가 들어오자 공명은 죽음에 다다른 사람답지 않게 엄숙한 표정과 목소리로 말했다.

"잘 들어라. 내가 죽거든 다음 일을 실행해 주기 바란다. 내가 죽은 것을 절대 비밀로 해라. 발상을 해서는 안 된다. 큰 감실(龕室)을 만들어 내 시체를 그 속에 단정히 앉아 있게 하라. 다음으로 입 안에 쌀알 일곱 개를 넣고 발 밑에 등불을 훤히 밝혀라. 그리고 전 장병이 슬픈 기색을 보이거나 곡을 해서는 안 된다. 평상시와 모든 것을 같이 하라. 그러면 나의 음혼(陰魂)이 다시 일어

나 내 별을 지킬 것인즉 장수별이 땅에 떨어지지 않을 것이다. 중
달은 내 별이 떨어지지 않을 리가 없을 텐데 하고 의심하겠지. 그
리고 그대가 총지휘를 맡아 후비가 되어 한 부대씩 조용히 철수시
켜라. 만에 하나 중달이 추격해 오거든, 그대는 철벽진을 펴고 기
다리고 있으라. 그 다음은 내가 미리 준비해 둔 것이 있으니 아무
염려 없을 것이다.”

그날 밤 공명은 마현의 부축을 받으며 장막 밖으로 나가자, 20여
년 동안 병마를 자유자재로 움직이던 백우선(白羽扇)을 천천히 들
었다.

공명이 가리킨 것은 북두칠성이 빛나는 쪽이었다.

북두성 저편에 별이 하나 깜박이고 있었다.

공명은 장군들을 향해 그 별을 백우선으로 가리켰다.

“저것이 내 별이오.”

공명이 그렇게 말하는 순간 그 별의 빛이 갑자기 흐려졌다.

강유는 공명의 처절하게 변한 옆얼굴을 지그시 지켜보고 있었다.

공명은 입속으로 뭔가 주문을 외고 있었는데, 외기를 마치자 마현
의 어깨에 한쪽 손을 얹고 부축을 받으며 안으로 들어갔다.

침상에 반듯이 누웠을 때, 공명은 이미 의식이 없었다.

새벽녘 성도로 돌아갔던 이복이 다시 날랜 말을 갈아타고 이르렀
다. 이복은 의식을 잃고 있는 공명을 보는 순간——

“오오!”

울부짖으며 무릎을 꿇었다.

그때 기적이 일어난 듯 공명이 눈을 번쩍 떴다.

공명은 천천히 아주 또렷한 목소리로 다시 뒷일을 부탁했다.

이복은 종이를 꺼내어 승상의 말을 받아 썼다.

여섯 차례의 북정으로 국가의 원기가 약해져 있다. 앞으로 적어

도 10년은 원정의 군을 일으키지 말라……

다음 공명은——

　내정에 힘쓰고 인재를 등용하라!

이것을 거듭거듭 되풀이했다.
만일 예민한 인물이라면——
"외정(外征)을 반대하시는 당신이 어째서 여섯 차례나 북벌군을 일으켰던 까닭은 무엇이오?"
이렇게 반문하리라.
만일 그렇게 묻는다면 공명은 정직하게 대답할 작정이었다.
"인재이지요!"
외정 그 자체가 안 된다는 것은 아니다. 촉에는 강유가 있다고는 하나 자기를 빼놓고서는 국경 밖까지 쳐나가 대군을 지휘할 인재가 없다는 생각이었다.
　촉나라 군신에게는 실례되는 말일지 모르지만 그것이 진실이었다.
　그러나 이복은 되묻지 않았다. 그는 상서복야(尙書僕射)라는 벼슬을 하고 있긴 하지만 그다지 예민한 인물은 아니었다. 우눈하다 하여도 좋은 편이었다.
　아무튼 그는 오장원을 출발하여 성도를 향해 이틀쯤 가다가——
"아뿔싸! 중요한 물음을 빠뜨렸다."
허둥지둥 되돌아왔을 만큼의 인물이었다.
오장원 본진의 병석에선 공명이 이것을 예언하고 있었다.
"이복이 이제 땀을 뻘뻘 흘리며 되돌아올 것이다."
과연 칙사 이복은 땀을 닦아가면서 공명의 병실로 들어섰다.
"깜박 잊고 있었습니다. 하마터면 큰 실수를 저지를 뻔했습니다."

"그렇지 않아도 기다리고 있었소."

공명은 희미하게 미소를 띠며 말했다.

"대답해 드리지요. 내 생각으로선 공염(公琰)이 좋을 거요."

공염은 촉한의 무군장군(撫軍將軍) 장완(蔣琬)의 자였다.

이복은 눈을 휘둥그렇게 떴다.

그가 되돌아온 것은 장차 공명을 대신하여 누구를 국정의 중심에 앉혀야 할지를 듣기 위해서였다. 공명은 채 묻기도 전에 대답한 것이다.

이복은 다시 물었다.

"그리고 그 다음은?"

"문위(文偉)라면 공염의 뒤를 이어 나갈 수 있겠지요."

공명은 서슴지 않고 대답했다.

문위는 중호군(中護軍) 비위의 자였다.

비위는 나이는 젊지만 천자가 황태자였던 시기부터 사인(舍人)으로 측근에서 섬겼었다. 무엇보다도 분쟁의 조정에 재능을 발휘했다.

'내가 죽은 뒤 촉나라 조신들 사이에 내분이 꼬리를 물게 되리라.'

비위를 제2의 후계자로 지명함으로써 공명은 장차 있을 촉나라 조정의 내분을 예언하고 그에 대한 대책까지 준비해 둔 셈인데, 이복은 거기까지 내다보지를 못한다.

"그럼 비위의 다음은 누가 좋겠습니까?"

이복은 붓을 바삐 놀리면서 물었다.

제갈공명은 대답하지 않았다.

'그 밖에 촉나라에 인재가 있단 말이오?'

공명은 말없이 이렇게 말했던 것이다. 그러니까 인재를 양성하라고 되풀이 강조하지 않았는가!

"그렇겠군요. 후계자와 그 다음, 그쯤으로써 좋겠군요."

이복은 만족하며 물러갔다.

목숨

그리운 얼굴들이 보인다.

공명은 이상하게 기분이 좋아져 병석에서 상반신을 일으켰다.

오두미도의 교모 소용과 제자인 진잠의 얼굴이 보였다. 그 옆에 부도의 사자들이 있었다.

파란 눈의 경매(景妹)는 본래 밤색이었던 머리가 어느덧 잿빛으로 바뀌어져 있었다.

60세가 지났으니 무리도 아니었다. 하지만 80세가 넘었을 소용과 나란히 앉아 있는데도 별로 나이 차이가 느껴지지 않는다. 소용이 너무나 젊게 보이기 때문이다.

"80을 넘어도 정신이 맑은 분이 계신데, 겨우 50세 넘겨서 이렇게 벌써 쇠약해져 부도 신자들이 말하는 '피안(彼岸)'에 가려 하는 나와 같은 사람도 있군요. 세상은 정말 가지각색입니다."

공명이 미소를 머금고서 말했다.

그러자 경매가 조용한 목소리로 대꾸했다.

"영겁의 시간으로 보면 80이나 50이나 다를 것이 없습니다. 알차게 보낸 1년은 뜻없이 보낸 백 년보다도 값진 것이지요."

"그렇기는 하지만……."

공명은 희미하게 눈썹을 움직였다.

"이 나라의 구석구석까지……촉나라이든 위나라이든 오나라이든 부도의 절이 세워졌습니다. 사람들은 현세에 절망한 것일까요? ……나는 이 현세 말고 살아야 할 곳은 없다 믿고 사람들이 살기 좋은 세계를 만들려고 애써 왔지요. 당신네들과 경쟁하며 지금까지 왔습니다만 과연 이 승부가 어떻게 되었는지?"

"저는 조조님과 어느 쪽이 이기는가 경쟁을 했었지요. 사람들의 마음은 우리쪽에 기울었습니다만, 우리들 힘으로는 삶 속의…… 산 목숨을 이어나가는 괴로움을 어찌해 볼 도리가 없었지요. 역시 장군들이 세상을 안정시켜 주지 않는다면, 마음의 평화만으로는 사람들이 구원되지 않아요."

소용은 말하고 고개를 옆으로 가볍게 흔들었다.

"천하를 통일시켜……사람들이 안심하고서 생업에 종사할 수 있도록 하는 것이 나의……그렇지요, 나의 꿈이었습니다만……."

공명은 피로한지 눈을 감았다.

유비의 삼고초려로 그는 세상에 나왔던 것이다. 그러나 꼭 자기를 알아 주는 극진한 예의에 보답하기 위해서만은 아니었다.

지금 세상에서 어버이나 형제, 친척, 지인(知人)이나 벗 누군가를 전란으로 잃지 않은 사람은 한 사람도 없으리라.

우선은 그 불행을 지상에서 쓸어버리고 싶다. 그러려면 천하는 통일되어야만 한다.

그러나 이 분열의 시대에는 그것이 무리였다. 억지로 하려 한다면 지금보다 몇 배나 큰 동란이 일어나고 숱한 인명이 상실된다.

'천하 삼분…….'

지나치게 넓은 천하를 셋으로 나누고 세 사람의 세력 균형 아래,

우선은 3개의 평화권(平和圈)을 만들자.

이것이라면 실현 가능하다.

제갈공명이 난세를 맞아 유비 현덕이라는 영웅의 군사(軍師)로 나서리라 결심한 것은 이와 같은 포부가 있어서였다.

"하지만 당신은 성공하셨습니다. 천하 삼분의 계는 훌륭하게……."

소용이 말했다.

"피차간에."

공명은 소용 역시 똑같은 의견을 가졌고 같은 길을 걷고자 노력해 왔다는 것을 알고 있었다. 그는 자기가 지휘하는 장병들의 마음 속 에서 소용의 존재를 느끼는 일이 간혹 있었다.

경매가 얼굴을 숙이며 말했다.

"저희들의 힘은 아주 작은 것이라……."

"아니지요. 작다고는 하지 못합니다. 당신들의 마음을 나는 부하 나 그리고 적들 속에서도 느꼈습니다. 그러니까 희망을 가질 수 있었지요. 어느 곳에든 당신들은 있습니다…… 어디든……."

피로 때문에 공명은 여기서 입을 다물었다.

난세의 초기에는 인간이 짐승과 같았다. 이익이 있으면 그 자리에 서 사람을 죽이고도 눈썹 하나 까딱하지 않는다. 인간의 마음이 그 러했기 때문에 세상이 어지러워졌는지도 모른다.

'가엾게도!'

사람의 죽음과 고통을 불쌍히 여겨 눈물짓는 마음을 품을 수 없다 면 이 난세는 수습되지 않는다.

공명은 오랫동안 군대를 지휘해온 늙은 장수로부터, 옛날의 군졸 과 지금의 군졸의 차이점을 들은 일이 있었다.

그 늙은 장수는 조금 생각하더니 다음과 같이 대답했다.

"지금의 군졸들은 곧잘 웁니다. 적병의 시체를 보고서 눈물을 흘 리는 놈이 늘었으니까요. 옛날의 군졸은 그렇게 마음이 약하지는 않았는데 말입니다."

촉·위·오 어느 나라이든 그 군대의 대부분이 오두미도 신자가 아니면 불교 신자였다.

그들은 이미 금수(禽獸)가 아니었다. 그 점이 이상주의적 현실 정치가인 공명에게 희망을 주었던 것이다.

'인간의 품성이 좋아지고 있다.'

그렇게 믿지 않았다면 공명은 그와 같은 일을 하지 않았으리라.

소용 옆에 눈부신 젊음을 뽐내기나 하듯 남흉노의 젊은 왕자 유백과 마현이 나란히 앉아 있었다.

그뿐이 아니다.

유백의 아버지 좌현왕(左賢王) 유표(劉豹)가 조금 떨어진 곳에 책상다리를 하고 앉아 있었다.

동탁의 난으로 낙양 일대가 난리를 겪을 무렵 유표는 아직 어린아이였다.

"태어났으니까 살아가야만 합니다. 이것이 인간에게 정해진 길입니다."

소용은 말하고서 눈을 감았다. 이 80 할머니의 얼굴은 희미하게 붉어졌고 살갗에는 윤기마저 감돌고 있었다. 고된 삶을 살아온 흔적이 그녀의 얼굴에 새겨져 있었다.

한 인물이 들어섰다. 50세 남짓한 사나이지만 키와 몸집이 몹시 작았다.

"어머, 언제나 올까, 언제나 올까 하며 기다리고 있었어요."

소용이 뒤돌아보더니 말했다.

"좀더 일찍 오려 했습니다만 좀처럼 기회가 없었습니다."

그 난쟁이 사나이는 공명의 머리맡에 앉았다.

"아아, 언젠가 본 적이 있는……."

그러면서 공명은 눈을 크게 떴다.

난쟁이 사나이는 물었다.

"병세는 어떠하십니까?"

"전장에 나오는 일은 이제 꿈이겠지요."

공명은 대답했다.

3년 전 공명은 이곳에서 장로와 만나 사마중달과 일종의 담합을 했었다.

그때 중간에서 알선역을 맡은 것이 바로 이 난쟁이 사나이였다. 서로 말을 주고받기는 했지만 공명은 그 이름은 알지 못한다.

소용이 비로소 말해 주었다.

"사마혜달(司馬惠達)님이죠."

"아, 그렇습니까!"

공명은 베개를 벤 머리를 조금 움직였다.

사마씨 형제들의 자에는 모두 달(達)자가 붙어 있다. 백달(伯達)·중달(仲達)·숙달(叔達)·계달(季達)·현달(顯達)·혜달(惠達)·아달(雅達)·유달(幼達)의 순서이다.

혜달의 이름은 사마진(司馬進)이다.

사마씨의 남자들은 사마중달을 비롯하여 모두 체격이 늠름했다. 하지만 여섯 번째인 혜달만은 어쩐 셈인지 왜소했다.

'비록 외모는 볼품없지만 슬기가 있는 자다. 오늘날 중달의 출세 뒤에는 혜달의 획책이 있었다더군.'

이와 같은, 사실 여부를 확인할 길 없는 소문이 세상에 떠돌고 있었다.

공명도 그런 말을 듣고 있었다.

"성도에서 촉한의 칙사가 다녀가셨다더군요. 성도의 천자께서 뒷일을 묻기 위해서……."

사마혜달은 거침없이 말했다. 공명도 담담하게 대꾸했다.

"목숨이 얼마 남지 않은 것 같아서요."

"칙사에게 대답하신 것이 촉나라의 뒷일임은 당연하겠지요. 나는 촉나라 뒷일보다도 이 천하의 앞날을 공명님께 듣고 싶습니다. 그 때문에 이렇게 찾아왔습니다."

"호오, 형님의 부탁을 받고서 말입니까?"

"아닙니다. 형님은 단지 공명님이 정말로 병석에 계신가 그것만을 궁금하게 여기고 계십니다……."

"천하 장래 말입니까……."

공명은 눈길을 천장으로 보냈다. 허공을 쏘아보고 있었다. 아무런 색다를 것도 없는 나무결이 거친 천장이었다. 그는 거기에 천하의 미래도를 그리려고 했다.

"그렇습니까, 꼭 알고 싶습니까?"

"당신에게도 미래도가 있으시겠지요. 당신이 그린……."

"그야 있습니다만."

사마혜달은 약간 사이를 두고서 말했다.

"그렇지만 공명님 것이 더 확실한 것 같습니다."

"어째서입니까?"

"나에게는 미래가 있지요, 아직 조금은……내가 그리는 미래도엔 나 자신도 등장하여야 됩니다. 그렇게 되면 흐려져 버립니다. 윤곽이 뚜렷하고 선명한 그림은 떠오르지 않습니다."

"하하하……나에게는 이미 미래가 없으니까, 그래서 깨끗하게 천하의 미래를 볼 것이라는 말씀이시군요."

"그렇습니다. 자기가 등장하지 않는 미래도는 아무런 사심(私心)도 없어 한없이 맑은 것이 아니겠습니까? ……게다가 이것은 분한 일이긴 합니다만 당신은 나보다도 많은 지식을 가지고 계십니다. 미래도의 그림 재료가 풍부합니다. 나의 그림보다는 훨씬 잘 그리시겠지요."

사마혜달은 제갈공명이 쏘아보고 있는 천장 한구석에 똑같이 눈길을 보냈다. 마치 그곳에 정말로 그림이 그려져 있기나 한 것처럼.

"큰 싸움……시체로 강물이 가로막힌 듯했던 저 적벽, 이릉, 관도 싸움과 같은 대규모 전쟁은 얼마 동안 일어나지 않으리라고 생각되는군요."

제갈공명은 자기가 등장하지 않는 미래의 그림을 차분한 목소리로 말하기 시작했다.

현재 상황은 공명이나 소용들이 생각했던 천하 삼분의 구상에 거의 가깝다. 삼국 가운데 촉나라가 가장 약하지만 대신 천연의 요충지가 있다. 공명이 몇 번이나 북정을 시도한 데에는 촉나라에 북벌의 힘이 있다는 것을 천하에 보여 주려는 의도도 있었다.

제갈공명이기에 이와 같은 위험한 시위를 작은 희생으로 해낼 수 있었던 것이다.

물론 장안이나 낙양까지 쳐들어갈 수만 있다면야 그보다 좋은 일은 없다.

하지만 북벌군을 일으킨다는 자체에도 의미가 있었던 것이다.

공명 없는 촉나라는 이미 이런 종류의 원정을 하지 못하리라.

"오나라 힘도 위나라에 뒤지지만, 아마도 요동의 공손연과 손잡고 위나라를 위협할 자세를 보이겠지요. 그러나 그것 또한 그렇게 보일 뿐이지 오나라와 위나라 사이에 큰 싸움은 일어나지 않습니다."

공명은 천장을 노려보면서 이야기를 계속했다.

"음, 요동이라……."

사마혜달은 가볍게 신음소리를 냈다.

"요동 정벌에는 당신 형님을 보낼 것입니다."

공명은 말했다.

위나라 조정은 사마중달이라는 엄청나게 커 버린 실력자를 정치의 중심인 낙양에서 되도록 멀리 보내고 싶어할 것이다.

아득한 동쪽 요동으로 원정을 보내고, 그것이 끝나면 다시 촉나라에 대비하여 섬서(陝西)로 돌린다——공명은 그와 같은 상황을 추측했다.

"그렇게 되겠군요. 형님도 나이를 먹었는데 수고가 많겠군."

사마혜달은 한숨을 내쉬었다.

큰 전쟁 없이 천하 삼분이 한동안 계속되고, 그렇게 50년쯤 시간이 흐르리라. 그 사이에 통일의 여건이 자연히 무르익는다. 20년, 30년 지나는 동안 한 나라가 월등하게 강성해지거나 한 나라가 몹시 쇠약해져 마침내 강국이 약국을 흡수하게 된다.

그렇게 되면 나머지 한 국가와의 차이가 훨씬 벌어져 경쟁 상대가 되지 않아 자연적인 추세로 통일된다.

사마혜달이 물었다.

"그렇다면 50년 뒤에는 천하가 다행히도 통일된다는 거로군요?"

"아뇨, 그 통일도 오래 계속될 것 같지 않습니다. 황건당이 난을 일으킨 뒤 전란은 주변 여러 민족에게 영향을 주었습니다. ……저기 남흉노 지도자가 있습니다. 그 유표님이 가장 잘 알고 계실 거요. 여러 민족의 이동이 일어나, 어지간히 강한 황조가 아니면 오래 지탱하지는 못하겠지요."

공명의 목소리는 작았지만 결코 약하지는 않았다. 병자답지 않게 정기가 넘치는 목소리였다.

소용이 말했다.

"그러면 앞으로는 촉도 위도 오도 없겠군요."

"그리고 중원의 한인도, 남쪽의 만(蠻)도, 서쪽의 월지도 없습니다."

경매는 중얼거리듯이 말하고 이마에 흐트러진 머리카락을 치켜올렸다.

미래 이야기를 듣고 있으면 눈앞의 것이 아주 작게 느껴지고, 마침내는 아무래도 좋은 것처럼 생각된다.

하지만 제갈공명은 자기의 미래 이야기를 다음의 말로 마무리지었다.

"하나 하나가 중요한 일입니다. 눈앞의 하나 하나가 더할 데 없이 중요한 일입니다."

사마혜달은 위나라 본진으로 돌아가 보고했다.

"공명은 정말로 병이었습니다. 그것도 꽤나 중태였습니다."

"의식은 분명했느냐?"

"아주 또렷했습니다. 마지막 반짝하는 것인지는 모르지만……."

"무슨 이야기를 나누었느냐?"

"공명이 죽은 뒤 천하가 어떻게 되느냐 하는 이야기를 했지요."

"호오, 공명의 예언인가! 그는 뭐라고 하던가?"

"머지않아 형님께서 요동 정벌에 보내질 거라고……."

"흠, 그것은 비슷하게 맞겠지."

사마중달은 자기가 낙양에서 소외되리라는 것을 예감하고 있었다.

"그 예언이 맞는다면 형님도 고생스럽겠군요."

"하하하……."

중달은 좀처럼 없는 너털웃음을 터뜨렸다.

"동정해 주는 것이냐? ……그러나 나를 어디에 보내든 나중에는 보낼 곳이 없게 되겠지."

"얼마 동안은 참으셔야 하겠군요."

"뭐, 별로 괴롭다고 생각하지도 않는다. 이제부터 또 요동 정벌 계획이나 짜게 되면 시간가는 줄 모르게 즐겁지 않겠느냐!"

그러면서도 사마중달은 의자에서 일어서더니 뒷짐지고 방안을 왔다갔다했다.

“그럼 물러가겠습니다.”

사마혜달은 방을 나왔다. 형의 그런 모습은 혼자서 조용히 생각하고 싶다는 신호와 같은 것이었다.

“요동이라!”

중달은 혼잣말로 중얼거렸다.

“역시 공명답구나. 죽어가면서도 천하 정세를 내다보고 있는 것이 아닌가!”

‘요동’이란 말을 들었을 때 사마중달의 머리는 무섭게 돌아갔다.

그의 머리 속에서는 계획 비슷한 것이 모습을 이루어가고 있었다.

사마중달의 사고는 어떤 덩어리를 머릿속에 생각하고 그것을 면밀히 점검하는 일부터 시작한다. 마치 조각가가 흙덩어리를 앞에 놓고 이제부터 빚을 작품에 대해 구상하듯.

위나라는 이제부터 천천히 요동의 공손연을 압박한다. 상대가 견디다 못해 군을 일으킨다.

그것을 기다리는 것이다.

공손연이 위나라와 결전할 것을 결의한다면 동맹자를 찾는 것이 순서이다.

‘그것은 오나라이겠지?’

또 위나라 공격을 받아 버틸 수 없게 되면 공손연은 마자수(압록강)를 건너 한반도로 달아나리라.

‘그렇게 되면 병참선이 길어진 위나라는 더이상 추격하지 못하게 될지도 모른다. 공손연이 위군의 추격을 벗어나 한반도에서 기반을 만들고 재기의 기회를 노릴지도 모른다……’

요동 원정에는 이와 같은 문제가 있다. 그것을 해결하는 방법을 생각지 않으면 안 된다.

‘요동에 침공할 원정군을 일으킴과 동시에, 혹은 그것보다 먼저 한반도에 병을 보내는 것이 어떨까……? 동래(東萊), 즉 산동반

도에서 한반도 서해안까지는 일의대수(一衣帶水)라고 할 수도 있
잖은가! 거기에는 한나라 식민지였던 낙랑(樂浪)이며 대방(帶方)
도 있다.’
그 물길과 조선 땅을 먼저 장악해 버리면 요동과 오나라와의 연락
도 끊을 수가 있고 공손연의 퇴로를 차단할 수도 있다.
“그렇다.”
사마중달은 오른 주먹으로 왼 손바닥을 쳤다.
“대방에 병을 보낸 뒤 왜국에도 사자를 보내자. ……오나라는 한
번 왜인의 섬에 모병을 간 일도 있다잖은가? 오나라는 또다시 사
람 사냥을 하러 갈지도 모른다. 왜국을 잡아두어야 된다.”
혼자서 있건만 사마중달의 목소리는 차츰 높아졌다. 그는 오랜만
에 유쾌한 흥분마저 느꼈다.

그 무렵 오장원의 촉나라 본영에서는 공명의 용태가 갑자기 악화
되었다. 보기 드물게 기분이 맑아 사마혜달 등을 상대로 꽤나 오랜
시간 이야기를 나눴지만 뭐니뭐니해도 그것이 병에 영향을 준 것만
은 틀림없다.
공명의 숨소리가 가빠졌다.
자기 몸에 대해서는 자기가 가장 잘 안다. 앞으로 한 시간쯤이면
고열이 난다는 것도 예감할 수 있었다.
열 때문에 의식이 흐려지기 전에 하고 싶은 말을 남기고 싶다…
…어쩌면 이 다음의 발열은 그의 생명을 앗을지도 모른다…….
제갈공명은 의식이 흐려지고 나서 10일이나 목숨이 끊어지지 않
았다.
경매가 바친 마가타국(摩伽陀國)의 신약 때문인지도 모른다.
그 약을 쓰면 임종 조금 전에 잠깐 의식이 되돌아온다고 한다.
공명이 운명한 것은 건흥 12년(234) 8월 23일이었다.

임종 직전 그는 자리에 일어나 앉았다.

"교모와 단둘이서 말하고 싶다."

공명은 말했다.

그 목소리는 평소와 조금도 다름이 없었다.

강유나 양의 혹은 마현은 승상이 다시 회복되는 것이 아닐까 하고 한가닥 희망을 품었다.

소용이 불려왔고 다른 사람들은 병실에서 물러갔다.

"이 세상을 떠나기에 앞서 왠지 당신의 이야기를 듣고 싶군요."

공명은 말했다. 그러나 다만 그렇게 말했을 뿐, 어떤 이야기가 듣고 싶은지 그 이상의 말은 하지 않았다.

"벌써 60여 년이나 지난 옛날이 됩니다. 저는 아들 하나를 낳았지요."

소용은 마치 미리 준비나 하고 있었던 것처럼 이야기를 시작했다.

공명이 물었다.

"진남장군 장로 공은 아니겠지요?"

"예, 장로는 아닙니다. 남편인 장형(張衡)은 저에게 말했습니다. ……남을 구하려는 인간은 내 자식을 가져선 안 된다고. 그래서 내 자식을 버리고 남의 자식을 내 아들로서 키웠습니다. 그것이 장로입니다."

"부도에서는 영겁 속에 내 자식도 남의 자식도 없다고 합니다만 …… 그런데 버린 자식은 어떻게 되었습니까?"

"끝내 버릴 수는 없었습니다. 다시 주워서 길렀지요. …… 그것이 진잠입니다."

소용도 평소와 다름없는 말투였다.

"진잠은 그것을 알고 있습니까?"

"아아뇨, 그 자신은 모릅니다. ……그러나 그의 아내는 알고 있습니다."

"그의 아내란?"

"경매입니다. 언제부터인가 두 사람은 맺어져 있었습니다. 언제부터인지는 저마저도 모릅니다."

"누구라도…… 모르는 일이 있군요. 모르는 일이…….”

"세상은 그런 것이에요."

"세상의 이치라는 것을 겨우 알까 싶었는데…….”

공명은 뜰 쪽을 내다보았다.

가을 바람이 제법 서늘해졌다.

문은 활짝 열려 있고 발이 드리워져 있었다. 공명이 그러기를 바랐던 것이다. ……별을 보고 싶다면서.

소용이 권했다.

"눕도록 하세요."

"그렇군요. 누워도 볼 수는 있으니까."

그렇게 말하고 공명은 눕더니 이불을 앙상한 가슴까지 끌어다 덮었다.

"무엇을 보려는 것입니까?"

"나의 꿈입니다. 꿈이 별처럼 날지요. 그리하여 이 오장원에서 떨어지는 겁니다."

제갈량 공명은 한동안 눈을 뜨고 발 쪽을 바라보았다. 이윽고 그는 눈을 감았다. 그것이 그의 죽음이었다.

사람은 무엇으로 평가하나

　이 역사에 보기 드문 대군략가의 죽음을 애석히 여기며, 뒤의 시인들은 많은 조시(弔詩)를 지었다.
　당나라 두보(杜甫)는 이렇게 읊었다.

　　간밤에 장수별이 군영 앞 떨어지니
　　공명 선생 부음을 듣게 되었네
　　공신각(功臣閣)에 다만 훈공이 적혀 있을 뿐
　　장막 안 호령하던 소리 들을 수 없네
　　문하(門下)에 3천 객은 당혹해하니
　　가슴에 품은 10만 군사 저버렸구나
　　맑은 날 푸른 그늘 속을 잘 보라
　　이제 다시 그 노랫소리 들을 길 없어라

　백거이(白居易)는 다음과 같이 그의 죽음을 탄식하였다.

선생이 자취 숨겨 산림에 누웠더니
어떻게 어진 임금의 세 번 찾음 만났던고
고기는 남양(南陽)에 이르러 바야흐로 물 얻었고
용은 하늘 밖으로 날아 문득 장마지게 했네
어린 아들을 부탁하며 이미 극진한 예를 다하니
나라에 보답하여 또한 충의 마음을 기울였네
두 차례 남긴 출사표가 있으니
한번 읽는 사람들
눈물로 옷깃 적시네

공명의 인격이 어찌나 고결했던지, 누구든 비록 공명에 의해 중요한 직책에서 쫓겨났더라도 대부분이 그를 원망하지 않았다.

일찍이 촉나라 조정의 장수교위(長水校尉)를 지냈던 요립(寥立)이란 사람은, 자기 재주를 자랑하며 승상의 보좌라고 민간에 속이고 다니다 탄로난 적이 있었다. 공명은 이 사실을 알고 요립을 한직으로 보내 버렸다. 그것이 못마땅했던 요립은 공명을 헐뜯으며 사방으로 돌아다녔다. 그래서 공명은 그 벼슬마저 앗고 평민으로 만들어 문산(汶山)이란 시골로 귀양보냈다.

그 요립마저 공명이 죽었다는 소식을 듣자, 자신의 잘못을 뉘우치며 울부짖었다고 한다.

뒷날 당나라 원진(元積)은 다음과 같이 공명을 기렸다.

난세를 가라앉혀 위태로운 주군을 받들며
겸허하게 어린 아들 돌봄을 부탁받았네
뛰어난 재주는 관중(管仲) 악의(樂毅)보다 더하고
묘책은 손무(孫武) 오기(吳起)를 앞섰네
늠름하여라 저 출사표

당당하다 팔진도
공과 같은 거룩한 덕을 가진 사람
고금에 다시 볼 수 없음을 탄식하네

공명이 죽은 뒤 유서가 발견되었다. 그것은 가족에게 보낸 사적인 것이었다.

그 가운데 유해는 정군산(定軍山)에 매장하라고 씌어 있었다.

정군산은 한중에 있는 산이다. 공명은 그 산중턱에 옆굴을 파고 자기 유해를 안치하며, 기물(器物) 기타 부장물(副葬品) 따위는 일체 넣지 말라고 당부했다. 수의 역시 평소의 옷이면 된다고 썼다. 조조와 거의 같은 유언이다.

일찍이 공명은 오장원에 나오기 전 후주 유선에게 다음과 같은 상주문을 올렸었다. 그의 검소한 일상 생활을 엿볼 수 있는 기록이다.

신에겐 성도에 뽕나무 800그루와 밭 15경(頃)이 있어 가족의 의식(衣食)은 이것으로 넉넉하옵니다. 신(臣)은 원정군 책임자로서 오직 임무 완수에 정성을 기울이고 있으며, 더욱이 일상용품이나 의식은 모두 나라에서 지급되고 있사옵니다. 그러므로 특별히 사재(私財)를 늘릴 필요가 없사옵니다. 제가 죽은 뒤 가외인 재산을 여축하고 있거나 하여 폐하의 신뢰에 어긋나는 일은 없을 것이옵니다.

제갈량이 죽은 뒤 조사해 보니까 과연 그대로였다.

앞에서 토막토막 소개되었지만 여기서 제갈량의 생애와 가족 관계를 간단히 정리할 필요가 있다.

공명의 아버지는 제갈규(諸葛珪)이다. 후한 말기 태산군승(泰山郡丞)을 지냈다는 것밖에 알려진 것이 없다.

후한 말의 정치는 외척(外戚)과 환관(宦官)이 권력을 잡고 이 양자가 피비린내나는 싸움으로 나라를 멸망케 했다. 이들 '탁류(濁流)'에 대해서 중소 호족을 바탕으로 하는 지식인 '청류(淸流)'가 조정 개혁을 요구하며 맹렬한 비판운동을 전개했다.

이 비판운동은 두 번에 걸친 대탄압, 이른바 '당고(黨錮)'에 의해 꺾이고 말지만, 벼슬에서 추방된 그들은 야(野)에서 청렴한 생활을 지키고 권력에 대한 말없는 비판을 계속함으로써 지방 민중의 신망을 모았다.

이 청류파의 명사들이야말로 이윽고 삼국에서 육조(六朝)에 걸친 새로운 사회를 구축하는 기간 세력이 된다.

제갈씨 집안 또한 청류파의 하나였다. 공명이 양양 교외의 융중(隆中)에서 청경우독(晴耕雨讀)의 생활을 보내며——

'……본디 양으로 말하면, 한낱 평민에 지나지 않습니다. 남양에서 스스로 밭을 갈며 이 난세에 목숨을 온전하게 마칠 것만을 바랐고 제후를 섬겨 이름을 드러내고자 하는 생각은 전혀 없었사옵니다.'(전출사표)

이런 생활 신념을 지킨 일, 촉나라 승상으로서 대공무사(大公無私)·청렴결백한 정치로 일관했음은 '청류'의 이념과 깊은 연관성이 있다.

184년, 공명이 4살 때 황건당의 난이 일어났다. 고향 연주(兗州)는 황건당 세력이 가장 왕성했던 지방의 하나였고 그 뒤 8년에 걸쳐 농민 폭동이 무섭게 몰아쳤다.

제갈씨 일족은 이 무렵에 난을 피하여 이곳 저곳으로 이산(離散)된 듯싶다.

제갈규는 아내 장씨(章氏)와의 사이에 3남 1녀를 두었다. 장남이 제갈근(諸葛瑾), 공명보다 7살이 많다. 차남이 제갈량이고, 막내는 제갈균(諸葛均)이다.

일설에 의하면 제갈근은 공명의 친형이 아니라고 한다. 그 이유로서 규(珪)의 아들이라면 아버지와 똑같은 구슬옥 변의 글자를 이름으로 쓸 까닭이 없다는 것이다.

공명은 소년 시절 부모를 잇따라 여의었다. 그 연월은 분명치 않지만 생모 장씨의 죽음은 형님 제갈근의 낙양 유학시대이므로 헌제 즉위 전후라고 한다면 공명이 10세가 채 되지 않았을 때이다.

장씨가 죽자 제갈규는 후처를 맞이했으나 몇 년 되지 않아 아버지마저 세상을 떠났다. 이때 이미 태학생 시절을 마치고 있던 장남 제갈근은 계모를 모시고 전란에 휩싸인 화북에서 강동으로 피난했다. 근은 계모를 생모처럼 극진히 효양했기 때문에 세상 사람의 칭찬을 받았다.

공명과 동생은 형님과 계모와 헤어져 숙부인 제갈현(諸葛玄)의 보살핌을 받았다.

제갈현은 청류파의 거물 유표(劉表)와 친교가 있어 형주에 초청되어 살다가, 195년 예장태수(豫章太守) 주술(周術)이 병사한 뒤 그 후임으로 남창(南昌)에 부임했다.

그러나 제갈현의 임관은 중앙정부의 정식 발령은 아니었다. 당시 이미 원술·유표 등은 스스로 관리를 임면하고 있었던 것이다. 그러다 보니 한 직책에 두 명의 관리가 임명되어, 자리를 두고 다투는 경우도 있었다.

제갈현도 그런 경우에 봉착했다. 즉 조정에서 주술의 후임자로 임명한 주호(朱皓)는 양주자사 유요(劉繇)의 후원을 받아, 불교신자로서 유명한 착융의 군사를 빌려 제갈현을 치고 남창을 함락시켰다.

제갈현은 패주하여 서성(西城)에 주둔했지만 197년 정월, 토민의 반란으로 살해되었고 그 목은 잘려 유요에게 보내졌다.

이런 소란 속에서 숙부를 잃는 불행을 당한 공명은 동생인 균과 같이 형주로 다시 돌아왔고, 유표의 영토인 양양 부근 남양군의 등

현(鄧縣) 융중에서 살았다. 이 무렵 양양의 명사 황승언(黃承彦)의 딸을 맞아 아내로 삼았다.

공명의 누이동생이 출가한 가문은 양양의 명문 방씨 집안이었다. 사돈이 된 방덕(龐德)은 현 남쪽 현산(峴山)에서 살았으나 벼슬길에 일체 나가지를 않았다. 「후한서(後漢書)」 일민전(逸民傳)에 방공(龐公)이라고 올라 있는 사람이 바로 그 인물인 듯하다.

공명의 부인 황씨는 용모가 아주 보잘것없는 추녀였지만 재주가 뛰어난 현부인이었다고 한다.

황 부인은 공명이 유비의 부름을 받아 출려할 때 스스로 목숨을 끊었다. 그 뒤 공명은 다시 부인을 맞이하지 않았다. 한 번 후취를 얻으라는 권유를 받았으나 공명은 이를 완강히 뿌리쳤다. 그러나 와룡호에서 낚싯줄을 드리우고 있을 때, 나라일을 걱정하던 끝에 스스로의 한명(限命)에 대하여 생각해 본 일이 있었다. 한명……죽음, 그 시점에서 자기의 생애가 끝난 다음의 뒷일이 자연히 연상됨은 인간의 상정(常情)이리라.

'부인도 내가 후사 없이 삶을 마치는 것을 바라지는 않을 것이다. 내가 후사 없이 삶을 마친다면 나의 손을 끊은 것을 자기의 죽음 탓으로 돌려 저승에서 편안한 날을 보내지 못하리라.'

문득 이런 생각이 머릿속을 스쳤다. 자기는 생명까지 버린 부인에의 의리 때문에 독신으로 오로지 나라 일에만 온 영혼과 몸을 불사르려 했다. 그것이 잘못이었다. 자기의 후사가 끊기는 것은 부인이 바라는 바가 아닐 것이다.

'너무나 바쁜 나날이었어……'

공명은 거기까지 생각이 미치지 못한 데 대하여 변명 비슷하게 속으로 중얼거렸었다.

제갈공명은 그 뒤 재혼할 결심을 굳혔다. 그리고 얼마 뒤 제2부인을 맞이했던 것이다.

　오나라로 간 형님 제갈근에게는 작(恪)·교(喬)·융(融)의 세 아들
이 있었다. 공명은 재혼하기 전에 형님의 둘째아들인 조카 교를 양
자로 맞아 후사(後嗣)로 삼았다.
　교는 자를 중신(仲愼)이라 하였으나 건흥 6년(228) 25세의 젊은
나이로 병사했다. 그런데 병사하기 전 해에 공명은 친아들인 제갈첨
(諸葛瞻)을 얻었다. 따라서 공명이 죽었을 때 그 유자 제갈첨은 겨
우 여덟 살이었다.
　그런데 친아들 제갈첨은 실질적인 종자(宗子) 노릇은 하지 못했
다. 왜냐하면 양자인 제갈교에게 이미 반(攀)이란 아들이 있었기
때문이다.
　매사 사리가 분명한 공명은 양자 교의 아들 반으로 하여금 종손을
삼으라는 지시를 유서로써 밝혔을 것이다.
　다만 뒷날, 오나라에 있는 제갈근의 장자 제갈각이 일족 주멸(誅
滅)의 비운을 만나게 되어, 공명의 후사는 제갈첨이 잇게 되고 제갈
반은 제갈근의 제사를 받들게 되었다.
　공명도 인간이니만큼 50세가 다 되어 뒤늦게 얻은 아들을 몹시나
귀여워했으리라. 건흥 12년, 공명은 오나라에 있는 형님에게 다음
과 같은 사사로운 편지를 보냈다.
　'첨도 이제 8세, 총명이 남다른 데가 있습니다. 다만 그 조숙이
　아마도 중기(重器)가 되지 못할 것을 걱정할 뿐이옵니다.'

　그러므로 공명의 자제 교육은 남달리 세심한 데가 있었다. 〈계자
(誡子)〉는 제갈첨을 훈계한 글이다.

　무릇 군자의 행실은 정(靜)으로써 몸을 닦고 검약으로써 덕을

기른다. 담박(淡泊 : 욕심이 없고 마음이 깨끗한 것) 아니면 뜻을 명백히 밝힐 수가 없고 영정(寧靜 : 평안하고 고요한 것)이 아니면 원대한 것을 얻지 못한다. 무릇 배움은 평안한 것이어야 한다. 재주는 마땅히 배워야 하겠지만, 학문이 아니면 재주를 넓혀선 안 되고 평안함이 아니면 학문은 이루어지지 않느니라. 교만하거나 남을 깔보거나 하면 정(精)을 연마하지 못할 것이며, 사납거나 가벼우면 성품을 다스리지 못한다. 나이는 시간과 더불어 달려가고 뜻은 해와 더불어 가버린다. 마침내 고락(枯落)을 가져오고 세상을 달리 대하지 못하게 된다. 궁핍에 빠져 슬퍼한들 그때는 이미 늦는다.

학문의 의의를 풀이하고 어린 아들에게 장래의 행복을 위해 면학의 중요성을 강조한 것이었다.

제갈첨은 나이 17세 때 공주의 부마가 되어 후주 유선의 사위가 되었으며 상(尚)과 경(京)의 두 아들을 두었다. 그리고 죽은 아버지의 유덕(遺德)에 힘입어 현직을 역임했다.

그리하여 촉나라 사람들은 공명을 추모하는 나머지 제갈첨을 칭찬했고, 그 칭찬이 너무 지나쳤다고도 한다.

「삼국지」 지은이 진수(陳壽)는 공명을 다음과 같이 평했다.

재상으로서의 제갈량은 국민을 어루만지는 한편 백성이 지켜야 할 규범을 제시했으며, 관직을 정리하고 법률제도에 의거하며 성심성의 공정한 정치에 힘썼다. 충절을 다하여 나라에 공헌한 자는 지난날 적대한 자라 할지라도 반드시 상을 주었다. 법을 어기고 직무를 태만히 한 자는 친척이라 할지라도 반드시 벌을 주었다. 또한 죄를 짓고 잘못을 뉘우치는 자는 중죄인이라 할지라도 반드시 이를 용서했다. 죄를 범하고서 변명을 일삼는 자는 미미한 죄라 할지라도 반드시 극형에 처했다. 선행(善行)은 아무리 작은 것이라도 반드시 상을 주었고, 악한 짓은 아무리 작은 일이라도 반드시 처벌했다. 온갖 일에 세심한 배려를 하였으며, 무슨 일이든 그 근본을 허술하게 여기지 않았다. 그리고 직책에 맞먹는 실적을 요구했고 거짓된 보고는 용서치 않았다.

이리하여 촉나라의 온갖 사람들이 제갈량을 두려워하는 한편 친근감을 느꼈다. 결국 이와 같은 정치 자세로 일관하면서도 사람들의 원한을 사지 않았던 것은 공평 무사하고 더욱이 상벌(賞罰)의 구별이 명백했기 때문이다. 참으로 그야말로 정치의 요체(要諦)를 터득하고 있었던 인물이었고 관중(管仲), 소하(蕭何)와 어깨를 겨룰 수 있으리라. 다만 거의 해마다의 원정을 시도하면서 목적을 달성하지 못했던 것은 임기응변의 군략(軍略)이 서툴렀기 때문이 아닐까?

이 평언의 '임기응변의 군략이 서툴렀기 때문이 아닐까.' 하는 말에 대해 후세에 이르기까지 엄청난 비난이 퍼부어졌다.

"군신(軍神)이라 할 명군사(名軍師)에 대해 그 무슨 모욕의 말인가!"

비난은 그 한 가지 점에 모아졌다.

더욱이 진수는 조그만 예법의 잘못을 저지른 일이 있어 진수에 대한 비난은 인신 공격의 형태로 나타나는 일이 많았다.

진수의 아버지는 마속(馬謖)의 부하로서 마속이 참형될 때 연좌되어 상투가 잘리는 형을 받았다. 또한 진수 자신이 공명의 아들 제갈첨에게서 모욕을 받은 적이 있었다.

이런 원한을 풀기 위해 일부러 평언(評言)으로 공명을 내리깎고 또한 제갈첨에 대해서도 '명성만큼 실력이 없다'고 평했다는 것이다. 사실에 의거하여 냉정히 논하지를 않고, 상대를 무조건 매장시켜 버리는 것은 논의 방법으로써 가장 저열한 것이지만, 그만큼 공명의 인기가 압도적이었다고 할 수 있으리라.

끝으로 현대 중국인들의 공명 평가는 어떠한가?

공명은 무조건 높은 평가를 주어 마땅하다.

후세의 평가야 어떻든 공명이 당대를 주름잡은 천재적 두뇌와 성실의 표상 같은 높은 기품을 가지고 있었던 것만은 틀림없다.

죽어서도 지휘하다

　공명이 숨을 거둔 날 밤, 천지신명도 공명의 죽음을 슬퍼해서인지 바람 한 점 없고 달도 별도 빛을 감추었다.

　유명(遺命)을 받은 강유와 양의는 공명의 유해를 널 속에 넣은 다음 감실에 모시고 믿을 만한 장병 300명으로 지키게 했다.

　강유는 위연에게는 공명의 죽음을 숨기고 퇴각을 명령했다.

　"장군은 중군으로 들어와 서서히 오장원에서 퇴각해 주시오."

　"까닭은?"

　"승상의 명령이오."

　위연은 분연히 대들었다.

　"이상하지 않은가? 승상은 이 오장원에서 중달과 마지막 승부를 할 결심이었지 않은가?"

　"승상께서는 천문을 보시고 결전할 시기를 늦춘 거요."

　"흥! 또 천문인가! 천문이 그렇게도 중한 건가? 나는 도무지 알 수가 없군!"

　그러나 공명의 명령인 이상 거역할 수는 없었다.

따라서 촉군 20여만은 강유를 후비로 하여 조용히 퇴각할 준비를
갖추었다.

한편 사마의는 그날 밤 본영 앞 광장에 서서 하늘을 우러러보고
있었다.

그때 갑자기 한 귀퉁이에서, 붉은 빛을 내는 큰 별이 동북쪽에서
부터 서남쪽으로 흘러 촉나라 진영에 떨어지는 것이 보였다. 그뿐
아니라 그 큰 별은 두번 세번 날아가다가는 떨어지고, 떨어졌다가는
다시 날아오르며 은은한 소리를 울렸다.

"이제 됐다!"

사마의는 기뻐 미친 듯이 소리질렀다.

"공명이 드디어 죽었다!"

그런 확신이 가슴 속에 불길처럼 타올랐다.

"지금부터 대군을 이끌고 촉나라 진지를 향해 총공격을 가하는
거다!"

그렇게 말하고 말에 올라탔다.

그러나 매사에 신중하기 짝이 없는 사마의이다.

'잠깐, 공명은 둔갑술을 쓸 줄 안다. 어쩌면 내가 굳게 지키고 나
가지 않으니까, 나를 끌어내기 위해 그런 술법을 쓴 것인지도 알
수 없다. 만일 그의 술책에 걸려 든다면 우리 위군은 전멸당할지
도 모른다.'

이렇게 생각을 바꾸고 하후패를 불러 명령했다.

"몰래 10여 기를 거느리고 오장원 산 속으로 들어가, 정탐병을
내보내어 적진 상황을 더듬어 보고 오너라."

달이 밝을 무렵 잇따라 보고가 들어왔다.

적 진영은 어디서나 짐을 꾸리고 있으며 말을 모아 철수 준비를
서두르는 것 같다는 보고였다. 분주함 속에서도 전체적으로 보아 어

딘지 활기가 없어 보이고, 어느 부대이든 검은 천을 많이 사용하고 있다고 했다.

사마의는 공명의 죽음이 틀림없다고 새삼 확신했다. 그러나 굳이 상(喪)을 감추는 것도 아닌 듯싶은 적의 동정이 부자연스럽게 여겨졌다.

그러나 중달은 곧 생각을 돌렸다.

"그것도 전과 마찬가지로 철수에 즈음하여 나를 방심케 하고 또한 추격을 모면하기 위해 상(喪)을 위장하는 전술인지도 모른다. 어쨌든 지금이야말로 적의 배후를 찌를 다시 없는 기회!"

사마의는 전군에 추격 준비를 서두르라고 명령했다.

한편 촉군 쪽에서는 중군으로 들어가라는 명령을 받은 위연이, 결전을 회피하는 공명에 대해 크게 불만을 느끼면서 자기 진영에서 잠을 자고 있었다.

"우우!"

갑자기 머리에 뿔이 두 개 나는 꿈을 꾸면서 그는 울부짖으며 벌떡 일어났다.

"아니, 이 무슨 고약한 꿈이람!"

다시 잠을 청했으나 똑같은 꿈을 꾸고 다시 깨어나고 말았다. 하룻밤에 위연은 똑같은 꿈을 세 번이나 꾸었다.

이튿날 아침 퇴각하는 진형을 상의하기 위해 행군사마 조직(趙直)이 찾아왔다.

위연은 꿈 이야기를 하고 물었다.

"그대가 주역에 능통하단 말은 전부터 듣고 있었네. 하룻밤 새에 세 번씩이나 같은 꿈을 꾸었으니 이것이 과연 좋은 조짐인지 나쁜 조짐인지……."

조직은 잠시 생각하더니 대답했.

"위 장군, 기뻐하십시오. 이건 좋은 것 중에서도 가장 좋은 꿈입니다. 아시다시피 기린의 머리에도 용의 머리에도 뿔이 두 개 나 있습니다. 즉 장군께서 오늘 이 시각부터 운명이 크게 바뀌게 됩니다. 천하를 기린처럼 마음대로 뛰어다니고 하늘을 용처럼 날아다닐 조짐입니다."

"흐음!"

위연은 두 손을 마주 비비며 큰 몸집을 흔들었다.

기쁨이 파도처럼 온 몸에 밀어닥쳤다.

"이 위연이 사해를 종횡하고 하늘을 난단 말이지! 좋아!"

조직은 위연으로부터 고맙다는 인사를 받고 그의 진영에서 나왔다.

말을 몰아 몇 마장쯤 갔을 때 상서 비위와 마주쳤다.

"조 사마, 위 장군에게 갔다 오는 길이오?"

"그렇습니다. 실은……."

조직은 위연에게서 들은 꿈 이야기를 전했다.

"위 장군은 이 꿈이 좋은 조짐인지 나쁜 조짐인지 몹시 마음에 걸리는 모양입니다. 나보고 해몽을 해 달라고 했는데 내가 보기에 아주 나쁜 꿈이었습니다. 바른 대로 말하면 그 성격에 일을 저지를 것만 같아 일부러 좋은 조짐이라고 했습니다. 기린과 용의 뿔에 억지로 끌어다붙이긴 했지만 그 꿈은 소름이 절로 끼쳐지는 것이었습니다."

비위는 눈살을 찌푸렸다.

"어째서 그 꿈이 나쁜지 설명을 듣고 싶소."

"뿔(角)이란 글자는 칼도(刀) 밑에 쓸 용(用)입니다. 머리에 뿔이 난 것은 곧 칼로써 나라를 배반하는 것을 뜻합니다."

"흠!"

비위는 침통한 표정을 지었다.

일찍이 공명이 내다본 것처럼 위연은 필경 반역을 일으킬 것이 틀

림없다. 그런 위연이 조직의 해몽에 고무되어 제갈량이 서거한 지금 당장 쓸데없는 야심에 불을 당긴다면 촉군은 그야말로 대혼란에 빠질 것이 뻔했다.

비위는 한참 생각하더니 발길을 위연의 진영으로 돌렸다.

"사람을 물리쳐 주시오. 비밀 이야기가 있소."

비위는 위연에게 부탁했다.

단둘이 남자 비위는 위엄을 갖추고 말했다.

"실은 어젯밤 자정에……. 우리 승상께서 세상을 떠나셨소."

"아니, 뭐라구?"

"유언이 있소. 위 장군을 후비로 세워 사마의의 추격을 막으라고 하셨소. 자신의 죽음을 극비에 붙여 발상하는 일이 없이 조용히 철수하게 되면, 사마의는 절대로 깊이 쳐들어오지 않을 거라고 거듭 말씀하셨소."

"강유는 나에게 승상이 돌아가신 것을 숨겼소. 촉나라 첫째가는 무장인 나에게까지 사실을 숨기다니? 대관절 그 이유를 알고 싶소!"

위연의 얼굴이 당장 시뻘겋게 달아올랐다.

"승상께서는 모든 장군들에게 일체 말해서는 안 된다고 유언을 하신 거요."

"그럼 승상을 대신해서 총지휘를 하고 있는 것은 누구요? 승상은 누구를 자신의 대리로 지명했소?"

"승상은 군사를 부리는 비법을 모조리 백약(伯約 : 姜維)에게 전해 주셨소. 그리고 국정에 관한 모든 일은 양의에게 부탁하셨소."

"그럼 양의가 총지휘관에 강유를 임명했단 말이오?"

"그렇소."

"무슨 소리!"

위연은 벽력같이 소리를 질렀다.

"내가 있는데 강유 같은 철부지를 대장군으로 삼다니? 미치기라
도 했단 말인가! 승상이 죽더라도 이 위연이 있다는 것을 양의는
잊었단 말인가? 양의 같은 문관 따위가, 사마의가 이끄는 위나라
대군을 적으로 삼아 어떻게 싸워야 할지 알 턱이 없지. 그놈은 승
상의 널을 지키며 얌전히 성도로 돌아가면 그만인 거요. 아무리
승상이 없어졌다 하더라도, 이 위연이 있는 한 당당히 이 오장원
에서 사마의와 승부를 결정짓고 말 거요!"
"승상의 유언은 우리 모두가 지켜야 되오."
"승상은 죽을 때가 가까워졌을 때 이미 옛날의 승상이 아니었소.
내가 승상에게 장안을 공략할 전략을 말했다가 거절당하고 말았
지만, 만일 그때 승상이 내 말을 받아들였으면 벌써 옛날에 장안
을 점령했을 거요. 빌어먹을!"
위연은 벌떡 일어나자 앉아 있던 의자를 들어 땅바닥에 내동댕이
쳤다. 의자는 산산이 부서지고 말았다. 비위는 이 광경을 바라보며
속으로 끄덕였다.
'승상은 위연이 이런 사람이기 때문에 총지휘권을 주지 않았구나.'
"어찌 됐든 승상의 유언을 거역할 수는 없소."
"상서 나리! 이 위연은 정서대장군 남정후(南鄭侯)의 지위에 있
는 사람이오! 강유 같은 어린것에게 턱짓을 당하며 퇴각할 수 있
겠소?"
"경력으로 말하면 장군이 촉군의 총지휘를 잡아야 마땅하지요.
내가 지금 양의에게로 가서 장군을 성나게 만드는 것이 얼마나 잘
못된 일인가를 설명한 다음 기어코 강유를 대신해서 장군에게 지
휘권을 맡기도록 설득하겠소. 그러니 퇴각할 진형만은 시급히 갖
추어 주기 바라오. 아무튼 사마의는 보통 사람이 아니오. 이미 승
상의 죽음을 탐지했을지도 모르는 일이니 여간 조심하지 않으면
안 될 거요."

비위는 이렇게 말하여 간신히 위연을 진정시킬 수 있었다. 그리고 급히 본영으로 달려가 양의에게 사실을 말했다.

양의도 고개를 끄덕이며 말했다.

"승상께서 말씀하신 것이 옳았소. 승상은 위연이 반드시 두 마음을 일으킬 것으로 내다보셨던 것이오. 위연은 승상이 돌아가신 것을 알자 당장 자신이 승상 자리에 앉을 야심이 생긴 것이오. 승상의 유언대로 백약을 총대장으로 삼아 후비를 맡도록 해야겠소."

이리하여 촉나라 대군은 조용히 오장원을 떠나게 되었다. 양의가 공명의 널을 지키며 앞서갔다. 강유가 후비를 담당하여, 질서정연하게 조금도 서두르는 기미를 보이지 않고 퇴각해 갔다.

위연은 비위로부터 좋은 회답이 올 것으로 알고 기다렸으나 도무지 소식이 없었다.

"도대체 어떻게 된 거지? 그럼 양의는 비위의 충고를 거절했단 말인가?"

위연은 울부짖었다.

그때 마대가 말을 타고 달려왔다.

"위 장군, 우리 촉군은 한 사람 남지 않고 모조리 철수하기 시작했습니다. 사마의는 아직 이 사실을 모르는 모양입니다."

"뭐라구? 그럼 후진은 강유가 맡고 있는가?"

"그렇습니다. 양위공이 승상의 널을 모시고 먼저 갔습니다."

"빌어먹을! 비위란 놈이 날 속였구나!"

위연의 성난 머리털이 하늘을 찌를 듯 곤두섰다.

"위 장군, 양위공이 승상을 대신해서 명령권을 쥐게 됩니까?"

마대가 물었다.

"그렇다. 이봐, 장군은 양의가 승상의 지위에 앉아도 아무 불만이 없는가?"

"아니, 대단히 불만입니다."

"그렇다면 나와 행동을 같이 하자. 양의나 비위나, 그리고 강유같
은 어린 것 밑에서 견딜 수 있겠는가!"

"옳은 말씀입니다."

구심점을 잃게 되면 그 조직은 금방 제구실을 못하게 된다. 공명
을 잃은 순간부터 촉나라 문관과 무장들은 둘로 갈라지고 말았다.

하후패는 거듭 중달의 명령으로 공명의 생사 여부를 알아보기 위
해 오장원으로 달려갔다.

"이건 대체 어찌된 일인가?"

하후패는 깜짝 놀라 사람 없는 벌판을 바라보았다.

촉나라 대군이 주욱 줄지어 있던 광경이 연기처럼 사라지고, 쓸쓸
해 보이는 가을 들판만이 끝없이 펼쳐져 있을 뿐이었다.

하후패는 마치 악몽이라도 꾸고 있는 것 같았다.

'이건 공명이 건곤일척의 술책을 쓴 건 아닐까?'

이런 의심을 품으며 하후패는 정신없이 본영으로 돌아오자 보고
했다.

"오장원에서는 군사라고는 하나도 볼 수 없었습니다."

순간 사마의의 관자놀이가 무섭게 뛰놀았다.

"그래, 역시!"

"공명이 새로운 전략을 쓴 것으로 생각하십니까?"

"아니야! 공명은 벌써 이 세상 사람이 아니다. 공명은 죽었다!
내가 본 장수별은 분명 공명의 것이었다. 그 귀퉁이에 붉은 빛살
이 있는 별이 촉나라 진영에 떨어진 것은 틀림없이 공명의 죽음을
뜻한 것이다."

하후패는 숨을 죽이고 사마의를 지켜보았다.

"총공격이다!"

사마의는 외쳤다.

"급히 뒤를 쫓아 단숨에 촉군을 전멸시키자!"

사마의는 각 진에 알리도록 하후패에게 명령했다.

"대장군, 잠깐만 기다리십시오. 공명은 짐짓 이쪽을 속이기 위해 일부러 오장원에서 철수한 것인지도 모릅니다. 어쩌면 우리의 상상을 초월한 이상한 꾀를 가지고 우리의 출격을 유도하고 있는 것인지도 모릅니다. 우선 누군가 부장 한 사람을 골라 1만이나 2만 정도로 추격해 보는 것이 어떻겠습니까?"

그러나 사마의는 공명의 죽음을 확신하고 있었다.

"좋아! 그럼 내가 직접 간다!"

3만 명을 거느린 사마의는 두 아들을 데리고 말을 달렸다. 오장원으로 밀어닥친 3만 명 위군은 어제까지의 촉나라 진지로 돌입했다. 그곳에는 군사 한 명, 말 한 마리 남아 있지 않았고, 주위를 둘러보아야 촉군이 숨어 있는 낌새는 전혀 찾아볼 수 없었다.

"틀림없다! 공명은 죽었다!"

사마의는 두 아들에게 일렀다.

"전군을 데리고 오너라! 나는 퇴각하고 있는 촉군을 치겠다!"

그리고 말에 채찍을 더했다.

두 아들은 급히 되돌아와 총출격 명령을 내렸다.

사마의는 지금이야말로 촉나라 군사를 한 사람 남기지 않고 모조리 무찌르겠다고 온몸의 피를 들끓게 하며 앞장서 달려갔다.

평원이 끝나고 높고 낮은 산들이 이어져 있는 곳에 이르자, 저만치 촉군의 후미가 자못 힘없는 듯이 몰려가는 광경이 보였다.

그곳에서 앞쪽 산골짜기까지 대열이 쭉 이어져 있다. 맨뒤의 한 무리는 먼 곳에서 봐도 굼벵이 걸음으로 더디기만 했고 어깨가 축 늘어져 있었다. 자세히 보니 붉게 칠한 장방형(長方形) 함을 실은 수레를 호위해 가고 있었다.

'저것은 공명의 널이 틀림없다!'

중달의 볼이 금세 달아올랐다. 그리고 그는 '죽은 공명'을 앗아 기세를 돋구자고 마음먹었다. 그러면 공명의 죽음이 과연 진짜인지 가짜인지 밝혀질 것이 아닌가!

위군은 중달을 선두로 괴조(怪鳥)와 같은 기성을 질러 가며 돌진했다.

긴 뱀처럼 꾸불거리는 대열은 한 가닥 끈과 같아 달려가는 기마무사의 눈에는 한칼로 산산이 토막낼 수 있을 것만 같았다.

곧 촉군 후미부대의 대열이 허둥대며 뿔뿔이 흩어져 달아나기 시작했다.

그러자 갑자기 앞쪽에서 요란한 북소리가 터져올랐다.

"엉?"

위군은 고삐를 당기며 멈칫했다.

보라!

순식간에 앞쪽 산기슭 일대에서 수천의 군세가 솟아나와 북소리마저 압도하는 함성을 지르는 것이 아닌가!

중달은 한순간이었으나 무슨 환술을 눈앞에 보는 것만 같은 착각에 빠졌다.

멍청하게 있는 사이에도 우익에서 사륜거 한 대와 일대의 촉군이 말발굽 소리도 요란하게 5, 600보 거리로 육박해 오고 있었다.

순간, 사륜거는 시커먼 쇳덩어리 같기도 하고 금은 색깔도 찬란한 뭉치와 같은 아름다운 것으로 보이기도 했다. 그것은 눈씻고 보아도 틀림없는 현실이었다.

중달의 얼굴 반 가량은 크게 벌린 입과 두 눈이 차지했다.

사륜거가 철갑 기마무사의 호위를 받으며 돌진해오고 있다.

왠지 사륜거의 지붕은 떨어져 나갔고 학창의 입은 키 큰 인물이 손에 백우선을 들고서 '내 모습을 똑똑히 보라!'는 듯이 우뚝 서 있었다.

사마중달은 그 찰나 목이 터져라 하고 외쳤다.

"말머리를 돌려라! 후퇴다!"

그러면서 그 자신 오른손의 고삐를 확 당겼다. 왼쪽 허공으로 몸이 날려 버릴 것처럼 잽싸게 말이 돌아서자 죽어라 하고 도망쳤다. 그러면서도 좌우로 바삐 눈길을 옮겨 부하가 따라 도망쳐오는 것을 확인하자, 중달은 목소리를 되풀이 쥐어짰다.

"후퇴하라! 공명의 속임수다!"

'아, 과연 귀신 같은 공명이다. 그는 살아 있었다. 별의 움직임까지 속여 죽은 자로 둔갑하고서. 더욱이 환술이나 다름없는 이 용병의 솜씨……철저히 우리를 속였다!'

중달의 귀에는 촉군 대장 강유의 비웃음 소리가 아직도 맴돌고 있었다.

"사마의는 듣거라. 여기까지 추격해 왔다가 우리 승상의 모습만 보고도 달아난단 말이냐! 후세까지 겁쟁이란 소리를 면치 못할 것이다!"

사마의는 그 소리를 듣자, 공명의 군략이 틀림없다고 생각할 수밖에 없었다.

뭐라고 욕을 하든 지금은 살아남아야 하겠다는 생각밖에 없었다.

총대장이 정신없이 달아나는 것을 본 부하들이 앞을 다투어 뺑소니치는 것은 당연했다. 갑옷도 투구도 벗어 던졌다. 무거운 창과 방패도 버렸다. 그저 가벼운 몸으로 달아나는 것만이 상수였다.

사마의가 공중을 날 듯이 20리 가량 달아났을 때였다. 간신히 따라붙은 위나라 장수 두 명이 좌우로 나란히 서서 말고삐를 낚아채 달리는 말을 멈춰 세웠다.

"대장군, 마음을 진정하십시오!"

그 말에 사마의는 문득 제정신으로 돌아왔다.

그러면서도 한쪽 손으로 자기 머리를 만지며 뭐라 중얼거렸다.

두 장수는 저마다 외쳤다.

"촉군은 쫓아오지 않습니다."

"안심하십시오. 적은 도중에서 추격을 중지했습니다."

사마의는 좌우를 둘러보고 그것이 하후패와 하후혜인 것을 알자 후우 한숨을 내쉬었다.

"못난 꼴을 그대들에게 보이고 말았구나."

사마의는 멋쩍은 웃음을 띠었다.

"공명이 틀림없이 죽은 것으로 알고 있었는데, 뜻밖에도 살아 있어서 그가 부리는 술책에 걸려든 줄만 알고 그만 내 정신이 아니었다!"

"대장군의 마음을 짐작할 수 있습니다."

"그렇더라도……."

사마의는 하늘을 우러러보며 혀를 내둘렀다.

"붉은 빛살이 있는 별이 촉나라 진중에 떨어진 것은 공명의 죽음을 뜻한 것이 틀림없는데……… 알 수가 없군. 도무지 알 수가 없어."

그러면서 사마중달은 새삼 도망쳐온 뒤를 돌아보았다. 거기에는 가을 햇살에 아물거리는 먼 산과 푸른 하늘이 있을 뿐 촉군의 모습은 어디에도 보이지 않았다.

촉군의 자취라 할 수 있는 단 하나의 것은 저편 초원 한 귀퉁이에서 겨우 볼 수 있는 한 무더기 피어오른 먼지 구름 같은 것뿐이었다.

그날 저녁때 촉군은 벌써 오장원에서 60리나 떨어진 곳에 다다르고 있었다.

어느 고갯마루에서 예의 사륜거가 본대를 먼저 통과시킨 뒤에도 꽤 오랫동안 쉬고 있었다.

이 일대서부터 한중·파촉의 험하기 이를 데 없는 계곡이 시작된다. 눈 아래는 천 길 벼랑이며 맞은편에는 창 끝과도 같은 바위산이 솟아 있었다.

사륜거의 주인 '공명'도 이 경치를 바라보며 그 자리를 차마 떠나지 못하는 모양이었다.

그 등에 대고 강유가 말했다.

"아직 아군에게도 승상의 죽음은 알려지지 않고 있습니다. 부디 결심을 바꾸어 주실 수는 없겠습니까, 곽 선생?"

중달로 하여금 기절초풍케 만들어 달아나게 만든 사륜거의 주인공은 바로 곽정영이었다.

곽정영은 굽힐 수 없는 의사를 나타내기라도 하듯 목을 천천히 좌우로 저었다.

언젠가 공명이 부탁했던 말이 지금 그의 귀에서 쟁쟁하게 울렸다.

"촉나라를 위해 또 한 사람의 공명이 되어 주오. 백에서 아흔아홉까지 나와 꼭 닮은 그대야말로 하늘이 우리 촉나라에 준 인재라고 믿소! 둘이서 생각하고 꾀하고 나라 일에 이인일역(二人一役)을 연기하는 것이오. 더욱이 나는 요즘 부쩍 나의 건강에 불안을 느끼기 시작하고 있소. 나에 비해 그대는 매우 건강하오. 그 때문에 그대에게는 이 세상 어느 것과도 바꿀 수 없는 곽정영이라는 이름 석 자를 버리게 했으니, 이 공명은 뭐라고 할 말이 없소. 하지만 나의 남은 목숨을 한실 부흥을 위해 바칠 결심이오. 그러나 뜻을 이루지 못하고 내가 중도에서 쓰러졌을 경우 진짜 제갈공명으로 남아서 촉나라를 보전해 주시오. 하기야 이런 부탁이 무리이기는 하지만……"

공명의 마지막 계책이란 이것이었다. 그때 곽정영은 오랜 생각 끝에 겨우 고개를 끄덕였다. 이 기밀 중의 기밀은 두 사람 말고는 강유와 마현만이 알고 있었다.

곽정영은 한동안 촉군의 공명 유막에서 모습을 감추었다.

한때 요동의 공손연 본거지에 갑자기 나타난 일이 있었지만, 그밖의 시간은 완전히 자기 존재를 부인하고 희생시키는 그늘의 사람으로서 시종(始終)했다.

그동안 곽정영은 머리와 수염의 모습도 공명과 꼭 닮은 것으로 가꾸고 눈빛, 온갖 몸짓, 그리고 본디부터 비슷하게 닮은 목소리에 이르기까지 똑같이 보이게끔 노력했다.

그리고 무엇보다도 중요한 것은 공명과 똑같은 마음을 갖도록 힘쓰는 일이었다.

말로는 간단하지만 저 지모 덩어리인 사마중달이 진짜 공명이라고 믿고 달아나게 하려면 보통의 노력을 가지고는 이룰 수 있는 일이 아니었다. 그 눈물겨운 노력은 아마 본인 아니고서는 누구도 눈치조차 채지 못했으리라.

그러나 곽정영은 이 어렵고도 힘드는 임무를 훌륭히 해냈다.

특히 공명의 병이 중태에 빠지면서 곽정영의 활약은 눈부셨다.

적을 속이려면 우리편부터 속여야 한다.

곽정영은 공명 대신 백관이 참석하는 조정에도 나갔고, 때로는 와룡호에서 낚싯줄을 드리우는 공명의 역할도 했다. 그뿐 아니라 이번 출전에서는 몇 차례 공명 대신 사륜거를 타고 적군 앞에 나타나 위군의 간담을 서늘하게 해주기도 했다.

마침내 곽정영은 강유의 물음에 대답하듯 입을 열었다.

"삼협(三峽)의 경승지에서 생애의 대부분을 살아온 나로서는 촉나라 풍토가 고향의 연장인 것처럼 생각됩니다. 승상의 이끌음을 받고서 촉나라에 들어온 지 어언 11년, 제가 얻은 가장 큰 배움은 돌아가신 제갈공명의 진충보국(盡忠報國)의 마음이었습니다. 승상께서는 그때 굳이 말씀하시지는 않았지만, 분명히 바라고 계셨습니다. '내가 죽은 뒤 나 공명이 되어 달라'고. 그러나 그것은 역시 승상의 덕과 공을 해치는 일이고 역사를 속이는 일이 되지요.

아무리 심신(心身)이 쌍둥이처럼 꼭 닮았다 하더라도 그는 제갈 공명이고 나는 한낱 곽정영이라는 사실은 바꿀 수 없습니다. 그러니 내일이라도 정식으로 승상의 발상을 하셔야 될 것으로 믿습니다. 나는 곧 머리 모양을 바꾸고 수염도 깎아 버리고 모습을 감추겠습니다. 그렇게 하는 것이 나로서 승상에게 보답하는 길이라고 믿습니다…….”

강유는 말하는 동안 한 번도 뒤돌아보지 않는 곽정영에게 예를 하고 나서 말에 훌쩍 올라타 부대를 뒤쫓아갔다.

뒤에 남아 눈앞의 선기(仙氣)가 넘치는 바위산을 바라보는 곽정영의 주위에도 어느덧 땅거미가 밀려들고 있었다.

한편 사마중달은 공명이 아직 살아 있는 것을 안 이상 본진으로 도망쳐 돌아오자 다시 굳게 지켜야 되었다.

그는 부하 장수 전원에게 지시하여 사방 진지로 하여금 촉군을 맞아 싸울 진형을 갖추게 했다.

이틀 뒤 정탐병이 돌아와 중달에게 보고했다.

“촉군은 국경까지 철수하더니 전 장병들이 땅에 엎드려 통곡했습니다. 더욱이 후진은 강유가 이끄는 1천 기뿐이라는 얘기도 있었습니다. 그리고 제가 그 고장 사람으로 변장하여 고갯마루에 올라갔더니 거기 사륜거가 버려져 있었습니다. 그래서 가까이 가서 조심조심 살펴보았더니 수레 안에 나무로 깎은 공명의 목상이 있었습니다.”

사륜거에 목상을 놓고 간 것이었다. 사마의가 귀신 아닌 바에야 곽정영이란 존재를 알 까닭이 없었다. 곽정영은 자기의 존재를 철저하게 비밀로 하기 위해 미리 목상을 만들어 두었다가 수레에 두고 떠났던 것이다. 사마의는 목상에 속은 것으로 알고 신음소리를 냈다. 그리고 허탈하게 말했다.

“그랬던가! 역시 내가 본 천문은 틀림이 없었다. 공명은 죽은 것이었다. 그러나저러나 공명은 무서운 전략가다. 죽은 뒤에도 이 중달을 술책에 넘어가게 하다니. 참으로 장하다고 칭찬할 수밖에 없다."

이 일을 놓고 뒷사람들은 속담을 만들었다.

'죽은 공명이 산 중달을 달아나게 했다.'

후세 사람은 이런 시를 지었다.

큰 장수별이 한밤중 하늘에서 떨어졌건만

달아나며 제갈량이 살아 있다고 의심하네

양평관 밖의 사람들 지금도 비웃는다

내 머리가 아직 붙어 있느냐 묻던 일을

사마의는 공명이 죽은 것이 명백해진 지금, 이대로 철수하는 것은 불명예스런 일이므로 전군을 이끌고 다시 촉군 뒤를 쫓았다.

그러나 적안파(赤岸坡)까지 나아가자——

'가만 있자!'

자신에게 타일렀다.

'스스로 목상을 만들어 살아 있는 것으로 알게 함으로써 나를 죽어라 하고 도망치게 한 공명이다. 죽은 뒤 내가 공격할 것에 대비해 만전의 전략을 꾸며 두지 않았을 리가 없다.'

공명은 이미 죽고 없다. 촉나라를 멸망시키는 일은 얼마간의 세월이 지나간 뒤에 해도 좋은 것이다.

사마의는 전군을 돌이켰다.

사마의는 오장원에서 공명이 진을 쳤던 자리를 지나가며 꼼꼼히 살펴보았다.

동서남북, 전후좌우, 모든 진지가 병법에 맞게, 한 치의 빈틈도 없이 만들어져 있었다.

사마의는 거듭 감탄해 마지않았다.

'아아! 공명은 천 년에 한 사람 나올까말까 한 인물이라는 칭찬이 과장은 아니다. 만 년에 한 사람뿐이라고 해도 지나친 말은 아니다. 만일 앞으로 2년만 더 공명이 살아 있었다면 이 중달은 무참하게 패하고 말리라. 그리고 내가 없는 위나라는 망하고 말았을 테지.'

사마의는 행운을 기뻐할 수밖에 없었다.

촉군은 양의를 총수로 하고 강유가 군을 지휘하며 언제 뒤에서 위군이 습격해 와도 되쫓을 만전의 태세를 갖춘 채 조용히 잔각도(棧閣道)로 접어들었다.

촉나라로 드나들 때에는 반드시 잔각도를 지나지 않으면 안 된다.

잔각도란, 깊은 골짜기를 굽어보는 깎아지른 험한 절벽의 쏙 내민 바위에 기둥을 세우고 목책을 친 다음 허공 높이 건너지른 다리길을 말한다.

이 잔각도까지 퇴각했을 때, 강유는 위군이 적안파까지 왔다가 되돌아갔다는 보고를 받았다.

그제야 비로소 상복을 입고 발상을 공포했다.

"승상께서는 하늘로 돌아가셨다."

촉나라 병사들은 바위에 머리를 치기도 하고, 그대로 그자리에 주저앉아 한없이 흐느껴 울기도 했다. 개중에는 울부짖으며 깊은 계곡에 몸을 던져 죽는 사람까지 있었다.

친부모처럼 하나하나 보살펴 주며 행여나 억울한 일이 있을세라 염려해 주던 공명의 따뜻한 마음씨와 손길이 그들을 그렇게 만든 것이다.

묵묵히 철수해 가는 촉군 선봉이 막 잔각도를 건너기 시작할 바로 그때였다.

갑자기 앞쪽에서 산이라도 무너뜨릴 것 같은 무서운 함성과 함께 북소리가 울리며 한 떼의 군대가 나타났다. 선봉의 모든 장수들은 크게 놀랐다.

사마의는 위나라 전군을 이끌고 이미 장안으로 돌아갔을 터였다.

"그럼 사마의는 군대를 둘로 나눠 우리를 협공할 작정이었던가?"

곧 정탐병을 내보냈다.

앞을 가로막은 것은 위나라 군대가 아니었다.

숨을 헐떡이며 돌아온 정탐병의 보고를 듣자 모든 장수들이 깜짝 놀랐다.

위연이 절벽에서 절벽으로 걸쳐 놓은 잔도를 불태우며 기세를 올리고 있었던 것이다.

"위연이 반역했습니다."

한 장수가 급히 달려와 중군에 있는 양의에게 보고했다.

"역시 승상의 예상이 적중했군! 승상은 일찍부터 위연이 언젠가는 반역할 거라고 말씀하셨다. 그 말대로 된 거다. 지금 이 마당에 반역을 일으키다니! 참으로 비열한 놈이다!"

양의는 앞이 캄캄했다. 그러나 반역을 꾀한 위연에 의해 돌아갈 길이 막힌 채 속수무책 날을 보낼 수는 없었다.

공명의 죽음으로 인해 장병들의 사기는 땅에 떨어져 있다. 다시 그들의 투지를 불태우게 할 수는 없으므로 어떻게 해서든지 이 위기를 벗어나지 않으면 안 되었다.

"어떻게 하면 이 위기를 벗어날 수 있을지?"

양의는 비위와 상의했다. 비위는 창백해진 얼굴을 숙이고 잠시 생각하더니 말했다.

"내가 상상하건대 위연은 벌써 폐하께 글을 올려 우리쪽이 모반했다고 거짓 보고했을 것이 틀림없습니다. 선제라면 모르되 금상께서는 위연의 보고를 그대로 믿을 것으로 생각됩니다. 그러므로 위연은 모반한 우리를 돌아오지 못하게 한다는 뜻으로 잔도를 불태운 것일 겁니다. 우리가 여기서 어찌 할 바를 모르고 있는 동안 위연은 천자를 옥좌에서 끌어내리고 자신이 천자가 될 야망을 일으킬 염려가 있습니다. ……그렇지만 잔도가 불타 버린 이상 돌아갈래야 돌아갈 방법이 없습니다. 승상께서 계시다면…….”

문관인 비위에게는 이 어려움을 헤치고 나갈 묘책이 떠오르지 않았다.

그때 후진에서 강유가 말을 달려왔다. 위연이 반역했다는 소식을 듣고 달려온 것이다.

양의와 비위의 고민하는 모습을 바라본 강유는 젊은 기백으로 말했다.

“두 분께선 너무 걱정하실 것 없습니다. 제가 혹 이런 일이 생길지도 모른다 싶어 미리 지형을 자세히 조사해 두었습니다. 잔도가 불탔다 해도 샛길을 만들 수가 있으니 마음을 놓으십시오.”

“샛길을?”

“그렇습니다. 큰 나무를 베어 넘어뜨리고 이것을 다리로 삼아 골짜기로 옮겨갈 수 있습니다. 물론 온 군대가 목숨을 걸고 일해야 하며, 수백 명 희생자를 낼 각오를 하여야 됩니다. 이렇게 하면 위연의 허를 찔러 그가 알지 못하게 샛길을 만들 수가 있습니다.”

강유는 확신을 가지고 분명히 말했다.

공명으로부터 비법을 전수받은 강유는 총지휘관다운 관록을 몸에 지니고 있었다.

샛길을 만드는 일은 어려운 일이었다. 험한 산악에서 큰 나무를 베어 골짜기에 걸치는 일이었으므로 너무나도 위험했다. 100보에 한 사람 꼴로 희생자를 냈다.

그러나 이 샛길을 만드는 방법도 공명이 글로 남겼기 때문에 강유는 절망하지 않고 공사를 진행시킬 수 있었다.

성도의 후주 유선은 이때까지도 승상 공명의 죽음을 보고받지 못한 상태였다.

다만 까닭 모를 불안감으로, 밥도 먹지 못하고 잠도 자지 못하며 벌써 며칠 밤을 보내고 있었다.

어느 날 밤, 유선은 꾸벅꾸벅 졸고 있는 사이에 꿈을 꾸었다. 성도 교외에 있는 와룡호가 갑자기 파도를 일으키더니 맞은쪽 금병산을 넘쳐 삼켜 버리는 꿈이었다.

꿈결에 비명을 지르고 벌떡 일어났다. 그때부터 잠을 잘 수 없어 멍하니 침상에 앉아 아침을 맞이했다.

차례로 문관들이 들어왔다. 다 모였다는 보고를 듣고 유선은 창백한 얼굴로 조회에 나갔다.

"간밤에 이상한 꿈을 꾸었소."

유선이 그 내용을 말한 다음 해몽을 명했다.

"이건 나쁜 조짐임이 틀림없겠는데 누가 그 뜻을 풀이할 사람은 없는가?"

그러자 초주가 침통한 표정으로 대답했다.

"신이 어젯밤 천문을 보았던바, 별 하나가 갑자기 빨개지더니 귀퉁이에서 빛을 내며 동북쪽에서 서남쪽으로 떨어졌사옵니다. 이것은 승상의 몸에 뭔가 무서운 변이 일어난 것으로 생각되어 한숨도 잠을 이루지 못했사옵니다. 폐하께서 보신 와룡호의 용솟음도 신이 본 천문과 같은 것으로 생각됩니다."

"오오! 그렇다면……… 상부가 어젯밤……."

'운명하셨단 말인가?'라고 말하려 했으나 그 말이 유선의 입에서는 도저히 나오지 않았다.

며칠 뒤 이복이 돌아왔다.

조회에 나와 있던 유선 앞으로 나온 이복은, 밤낮으로 거의 먹지도 자지도 않고 달려왔기 때문에 얼굴에 핏기 하나 없이 금방 쓰러질 것만 같았다.

그 자리에 엎드려 이마를 조아린 이복은 한동안 숨만 헐떡이고 있었다.

문관 한 사람의 부축을 받으며 이복은 간신히 일어났다. 그의 두 볼에 주르르 눈물이 흘렀다.

"이복! 승상에게 무슨 일이 일어났는가?"

"승상은……지난 23일 유명(幽明)을 달리하셨사옵니다."

"아아! 역시 그랬었구나!"

유선은 그 자리에 털썩 주저앉고 말았다.

"폐하! 어서 옥좌에 앉으시옵소서. 승상의 유언을 가지고 왔사옵니다."

겨우 정신을 차리고 유선이 옥좌에 앉자, 이복은 공명의 유언을 자세히 전했다.

공명을 대신해서 국정을 담당할 사람으로는 장완.

장완의 뒤를 이을 사람은 비위.

그리고 촉나라 군을 총지휘할 사람으로는 강유.

이복이 공명의 유언을 전하는 동안 천자도 울고 백관들도 울고 오태후도 울었다.

슬픈 소식은 폭풍처럼 성도 안팎으로 퍼져갔다. 백성들 중 눈물을 흘리지 않는 사람이 없었다. 이토록 그 죽음을 온 나라가 애도했다. 중국 5천 년 역사를 통해 오늘날까지 그처럼 민심을 얻었던 재상은 제갈량 이외에 찾아볼 수 없다.

'이제 우리 촉나라는 끝이다.'

조정 안이든 백성이든, 그렇게 혼자 중얼거리는 사람은 몇천 몇만이 넘을 것이다.

공명이 세상을 떠났다는 말을 듣고 조정 안에서는 많은 문관과 여관들이 그를 사모하여 스스로 목숨을 끊었다.

공명의 뒤를 따르던 이들은 공명이 사라지고 없는 촉나라에 남아 있고 싶지 않았다.

천자인 유선도 비관한 나머지 며칠 동안 식음을 끊고 자리에 누운 채 근시들에게 말 한 마디 건네지 않았다.

그러니 유선으로서는 슬퍼만 하고 있을 수기 없었다. 당장 조회에 나가 일을 의논하여야 되었다.

위연으로부터의 상소문이 도착했기 때문이다.

정서대장군 남정후 위연, 삼가 절하고 아뢰옵니다. 양의가 스스로 병권을 쥐고 무리를 이끌고 나라에 반역했습니다. 승상의 영구를 탈취하고, 적군을 우리나라로 끌어들이려 합니다. 신이 먼저 잔도를 불태우고 싸워 이를 막으려 하옵니다. 삼가 급히 폐하게 아뢰옵니다.

"양의가 촉나라를 반역하다니!"

유선은 믿어지지 않았다.

양의는 공명의 오른팔 격이었다. 충성스럽기 비할 데 없는 사람이었다. 공명이 죽었다고 해서 금방 반역할 것으로는 도저히 생각되지 않았다.

"양의가 사마의의 꾐에라도 빠졌단 말인가? 그렇더라도 위연 같은 용장이 양의와 싸워서 질 리는 없겠지. 그러나 잔도를 불태우고 방어 태세를 취할 그런 상황은 아니라고 생각되는데……?"

유선은 믿고 싶지 않았다. 위연의 자필로 된 상소문을 되풀이해 읽어 보았지만 진상을 알 길이 없었다. 그에게는 그만한 판단력이 없었다.

그러자 옆에 있던 오 태후가 조용한 목소리로 말했다.

"나는 선제께 늘 이런 말씀을 들었소. 공명이 말하기를 '위연은 뒤통수가 반역할 상이므로 오래 촉나라 무장으로 둘 수는 없지만 위나라와 오나라에 비해 뛰어난 용장이 적은 촉나라로서는 버리기 아까워 그대로 쓰고 있다'고 말이오. ……폐하, 위연은 양의가 모반했다고 하였으나, 실은 위연 쪽이 반역할 뜻을 품은 것으로 보는 것이 옳지 않을까요? ……양의는 무인이 아닙니다. 승상이 신임하고 쓰던 사람이므로 결코 폐하께 반역할 리가 없습니다. 그리고 양의 옆에는 비위와 강유가 있습니다. 모두 죽은 승상이 뒷일을 부탁한 사람들입니다. ……지금 만일 폐하가 위연의 말을 믿고 양의가 돌아오는 것을 막게 되면 저들은 필시 위나라나 오나라로 달아날 것이 틀림없습니다. 이 점 신중히 생각하십시오."

"태후 말씀이 과연 지당한 분부이십니다."

유선은 백관들을 모아놓고 상의했다.

다행히 그때 양의로부터 화급을 다투는 상소문이 도착되었다. 근시가 그 상소문을 받아들고 곧 소리내어 읽었다.

　장사(長史) 수군장군(綏軍將軍) 양의(楊儀), 머리를 조아려 삼가 아뢰옵니다. 승상께서 죽음에 임하여 큰일을 신에게 맡겼사옵니다. 또한 옛 제도를 감히 바꾸지 않고, 위연을 후비로 삼고 강유를 이에 따르게 했사옵니다. 그런데 지금 위연이 승상의 유명을 따르지 않고 스스로 부하 군사를 이끌고 먼저 한중으로 들어가, 불을 놓아 잔도를 끊고 승상의 영구를 앗아 반역을 꾀하고 있사옵니다. 변이 창졸간에 일어난지라 급히 아뢰옵니다.

이 상소문을 들은 유선은 여전히 어느 쪽을 믿어야 할지 몰라 어리둥절했다.

천성적으로 통찰력이 둔한 천자였다.

오 태후가 몸이 달아 백관들을 바라보며 물었다.

"여러분들의 의견을 묻겠소. ……먼저 공염(公琰 : ^{장완}_{의 자})의 의견은 어떠하오?"

장완은 몸가짐을 바로잡고 아뢰었다.

"신이 생각건대 양의는 결코 큰 인물이 못되옵니다. 오히려 기량은 적고 성격은 위에 서기에 너무 온순한 느낌이 드옵니다. 그러나 그 성실함은 아무도 그에 미치지 못하옵니다. 또 군량과 병기를 관리하는 능력이 뛰어나기 때문에 승상으로부터 퇴군의 지휘를 위탁받은 걸로 생각되옵니다. 또 비위와 강유는 충성스럽기 비할 데 없는 사람이옵니다. 그들이 양의와 함께 행동하고 있는 것은 바로 양의에게 모반할 여지가 없음을 증명하는 것이옵니다. ……이에 반해 위연은 평소부터 자신의 무용을 자랑하며 곧잘 같은 지위의 문무관원들을 얕보는 버릇이 있었사옵니다. 승상은 일찍부터 이를 못마땅히 여기었사옵니다. 위연의 오만한 태도에 대해 강유만은 조금도 굽히는 일이 없었사옵니다. 그 강유에게 군 지휘권이 넘어간 것에 위연이 반발한 것이 아닌가 하옵니다. ……양의가 만일 반역에 관해 모의를 해 왔다면 강유의 칼이 그를 가만두지 않았을 것이옵니다."

하늘칼날

제갈공명이 촉한을 짊어질 재상으로 추천한 장완의 말이라 무게가 있었다.

장완은 어떤 인물인가?

유비가 살아 있을 무렵 장완은 광도의 현장(縣長)으로 있었다.

어느 해 유비가 지방 순행 도중 광도에 들러 보았더니 장완의 집무 태도가 매우 좋지 않다는 진정이 있었다.

"때로는 한낮부터 술을 마시고서 취하여 곯아 떨어지는 일도 있습니다."

유비는 즉각 체포하여 주살하려고 했다. 그러자 옆에 있던 공명이 이렇게 말했다.

"장완은 사직의 그릇으로 겨우 100리 사방이나 다스릴 정도의 인재가 아니옵니다. 무릇 정치란 백성들이 평안하게 살 수 있게 만드는 것이 근본 목적이지, 겉만 번드레하게 꾸미는 것이 아니옵니다. 그러므로 폐하께서는 노여움을 거두시고 오히려 그의 벼슬을 높여 사람됨을 살펴보시기 바랍니다."

공명의 말은 조그만 근무 태도로 그 사람을 평가하지 말라는 것이
었다.

그 지방의 백성이 평안하게 살고 부유하다면 그 관장(官長)의 치
적이 훌륭하다고 보아야 한다. 반대로 관아를 번쩍거리게 꾸며 놓고
청소나 잘 한다고 해서 그 인물이 훌륭한 것은 결코 아니다.

유비도 다름아닌 제갈공명의 말이라 주살만은 중지하고 현장을
면직시키는 데 그쳤던 것이다.

그것을 알기 때문에 오 태후는 고개를 끄덕이고 다시 물었다.

"휴소(休昭 : 동윤 의자)의 의견은?"

"신도 장완과 같은 의견이옵니다. 위연이 자기 무공을 내세우는
거만한 태도는 차마 눈뜨고 볼 수 없을 정도였사옵니다. 지금까지
위연이 그 지위에 눌러앉아 있었던 것은 승상의 위엄과 지혜에 눌
려 있었던 때문인 줄 아옵니다. 그는 승상에까지 늘 불만을 품고
있었사옵니다. 승상이 세상을 뜨자 곧 모반한 것은 당연한 일인
줄 아옵니다. 양의는 결코 배반할 사람이 아니옵니다."

다른 대신들의 의견도 다 같았다.

위연은 그만한 무공을 쌓고 있으면서도 전혀 인망을 얻지 못했다.

"그럼 위연의 모반을 사실이라고 한다면, 그의 용맹무쌍한 공격
을 무슨 수로 막는단 말인가?"

유선은 창백한 얼굴로 백관을 둘러보았다.

그러자 장완이 말했다.

"그런 걱정은 하지 않으셔도 될 줄 아옵니다. 돌아가신 승상은 백
년 앞일을 내다보는 군략가였사옵니다. 위연이 모반할 것을 알고
그때는 어떻게 대처해야 한다는 것을 양의와 강유에게 일러두었
을 것이 틀림없사옵니다. 결코 위연의 간계에 넘어가는 일은 없을
것이옵니다."

그 말에 힘을 얻어 유선은 안도의 한숨을 내쉬었다.

그렇더라도 공명이 죽기가 무섭게 촉나라 으뜸 무장인 위연이 반역을 하다니!

젊은 천자로서는 견디기 어려운 고통과 슬픔에, 오직 공명이 얼마나 위대했는가를 새삼 생각지 않을 수 없었다.

'위연이 만일 위나라와 내통을 한다면……?'

그런 공포마저 일고 있었다.

위연과 양의는 저마다 두 번, 세 번 급사를 통해 상소문을 성도로 보내왔다.

양쪽이 다같이 상대편의 모반을 용서할 수 없다는 격렬한 비난을 담은 내용이었다.

유선은 중신들이 위연의 모반이 틀림없다고 분명히 말을 했는데도 그의 상소문을 읽으면——

'어쩌면 양의 쪽이……?'

의심이 머리를 스치고 지나갔다.

그러나 이윽고 사실은 완전히 밝혀졌다.

비위가 돌아온 것이다.

유선은 비위에게 쉴 틈도 주지 않은 채 조바심을 내며 물었다.

"진상은 어찌된 거요?"

"위연은 대역무도한 놈이옵니다."

비위는 자세히 내용을 말했다.

유선은 장완에게 물었다.

"이대로 버려둘 수는 없지 않은가?"

"동윤을 보내시어 마음을 돌리고 귀순하도록 하면 어떨까 생각하옵니다."

"마음을 돌릴 수만 있다면 오죽이나 좋겠소만……."

유선은 덧없는 희망을 걸었다.

잔도를 불태운 위연은 남곡(南谷 : 襃谷)에 진을 치고 각 요소를 지키고 있었다.

이곳이야말로 철벽 같은 진지로서 양의 따위가 쳐들어와도 한 나절이면 짓밟아 버릴 수 있다고 자신만만해했다.

그런데 강유의 총지휘를 받는 촉군이 어느 사이엔가 남곡 뒤쪽으로 돌아와 있었던 것이다.

강유의 작선이었나.

'위연에게 한중을 앗겨서는 안 된다.'

그럴 염려가 있었기 때문에 강유도 양의에게 말하여 곧장 한중으로 향하고 있었던 것이다.

"위연을 치지 않고 이대로 버려 둘 생각이오?"

"위연은 자기의 거짓 상소문을 천자께서 믿고 있는 줄로 생각할 것이 틀림없습니다. 위연은 무용은 뛰어나지만 머리는 아주 단순하니까, 남곡에서 부질없이 기세를 올리고 있을 것으로 생각됩니다. 왕평을 선봉으로 고작 3천 기만 이끌고 공격하면 위연의 목을 베기란 문제없습니다."

강유는 대수롭지 않은 듯 장담했다.

왕평은 촉나라 무장 중에서도 손꼽히는 용장이었다.

"선봉을 맡은 영광, 무엇보다 기쁩니다."

왕평은 기뻐하며 3천 기를 이끌고 진격해 갔다.

"가능한 한 요란스럽게, 위연 따위 아무것도 두려울 것이 없다는 기세로 진격해 주기 바라오."

강유로부터 지시를 받았기 때문에 왕평은 마치 수만의 군사가 밀어닥치듯 남곡 뒤쪽으로 나서자 북을 요란하게 울리고 군사들에게 목이 터질 듯이 함성을 지르게 했다.

보초병이 군사들의 함성을 듣고 깜짝 놀라 본진으로 숨차게 달려와 보고했다.

"뭐라구? 양의의 선봉이 샛길로 앞질러 도전해 왔다구!"

위연은 믿어지지 않았다.

잔각도 이외에 아무 데도 샛길은 없었을 터였다.

"그래, 강유란 놈이 계곡을 건너지르는 길을 만들었단 말이냐!"

위연은 놀라움이 분노로 변하자 갑옷을 입는 것마저 더디다는 듯이 큰 언월도를 집어들고 악귀처럼 말에 뛰어올랐다.

"다들 나를 따르라! 뒷구멍으로 쥐새끼처럼 몰려오는 놈들을 모조리 짓밟아 줄 테다!"

한 마디 명령 소리를 남기고 말을 내몰았다.

그곳 지형은 양쪽에서 산이 병풍처럼 다가붙어 있었다. 북쪽을 야구(斜口)라 하고 남쪽을 포구(褒口)라 했다. 마주치면 양쪽이 다 많은 사상자를 내게 된다.

"역적 위연은 어디에 있느냐?"

우르르 밀어닥친 3천 기 속에서 왕평이 말을 달려 앞으로 나오면서 외쳐댔다.

"얼굴을 들어 잘 보아라! 온 천하에 대적할 상대가 없는 위연이 여기에 있다!"

위연은 세 길이 넘는 절벽 가장자리에 말을 버티고 서서 가슴을 폈다.

"이 역적놈! 하늘 무서운 줄 모르고 승상이 돌아가시기가 무섭게 한나라 조정을 배반하여 황제의 자리를 엿본단 말이냐?"

"못난 소리 작작해라! 승상은 이 위연을 업신여겼다. 촉군 통치권을 양의에게 주고 지휘권은 강유에게 주었다. 이런 굴욕을 잠자코 참으란 말이냐?"

"그렇다면 네놈은 사사로운 원한으로 나라를 배반했단 말이냐. ……위연 밑에 있는 병사들은 들었느냐?"

왕평은 채찍을 들어 위연의 군사들을 가리키며 외쳤다.

“그대들은 모두 서천 사람이다. 고향에는 부모 처자와 형제 친척들이 있지 않은가? 승상이 살아 계실 때 그대들과 가족들이 얼마나 은혜를 입고 즐겁게 지냈는지를 생각해 보아라! 위연의 사사로운 원한에 휩쓸려 역적이 될 것인가, 아니면 고향으로 돌아가 부모 처자와 다시 만나는 기쁨을 나눌 것인가? 어느 쪽을 택하겠느냐?”

그 어느 회유보나도 힘찬 설득이었다. 효과는 금방 나타났다.

그들은 일시에 고향을 생각하고 부모 처자를 향한 그리움이 복받쳐 큰 동요를 일으켰다.

위연은 온몸의 피가 거꾸로 솟구칠 만큼 호통쳤으나 군사들의 부르짖음 소리에 묻히고 말았다.

3분의 2 가량의 군사가 ‘와아’ 도망쳐 야곡 쪽으로 몰려갔다.

격노한 위연은 세 길 남짓한 절벽을 말탄 채 뛰어내리자 큰 칼을 휘두르며 왕평을 향해 돌진했다.

제대로 맞붙어 싸워서는 왕평이 위연의 적수가 될 수 없었다.

그러나 부하 군사들이 달아나는 것을 보고 극도로 화가 치민 위연은 흥분한 나머지 칼을 쓰는 데 틈이 있었다.

왕평은 그 틈을 노려 몇 번인가 창으로 찌르고 나서 갑자기 말머리를 돌려 달아났다.

“이놈 왕평아! 비겁하게 어디로 달아나느냐!”

위연이 무섭게 뒤를 쫓자 밀림과 바위 뒤에 숨은 복병들이 일제히 활을 쏘기 시작했다.

화살을 견뎌내지 못한 위연은 일단 퇴각하기로 하고 말머리를 돌렸다. 그러나 고향을 찾아 죽을 각오로 달아나는 부하 군사들을 보자 칼을 마구 휘둘렀다.

“에잇, 고얀놈들! 대장을 버리고 달아나는 비겁한 놈들!”

피보라를 뿜으며 몇 개의 머리가 튀어달아났다.

위연은 도망치는 군사를 모조리 죽일 듯이 미쳐 날뛰었다.

위연의 그 같은 모습을, 3천여 기를 거느린 마대가 가만히 지켜보고 있었다.

얼마 뒤 마대 앞으로 온몸에 핏물을 뒤집어쓴 위연이 돌아왔다. 숨이 차 어깨를 들썩거렸다.

"어떻게 하지? 군사가 태반이나 도망쳤다! 어떨까, 일단 위나라로 가서 사마의 앞에 머리를 숙이는 것이⋯⋯."

그러자 마대는 아주 차분한 태도로 권했다.

"그건 위 장군답지 않은 말씀입니다.⋯⋯ 일단 남자로 태어나서 천하를 지배할 결심을 한 이상, 이 정도의 패배로 앞뒤 분별없이 어제까지의 숙적이었던 사마의 같은 사람에게 머리를 숙인다는 것은 말도 안 됩니다.⋯⋯내 생각 같아선 장군은 비록 서천 군사를 잃었다 하더라도 용맹과 지략을 겸비하고 계시니까, 소장과 힘을 합쳐 우선 한중을 앗아 병력을 키운 다음 단숨에 서천으로 쳐들어가 성도를 점령하는 것이 어떨까 싶습니다."

"좋아! 그대의 말이 옳아! 나는 기어코 촉나라 황제가 되고 말리라!"

위연은 갑자기 기고만장해서 큰소리쳤다.

이리하여 위연은 큰 소리를 지르며——

"나를 따르는 사람은 장래 무장으로 발탁시켜 준다!"

도망치는 군사들을 다시 불렀다. 약 7천여 명이 모였다.

마대의 군사는 모두 마대에게 충성을 맹세한 듯 하나도 도망친 자가 없었다.

양쪽 합쳐 12만의 군사가 한중을 향해 돌진했다.

남정성(南鄭城) 성벽 위에는 강유가 우뚝 서서 이 공격을 기다리고 있었다.

먼지를 자욱히 말아올리며 밀어닥친 위연과 마대의 합동군을 바라보며 강유는 문득 의미 있는 미소를 띠었다.

"적교를 끌어올려라."

이렇게 명령하는데 양의가 나타났다.

"양의는 어서 나와라! 승부를 결정 짓자!"

"천하 제일의 용맹을 자랑하는 위연과 정면 대결을 해서는 이길 자신이 없다. 세상에 원, 마대까지 위연의 편이 되다니?"

위연의 호통소리에 양의는 불안한 보습을 감추지 못하는 채 탄식했다.

강유는 말했다.

"승상께서 임종 때 장군에게 비단주머니를 주시며 '만일 위연이 반역하게 되거든, 대진했을 때 이것을 열어 보아라. 위연을 벨 수 있을 것이다'라고 말씀하셨을 텐데!"

"아아! 그랬었지. 깜빡 잊고 있었소!"

양의는 품속 깊숙이 간직하고 있던 비단주머니를 꺼냈다.

'위연과 대진했을 때 말 위에서 펴 보아라.'

비단주머니 속에 들어 있는 접은 종이에 이런 글이 적혀 있었다.

강유는 웃으며 말했다.

"지금 펴 보는 건 이르오. 그 때까지 펴 보지 말고 기다리시오. ……내가 먼저 군사를 이끌고 성 밖으로 나가 진을 치겠으니 장사(長史)께선 뒤에 나오시오."

무장한 새 총대장인 강유는 위풍도 늠름하게 말에 오르자 창을 들고서 군사 3천 기를 이끌고 성문을 열었다.

맨 앞에 문기(門旗)가 주욱 세워졌다.

"역적 위연은 듣거라! 폐하와 승상의 높으신 은혜를 저버리고 반역을 일으켰다는 것은 하늘과 사람이 함께 용서치 않을 일이다. 곧 천벌이 내릴 것이다!"

"듣기 싫다! 너 같은 철부지는 상대 않는다. 네놈은 썩 꺼지고

양의를 나오게 하라!"

위연은 칼을 높이 들고 외쳤다.

이때 양의는 문기 뒤에서 공명이 준 비단주머니를 끌러보았다.

그것을 읽자——

"아아! 그랬던가!"

미소를 띤 양의는 무장도 하지 않은 채 말을 힘차게 내몰아 진두로 나왔다.

"너 양의 잘 나왔다!"

"위연은 잘 듣거라!"

양의는 위연을 손가락으로 가리켰다.

"승상께서는 살아 계실 때, 벌써 네놈이 승상 돌아가신 뒤에 반역할 것을 알고 계셨다. 승상의 염려대로 되었다. 네놈은 지금 당장 그 자리에서 천벌을 받을 것이다."

"흥, 웃기는구나! 죽을 놈은 바로 네놈이다!"

"그럼 그 자리에서 '나를 죽일 사람이 있느냐?' 세 번 큰소리로 외쳐 보아라. 천벌을 무서워하지 않고 그렇게 외칠 수 있다면 나는 이 남정성을 싸우지 않고 네게 넘겨 주겠다."

이 말을 듣고 위연은 높은 소리로 껄껄 웃었다.

"이 못난 양의야! 네놈이야말로 잘 들어라! 공명이 만일 살아서 그렇게 소리치라고 한다면 조금은 무서울지도 모른다. 공명이 죽고 없는 지금 천하에 내가 무서워할 사람은 한 사람도 없다. ……세 번은 그만두고 서른 번이라도 외칠 테니 잘 들어라."

위연은 거만을 떨며 말 위에서 가슴을 펴자 큰 칼을 빙빙 윙윙 바람개비처럼 돌려 보이고 나서 있는 목청을 다 뽑아 외쳤다.

"나를 죽일 자가 있느냐?"

양쪽 진영이 다같이 물을 뿌린 듯 조용해졌다.

위연은 다시 외쳤다.

그리고 세 번째 울부짖었다.

"나를 죽일 자가 있느냐?"

그 울림이 허공에 사라지기 전에——

"내가 죽이겠다!"

외침과 함께 등 뒤 허공에서 큰칼이 번쩍하더니 위연의 머리가 공중 높이 피보라와 함께 튀어올랐다.

"와아앗!"

양쪽 장병들이 일제히 놀라 함성을 질렀다.

위연의 목을 친 것은 누구였을까? 그와 같은 편이 되어 있던 마대였다. 공명은 죽기 전 마대를 불러들여 한 묶음의 서류를 주며 일렀던 것이다.

"내가 세상을 떠난 직후, 위연이 그 사실을 절대로 알게 해서는 안 된다. 그러면 그때 어떻게 할 것인가가 여기에 적혀 있다. 조금도 틀림없이 내 유언대로 실행해라."

그 서류에는 '내가 죽은 뒤에 위연이 반드시 반역하게 될 것이다. 그때는 일부러 위연에 가담하라. 양의가 위연하고 대진했을 때 위연에게 나를 죽일 사람이 있느냐! 외치게 할 테니 그때 갑자기 등 뒤에서 그의 머리를 베도록 하라.' 적혀 있었던 것이다.

양의가 끌러 본 비단주머니 속에 이 계략을 적은 글이 들어 있었다.

뒷사람은 이 일을 다음과 같이 읊고 있다.

제갈공명은 미리 위연을 꿰뚫어보았네
뒷날 서천에서 반역하리라는 것을
비단주머니 속에 남긴 계교 뉘 짐작했으리
문득 눈 앞에서 마대의 성공을 보네

공명의 유언에 따라 맹장 위연을 처치한 마대는 강유와 함께 한중에 머물렀다.

양의는 역적을 무찌른 내용을 상소문에 적어 후주 유선에게 올렸다. 유선은 침통한 표정으로 명했다.

"비록 모반은 했을지언정 위연이 우리 촉나라에 이바지한 공은 영원히 사라지지 않을 것이니 후히 장사를 지내주어라."

이윽고 공명의 영구가 성도로 돌아왔다.

유선은 성 밖 20리까지 문무백관을 거느리고 나아가 이를 맞이했다. 영구차가 눈앞에 이르자 유선은 슬픔을 참지 못하고 그 자리에 무릎 꿇고 앉아 눈물로 볼을 적시었다.

상부(相父)로 우러러보며, 모든 촉나라 군사권과 정치권을 맡겼던 승상이다. 그 승상이 지금 영원히 말 못하는 몸이 되어 돌아온 것이다.

유선에게 평생에 이보다 더한 슬픔은 없었다.

공명을 따르던 대신 대관들을 비롯해 들의 농부들 산의 나무꾼들 저잣거리 장사꾼들 이르기까지 남녀노유를 막론하고 소리내어 울지 않는 사람이 없었다.

영구는 성 안으로 들어와 일단 승상부에 안치되었다.

유선이 승상부에서 대궐로 돌아오자 양의가 스스로 몸을 묶고 죄인이 되어 뜰에 앉아 있었다.

"장사! 이게 어찌된 일이오?"

"폐하의 허락 없이 멋대로 군을 철수해 온 죄 죽어 마땅하옵니다. 바라옵건대 엄한 벌을 내려 주시옵소서."

위연의 변고에 대한 죄스러움을 그는 이렇게 말한 것이리라.

유선은 시종을 시켜 결박을 풀게 한 다음 위로했다.

"경은 죽은 승상의 유명에 따라 행동했소. 그렇기 때문에 무사히 영구를 지키며 돌아올 수가 있었고, 또 강 장군와 마 장군의 활약으로 역적 위연을 무찌를 수가 있었던 것이오. 이 모두가 경의 공이 아니겠소."

유선은 양의를 장사 벼슬에 그대로 머물러 있게 하고 동시에 중군사(中軍師)의 권한을 주었다.

마대는 역적 위연을 무찌른 공로로 위연의 벼슬과 지위를 그대로 물려받았다.

공명의 유해는 명당을 골라 장례를 지내도록 조칙이 내려졌다.

비위가 아뢰었다.

"승상은 일찍부터 말하기를 '만일 내가 죽거든 와룡호가 굽어보이는 정군산(定軍山)에 묻어달라'고 했사옵니다."

"그럼 정군산으로 정하기로 하오."

"또 승상께서는 이르시기를 '내 무덤에는 비도 세우지 말고 담장도 두르지 마라. 그저 자연석 하나를 세워두면 된다'고 했고, 또 '일체의 제사를 지내지 말며, 관이나 민간이나 무엇을 갖다 놓는 일이 없도록 하라'고 했사옵니다."

비위는 덧붙였다

"상부께선 공연히 호화스런 무덤보다도 백성들의 마음 속에 영원히 머물고 싶은 생각이었을 것이옵니다."

유선은 공명의 유언대로 실행토록 했다.

그는 몸소 선두에 서서 영구를 성문 밖까지 배웅했다. 정군산은 한중에 있으므로 일단 도읍에 돌아왔다가 다시 운구해야만 했다.

영구는 정군산의 양지바른 곳, 오랜 잣나무가 수십 그루 서 있는 곳에 안장되었다.

그리고 공명의 유언을 충실히 지켜 능을 만들지도 않았다. 다만 생긴 그대로의 푸른 비취 같은 돌을 하나 잣나무 숲 속에 세웠다.

그러나 제갈공명을 초인적인 존재로 떠받드는 움직임은 그 죽음 직후부터 시작되었다. 너무도 공명이 위대했기 때문에 촉나라 곳곳에서, 그를 신으로 모시는 사당을 건립할 수 있도록 허락해 달라는 청원 상서가 유선에게 올라왔다.

그러나 조정의 공의(公議)는 예법에 어긋나고 또한 유언에도 어긋난다 하여 허가하지 않았다.

그 때문에 '백성은 거리에 사당을 짓고 오랑캐는 들에서 빌다.' 하는 꼴이 되었다. 보다못해 교위 습륭(習隆)과 중서랑(中書郎) 상충이 연명으로 상서를 올려 후주 유선에게 간했다. 뒷날 정군산에서 가까운 면양(沔陽)에 사당을 지어 계절마다 제사를 지내게 했으며, 충무후(忠武侯)란 시호(諡號)가 내려졌다. 그러나 이것은 먼 뒤의 일이고 촉나라가 망하기까지 정군산의 공명 묘소에는 자연석 하나 밖에 사당은 물론 어떤 석물도 세워지지 않았다.

다만 유선은 공명의 사당이라고 공표하지는 않고 철마다 면양에서 제사를 지냈다고 한다. 형식적인 것을 싫어하는 공명의 유언을 충실히 지키면서 자신의 달랠 길 없는 허전함을 그렇게라도 풀어야만 했으리라. 이로써 비록 지혜롭지는 못하지만 남의 은혜를 잊지 않는 유선의 참된 일면을 엿볼 수 있을 것 같다.

뒷날 두보는 이렇게 읊고 있다.

    승상의 사당을 어느 곳에서 찾으리
    금관성 밖 잣나무만 무성하구나
    섬돌에 비친 풀빛은 봄기운 완연하고
    나뭇잎 사이로 꾀꼬리 울음소리 덧없어라

    세 번 찾음에, 천하 일을 꾀하기가 바빴고
    두 조정을 열어 건진 늙은 신하 마음이여
    군사를 내어 이기지 못하고 몸이 먼저 죽으니
    오래도록 영웅들 눈물로 옷깃 적시네

두보는 또 이런 시도 남겼다.

　　제갈량 큰 이름 우주에 드리웠는데
　　명신의 남은 석상 엄숙하고 청고하구려
　　천하를 삼분한 계산과 책략이 치밀하니
　　드높은 명성과 영예는 만고에 드물구려

　　이윤과 여상에 견줘도 공적이 대등하고
　　확신에 찬 지휘는 소하와 조참도 빛을 잃네
　　운 다한 한나라 되돌리기 어려워도
　　굳은 뜻 몸 다할 때까지 군무에 바쳤다네

후주 유선은 사흘 밤낮을 먹지도 않으며 공명의 상을 치렀다.
그러나 그런 유선을 기다리고 있는 것은 깜짝 놀랄 소식이었다.
"오나라와의 국경에서 급히 달려온 밀정의 보고에 따르면, 손권
은 장군 전종(全綜)에게 명하여 수만의 군사를 파구에 주둔시켰
다 하옵니다."
'공명이 세상을 뜨자 오나라는 금방 맹약을 깨뜨리는가!'
유선은 얼굴이 파래졌다. 주욱 늘어앉은 문무백관을 바라보며 유
선은 떨리는 목소리로 말했다.
"손권이 이렇게 비열할 수 있는가! ……어떻게 하면 좋을지 경들
은 의견을 말해 보오."
먼저 장완이 입을 열었다.
"신의 생각으로는, 왕평과 장의에게 5만 군사를 주어 영안에 주
둔케 하는 것이 어떨까 싶사옵니다. 그러면 오나라 군사가 불의에
국경을 침범해 와도 충분히 이를 맞아 물리칠 수 있을 것으로 아
옵니다."

그러자 강유가 의견을 말했다.

"신은 손권이 지금 우리를 치려 하고 있는 것으로 생각되지 않사옵니다. 군을 주둔시키기에 앞서 먼저 사신을 오나라로 보내어 정식으로 승상의 상(喪)을 알리고, 육손이 어떤 생각을 하고 있는지 그 동정을 살펴보는 것이 어떨까 하옵니다."

"그럼 구변이 뛰어난 사람을 사신으로 골라야 하겠군."

"한 사람 여기 대기하고 있사옵니다."

강유가 가리킨 사람은 남양군 안중(安衆) 출신으로 자를 덕염(德艶)이라고 하는 참군 우중랑장 종예(宗預)였다.

"종예라면 반드시 손권을 설복시킬 수 있을 뿐 아니라 오나라의 앞으로의 동정을 알아가지고 올 것으로 생각되옵니다."

종예는 사신으로서 오나라에 다녀오라는 명령을 받게 되었다.

강유의 천거는 종예를 감격하게 만들었다.

종예는 그날로 당장 금릉(金陵 : 건업의 별칭)을 향해 떠났다.

밤낮을 쉬지 않고 달려 건업에 도착한 종예는 곧 손권을 배알하게 되었다.

정중히 인사를 마치고 나서야 종예는 문득 알았다.

뜻밖에도 좌우에 모시고 있는 오나라 문무백관들이 모두 상복을 입고 있지 않겠는가!

"송구스런 말씀이오나 귀국에 어느 높으신 분이 세상을 떠나셨는가요?"

"어리석은 질문을 하는구려."

손권은 고개를 저으며 말했다.

"제갈공명 같은 위대한 군략가가 세상을 떠났는데 동맹을 맺은 우리가 복을 입는 것은 당연하지 않소?"

영웅은 영웅을 아낀다. 게다가 적벽 대전에서 오나라가 조조의 백만 대군을 무찌를 수 있었던 옛일을 손권은 잊을 수 없었을 것이다.

또 공명같이 일편단심 나라와 임금을 위해 일생을 바친 사람을 흠모하는 것은 오나라 신하들의 충성을 장려하는 길이기도 했다.

"황공하옵니다."

종예는 머리를 조아려 감사를 표했다.

환영 잔치가 벌어졌다. 종예는 술이 몇 차례 돈 다음 갑자기 손권으로부터 뜻하지 않은 질문을 받았다.

"한 가지 물을 일이 있소."

"예에, 어떤 일이시온지요?"

"우리 오나라와 귀국은 굳은 맹약을 맺은 형제의 나라가 아니오? 그런데 촉나라는 백제(白帝 : 未安)에 군대를 증강해 두고 있으니 우리 오나라를 침범하려는 것이 아닌지?"

"황공한 말씀이오나, 동쪽 국경인 파구에 오나라 군사가 많아지게 되면, 서쪽의 백제도 으레 수비를 튼튼히 하는 것이 병법의 상식인 줄 아옵니다. 깊이 괘념하실 일이 아닌 줄 아옵니다."

종예는 조금도 주저하지 않고 대답했다.

"하하하…… 당신은 말솜씨가 좋아 뽑혀 온 것 같구려. 지난날 등지에 못지않은 재사로 보이는군."

손권이 즐거운 듯 웃었다.

일찍이 등지가 공명에게 천거되어 오나라를 찾아와, 재치와 열변으로 두 나라의 동맹을 성립시켰던 것이다.

"황공하옵니다."

"경이 보다시피, 나는 공명이 세상을 떠났다는 소식을 듣고 이렇게 문무백관에게 상복을 입게 하여 충심으로 그의 죽음을 슬퍼하고 있소. ……내가 파구에 군사를 증강시킨 것은 공명이 죽고 난 촉나라를 손에 넣기 위해서가 아니오. 오히려 그 반대요. 위나라가 공명이 죽은 것을 알고 단숨에 촉나라를 침범할 염려가 있기 때문에 그때 촉나라를 도우려는 생각에서였소. 다른 뜻이 없음을 믿어도 좋소.”

“참으로 다시없이 고마운 말씀이옵니다. 실은 저희도 승상을 잃은 뒤로 숙적 위나라는 말할 것도 없거니와 귀국에 대해서도 의심을 품고 있었사옵니다. 이번에 사신으로 제가 온 것도 혹시 귀국이 맹약을 깨뜨리기로 결심한 것이 아닐까 걱정되어, 그 점을 확인하고자 해서이옵니다.”

“그런 어리석은 소리를…….”

손권은 종예를 바라보며 잘라 말했다.

“나는 한번 맺은 맹약은 결코 깨뜨리지 않소. 의리에 벗어난 짓은 하지 않는 것이 내 원칙이오.”

“황공하온 말씀, 가슴에 새겨 잊지 않겠나이다. 돌아가면 폐하께서 얼마나 의리가 두터운가를 황상께 전해 올리겠나이다. 돌아가신 제갈 승상도 폐하의 두터운 정을 하늘에서 깊이 감사하고 있을 줄로 아옵니다.”

종예의 고마워하는 인사말을 듣자, 손권은 시신더러 촉에 금을 박은 화살을 가져오게 하여——

“이걸 보구려!”

그러더니 두 토막을 내어 보이며 말했다.

“짐이 만일 전날의 맹약을 저버리는 일이 있다면 내 자손의 대가 끊길 것이오!”

종예는 바닥에 무릎을 꿇고 머리를 조아렸다.

손권은 향과 비단 등 공명의 무덤 앞에 바칠 물건을 조문하는 사신들에게 들려, 종예를 따라 촉나라에 다녀오게 했다.

성도로 돌아온 종예는, 손권이 공명의 죽음을 알고 신하들에게 상복을 입힌 일과, 파구에 군사를 증강시킨 것은 위나라가 촉나라를 침범하는 것을 막기 위한 것임을 보고했다.

“손권은 촉에 금을 박은 화살을 꺾어 보이며 동맹을 깨지 않겠다는 맹세를 확인해 보였습니다.”

이같은 보고는 유선을 우선 안심하게 만들었다.

오나라 사신을 후히 대접해 보낸 다음 새로 촉나라 신하들의 지위가 정해졌다.

승상에는 장완을, 상서령에는 비위를, 거기장군에는 오의를 임명했다. 그리고 강유를 보한장군(輔漢將軍) 평양후(平襄侯)로 올려, 촉나라 전군의 총지휘자로서 오의와 더불어 한중을 비롯한 모든 지방의 군대를 통솔하게 하는 전권을 주었다.

그 밖의 장수들도 각각 무공에 따라서 지위를 올렸다. 그러나 이같은 인사 배치는 역시 공명이 없는 탓으로 해서 몇 사람인가 불평과 불만을 느끼게 했다.

예를 들면 양의가 그렇다. 장사 양의는 장완보다 벼슬에 나선 햇수가 많았다. 그런데 장완이 승상이 되고 자신이 그 밑에 있게 된 것이 몹시 못마땅했다.

양의는 자신이 당연히 승상이 될 것으로 생각하고 있었다. 그런데 장완이 승상에 발탁된 것을 알자 화가 치밀었다.

어느 날 대궐 안에서 장완을 만나자 양의는 노골적으로 농을 던져 보았다.

“차라리 지난 번 승상이 세상을 떠났을 때, 전군을 이끌고 위나라에 항복했더라면 내가 당신보다 아랫자리에 앉는 욕된 일은 없었을 것인데…….”

이 불손한 말을 비위가 듣고 그대로 후주 유선에게 아뢰었다.

“그런 방자한 놈이 있단 말인가!”

젊은 유선은 노발대발했다.

“당장 양의를 잡아 옥에 가두고 처형토록 하라!”

이 명령을 받은 장완은 당황했다.

“과연 양의가 한 말은 방자하옵니다. 그러나 지금까지 죽은 승상

을 따라 갖가지 공을 세운 사람이었기 때문에, 신이 승상이 된 것
에 불만을 느낀 것으로 아옵니다. 사람인 이상 화가 나는 것도 무
리는 아닐 줄로 생각되옵니다. 바라옵건대 참형에 처하는 것만은
용서하옵소서. 관직을 삭탈하여 평민으로 돌아가게 하는 것이 옳
은 줄로 아옵니다.”
장완은 성심껏 변호했다.
후주 유신은 양의의 머슬을 빼앗고 한가군(漢嘉郡)으로 이주해
평범한 백성으로 살아가라고 명했다.
이를 치욕으로 생각한 양의는 스스로 목을 베어 자결하고 말았다.
공명이 죽자 위연이 반역하고 양의가 죄인이 되어 죽어 버렸다.

찬바람

　사마의 중달은 촉군이 물러간 뒤에도 장안에 머무르며 촉나라의 움직임에 대비하고 있었다.

　촉나라에서 장완이 승상으로 국정을 맡은 건흥 13년(235), 사마 중달은 그 동안의 공적으로 새로이 태위(太尉)라는 관직을 하사받았다.

　제갈공명이 죽은 이듬해인 이 해는 이상하게도 세 나라 모두 서로 싸우지 않았다.

　그 대신 위나라 천자 조예는 크게 토목공사를 일으켰다. 조예는 먼저 허창에 별궁을 지었다. 동시에 낙양에도 웅장하고 화려한 조양전(朝陽殿)이니 태극전(太極殿)이니 하는 것을 짓게 했다.

　금전누각(金殿樓閣)과 지천(池泉)이 다 옛날 한나라 적 규모에 조금도 못하지 않았다.

　공사를 위해 천하의 이름 있는 목수 3만여 명과 30여 만의 일꾼들이 동원되었다.

　이 공사로 백성들은 과중한 세금과 부역에 시달리게 되어 차츰 원망하는 소리가 높아졌다. 그러나 조예의 귀에는 그런 소리가 전혀 들어가지 않았다. 좌우의 시신들이 그런 불만의 소리가 들어가지 못하도록 조예의 귀를 막았기 때문이다.

조예는 다시 또 새로운 궁전을 지으려 했다. 영을 내려 방림원(芳林園) 공사를 시작했으니 이번에는 공경대부까지 동원해 흙과 나무를 져나르게 했다.

보다못한 사도(司徒) 동심(董尋)이 글을 올려 간했다.

엎드려 생각하옵건대 건안(建安) 이래 전쟁으로 죽어 자손이 끊긴 집이 부지기수입니다. 또 가문은 남아 있으나 어린 고아와 늙은이가 있을 뿐입니다. 이러한 지금 궁궐이 좁아 이를 넓히고자 하시더라도 적당한 시기를 보아 농사에 방해가 되지 않아야 할 터인데, 하물며 아무 목적도 없는 건물을 지으시다니 이것은 너무나 무리이옵니다. 잠시 시기를 늦추어 농가와 장사꾼이 여유가 있게 된 뒤에 하옵소서. 공자가 말하기를 '임금은 신하를 예로써 대하고 신하는 임금을 충성으로 섬기라.' 했나이다. 충성과 예가 없으면 무엇으로써 살 수 있겠습니까. 신이 이렇게 간하는 말을 올리면 죽음을 내리실 줄 아옵니다. 살아서 도움이 되지 않는다면 죽은들 무엇이 아깝겠나이까. 신이 죽은 뒤 폐하께서 신의 간한 말을 마음에 두시어 백성에게 사랑을 베푸시기 바라옵니다.

조예는 단호히 궁전 짓는 일을 추진하며, 동심이 간하는 말에 귀를 기울이지 않았다. 동심은 거듭 조예의 앞에 나아가 그의 옳지 못한 행동을 나무랐다.

"네놈이 감히 황제를 모욕하는 건가? 당장 자결하라!"

조예가 차고 있던 칼을 동심에게 던져 주었다.

"폐하께서 신의 말을 듣지 않으시면, 죽어 귀신이 되어서라도 계속 간할 것이옵니다."

동심은 말을 끝내자 조금도 주저하지 않고 칼을 뽑아 자기 가슴을 찌르려 했다.

"잠깐!"

두려울 것 없는 천자 조예이지만 그 순간 당황했다. 설마 그가 정말로 죽으리라고는 생각지 않았던 것이다.

"죽는 것만은 안 된다! 어딘가 시골로 가서 조용히 살아라. 이건 명령이다."

"폐하, 신이 물러가더라도 신의 뒤를 이어 충성된 신하들이 계속 간할 것이옵니다."

동심은 그 말을 남기고 대궐을 나간 뒤로 종적을 감췄다.

과연 동심에 이어 근시인 장무(張茂)가 글을 올려, 백성의 곤궁함을 호소하고 공사를 중지할 것을 애원했다.

조예는 이번만은 사정없이 장무의 목을 베고 말았다.

벌써 3대째 천자가 되고 보니 인품이 여간 어질지 않고서는 우쭐해질 수밖에 없다.

조예는 낙양과 허창에 새 궁전이 완성되자 마균(馬鈞)을 불렀다.

"나는 다시 하늘에 닿을 듯한 높은 누각을 세우고, 신선과 왕래하며 늙지도 죽지도 않는 법을 배우고 싶다."

인간으로 최고의 지위에 오르면, 수백 년 오래오래 살며 부귀를 누리려는 것은 누구나 갖는 욕심인 모양이다.

아첨하기 좋아하는 마균은 공손히 대답했다.

"한나라 스물네 임금을 놓고 볼 때 무제(武帝) 혼자만이 나라를 가장 오래 다스렸고 또 오래 살았나이다. 이것은 오로지 하늘의 해와 달의 정기를 마셨기 때문인 것으로 아옵니다. 무제는 장안 궁중에 백량대(柏梁臺)란 높은 대를 세우고, 대 위에는 구리로 만든 사람을 세웠사옵니다. 그의 손에 승로반(承露盤)이란 큰 쟁반을 받쳐들게 하여 한밤중에 북두(北斗)에서 내려온 이슬을 받게 했사옵니다. 이 이슬은 천장(天漿)이라고도 하고 감로(甘露)라고도 합니다. 아름다운 비취 구슬을 가루로 만들어 이 감로에 타서 마시면 금방 몇십 년씩 젊어져 오래오래 산다고 하옵니다.”

조예는 순진하게도 이 말을 믿고 크게 기뻐하였다.

“그러냐? 그대는 지금 당장 인부 1만 명을 이끌고 장안으로 가서, 그 백량대 꼭대기에 있는 구리 사람을 끌어내려 오라. 새로 꾸민 방림원(芳林園)에 백량대보다 더 높은 대를 세우고 구리 사람을 올려놓으리라.”

“알았습니다.”

장안 궁궐터에는 백량대만이 조금도 상하지 않은 채 우뚝 솟아 있었다. 구리 사람은 하늘을 향해 승로반을 받쳐들고 있었다.

“이건 매우 어려운 공사다. 그러나 성공하여 낙양으로 운반하면 큰 상을 받게 된다.”

마균은 1만 명의 인부를 독려하여 대 주위에 발판을 얽게 했다.

그리고 5천 명이 잡아당겨도 끄덕없는 굵고 단단한 밧줄로 대 위의 구리 사람을 친친 감았다.

백량대 높이는 두 길이나 되고 구리 기둥의 굵기는 한 아름이나 되었다. 그 위에 한 길 남짓한 구리 사람이 황금으로 만든 쟁반을 받쳐들고 있는 것이다.

이 거대하고 거룩해 보이는 모습에 압도되어 도둑들도 감히 황금 승로반을 떼어가지 못했다.

마균은 겁도 없이 1만 명 인부들에게 명하여 구리 기둥에서 구리 사람을 떼어내게 했다.

단단히 붙들어매고서 조심 조심하며 천천히 땅 위로 끌어내렸는데도, 구리 사람은 공중에서 한 바퀴를 돌며 마치 끌려내려오기 싫어하는 것처럼 무섭게 몸부림치는 것이 인부들 눈에 비쳤다.

그러더니 구리 기둥은 무섭게 큰 소리를 내고 흔들거리며 기울어졌다. 그런가 싶더니 땅 위로 넘어지면서 1천 명 인부들을 깔아 덮었다.

마균은 그때 구리 사람의 두 눈이 일그러진 것을 보았다.

"고치면 된다."

신벌(神罰) 같은 것쯤 무서워하지 않는 마균은 구리 사람과 황금 승로반을 운반하여 낙양으로 돌아왔다.

"허어! 이거 정말 훌륭하구나!"

조예는 감탄해 마지않았다.

그리고 나서 그는 물었다.

"그런데 이걸 세워 두었던 구리 기둥은 어떻게 했느냐?"

마균은 까닭 모르게 넘어져 부서지고 말았다는 보고는 하기가 싫었다. 그는 거짓말을 했다.

"구리 기둥은 백만 근 무게나 되는 것으로 도저히 운반할 수가 없었나이다."

"그럼 두들겨 부수어서 가지고 오너라. 낙양에서 다시 녹여 세우겠다."

조예는 천연스럽게 명했다.

이리하여 부서진 구리 기둥도 장안에서 낙양으로 운반되어 왔다. 이것을 녹여 새로 만들어진 구리 기둥이 새 궁전 방림원의 사마문(司馬門) 밖에 세워졌다. 그 위에 열 자 남짓한 구리 사람 둘을 나누어 세웠다.

이 두 구리 사람을 옹중(翁仲)이라 불렀다.

옹중은 사람의 이름이다. 진(秦)나라 무장으로서 키가 열 자나 되는 거인이었는데, 북방을 수비하며 흉노를 무서워 떨게 만든 영걸이었다.

옹중이 죽자 진시황은 그의 동상을 만들게 했다. 그 뒤로 큰 동상이나 석상을 옹중이라 부르게 되었던 것이다.

조예는 이 옹중을 아름답게 꾸미기 위해 높이 네 길이나 되는 용과 세 길 남짓한 봉황을 들게 했다.

지각 있는 조정 신하들은, 조예가 불로장생을 바란 나머지 정치는 완전히 잊은 채 헛된 짓에만 정신이 팔려 있는 것을 개탄했다.

그리하여 서로 상의 끝에 소부(少傅)인 양부(楊阜)가 대표로 상소문을 적어 올렸나.

신이 듣자옵건대, 요임금은 띠 풀로 지붕을 해 이었고, 우임금은 임금이 사는 집을 검소하게 꾸미며 백성을 괴롭히는 일이 없어 각자 하는 일을 즐기도록 했나이다. 은나라와 주나라에 이르러서도 대청 높이는 석 자였고 길이는 자리를 9개 깔 수 있는 데 그치게 하였고, 아름답게 꾸미는 것은 피했었나이다. 거룩하고 어진 천자께서 모두 궁전을 아름답게 꾸밈으로써 백성의 재물을 다 써버리는 일은 일찍이 없었나이다. 어질지 못한 임금으로 불리는 천자들만이 호사스런 방과 복도를 꾸몄나이다. 걸(桀)과 주(紂)가 다 그러했나이다. 그 때문에 나라가 망하고 말았나이다. 초나라 영왕(靈王)도 장화대(章華臺)를 짓고 드디어 그 몸이 죽고 말았나이다. 진시황은 아방궁을 짓고 화가 그 아들에 미쳐 천하가 배반함으로써 2대째에 망하게 되었사옵니다. 만백성의 힘을 생각지 않고 자신의 귀와 눈의 욕망에만 급급하다가 일찍이 망하지 않은 예가 없나이다.

폐하! 바라옵건대 요·순·우·탕·문·무의 성왕(聖王) 행실을 본받으시고, 걸·주·영·진의 악한 임금의 행실을 경계하여 피하시옵소서. 스스로 한가하기 때문에 일락(逸樂)에 몰두하고 궁궐을 아름답게 꾸미는 데만 힘을 쓰는 것이온데 이는 반드시 나라가 망하는 화를 부르게 되옵니다. 임금은 머리가 되고 신하는 팔과 다리가 되어 사는 것을 함께하고 얻고 잃는 것을 함께하면 나라는 번영하옵니다. 신은 비록 우둔하고 겁이 많사오나 신하로서 간하는 직분을 잊지 못하는지라 감히 바른말을 올리옵니다.

폐하, 신의 간언을 받아들여 주시옵소서. 삼가 널을 갖추고 목욕재계하여 무거운 벌을 기다리옵니다.

그러나 조예는 목숨을 내던지고 간하는 양부의 말도 받아들이지 않았다.

한결같이 마균을 독촉하여 대를 쌓고 구리 기둥을 세운 다음, 그 위에 승로반을 받쳐든 두 구리 사람을 세우게 했다.

다시 조예는 조서를 내려 천하의 미녀를 뽑아 방림원에 모이게 하고 많은 후궁을 만들었다.

그 사이에 잇따라 죽음을 걸고 간하는 신하들이 나타났으나 이를 다 물리치고 그 벼슬을 앗아버렸다.

"우리 황제는 미쳤다!"

그런 소문마저 돌았다.

신하들 가운데 단 한 사람, 간하는 일도 없이 침묵을 지키며 가만히 조예가 하는 짓을 바라보고 있는 사람이 있었다. 사마의였다. 그의 마음속은 아무도 알지 못했다.

……2년의 세월이 지나고 조예는 연호를 경초(景初) 원년(237)으로 고쳤다.

궁궐이 완성되고 불로장생의 상징마저 세워지자, 폭군이 다음에 한 일은 후궁에 모인 수많은 미녀 가운데서 좋아하는 한 사람을 골라내어 이를 총애하는 것이었다.

조예의 정실부인인 모황후(毛皇后)는 하내 출신으로 조예가 아직 평원왕이었을 무렵 애인으로 사랑을 받다가 조예가 황제의 위에 오르자 황후가 된 여자였다.

남자의 애정이란 1년이 계속되기 어려운 법이다.

조예는 후궁 미녀들을 차례로 침실로 불러들였다. 그 중에서도 곽 부인(郭夫人)이란 절세 미인을 총애했다.

모황후는 이제 완전히 버림을 받아 몇 달이 지나도록 조예와 얼굴 한 번 대하는 일마저 없었다.

곽 부인은 선녀 같은 미모와 자태를 가진데다가 매우 총명했다. 이윽고 조예의 애정을 독차지하게끔 되었다.

그해 3월 방림원에 한창 꽃이 만발했을 때, 조예는 곽 부인을 데리고 꽃구경하는 술잔치를 벌였다.

곽 부인은 짐짓 마음을 써서 황제에게 권했다.

"모처럼 이런 아름다운 경치를 대하게 되었으니 황후마마도 부르시는 것이 어떠하올지요?"

그러자 조예는 금세 불쾌한 표정을 지으며 소리 질렀다.

"황후가 옆에 있게 되면 내 목에는 술이 한 방울도 넘어가지 않는다!"

궁녀들은 놀랍고 하도 어이가 없어, 이 말이 절대로 황후의 귀에 들어가지 않도록 하자고 상의했다.

이 날 황후는 궁녀 10명 가량을 데리고 자기가 거처하는 취화루(翠花樓) 정원에 나가 꽃을 구경하고 있었다.

그때, 멀리서 음악 소리가 들려왔다.

"어디서 잔치가 벌어졌느냐?"

황후가 묻자, 환관 한 사람이 제법 아는 체하는 얼굴로 공연한 소리를 일러 주었다.

"폐하께서 곽 부인과 함께 방림원에서 꽃구경하는 잔치를 벌이고 계신 것이옵니다."

황후 역시 여자인 이상 질투를 느끼지 않을 수 없었다.

황후는 잠자코 안으로 들어가더니 방문을 닫고 들어앉아 버렸다.

이튿날 모 황후는 조예가 늘 지나다니는 방림원 회랑 한 모퉁이에서 기다렸다.

"폐하, 참으로 오래간만에 뵙겠사옵니다."

"음."

"어제는 또 곽 부인과 더불어 꽃구경하는 잔치를 벌이셨다더군요. 참으로 부럽사옵니다. 이제 저 같은 것은 부르시지도 않으니 슬플 뿐이옵니다."

조예는 화가 치밀었다. 즉시 어제 잔치에 참석했던 궁녀들을 잡아오게 하여 성난 목소리로 외쳤다.

"네년들 가운데 어느 년이 황후에게 일러바쳤는지 바른 대로 아뢰어라."

궁녀들은 말한 기억이 없기 때문에 모두 부인했다. 순간 조예는 피가 역류하는 듯 분노하여 모조리 목을 치라고 명령했다.

그뿐인가. 조예는 천자에 반항했다는 죄를 씌워 모황후마저 죽였다. 모황후는 약을 마시고 죽었다.

총명했던 조예는 완전히 폭군으로 변해 있었다.

임금이 권력을 마음대로 휘두르며 국정을 돌보지 않고 백성을 도탄에 빠지게 하여 원망의 소리가 산과 들에 가득차게 되면, 당연히 이에 반항하여 그 임금을 넘어뜨리려는 사람이 나타나게 된다.

요동의 공손연(公孫淵)이 바로 그 사람이었다.

공손연은 공손도(公孫度)의 손자요, 공손강(公孫康)의 아들이다.

후한 건안 12년(207년)의 일이다. 바로 유현덕이 삼고의 예로써 제갈공명을 군사로 맞이한 해이다.

조조가 파죽지세로 오환(烏桓)을 공격하고 원상(袁尙)을 쫓아 요동으로 밀어닥쳤을 때, 공손강이 원상의 목을 베어 조조에게 바쳤다.

　원상은 조조에게 중원에서는 가장 큰 강적이었다. 그래서 조조는 공손강을 으뜸 가는 무공을 세운 대장이라 하여 양평후(襄平侯)에 봉했다.

　이윽고 공손강이 죽자 큰아들 황(晃)과 둘째인 연(淵)이 남게 되었다.

　형제가 다 어렸기 때문에 그 숙부 공손공(公孫恭)이 보호자가 되었다. 조조가 죽고 조비가 왕이 되자, 공손공은 교활한 수법을 써서 자신이 거기장군 양평후에 봉해지도록 꾀했다.

　위나라 대화 2년(228), 장성한 두 형제는 공손공에게 죽은 아버지의 지위를 돌려달라고 청했다.

　공손공이 모처럼 손에 넣은 지위를 돌려줄 리가 없었다.

　형인 공손황은 무장이기보다는 학자 같은 기질이 강했다. 그러나 아우인 공손연은 형과는 대조적으로 지나칠 만큼 투쟁심이 강하고, 또 병법을 공부하는 데 많은 노력을 기울이기도 했다.

　"좋다! 돌려주지 않으면 힘으로 찾고 말겠다!"

　공손연은 조비가 죽고 조예가 황제의 자리에 오르자, 어느 날 밤 약간의 부하들을 거느리고 숙부의 집을 기습했다. 그리하여 잔인한 보복 수단으로 공손공의 두 눈을 찔러 앞을 못 보게 만든 다음 두 팔마저 베어 내쫓고 말았다.

　그러고는 조예에게 청했다.

　"바라옵건대 죽은 아비의 지위를 저에게 내려주옵소서."

　조예는 공손연을 양렬장군(揚烈將軍) 요동태수에 임명했다.

　요동태수가 되자 공손연은 병력을 증강하고 백성들을 회유하여 2년도 되기 전에 위나라에서는 가장 강력한 태수가 되었다.

　오나라 손권은 공손연의 존재를 높이 평가하여 이를 자기편으로 끌어들이려 했다. 말솜씨가 뛰어난 사람을 사신으로 요동에 보내어 꾀었다.

“우리와 손을 잡고 위나라를 치자.”

그에 대한 공손연의 대답은 사신의 목을 잘라 낙양으로 보낸 것이었다. 조예는 이를 가상히 여겨 공손연을 대사마 낙랑공(樂浪公)에 승진시켰다.

그런데 공손연은 비웃었다.

“흥, 내가 대사마 낙랑공으로 만족할 줄 알고 있는 모양이지?”

그는 자신을 조조에 견줄 수 있는 인물로 확신하고 있었다.

조조는 대궐 정문을 지키는 한 장교에 지나지 않았지만, 무수한 싸움을 통해 이겼다 졌다 하면서도 불굴의 투지와 지혜로써 마침내 중원의 패자가 되었던 것이다.

‘나도 조조처럼 언젠가는 조예를 넘어뜨리고 기필코 새 왕조를 만들리라!’

공손연은 소년시절부터 이같은 야망을 품고 있었다. 대사마 낙랑공 정도로 기뻐할 사람이 아니었다.

공손연은 마침내 좋은 날을 골라 제단을 꾸미고 그 앞에 문무관원들을 모두 정렬시켜 놓고 선언했다.

“나를 오늘부터 연왕(燕王)이라 부른다.”

그뿐인가. 요동의 독립을 선포하고 연호를 소한(紹漢) 원년으로 고쳤다.

가까운 사람과도 전혀 상의가 없었던 일이다. 그야말로 아닌 밤중에 홍두깨 같은 선언이었다.

공손연의 부하로서 뜻있는 사람은 탄식했다.

요동태수의 부장(副將)은 가범(賈範)이었다. 기개가 있는 노장이었다.

“태수님, 이건 낙양을 너무도 무시하는 일입니다. 대사마 낙랑공이라면 위나라 조정에서는 최고의 지위에 해당합니다. 이에 만족치 않고 임의로 연왕이라 부르는 것은 곧 반역할 뜻을 공포하는 것이나 마찬가지입니다. 지금 낙양에 맞서는 것은 자멸하는 길을 택하는 것이 됩니다."

"듣기 싫다! 그대는 이 공손연의 참다운 역량을 모르고 있다. 이제 두고 보아라. 나는 오나라 손권이든 촉나라 유선이든 차례로 무찌르고 말 테다!"

"태수님! 중원을 지키고 있는 것이 사마의란 것을 잊지 않으셨겠지요?"

"사마의가 다 무엇이냐! 제갈량이 죽은 지금 내가 무서워할 사람은 세상에 아무도 없다."

"아닙니다. 사마의는 제갈량도 두려워했던 군략가입니다. 사마의가 있기 때문에 오나라 육손도, 촉나라 강유도 위나라를 침범하지 못하고 있습니다."

"그럼 너는 내가 사마의만 못한 소인배란 말이냐."

"그런 뜻이 아닙니다. 다만 사마의에게는 아직 미치지 못한다는 것을 말했을 뿐입니다."

가범은 당당한 태도로 말했다.

"아니, 뭐야! 나에게 모욕을 퍼부어도 분수가 있지!"

공손연은 머리털이 곤두설 만큼 성이 나 시신들을 시켜 가범을 묶은 다음 명령했다.

"목을 쳐라!"

그때 참군(參軍)인 윤직(倫直)이 급보를 받고 말을 달려왔다.

"태수님, 잠깐만 기다려 주십시오! 대해 놓고 바른 말을 하는 사람은 진심으로 주인을 아끼는 사람입니다. 문무 양면에 뛰어나신 태수님은 「중용」을 외고 계실 것입니다. 「중용」에 나라가 장차 망하려 하면 반드시 먼저 재앙의 조짐이 나타난다고 했습니다. 지금 요동에는 자주 변괴가 일어나고 있습니다. 양평 북쪽 지역이 갑자기 요란한 소리와 함께 땅이 꺼지는가 하면, 비가 쏟아진 일도 없

이 호수가 넘쳐 수십 리 사이의 논밭이 홍수에 잠긴 일이 있었습
니다. 혹은 또 거리와 마을에 따라 불길한 예언을 하는 도사가 나
타나, 이 세상 끝이 왔다면서 어서 요동을 벗어나라고 백성들을
현혹시키고 있다 합니다. 태수 각하께서는 이런 때일수록 자중하
셔야 합니다. 부디 경거망동을 삼가시기 바랍니다.”
“닥쳐라! 닥쳐! 내게 거역하는 놈은 모조리 베겠다!”
자기 역량을 과신한 나머지 광기에 사로잡혀 있던 공손연은 윤직
과 가범을 시장 복판으로 끌어내어 참수시키고 말았다.
“사마의가 다 뭣하는 놈이냐!”
공손연은 비연(卑衍)을 원수로 삼고 양조(楊祚)를 선봉으로 하
여, 요동의 15만 대군을 동원시켜 중원으로 향해 밀고 내려갈 채비
를 했다.

사람이여

'요동의 공손연이 스스로 연왕이라 칭하고 15만 군사를 이끌고 중원으로 공격해 오고 있사옵니다.'

이런 급보를 담은 상주문이 북쪽의 유주자사 관구검(冊丘儉)으로부터 올라왔을 때, 다행히 궁정에는 사마의가 있었다.

급보를 받은 조예는 크게 놀랐다.

그의 앞에 조용한 발걸음으로 다가온 사마의는 침착한 태도와 목소리로 말했다.

"폐하, 너무 걱정 마시기 바라옵니다."

"공손연을 무찌를 계책이 있다는 말이오?"

"있사옵니다. 신이 훈련시킨 4만 정예 기마군만으로도 역적을 토벌하는 데 충분할 것으로 생각하옵니다."

"4만으로 충분하단 말이오?"

"그렇습니다. 확신하고 있사옵니다."

"그러나 공손연은 자신이야말로 천하 으뜸 전략가라고 큰소리친다고 하지 않소. 게다가 요동은 먼 곳이오. 그곳에 당도할 때면 4만 기마군의 반은 지쳐서 쓸모없게 되지 않겠소?”

“그러기에 4만을 일기당천의 정예로 만들어 두었사옵니다. ……승패란 군사의 많고 적은 것으로 결정되는 것이 아니옵니다. 뛰어난 전략과 지모를 써야만 승리를 얻게 된다는 것은, 폐하께서도 제갈량과의 싸움을 통해 경험하셨사옵니다. ……아뢰옵기 황공하오나 신이 반드시 오만불손한 공손연을 무찌르든가 사로잡거나 하겠사오니 기다려 주시기 바라옵니다.”

“공손연이 어떤 전법으로 공격해 올 것인지?”

조예는 여전히 불안한 표정을 감추지 못했다.

“신이 추측컨대, 공손연은 신이 움직이는 데 따라 군사를 옮길 것으로 아옵니다. 즉 그는 신의 전략을 깨뜨리기에 결사적일 것이옵니다. 이것이 바로 신이 원하는 것이옵니다. ……만일 공손연이 신의 책략에 말려들지 않고, 4만 정예가 보통 군대가 아니란 것을 알아볼 수 있는 머리를 가졌다면 이번 같은 모반을 일으키지는 않았을 것이옵니다. 만일 그가 신의 진격에 대해 성을 버리고 몸을 피한다면 그로서는 상책(上策)이 될 것이며, 끝까지 국경을 지키며 우리 4만 군대를 막으려고 한다면 중계(中計)가 될 것이옵니다. 그러나 공손연은 앉아서 양평을 끝까지 지키려 할 것이 틀림없사옵니다. 이것은 바로 하계(下計)로서 신의 포로가 될 것이 뻔히 내다보이옵니다.”

사마의는 손금 들여다보듯이 공손연의 전략을 미리 예측했다.

“그렇더라도 요동은 너무 머오.”

“과연 4천 리나 되는 먼 곳이므로 가는 데 백 날, 치는 데 백 날, 도중에 쉬는 날이 60여 일……거의 1년이란 세월은 각오해야만 되옵니다.”

“1년 말이오? 만일 경이 없는 동안 오나라 육손이나 촉나라 강유가 쳐들어오면 어떻게 하오?”

“그 점은 걱정 마시옵소서. 국경에는 철벽 같은 수비진을 쳐 놓았
으므로 침략당할 염려는 없사옵니다. 그렇다 해도 신이 요동 정벌
에 나선 것을 오나라와 촉나라가 모르고 있는 것이 좋사오니, 문
무백관에게는 신이 병으로 휴양중이라고 말씀해 주시기 바랍니
다.”
사마의는 자기 쪽에서 비밀이 새어나가는 것을 경계했던 것이다.

드디어 사마의는 한여름 달도 별도 없는 깊고 깜깜한 밤을 틈타 4
만 기병을 이끌고 소리도 없이 낙양을 떠났다.
위나라 경초 2년(228) 정월의 일이었다.
문무백관들 가운데 한 사람도 이 출동을 눈치챈 사람은 없었다.
사마의는 부장인 우금(牛金)·호준(胡遵)과 더불어 도읍을 출발,
도중에 고향인 온현(溫縣)에서 얼마 동안 휴식을 취한 다음 다시
요동을 향해 전진했다.
이리하여 그들은 겨우 요수(遼水) 가에 이르러 진을 쳤는데 그때
는 벌써 6월이었다.

“사마의가 온다!”
이 소식은 곧 공손연의 귀에 들어갔다.
“사마의는 어느 정도의 군대를 끌고 왔느냐?”
“글쎄올시다. 사마의는 낮에는 절대로 행군을 하지 않았기 때문
에 확실한 수를 알아내기는 어렵습니다. 그러나 짐작에 5만 정도
로 여겨집니다.”
밀정은 그렇게 대답했다.
공손연은 이 말을 믿지 않았다.
‘그 녀석이 20만이 넘는 대군을 거느리면서 일부러 적게 보이고
있군.’

오히려 그렇게 생각했다.

그래서 비연과 양조에게 명하여 급히 요수(遼水)에 기다란 장사진(長蛇陣)을 치게 했다. 호를 만들고 가시나무 울타리를 세워 장기전 채비를 했다. 4천 리를 행군해 온 원정군의 군량이 떨어지기를 기다리겠다는 작전이다.

요동군의 동향은 즉각 사마의에게 자세히 보고됐다.

사마의는 엷은 웃음을 띠었다.

"공손연은 멀리 온 우리 군사가 지쳐 있는 것으로 보고 다시 그 피로를 더해 주기 위해 장기전 전략을 세운 모양이다. 아마 그는 20리 남짓한 호 근처에 태반의 군사를 집결시키고 있겠지. 그러면 본거지인 양평은 비어 있을 것이다. 그러므로 우리는 멀리 돌아서 샛길로 단숨에 달려 양평을 찌른다. 그러면 공손연은 군사 태반을 급히 이동시켜 본거지를 지키려 할 것이다. 그것을 도중에 숨어 있다가 쳐부수는 거다."

샛길로 진격하는 것을 일부러 적에게 알리는 것이, 사마의의 예사롭지 않은 전략이라 말할 수 있다.

이를 맞아 치는 비연과 양조는 사마의와 정면으로 격돌하는 것이 불리하다는 데 생각이 일치했다.

위군은 오래 걸려 먼길을 왔기 때문에 지친데다가 보급이 계속되지 못할 것이다. 즉 쳐들어오기는 했으나 오래 끄는 대전은 불가능할 것이다. 고작 한 달만 지나면 한 차례 퇴각을 해야만 하리라. 그때까지 참고 기다렸다가 퇴각을 시작하는 순간 기습 공격을 가하면 열에 아홉은 사마의를 사로잡을 수 있다.

"일찍이 사마의는 오장원에서 제갈량과 대치하고 있을 때, 위수 남쪽 기슭을 지키며 절대로 쳐 나가지 않았소. 그로 말미암아 제갈량은 몸이 달아 빨리 죽고 말았던 거요. 이번은 우리가 사마의의 그때 전법을 그대로 흉내내는 겁니다."

“확실히 그것만이 상책이오. 위군의 군량이 떨어지기를 조용히 기다리면 되오.”

그런데 이 두 장수를 깜짝 놀라게 하는 보고가 들어왔다.

“사마의는 군대를 이끌고 샛길을 택하여 단숨에 양평을 찌르고자 진격하기 시작했습니다.”

두 장수는 이 말을 듣고 소스라치게 놀랐다.

“뭐야? 위군이 남쪽으로 향했다구?”

보고를 듣고 비연은 깜짝 놀랐다.

“양평의 본영은 비어 있다. 양평을 잃으면 이곳을 지키고 있어 보았자 소용이 없다.”

비연은 양조와 함께 급히 진을 거두어 사마의가 이끄는 군대를 추격하기로 했다.

그때도 아직 비연은 자기네의 대군만 믿고 사마의가 수만의 군대밖에 거느리고 있지 않다면, 이것을 짓밟아주는 것은 아주 쉬우리라고 생각하고 있었다.

사마의는 척후병으로부터 비연이 뒤쫓아오고 있다는 보고를 받자 회심의 미소를 띠었다.

“바보 같은 녀석들, 자진해서 불 속으로 뛰어드는군.”

그리고 즉시 명령했다.

“중권(仲權 : 하후패의 자)·계권(季權 : 하후위의 자)!”

“예에, 여기 있습니다.”

“저마다 한 부대씩 이끌고 요수(遼水) 기슭에 숨어 비연이 오는 것을 기다려라.”

사마의가 그렇게 말하자 두 장수는 모든 것을 짐작할 수 있었다.

바람처럼 두 패로 갈라진 군사들은 요수 기슭의 갈대 속에 숨었다. 거기에 사마의를 뒤쫓기 위해 대군을 이끌고 비연과 양조가 들이닥쳤다.

"지금이다!"

쾅! 하고 돌화살이 공중에 날아오르는 것을 신호로 북이 어지럽게 울리며 피리 소리가 요란하게 들렸다. 깃발도 선명하게 왼쪽에서 하후패, 오른쪽에서 하후위가 쳐 나왔다.

"속았다!"

비연과 양조가 깜짝 놀랐을 때는 이미 늦었다.

갈대 속에서 활을 둥근 달처럼 잡아당긴 채 대기하고 있던 2만 군대가 일제히 반란군을 향해 화살을 쏘아 보냈다.

순간적으로 투지가 꺾여 버린 공손연의 군사들은 사방으로 흩어져 달아나기 바빴다. 달아나는 것을 위병들이 뛰어들어 칼로 치고 창으로 찔렀다.

비연과 양조는 싸우기는커녕 간신히 목숨을 건져 탈주로를 찾기에 바빴다. 도망치고 또 도망쳐 수산(首山)에 이르렀을 때 공손연과 마주쳤다.

"멍청한 것들! 사마의 따위에게 속아넘어가다니!"

호된 꾸중에 겨우 마음을 다잡고 말머리를 돌렸다.

위군은 여유있게 진격해 왔다.

"이렇게 된 이상 이 비연의 용맹을 보여줄 수밖에 없다!"

비연은 말 배를 차고 선두에 나서자 소리쳤다.

"그쪽 대장은 나오라! 깨끗이 1대 1로 상대해 주리라!"

"알았다!"

대답하고 말을 달려나온 것은 하후패였다.

큰칼을 들고 10보 거리로 다가오자 '윙!' 하는 칼울음 소리를 내며 한 바퀴 돌린 다음 높이 휘둘렀다.

"자아, 오너라!"

비연은 쏜살같이 돌격해 갔다.

그러나 칼과 칼이 불꽃을 튕기는 일도 없이 윙하고 지나가자 어느

새 비연의 머리가 허공에 떴다.

벌써 그것만으로 요동의 반란군은 기세가 꺾였다.

겁을 먹고 달아나는 군사와 기세를 타고 추격하는 군사와의 차이는, 열 배나 되는 죽은 군사의 수에서 확연히 드러났다.

공손연은 패한 군사를 이끌고 양평성으로 도망쳐 들어가자 굳게 문을 닫고 나오지 않았다.

위군은 개미가 기어나갈 틈도 없이 성을 둘러쌌다.

성을 포위 공격하기란 힘이 들고 시간도 오래 끌게 된다.

사마의의 휘하 장수들은 매일처럼 본영에 모여 이마를 맞대고 작전을 세웠다.

그 자리에서 한 장수가 말했다.

"저희들은 아무리 머리를 쥐어짜도 좋은 생각이 떠오르지 않습니다. 첫째 지난번 아군과 적군이 요수를 사이하고 대치했을 때도 마찬가지였습니다."

지난 일이지만, 공손연은 10여만 대군을 요수에 투입하여 남북 6, 70리에 걸쳐 견고한 방위망을 쌓고 위군의 침공에 대비하고 있었던 것이다.

그때 사마의는 적군 남쪽에 유인부대를 내보냈었다. 깃발을 숲처럼 세우게 하고서 대군이 이동하는 것처럼 꾸며 보였기 때문에 적의 정예부대도 이것에 끌려 남쪽으로 이동했다.

장수의 말은 그것을 뜻하는 모양이었다.

사마의는 빙그레 웃으며 짧게 말했다.

"말하자면 그것은 양동작전이었지."

사마의는 이렇게 양동작전으로 적군을 흔든 다음 적군의 틈을 노려 주력부대를 도하시켰다. 그리고 적진에 다가가 배다리를 불태워 버렸었다.

장수가 또 물었다.

"그것은 저도 알고 있습니다만, 장군께서 도하에 성공하자 곧바로 적에게 싸움을 걸지 않고 이를 피했습니다. 그것이 지금껏 저희들로서는 이해가 되지 않습니다."

사마의는 요수를 성공적으로 건너자 강을 따라 긴 목책(木柵)을 둘러쳤을 뿐 그대로 양평을 향해 군을 진격시켰던 것이다.

"그것도 말하자면 양동작전이었다."

"그 점이 저희들에겐 이해가 안 됩니다. 저희들 머리로서는 힘들여 도하에 성공했으니까 바로 적을 공격할 생각부터 가졌을 것입니다. 그런데 목책만 치고서 양평을 찌르는 전술이 아무래도……."

사마의는 그 의문에 소리내어 껄껄 웃었다. 어느덧 사마의의 설명은 병법 강의처럼 되어 버렸다.

"그때 적은 우리 꾐에 빠졌다고 하나 이미 견고한 진지를 구축하고 아군이 피로해지기를 기다리고 있었네. 그런데 그때 공격한다면 보기좋게 적의 계책에 빠질 것이 아닌가? 저 곤양(昆陽) 싸움에서 왕읍(王邑)이 저질렀던 잘못을 되풀이하지 않겠다고 나는 생각한 것이야."

왕읍은 전한(前漢)을 멸망시키고 신(新)을 세운 왕망(王莽)의 동생으로, 뒤에 후한(後漢)의 초대 황제 광무제(光武帝)가 되는 유수(劉秀)를 평정하기 위해 서력 23년 40만 대군을 이끌고 출전했다.

유수는 일찍이 새왕조 신을 부정하고 하남성 남양에서 봉기하여 하북·호북 일대에 세력을 떨치고 있었다. 왕읍의 대군과 유수의 군은 서력 23년 3월 곤양성에서 맞부딪쳤다. 왕읍의 대군이 곤양성을 포위했다. 이때 성안의 병력은 불과 8천. 숫자로는 도저히 왕읍의 대군과 상대가 되지 않았다. 그나마 다행인 것은 왕읍의 진영에 전략에 대한 견해 차가 심했다는 점이었다.

왕읍의 부장 엄읍(嚴邑)은 곤양의 수비가 견고함을 보고 이렇게 건의했다.

"곤양을 버려두고 유수의 본거지 완성(宛城)을 공격하도록 하십시오. 완성이 함락되면 곤양은 저절로 무너질 게 아닙니까?"

그러나 왕읍은 충고를 받아들이지 않고 곤양 포위를 계속했다.

40만 대군의 포위에 갇혀 있던 유수는 마침내 용단을 내렸다. 성을 나가 의병을 모집하여 왕읍군을 안팎에서 협격하기로 했다. 그는 직접 기병 13기만을 거느리고 왕읍의 포위망을 뚫었다. 그리고 의병 3천을 모아, 성 안의 군사 8천과 함께 왕읍군을 협격하였다. 왕읍의 40만 대군은 대패하고 말았다.

사마의는 다시 말을 이었다.

"옛사람도 말했다. '적이 견고한 진을 펴고서 방어에 전념하려 생각하더라도, 피아의 필쟁점(必爭點)을 공격하면 반드시 나와 싸우지 않을 수 없노라.' 하고. 내가 그때 적의 대군을 공격하지 않고 양평을 찌르겠다는 태도를 보인 것은 적을 끌어내기 위한 작전이었네."

모든 장수들이 사마의의 말에 감탄함과 동시에 외쳤다.

"이번에도 '반드시 손에 넣어야 할 곳을 공격한다.'는 손무(孫武)의 말을 따르면 되겠군요!"

그러자 사마의는 미소를 지으며 대답했다.

"글쎄, 야전에선 그것이 통할지 모르지만 성 공격에서도 과연 효과가 있을지……."

때는 벌써 가을, 그러나 엄청난 장마가 계속되고 있었다. 하늘에 가득 괸 물을 모조리 땅 위로 쏟아버리듯 끝도 없이 비가 내렸다. 집, 나무, 돌, 사람, 짐승 할 것 없이 모조리 물에 젖었다.

비는 약 한 달이나 계속됐다.

강은 넘치고 논밭은 호수로 변했다.

군량을 운반하는 배가 요하(遼河)에서 직접 양평성 턱밑까지 들어오는 형편이었다.

성 안에 들어 있는 요동병이나 포위하고 있는 위군이나 다같이 물 속을 돌아다니며 제대로 누울 수조차 없었다.

나무로 올라가 잠을 자는 사람, 지붕 위나 성벽 위에 드러눕는 사람, 심지어 잠든 사이에 물에 떠내려가 행방불명된 사람도 적지 않았다.

병약한 사람은 자꾸자꾸 죽어 넘어졌다.

마침내 좌도독 배경(裵景)이 사마의의 본영으로 찾아와서 의견을 말했다.

"장마로 군사들은 이루 말할 수 없는 고통을 겪고 있습니다. 진지를 앞산으로 옮기는 것이 어떻겠습니까?"

그러나 사마의는 냉정히 고개를 저었다.

"우리쪽의 이 정도 고통에 비하면 적의 고통은 세 배나 무거울 것이다. 보급이 끊어진 공손연은 군사들에게 소와 말을 다 잡아먹게 하고, 아마 지금쯤은 벽의 흙을 끓여 배고픈 걸 견디고 있을 것이다. 승부는 며칠이 지나지 않아 결정될 것이다.……그대와 같은 약한 소리를 하는 사람이 나오게 되면 군대의 사기를 잃게 된다. 두 번 다시 이같은 말을 하면 군령 위반으로 다스리겠다!"

좌도독은 무서워 떨며 물러갔다.

다음날 우도독 구련(仇連)이 나타났다.

"대도독, 군사들이 장마로 얼마나 크게 고통을 겪고 있는지 직접 돌아보시기 바랍니다. 그러면 반드시 진지를 산으로 옮기게 되실 겁니다."

"그대는 내가 좌도독에게 말한 것을 듣고도 감히 충고를 하러 왔는가?"

"그렇습니다."

"군령에는 사정이 없다. 그대는 죽음을 각오하고 왔겠지. 원대로 죽여 주리라.”

사마의는 즉석에서 우도독 구련을 빗속에 꿇어앉힌 다음 목을 치게 했다. 그리고 그 머리를 진문 밖에 내걸었다.

‘내 명령은 절대적이다. 이를 거역하는 사람은 아무리 지위가 높더라도 영(令)대로 처벌한다.’

이것이 사마의의 성격이었고 통솔 방침이었다. 조금도 용서없이 사마의는 자기 방침대로 행했다.

위병들은 사마의야말로 일찍이 듣도 보도 못했던 무서운 사람이라며 치를 떨었다.

그로부터 이틀이 지났다.

사마의는 무슨 생각을 했는지 군대를 20리 후퇴시켰다.

“아무리 사마의라도 비라는 적은 당해내지 못하는 것 같군!”

성 안에서는 공손연이 기뻐하며 군사들에게 성 밖에 나가 땔나무도 해오고 들소와 들말을 잡아오도록 시켰다.

사마의는 적이 하는 대로 내버려 두었다.

이를 보고 사마 진군(陳群)이 물었다.

“소장은 대도독의 병법을 이해하기 어렵습니다. 전에 상용(上庸)을 공격했을 때는, 군대를 여덟 패로 나누어 성을 총공격하여 단 여드레 만에 맹달(孟達)을 생포했었습니다. 그런데 이번엔 3만의 기마군을 이끌고 수천 리 원정을 왔는데도 단 한 번도 성을 공격하지 않고 오랜 장마와 진흙 속에 주둔해 있습니다. 뿐만 아니라 20리를 물러나 적이 성문을 열고 나무를 하고 들소와 들말을 잡아 굶주림을 달래게 놓아 두는 것은 어떤 생각에서인지 알고 싶습니다.”

심복의 캐물음에 사마의는 웃으며 대답했다.

“진 사마는 병법을 알고 있는 줄로 생각했었는데 특이한 전략에 대해서는 생각이 잘 돌지 않는 것 같군. ……상용을 공격했을 때 상황을 생각해 보라. 적은 군사가 적고 군량은 많았다. 우리쪽은 군사는 많고 군량은 적었다. 그러므로 장기전에는 불리했던 것이다. 그래서 나는 맹달에게 기습을 가하여 이를 깨뜨렸다. 그러나 이번엔 적은 군사가 많고 군량이 모자란다. 이와는 반대로 우리쪽은 넉넉하다. 앞서의 싸움과는 정반대다. 그러므로 나는 무리하게 공격하지 않는 것이다.……오도가도 못하고 양식이 떨어진 군사는 결사적인 반격을 하게 된다. 그래서 나는 일부러 적에게 땔나무와 소와 말을 주어 마음을 늦춰주고 한쪽 퇴로를 만들어 두고 있는 것이다……. 공손연은 배가 부르게 되면 방심하겠지. 나는 그날을 기다리고 있다……."

진군은 적의 심리적 허점을 찌르는 교묘한 방법에 탄복하며 물러갔다.

사마의는 한편으로 사자를 낙양으로 보내 다시 많은 군량을 보내 달라고 재촉했다.

실정을 모르는 대신들은 조예가 보는 앞에서 상의를 했다.

그리고 이런 결론을 내렸다.

"가을비가 벌써 한 달 계속해 오고 있어서 병마의 피로가 극도에 달해 있고 전염병이 퍼질 염려마저 있다고 하니, 폐하의 어명으로 일단 군대를 철수시킨 다음 다시 원정을 꾀하는 것이 어떨까 하옵니다."

그러나 조예는 사마의의 뛰어난 군략을 믿고 있었다.

"태위는 공명이 죽고난 뒤로는 어느 누구도 어깨를 겨룰 수 없는 군략가다. 위기에 다다랐을 때야말로 이를 거꾸로 이용해서 승리를 가져오게 할 수 있을 것이다. 또 그만한 운을 타고난 대장이다. 태위가 장마 속에 계속 진을 치고 있는 것은 반드시 깊이 생각하는 바가 있기 때문일 것이다. 공손연을 사로잡을 수도 있을 테니 지나친 걱정은 말도록 하라.”

백관들의 진언을 단호히 거부한 조예는 군량을 계속해서 보내도록 명령했다.

그로부터 며칠이 지났다.

마침내 비는 그치고 구름 한 점 없는 푸른 하늘이 펼쳐졌다.

“드디어 공손연을 사로잡을 날이 가까워졌구나.”

사마의는 군과 말이 충분히 햇볕을 즐기게 하고, 장교들에게는 술잔치를 베풀었다.

밤이 오자 사마의는 혼자 진문 밖에 서 있었다. 천문을 보기 위해서였다.

두 시간 뒤, 갑자기 한 아름이나 되는 큰 별이 이상하게 새파란 빛을 내며 긴 꼬리를 이끌고 수산 동북쪽에서 양평 동남쪽으로 떨어지는 것을 사마의는 보았다.

“됐다! 내 계획대로 됐다!”

사마의는 혼자 끄덕이며 미소를 지었다.

진영 안에서 술잔치를 벌이고 있던 장수들도 이 이상한 별똥별을 보고 떠들어댔다.

“이게 무슨 조짐인가? 좋은 조짐일까, 나쁜 조짐일까?”

거기에 사마의가 들어섰다. 그는 단호한 태도와 목소리로 일동에게 일렀다.

“닷새 후에, 그 큰 별이 떨어진 지점에서 나는 반드시 공손연을 무찌른다! 내일 아침부터 전 군사력을 동원하여 양평을 공격하라!”

말하자면 이것이 바로 사마의가 때를 잘 맞추어 사기를 북돋는 수완이라 할 수 있었다. 때로는 간하는 높은 지위의 사람을 겁쟁이라 하여 목을 치기도 하고, 때로는 천체의 이변을 이용하여 장병들의 사기를 불러일으켜 준다. 이 모두가 사마의란 사람의 엄격한 성품과 뛰어난 능력을 보여주고 있다.

　양평성 몇 마장 가까이로 다가간 위군은 금세 흙무더기를 쌓고, 강노(强弩)의 받침대를 세우는 한편 구름사다리를 꾸며 잠시도 쉴 새 없이 파상 공격을 감행했다.

　성 안에서는 벌써 식량은 다 먹어 치웠고, 들소와 들말도 흔치가 않았다. 장마에 시달려 죽은 사람도 수없이 많았다. 위군의 총공격을 맞아 싸울 기력을 가지고 있는 군사는 얼마 없었다.

　"우리는 무엇 때문에 나라에 반역하는가!"

　비 대신 화살이 휙휙 날아들자 군사들은 거꾸로 주장 공손연을 원망했다.

　장교들 가운데는 공손연의 머리를 베어 들고 항복하자는 사람도 몇인가 있었다. 부하들이 반란을 일으키려 한다는 소문이 공손연의 귀에도 들어갔다.

　"이제 틀렸다! 이런 상황에서는 도저히 싸울 수 없다."

　공손연은 급히 상국(相國) 왕건(王建)과 어사대부(御史大夫) 유보(柳甫)를 불러 명했다.

　"이제 이길 기회를 잡을 수 없게 된 이상 항복하는 길밖에 방법이 없다. 사신이 되어 중달의 본영으로 가서 이 뜻을 전하라."

　"태수님, 상대는 냉혹하기 비할 데 없는 사마의가 아닙니까. 그가 항복을 받아들일 리가 없습니다."

　"촉나라 제갈량이라면 또 모르겠습니다만⋯⋯."

　두 사람은 다같이, 끝까지 싸우든가 아니면 구사일생을 바라고 달아나든가 둘 중에 한 가지 수단밖에 없다고 주장했다.

　그러나 공손연은 자기 존재가 위나라에게 더없이 중요하다고 굳게 믿고 있었다.

　"오나라에 육손이 있고 촉나라에 강유가 있는 이상, 나 같은 용장을 잃게 되는 것이 얼마나 큰 손실인가를 사마의는 잘 알고 있을 것이다.”

“다른 사람이라면 몰라도 사마의는 다릅니다.”

“사마의는 벌써 태수님을 죽일 결심을 하고 있을 것이 틀림없습니다.”

번갈아 충고를 했으나 공손연은 듣지 않았다.

마지못해 왕건과 유보는 무장을 벗고 안장 없는 말에 올라 위군 본영을 향해 항복의 표시인 흰 기를 들고 갔다.

사마의는 이들 둘을 맞아 잠자코 바라보았다.

두 사람은 무릎을 꿇고 앉아 머리를 조아렸다.

“바라옵건대 20리를 후퇴해 주옵소서. 우리들은 주인과 함께 항복하겠습니다.”

“천치 바보 같은 녀석들!”

사마의는 무릎을 꿇고 항복을 제의하는 왕건과 유보에게 크게 호통을 쳤다.

“항복할 생각이면 어째서 총대장인 공손연이 직접 무기를 버리고 흰 기를 들고 찾아오지 않느냐? 너희들이 공손연의 명령을 받고 항복할 뜻을 전한다고 해서 반역죄가 용서될 것 같으냐!”

즉시 도부수에게 명령하여 두 사람의 목을 베고 따라온 사람에게 그 머리를 들려 공손연에게로 돌아가 다음과 같이 통고하도록 했다.

“옛날 초(楚)나라와 정(鄭)나라는 대등한 나라였지만, 정왕은 항복에 즈음하여 희생인 양을 손수 끌고 한쪽 어깨를 드러내고서 초왕 앞에 무릎을 꿇었다고 들었다. 대등한 나라끼리조차 그러했었다. 나는 적어도 삼공(三公)의 몸, 그대 같은 무리와는 상대도 되지 않는다. 그렇건만 두 명의 사자는 그런 나에게 포위를 풀고 군을 물리라고 말했다. 무례하기 이를 데 없다! 생각건대 늙은이들이 그대의 말을 잘못 전한 것이리라. 이렇게 생각하고서 이미 두 명은 베어 버렸다. 만일 아직도 항복할 뜻이 있다면 이번에는 망령기가 없는 젊은 자를 보내라!"

얼마나 교만한 말인가!

공손연은 잔인하기 비할 데 없는 사마의의 행동에 놀라 치를 떨었다. 그러나 공손연은 쫓기고 있는 불리한 처지이다. 다른 선택의 여지가 없었다.

"한 번 더 용서를 빌기로 하자."

공손연은 시중 위연(衞演)을 정사로 하여 위군 본영에 보냈다.

위연은 장막 밖에서부터 사마의의 앞까지 무릎걸음으로 기어갔다. 그리고 땅바닥에 이마를 조아렸다.

"이번 공손태수의 방자한 갖가지 소행은 참으로 하늘이 용서치 못할 죄로서 크게 노여워하심은 너무도 당연한 일인 줄 아옵니다. 다만 공손태수는 자신이 지은 죄를 깊이 깨닫고 있사오니 한 번만 용서해 주시기를 엎드려 비옵니다. 뉘우치고 사죄하는 증거로써 공손태수는 아들 수(修)를 볼모로 보낸 다음, 스스로 몸을 묶어 항복하려 하옵니다."

진심에서 나오는 성의가 얼굴에도 말에도 담겨 있었다. 사마의는 차갑게 쏘아붙였다.

"위연은 잘 듣거라. 싸움에는 다섯 가지 방법이 있다.

첫째, 싸울 힘이 있으면 치고 나와 싸운다.

둘째, 싸울 뜻만 있으면 굳게 지키고 나오지 않는다.

셋째, 지킬 수 없다면 달아난다.

넷째, 달아날 수도 없으면 항복한다.

다섯째, 항복하기 싫으면 깨끗이 자결해 자존심을 지킨다.

그런데 공손연은 이 다섯 가지 가운데 한 가지도 택하지 않고 교활하게 자기 자식을 제물로 삼아 나를 속이려 하고 있다. 돌아가 공손연에게 말하라. 인질을 보내겠다는 말은 잠꼬대 같은 이야기라고…….”

설설 기어서 도망쳐 돌아온 위연은 사마의가 말한 대로 공손연에게 보고했다.

“사마의란 놈! 모처럼 좋게 하려고 굽혔더니 멋대로 까부는구나! 좋다! 정 그렇다면 어디 끝까지 해 보자.”

공손연도 각오를 다시 하는 수밖에 없었다.

아들 공손수와 상의 끝에 충성을 맹세한 군사들 가운데 1천 기를 골라 그날 밤 늦게 어둠을 타고 남문으로 나가서 질풍처럼 동남쪽을 향해 말을 몰았다.

남문에는 적의 포위진이 없었기 때문이다.

“됐다! 이 길로 성 있는 곳까지 달아날 수 있다!”

그러나 기쁨과 안도도 잠시뿐이었다.

10리도 채 못갔을 때 ‘파앙!’ 하는 신호와 함께 오른쪽 산꼭대기에서 불화살이 흐르는 별처럼 공중을 날았다.

그것을 신호로 피리소리와 북소리가 일제히 어지럽게 울렸다.

앞쪽에 횃불이 확 밝혀지더니 훨훨 타오르며 평원을 비추었다.

벌써 거기에는 공손연이 그리로 도망칠 것을 알고 사마의가 직접 기다리고 있었다. 왼쪽에 사마사, 오른쪽에 사마소가 늠름한 차림으로 대기하고 있다가 큰 소리로 외쳤다.

“이 역적놈! 어디로 가느냐?”

“불로 뛰어드는 나방 같은 바보 녀석!”

‘다 틀렸다! 함정에 빠졌다!’

깜짝 놀란 공손연은 겁을 먹고 말머리를 돌려 무작정 달아나려 했다. 그러나 사마의가 펴놓은 진형은 물샐틈이 없었다.

정면에는 호준이 이끄는 부대가 겹겹이 둘러싸고 있었다. 왼쪽으로 달아나려 하자 하후패와 하후위의 진이 기다리고 있었다. 다시 오른쪽으로 달아나려 하자 장호와 악침이 숨어 있었다.

공손연 부자는 더 이상 싸울 뜻도 달아날 힘도 없었다. 말에서 내려와 땅바닥에 털썩 주저앉자, 공손연은 절망 속에 하늘을 우러러보며 울부짖었다.

"아아! 내가 잘못 생각했었다!"

공손수는 말했다.

"아버님! 무장답게 떳떳이 자결합시다!"

사마의를 비롯한 위나라 장군들이 이들 부자를 둘러쌌다.

"공손연 듣거라! 방자하게 왕을 참칭하는 자의 말로가 얼마나 비참한가를 깨달았느냐?"

사마의가 이렇게 비웃자 공손연은 죽음을 각오한 사람답게 태연한 모습을 보이며 재촉했다.

"어서 우리 부자의 목을 쳐라."

"물론 반역죄는 죽음으로 속죄해야 한다. 그러나 보통 참형으로 처형하지는 않는다!"

"뭐라구?"

"반역죄를 범한 사람이 어떤 참혹한 형을 받는지 만천하에 보여주리라!"

사마의는 하후위에게 턱짓으로 신호를 보냈다.

그러자 하후위는 맨 앞줄에 선 두 명의 거한을 내보냈다. 모두 신장이 7척이나 되는 무섭게 큰 몸집을 가진 사람들로, 그 팔은 큰 나무줄기 만큼이나 굵었다.

거한들은 저마다 공손연과 공손수 앞에 서자 두 손으로 그 목을 잡았다.

"네 이놈! 나는 양렬장군 요동태수다!"

공손연은 울부짖었다.

그러나 그 울부짖음은 공허한 메아리만 남겼을 뿐이다. 그의 목은 50명의 힘을 가진 장사의 팔에 의해 비틀려 끊어지고 말았다. 너무도 잔인하고 참혹한 광경에 모든 장수들은 저도 모르게 고개를 돌리고 말았다.

사마의만은 공손연 부자의 목이 끊어지는 것을 싸늘한 눈길로 바라보고 있었다. 참으로 일찍이 들어보지 못한 비정하고 잔인한 처형이었다.

이리하여 사마의는 위나라 전부대를 이끌고 양평성으로 향했다.

선봉인 호준이 성 밑에 이르자 백성들은 향을 피우며 나와 맞았다. 전군이 입성을 마치자 사마의는 엄명을 내렸다.

"공손연 일족과 모반에 가담했던 문무 관원들을 처형하라."

공손연이 임명한 대신을 비롯하여 각 관리를 몰살했고, 장군 필성(畢盛) 이하 무관 2천여 명을 본보기로 주살했다.

사마의의 비정함은 이것으로 그치지 않았다. 두 가지 기준을 만들어 주민을 구별하고 15살 이상 남자 7천여 명을 참혹하게 죽였다. 그리고 그들 시체를 한 구덩이에 쓸어넣어 커다란 무덤을 만들어 스스로의 무공을 과시했다.

이리하여 호수 4만, 인구 34만 남짓한 이 지역이 위나라 지배 아래 들어간 것이다.

사마의는 '힐끔 뒤돌아보는 이리의 상(相)'이었다고 한다.

보통 사람은 뒤를 돌아볼 때 상체를 뒤로 돌리지 않으면 안 된다. 그런데 사마의는 몸은 똑바로 정면을 향한 채 목만 180도 회전시켜 뒤돌아볼 수 있었다고 한다.

이와 같은 특이한 풍채로 보아서도 그 알맹이인 정신 구조가 예사롭지 않았다는 것을 엿볼 수 있으리라.

이를테면 사마의는 그 인생(人生)에 강(剛)과 유(柔), 두 가지 면을 가지고 있었다.

애당초 공손연은 숙부인 요동태수 공손공(公孫恭)을 체포하고 실력으로 태수의 지위를 빼앗았던 것인데, 반란을 일으켰을 때 엄격히 간한 윤직·가범 등을 모두 죽였다. 사마의는 감금돼 있었던 공손공을 석방시킴과 함께 윤직 등의 무덤을 만들어 주고 제사를 지내 주었다.

또 다음과 같은 포고령을 내렸다.

'옛날부터 나라를 치는 것은 불의를 주벌(誅罰)하기 위해서였다. 공손연에 의해 악의 길로 끌려들어간 자는 모두 그 죄를 용서하노라. 또한 중원 출신으로 고향에 돌아가기를 원하는 자는 자유롭게 가는 것을 허락하노라.'

요동 벌판에는 중원보다 일찍 추위가 들이닥쳤다. 병사들은 추위에 떨며 솜옷이 지급되기를 바랐다.

그러나 사마의는 모른 척했다.

부장 하나가 건의했다.

"다행히도 공손연 일족에게서 몰수한 물건 가운데 헌 솜옷이 많이 있습니다. 그것을 나누어 주도록 합시다."

그러나 사마의는 고개를 저었다.

"헌 옷이라도 관의 물건이다. 신하된 자가 관의 물건을 멋대로 지급할 수는 없다."

이런 반면 조정에 상주하여 60살 이상의 병사 1천 명 남짓의 병역을 해제하고 한발 먼저 귀국시켰다. 또한 종군 중에 사망한 자에 대해선 위령제를 올려주고 그 유물을 가족에게 보내주기도 했다.

북에서 움직임이 있으면 서쪽에서도 움직임이 나타난다. 위나라가 요동의 공손연을 치자 촉나라는 북벌군을 일으켰다.

촉나라는 건흥 15년 다음 해 대사령을 내리고 개원하여 연희(延熙) 원년(238)이 되었다.

장완은 공명의 유지를 받들어 오나라에 사신을 보내는 한편 몸소 삼군을 이끌고서 한중까지 나갔다.

　장완은 공명이 여러 차례 북벌군을 일으켰으면서도 보급이 여의
치 않아 실패한 일을 거울삼아 병선을 건조하고 한수를 내려가 위흥
(魏興)·상용(上庸)을 공격하자고 유선에게 상주했다.
　이 상주에 대해 촉나라 조정에서는 많은 사람들이 위험하다고 반
대했다. 비위가 유선의 명을 받아 직접 한중에 가서 장완을 설득했
다.
　모처럼 세운 장완의 계획이 꺾인 셈이지만, 그 자신도 병이 있어
눈물을 머금고 단념했다.
　장완은 한 마디로 말해서 소극적인 인물이었다. 그러나 대인(大
人)의 품격도 있었다.
　승상부의 관리로 양희(楊戲)라는 자가 있었다. 시원스러운 성격
에 표리(表裏)가 없는 사나이였다. 어느날 장완이 나라일에 대해
묻자 그는 아무런 대답을 하지 않았다.
　양희를 미워하는 자가 그를 헐뜯어 장완에게 말했다.
　"공께서 정사에 대해 묻고 있는데 도무지 대답을 하지 않는다는
것은 괘씸한 소행이 아닙니까?"
　그러자 장완은 대답했다.
　"사람의 마음은 얼굴이 다른 것처럼 모두 다른 법이다. 더욱이 면
종복배(面從腹背)는 옛사람도 굳게 경계하는 일, 내 말에 '예,
예.' 하며 따르는 것은 본의가 아니다. 그렇다고 해서 일일이 반대
하면 나의 잘못을 탓하는 것이 된다. 양희는 이렇게 생각하고서
침묵을 지켰을 것이다. 그것이 그 사나이의 좋은 점이지."
　또 언젠가 양민(楊敏)이라는 인물이 장완을 가리켜 비판했다.
　"일을 하는 데 굼뜨기만 해. 도무지 앞 분과는 비교도 안 되네."
　앞 분이란 공명을 가리키는 것으로서 그와는 천지 차이가 있다는
모욕이었다.
　양민의 이 말을 장완에게 즉시 일러바치는 자가 있었다. 금부(禁

府)에서는 승상 장완에게 잘 보이려고 양민을 곧 하옥시켜 엄중히
다스려야 한다고 말했다.

그러나 장완은 고개를 흔들었다.

"아니다. 사실이 그렇다. 취조할 필요 없다."

"그렇다면 승상의 하는 일이 굼뜨다고 한 중상만이라도 규명하겠
습니다."

"아냐, 능력이 뒤떨어진다면 당연히 일 처리도 더디어진다. 그것
은 곧 굼벵이가 아닌가. 공연히 일을 만들어 조사할 것도 없다."

그 뒤 양민은 어떤 사건에 연루되어 체포되었다. 사람들은 양민이
극형을 면할 수 없게 되었다고 모두 걱정했지만 예상과는 달리 중벌
을 모면했다. 사람들은 장완의 공평무사한 태도에 새삼 감탄했다.

이렇듯 장완에게는 대인의 품격이 있었다.

지도자로서 박력이 없다는 결점이 없는 것은 아니었으나 공명이
가고 난 뒤의 촉한을 유지하는 데 적임자였다.

이렇듯 장완을 추천한 공명의 안식(眼識)이 역시 높았다고 할 수
있으리라.

이런 성격이니만큼 비위가 와서 설득하자 적극적으로 위나라를
공격하는 정책을 버리고 촉나라를 굳게 지킨다는 방침을 채택한 것
이다.

한편 오나라는 이보다 앞서 사마의에 맞서 힘겹게 싸우고 있던 공
손연에게서 구원을 요청받았다.

또 촉나라 장완으로부터도 군을 일으켜 위나라를 치자는 요청이
있었다.

이때 손권의 가신들은 반대하는 사람이 많았다.

"공손연은 도무지 믿을 수 없는 인물입니다. 오나라와 손을 잡았
다가 금방 위나라에 들러붙고, 또 위나라를 배반하는 그런 인물이
아닙니까? 이번에 위군의 침공을 받게 된 것도 자업자득입니다.

그처럼 향배가 뚜렷하지 않은 인물을 구원할 필요는 없습니다.”
“아니다.”
손권은 말했다.
“적의 적은 한편이다. 공손연이 아무리 밉다 하더라도 그를 구원
하지 않을 수 없다.”
손권은 이렇게 말하고 이름뿐인 구원군 수천을 편성하여 뱃길로
보냈다. 그러나 이들은 중간에 공손연이 패망하였다는 소식을 듣고
되돌아왔다.

민심 위기 혁신

민심 위기 혁신

8
민심 위기 혁신

□규칙은 성악설로 만들고 실행은 성선설을 따르라

사람을 믿으면 배신당하고 의심하면 싫어한다. 어떻게 하면 좋을까?

성선설은 맹자(孟子)의 설로서 인간의 본성은 착한 것이니까 그것을 기르도록 수양하라는 것이다. 노자(老子) 등은 더욱 철저해서 방임하면 자연히 좋은 일을 한다고 주장했다. 성악설은 순자(荀子) 등이 주장한 것으로 인간의 본성은 악이니만큼 나쁜 짓을 하지 않도록 교화 선도하라고 한다. 교정(矯正)할 것을 체념하고 상벌제로 엄중히 관리하라고 주장한 것이 한비자(韓非子)였다.

성악설에 의해 미리 레일을 깔아두고 성선설로써 그 위를 달리면 실패도 없고 상대의 기분도 해치지 않을 것이다. 성악설로 규칙을 만들 일을 걱정할 것은 없다. 그 일에 당면하기 전의 규칙은 자기의 일이 아닌 것처럼 여겨져 마음쓰지 않는 것이 인정이기 때문이다. 예를 들면 은행에서 돈을 빌릴 때에는 무서울 만큼 엄중한 계약서가 제시되지만

"당신은 틀림없다고 생각됩니다만 세상에는 별의별 사람이 있으므로 이렇게 하기로 되어 있습니다."

이런 설명을 듣게 되면 쉽게 날인하게 되는 것이다.

'누구의 머릿속이든 성선과 성악의 부분이 있다. 양자를 어떤 비율로 자극하면 좋을지 생각하라.'

□훌륭히 통솔될 때 분기하고 납득하고 도취한다

사람이 사람을 통솔한다는 것은 인간 본능을 눌러 복종케 하는 것으로 본디는 무리한 일이다. 그러나 잘하고 있는 사람도 있다. 명정치가·명경영자·명장군이라 일컬어지는 사람들이 그들이고 그 방식을 잘 연구하면 다음과 같은 공통점이 있음을 알 수 있다.

①사람은 통솔되기를 싫어하는 것임을 솔직이 인정한다.

②부하의 의사 자유 제한을 되도록 적게 한다.

③부득이 부하의 의사 자유를 제한할 경우에는 심리적 자극을 적절히 해준다. 즉 ①소극적 자극(하지 말라)보다는 적극적 자극(하라)을 많이 사용한다. ②사람 심리의 동물본능적 부분과 양심적 부분을 균형있게 작용시킨다.

'어린이를 교육하는 데는 먼저 즐겁게 해주고 다음에 흥분시키고 그리하여 가르친다.'

'그 목적을 이룩하는 일보다도 목적을 향해 전진하는 편이 즐겁다.'

□위아래가 이로움을 함께 하는 자가 이긴다

그 어떤 방법에 의해 부하 마음의 동조(同調)를 구하는 것이 통

솔이고, 설득은 그 중요한 수단이다.

설득에는 아래와 같은 세 가지 조건이 있다. 이 조건이 충족되면 부모 원수라도 악수할 수 있지만, 충족되지 않으면 아무리 돈을 쌓아올리고 애원하고 협박해도 상대의 예스를 받아내기 힘들다. 이것은 한 나라의 외교, 한 개인의 세일즈일 경우라도 마찬가지이다.

① 공통의 이익(목적)을 내건다.
② 서로 조력(助力)이 필요하다고 한다.
③ 서로간에 도움이 된다.

경영주와 근로자가 계급의식을 가지고 대립하고, 경영주가 되도록 임금을 낮게 억제함으로써 기업의 번영을 꾀하려 하고 근로자는 기업의 운영을 무시한 채 높은 임금만 쟁취하려는 노사(勞使)관계라면, 노사는 영원히 투쟁을 계속해야만 하고 결국 이 회사는 함께 쓰러지고 말 것이다.

사업으로 먹고 살려고 하는 이상, 사업의 번영 없이는 근로자의 행복은 있을 수 없다. 이것은 공산주의 사회도 마찬가지여서 붕괴된 옛 소련이나 동구 여러 나라들의 예를 보아도 너무나도 분명하다. 문제는 사업의 번영을 종업원의 이익과 직결시키는 데 있다.

"오나라 사람과 월나라 사람은 서로 미워하지만 배를 함께 타고서 건너고, 바람을 만나면 서로 돕는 일이 좌우의 손과 같다. —吳越同舟"　　　　　　　　　　　　　　　　　　　　　　(손자)

"적은 것이 근심이 아니라 고르지 않음을 근심하노라."　　(공자)

"임금은 노동의 대가(代價)이다. 그러나 임금만이 노동의 대가는 아니다. 그밖에 만족급(滿足給 : 완성의 기쁨, 인정되는 기쁨, 의사 표시 자유의 기쁨 등)이라는 고차원의 욕구 충족이 있다.

□좋아하는 것을 주어라

중국인은 동물 다루기 명수이다. 중국의 시골에 가면 마을마다 연자방아가 있고 나귀가 하루종일 이것을 돌리고 있다. 연자매의 끌대가 메어진 나귀가 연자매의 주위를 걸음으로써 매가 돌아가는 것이다. 나귀는 종일 종착점도 없는 행진을 계속하고 주인의 명령이 있기까지는 멈추지 않는다. 사물을 보는 일 따위는 유해무익이라고 아예 눈을 멀게 한 것도 있다. 그러나 나귀는 태연히 걷고 있다.

어떤 사람은 동물에 대해 유별나게 친절하다. 그런 사람들이 볼 때는 도저히 눈뜨고 볼 수 없을 것만 같은 중국인의 동물 학대도, 동물들로선 전혀 고통스럽지 않은 것처럼 보인다. 개는 애완동물로 방 안에서 길러지고 두툼한 옷 따위를 입혀 주는 것보다 벌거숭이로 추운 바깥에서 마음껏 뛰노는 편이 훨씬 기쁜 법이다.

'가치관은 사람에 따라 다르다.'

□ 곡선적 사고

나폴레옹은 '사람을 움직이는 2개의 지렛대는 공포와 이익'이라 말했지만 사마소도 '사람을 다루는 데는 ① 힘으로 제압하고, 때로는 ② 이익을 주고, 때로는 ③ 애정을 베풀고, 때로는 ④ 재능을 인정해 주는 일'이라고 했다. 이것을 균형 있게 사용했기 때문에 누구도 범하지 못할 통솔력을 발휘했다. 사마소의 이와 같은 사람을 다루는 네 가지 원리는 무경(武經) 7서, 즉 「손자」·「오자」·「울요자(尉繚子)」·「육도」·「삼략」·「사마법(司馬法)」·「이위공문대(李衞公問對)」에서 터득한 것이었다.

사마소는 또한 변혁기에는 곡선적 사고방식이 필요하다는 것을 알고 있었다. 직선적 사고의 경영자는 정보 수집에는 탐욕스럽지만, 그 선택도 직선적이라 '이것은 가능하다'고 생각되면 곧 행동에 옮긴다. 그러나 곡선적 사고의 경영자는 목적과 행동의 사이에 반드시 '생각하는 시간'을 둔다. 게다가 '때를 기다린다'를 알고 있거나 한 번의 기회를 여유로 두고 목적을 향해 간다. 또 '빼앗고 싶다면 먼저 주라'를 실행하든가 한다.

정보에는 반드시 겉과 속이 있음을 분별하고 겉만 보고서 우왕좌왕하는 일이 없어야 한다. 마이너스 '속'에는 반드시 플러스가 숨겨져 있다는 것도 알아두지 않으면 안 된다. 경영은 자칫 직선 사고법에 좌우되기 쉽다. '좋다'고 생각될 때 곧 실행하지 않으면 기회를 놓치는 것만 같은 느낌이 들기 때문이다. 그러므로 위험률도 크다.

발전기에는 직선적 사고로도 성공하겠지만, 변혁기에는 조조나 사마의와 같은 곡선적 사고를 가지고 경영전략을 수립하는 것이 좋지 않을까? 정보기술(IT)과 바이오테크놀로지 시대인 21세기, 인간의 두뇌는 크게 발달했지만 마음은 2000년 전에 비해 조금도 진보돼 있지 않다. 여전히 시기하고 의심하고 이익을 쫓고 슬퍼하고 기뻐하고 있다. 그러므로 고대에 발달한 곡선적 사고법에 의한 경영의 지혜와 전략이 그대로 도움된다.

□좋은 군주가 2대 계속되면 거대한 사업이 가능

유능하고 인덕(人德)있는 지배자가 2대 계속되면 전세계를 정복할 수도 있으리라. 이것은 마케도니아의 필리포스 왕과 알렉산드로스 대왕의 예가 잘 증명한다. 공화국은 이 점에 있어 군주국보다 절대로 유리하다. 공화국은 선거에 의해 지배자를 택하므로, 우수한 지배자를 오래도록 계속해서 유지할 수가 있기 때문이다.

'군주와 국가의 이익은 서로 반대이다.'

군주국에선 군주로서 이익되는 것이 국가에 해를 가져다주며, 국가에 도움되는 일은 군주로서 불이익인 것이 보통이다.

'참칭한 임금의 이익은 국가의 이익이 되지 않는다.'

우수한 참주(僭主)는 영토를 확장하지만, 이것은 참주 개인의 이익을 늘리는 것은 되지 못한다. 참주는 의심이 많고 부하가 유력해지는 것을 좋아하지 않으므로 이익을 나누지 않기 때문이다.

참주는 분열 통치를 좋아한다. 국내가 일치되어 모반하는 것을 두려워하기 때문이다. 따라서 참주가 영토를 확장해도 본국은 커지지 않는다.

공통의 이익을 꾀하는 것이 경영이나 세일즈의 비결이다.

□대물과 소물

대물(大物)이 갑자기 소물(小物)로 변신한다. 스탈린·히틀러·마오쩌둥 따위가 좋은 보기이다. 그 원인엔 여러가지가 있지만, 큰 요인으로 창업기(創業期)와 유지발전기의 전환을 깨닫지 못한다는 점에 있다. 창업자는 정세가 유지발전기로 바뀐 순간에 적임자에게 배턴터치해야만 하는 것인데 그것을 모르거나 또는 이성으로 알고는 있어도 감정 처리를 하지 못하여 물러갈 때를 놓치고 딴 사람처럼 소물로 바뀌고 마는 것이다.

□대국주의와 소국주의

나라를 건설함에 있어 먼저 대국주의(大國主義)로 나갈 것인가, 소국주의(小國主義)로 나갈 것인가. 이를 명백히 정하고 저마다 적응하는 방책을 취하지 않으면 안 된다. 경영자는 나라를 회사로 생각하면 된다.

로마와 같은 대제국을 건설하려면 외국인을 이주시켜 인구를 늘리고, 이 모두에게 군사 훈련을 실시하고 정치에 참여하는 것을 인정하지 않으면 안 된다. 그리하여 이 경우에는 당연히 외래인(外來人)이 세력을 얻어 무시 못할 존재가 됨을 예측하여 미리부터 적절한 대책(법률·제도·조직 등)을 강구해 두어야 한다.

소국주의를 취할 경우에는 천연의 요해를 골라 나라를 세우고 국내를 잘 정비하여 굳게 방위함과 동시에 외래인을 무장시키든가 하되, 이웃나라에 위협을 줄 만큼 강대해져서는 안 된다. 소국주의를 취할 경우라도 주위를 둘러싸고 있는 상황에 따라 영토를 확대하지 않으면 안 될 지경에 이르는 일이 있다. 또 작게 움츠러들어 무사태평을 즐기고 있으면 나태한 풍조가 생겨, 두 가지 모두 나라를 위태롭게 할 염려가 있으므로 조심하지 않으면 안 된다.

"대국주의와 소국주의엔 저마다 이해(利害)가 있고, 그렇다고 그 중간을 취하는 일도 허락되지 않는다. 나라의 성장을 멈추게 한다는 것은 불가능한 일이고, 성장하는 것으로써 대책을 강구해 두어야 한다고 믿기 때문이다." (마키아벨리)

제갈공명은 삼국 분립주의로 촉나라를 굳혔지만 상하(上下)가 안일로 흐르는 것을 겁내어 북정(北征)을 꾀했던 것이다.

□ 노력과 행운

'로마가 엄청난 판도를 손에 넣을 수 있었던 것은 행운 탓이다.'라는 말이 일반적으로 믿어지고 있지만 이것은 잘못이다. 로마의 성공은 그 노력의 결정(結晶)이다. 로마가 영토를 확장하기 위해 많은 다른 민족의 격렬한 저항을 만났지만 로마인은 항상 엄청난 노력을 치렀고 영지(英智)를 다하여 이것을 이겼던 것이다.

그들이 한 일을 연구하면, 이 세상에는 완전히 절망적인 정세라는 것이 아주 드물고 자연이 인간에게 베풀고 있는 능력을 활용하면 어떠한 정세라도 이것을 자기에게 유리하도록 바꿀 수 있다는 것을 알게 된다. 누구라도 로마인과 같은 실력을 가지고 그들처럼 행동하면 행운을 손에 잡을 수가 있을 것이다.

□ 적을 만든다

운명의 여신이 새로운 군주를 거물로 완성시키려 생각할 때에는 일부러 적을 제공하고 이것을 이겨 명성을 올리도록 꾸미는 법이다. 총명한 군주는 여신의 도움을 기다릴 것도 없이 스스로 기회를 잡고, 이것을 이김으로써 더욱 권위를 높일 수 있다는 것을 알고 있다. 또한 나라 안에서의 자기 실정(失政)으로부터 국민의 관심을 돌리려 한다든가, 국민의 항쟁을 둔화시키기 위해 일부러 외국과 전쟁을 일으키는 일도 있다.

이는 중국 정권이 곧잘 사용하는 전법이며「삼국지」세계에선 너무나도 흔히 이런 권모술수가 등장한다.

□ 번영도산

현대의 도산에는 하나의 주목할 현상이 있다. 그것은 유망 산업의 호황(好況) 때의 도산으로서, 학자는 이것을 '방만경영(放漫經營)'이라 하지만 반드시 그렇지만은 않다.

성장산업이 확대되는 것은 당연한 일로서, 문제는 경영자가 기업의 발전에 따라가지 못할 때 일어난다. 30명의 회사와 300명의 회사 사이에는 경영방식에 단절적인 차이가 있게 마련이다. 이것을 깨닫지 못한다면 CEO의 통솔력에서 회사가 벗어나고 말아 수습할 수 없게 되는 것이 번영도산의 원인이다.

□ 참주의 민심 장악법

참주의 지위에 올라간 자는 첫째로 민중이 무엇을 바라고 있는지 알아보지 않으면 안 된다. 보통 민중의 희망은 다음의 두 가지이다.
① 자기들을 속박하고 있는 자에게 보복을 하는 일
② 다시 한 번 자유를 되찾는 일

헤라클레아에서 귀족과 민중이 다투고 있었는데, 당하지 못한다고 생각한 귀족은 추방 중인 참주 클레아르고스를 복귀시켜 공모하여 민중을 억누르고 자유를 앗았다. 복귀한 클레아르고스는 끝없이 욕심이 많은 귀족과 자유를 빼앗겨 격분하는 민중과의 사이에서 샌드위치가 되어 괴로워한 결과 모든 귀족을 죽여 민중을 한편에 끌어들였고, 그는 민중이 가지고 있는 복수라는 소원에 배출구를 마련했다.

제2의 소망을 충족시켜 주기 위해선 '민중의 아주 소수인 자는 자기가 명령할 입장이 되고 싶어 자유를 구하고, 다른 대다수인 자는 자기들 생활의 안정을 바라며 자유를 구한다'는 것을 알지 않으면 안 된다.

"어떠한 공화국이라도 명령할 입장이 되는 것은 4, 50명에 지나지 않으므로 그들을 만족시키거나 말살하는 일도 쉬운 노릇이다. 생활 안정을 소원하고 있는 다수자를 만족시키는 것은 어려운 일이 아니다. 다만 지배자의 권력과 민생안정을 조화시키게끔 법률을 정비하고 지배자와 민중이 이것을 실행하도록 서로 자제하면 좋다."
(마키아벨리)
'CEO는 중역·간부·일반 사원간의 욕망 차이를 알고 있지 않으면 안 된다.'

□민중은 겉보기의 훌륭함에 현혹되고 자기 파멸을 추구한다

민중을 설득하는 데는 먼저 거창한 일, 이익이 되는 일을 늘어놓으면 좋다. 민중은 눈앞에 제시된 일이 유리해 보이면, 그 배후에 치명적인 불리가 기다리고 있어도 쉽사리 찬성하는 법이다. 반대로 아무리 좋은 일이라도 겉보기가 나쁘고 당장은 불리하게 보일 경우에는 대중을 설득하기가 어렵다.

'근로자는 내일의 1만 원보다 오늘의 1천 원을 기뻐한다.'

'정말로 나라를 걱정하는 정치가는 때로는 인기 없는 정책이라도 강행해야 하며, 참으로 사원을 생각하는 CEO는 감원보다는 급료를 내려야만 한다.'

□군중은 대담하지만 각자 자신의 일을 생각하면 약해진다.

무리를 이룬 서민은 통치자에 대해 대담하게 반대를 부르짖는 일이 있지만, 형벌을 눈앞에 들이대면서 서로 속을 떠보기 시작하면 맥없이 굴복하고 만다. 백성이 성선이든 성악이든 이것을 받아들이는 체제를 갖추고 성악이라면 그 대책에 누락점이 없도록 해두면 된다.

대개의 민중이 사나워지고 수습하기 어렵게 되는 것은 그런대로 이유가 있는 일로서 이를테면

① 자유를 앗겼다.

② 경애하고 있던 군주가 추방되고 그가 아직도 살아 있다.

등등인 경우이며, 이것은 좀처럼 진압하기 어렵다.

그러나 이런 동기에 의해서가 아니고 더욱이 그들에게 통솔자가 없을 경우엔 이것을 진압시키기가 쉽다. 지도자도 없고 통제도 되어 있지 않은 군중은 무슨 짓을 저지를지 모르므로 이것보다 무서운 것은 없지만, 그 반면 이처럼 맥없는 것도 없다.

이런 민중이 폭동을 일으켜도 첫 폭발을 비킬 수만 있다면 진압도 쉽다. 생각하기 시작하여 갑자기 겁쟁이가 되고 자신을 잃고서, 도망이나 투항에 의해 자기의 안전을 찾게 되기 때문이다.

'폭동이나 범죄를 저질러 설득에 응하지 않는 사나운 사람도 어버이나 가족의 일을 끄집어내어 조용히 타이르면 온순해지는 일이 많다.'

□ 위기에 맞닥뜨리고서는 늦다

나라가 위기에 빠졌을 때가 되어 비로소 국민에게 은혜를 베풀고 그 협력을 구하는 것은 효과가 없을 뿐 아니라 오히려 약점이 들여다보여 파멸을 초래하게 된다.

이런 은혜를 입은 민중은 '이것은 위정자가 적의 위협을 느껴서 부득이 하는 일'이며 위협이 제거되면 다시 빼앗아 가리라고 비뚤어지게 생각하며 조금도 은혜를 느끼지 않는다.

위정자는 평소부터 국가가 위기에 빠졌을 때의 일을 생각하여 인

격을 도야하고 갖가지를 준비해 두며, 특히 민중과 고락을 함께 하지 않으면 안 된다.

이것은 회사나 개인의 경우도 마찬가지이다.

□삼국지 참모의 교훈

삼국지를 읽고 나서 느끼는 일은 동양이나 서양이나, 예나 지금이나 막론하고 인간 사회에서 일어나는 사회적 현상의 모습은 다를망정 '본질은 불변'이라는 점이다. 특히 CEO와 참모(또는 부하)의 인간 관계에는 진보도 없지만 퇴보도 없다. 이를테면 '주구(走狗)는 결국 쓸모 없게 되면 솥 속에 들어가 삶아진다'는 경우가 현대 비즈니스 사회의 곳곳에서 늘 일어나고 있다. 옛날과 다른 점은 까닭없이 죽임을 당하거나 끓는 물 속에 던져지지 않는 것뿐이다.

윗사람이 아랫사람을 자르는 케이스뿐이 아니다. 하극상(下剋上)도 결코 드문 일은 아니다.

「삼국지」 세계를 볼 때 후한의 질서 있는 사회가 무너지자 초야에 파묻혀 있던 젊은 재능, 권력의지(權力意志)가 일제히 발동되고, 믿을 수 없을 만큼의 에너지가 사회를 유동화(流動化)시켜 마침내 새로운 권력 형성으로 결집되어 갔음을 알 수 있다.

내일의 일은 그 아무도 모른다. 그러나 「삼국지」 세계와 같은 사회 유동성이 심한 시대가 언제라도 닥치리라는 것은 각오해야 한다. 실제로 지금 우리가 겪고 있을지도 모른다. 그러한 때 CEO나 참모와의 인간 관계를 단단히 파악해 두지 않으면 모처럼 굴러들어온 유동화의 물결을 타지 못하고 가라앉을 염려가 있다. 난세에 살아남고 이겨나가는 노하우를 몸에 익힌다는 것은 프로 비즈니스맨으로서 당연히 생각할 문제이다.

□ 혁신＝씻어낸다

국가이든 종교이든 혁신 운동이 없는 곳은 오래 가지 못한다. 혁신이란 정화시켜 본디의 모습으로 되돌리는 것이다. 군주국·공화국·종파 등은 어느 것이나 창설기에 어떤 장점이든 발휘하여 일어나고, 그 뒤 차츰 새로운 요소를 흡수하면서 발전해 간다. 그러나 그 속에는 영양도 있는가 하면 독소도 있고 오랫동안 노폐물도 쌓이게 되므로 때때로 씻어내어 본디의 모습을 되찾아야 한다. 혁신의 활력이 없는 조직은 몰락한다. 이 자정작용(自淨作用)에는 내부에서 생기는 자발적인 힘에 의한 것과, 외부에서 가해지는 타동적인 힘을 동기로 하는 것이 있다.

①위대한 인물이 나와 사람들을 교화하고 지도한다.

②사람들 자신이 '좋은 법률을 만들고 이것을 지켜야 한다'고 깨닫는다.

③외국의 침략 등 위난(危難)을 계기로 사람들이 깬다.

위의 세 가지 가운데 ③번은 위험이 따르므로 바람직하지 못하다. ①번의 방법은 명성이 높고 모범적인 인물의 지도에 의하는 것이므로 가장 좋은 방향이다. 선량한 사람들은 그를 본받고 나쁜 사람들은 부끄러워하여 횡포를 삼가게 되어 법률로 강요하거나 엄벌로 위협할 필요가 없다. ②번의 방법을 효과적으로 발동시키는 데도 ①번의 방법, 즉 위대한 인물을 필요로 한다. 특히 법률 위반을 하는 권력자와 대결하여 엄격히 법률을 사랑하려면 용기있는 정의로운 사람이 절대로 필요하다.

고산(高山)

서울출생. 성균관대학교국문학과졸업. 성균관대학교대학원비교문화학전공졸업. 소설 〈청계천〉으로 〈자유문학〉 등단. 1956년~현재 동서문화사 발행인. 1977~87년 동인문학상운영위집행위원장. 1996년 〈파스칼세계대백과사전〉 편찬주간. 지은책 〈얼어붙은 장진호〉〈한국출판100년을 찾아서〉〈망석중이들 잠꼬대〉〈한국인〉新文館 崔南善·講談社 野間淸治〈愛國作法〉 한국출판학술상수상 한국출판문화상수상

그림/이우경 정준용 카츠시카 정웬 류성잔 스셍첸

1956

高山 大三國志
8 오장원 큰별 갈바람 지다

고산 고정일 지음
1판 발행 /2008년 8월 8일
발행인 고정일
발행처 동서문화사
창업 1956. 12. 12. 등록 16-345(윤)
서울강남구신사동 540-22 ☎ 546-0331~6 (FAX) 545-0331
www.epascal.co.kr
잘못 만들어진 책은 바꾸어 드립니다.
*

사업자등록번호 211-87-75330
ISBN 978-89-497-0471-5 04820
ISBN 978-89-497-0463-0 (세트)